本书为国家社科基金项目"《盛京时报》现代小说研究"（16BZW164）最终研究成果。

本书获2022年吉林师范大学学术著作出版基金资助。

《盛京时报》现代小说研究

王秀艳 ◎ 著

中国社会科学出版社

图书在版编目(CIP)数据

《盛京时报》现代小说研究 / 王秀艳著 . —北京：中国社会科学出版社，2023.10
ISBN 978-7-5227-2093-7

Ⅰ.①盛… Ⅱ.①王… Ⅲ.①小说研究—中国—现代 Ⅳ.①I207.42

中国国家版本馆 CIP 数据核字(2023)第 112720 号

出 版 人	赵剑英
责任编辑	慈明亮
责任校对	夏慧萍
责任印制	戴 宽

出　　版	中国社会科学出版社
社　　址	北京鼓楼西大街甲 158 号
邮　　编	100720
网　　址	http：//www.csspw.cn
发 行 部	010-84083685
门 市 部	010-84029450
经　　销	新华书店及其他书店

印刷装订	三河市华骏印务包装有限公司
版　　次	2023 年 10 月第 1 版
印　　次	2023 年 10 月第 1 次印刷

开　　本	710×1000　1/16
印　　张	21.25
插　　页	2
字　　数	349 千字
定　　价	119.00 元

凡购买中国社会科学出版社图书，如有质量问题请与本社营销中心联系调换
电话：010-84083683
版权所有　侵权必究

序

在多元一体的中国文学史长河中,东北现代文学是中国现代文学不可分割的重要组成部分。东北现代文学作家众多,成就斐然,其发展历程既具有中国现代文学发展的一般特征,又有自己独特的个性。

然而,我们多年来对东北现代文学的研究却一直不够深入。在现行数十个版本的中国现代文学史教材和专著中,东北文学多是被忽略的;少数论及的,也沉潜在"沦陷区文学"和"抗日文学"的宏大叙事中,或者以流亡关内的"东北作家群"的文学创作来替代。这种情况形成的根源是,很多人认为东北本是不毛之地,只居住着一些没开化的游牧民族,清政府为保护"大清龙脉"而封禁多年,解禁后迁徙过去的汉人,也都是逃荒的社会底层流民,经济上不过是"白山黑水"的落后自然经济,文化上更是一片荒芜,其实这完全是误解。

根据近年来学者们的研究,海量数据表明,东北并不是只盛产"大豆高粱"的落后小农经济,在张作霖时期就已成为中国经济中的铁路、水运、航空、公路、煤炭以及军工生产和制造业的先行者;1932—1945年建立了宏大的经济基础,东北的重工业处于中国和亚洲的领先地位。仅以交通为例,东北有铁路1.4万公里,占全国铁路总长的二分之一以上,还有稠密的公路网,是当时中国唯一的现代化工业区域。只是由于战争和战后的劫掠,使得东北先进的工业基础彻底坍塌,中华人民共和国成立后,不得不在一片废墟之上重建工业基地。

现代东北不仅经济上领先亚洲和中国,文化教育的繁荣在全国也曾是首屈一指的。1926年,中国第一座广播电台——哈尔滨广播无线电台成立并开播。1927年6月,沈阳大型短波电台竣工,同年年底,沈阳国际无线电台成立,这是中国与欧洲直接通信之始。1928年,北京、上海、天津、汉口等各地的国际电报需要经过沈阳国际无线电台转发,从而使其成为当时中国最大的国际电台。成立于1923年的东北大学，占地面积900亩，是当时国内最大的校园；其年度办学经费、校舍总面积和在校生人数均超过北京大学、清华大学。"九一八事变"以前，东北有据可查的高校43所，形成了完整的高等教育体系，而当时全中国的高校不过103所，东北以全国6%的人口拥有全国42%的高校。到1945年，全国共有141所本专科学校，而东北拥有80所，东北以全国7.4%的人口占中国高校总数的57%。新中国成立以来，东三省一直都是文化、教育大省；即便东北已开始衰落的21世纪初，东三省的高等学校在校生人数占比仅次于京津沪三个直辖市，吉林为4.15%，辽宁为2.7%，黑龙江为2.34%。

现代东北长期的经济兴旺及其所带来的文化教育的繁荣，必然催生文学艺术的发展和成熟，几千万东北人怎么可能会文坛上一片空白呢？

青年学者王秀艳博士的新作《〈盛京时报〉现代小说研究》于2023年问世，恰好在一定程度上回答了我们的疑问。

《盛京时报》是由日本人出资在中国东北创办的一份报纸，1906年10月18日创刊于奉天（今沈阳市），1944年9月14日终刊，历时38年，在东三省影响巨大，最高发行量达到18万份。它记载了许多东北发生的历史事件，是研究近现代史、国际关系史、民族关系史、东北军民抗日史、北洋军阀史极为珍贵的历史资料。尤为特出的是，它创办有自己的副刊，记录了丰富的东北文学创作，仅小说一项，共刊载小说3309部，长篇小说70部，中篇小说103部，短篇小说3136部；其中含域外小说152部。这些小说反映了东北文学的原生态风貌，真实地勾画了东北近现代文学从萌芽到发展，再到繁荣的历史变迁，从一个侧面折射出东北现代文学起源与发展的真实历程。《〈盛京时报〉现代小说研究》以《盛京时报》1919年五四运动至1944年报纸停刊的26年里刊载的小说作品为研究对象，全面钩沉、整理了2801部现代小说，并以五四运动、东北殖民语境为背景，从小说载体、文本、刊载特点和理论批评等多重视角加以分析追索，全面呈现了《盛京时报》现代小说的真实情况，以期还原《盛京时报》现代小说对于东北现代文学发展的推动作用，进而挖掘出其对于文学史研究的意义。

通读了这部长达30多万字的著作，感到作者圆满地完成了研究课题，并在如下几个方面有所创新，给我们以非常有益的启示，推动了东北现代文学研究的进一步深入。

第一，文学观念的更新和研究方法的突破。作者在本书"结论"部分再次强调自己的研究力求"突破传统的'二元对立'研究方法和封闭格局"，以期推动"东北现代文学史的研究日渐深入而不断丰富"。这无疑是针对东北现代文学研究中存在的将政治与文学二元对立的简单判断模式而发的。前些年学者们因《盛京时报》，是日本人创办的报纸，办报的宗旨是站在日本殖民者立场上推行殖民文化，便避而不谈，或采取最简单化的办法，不分良莠地一律指斥为"日伪文学"和"汉奸文学"。须知，文学毕竟不是政治的附属物，只有将文学与政治的百般纠葛置放在更广阔、更开放、更深厚的学术和人文背景下去考察，才能谈到文学的独立话语。作者摒弃"重作家的政治表现而轻文学贡献"的传统和"非黑即白"的二元判断模式，从宽广的历史文化背景下去研究作家、作品和文学现象，这是值得赞许的。而在具体的研究方法上，能熟练运用传统的文献分析法、对比和逻辑分析法、统计法，如对特殊研究对象进行抽样统计分析和定量研究等方法，效果都比较好。此外，还自然地使用很多交叉学科的理论与方法，使得本书具有了相当的理论高度。

第二，充分肯定《盛京时报》现代小说对东北现代文学史的价值和意义，为该学科开拓了更广阔的研究空间。《盛京时报》报载小说作家众多，题材丰富，风格多样，甚至新旧文学夹杂，思想性、艺术性也良莠不齐，研究者极易陷于对具体作家作品的考证和研究之中，而缺乏总体的观照。本书自始至终一直贯穿着一条主线，那就是将五四运动以来东北报载文学现象置于东北现代文学发生发展的整个历史进程来考察。就整体东北现代文学史而言，《盛京时报》报载小说意义重大，这不仅由于它刊载的一些文学作品在东北文学史乃至中国文学史上都堪称优秀之作，更因为"缺失这一时段文学的历史描述和研讨，东北文学的全貌、文类演变的历程以及文学成就无法得到完整准确的体现，也不能准确地阐释东北文学生态和文学精神"。虽然不能说没有《盛京时报》刊载小说就没有东北现代文学，但它对后者发展的助推之功是不容忽视的。

第三，见微知著，揭示了东北现代文学的核心思想内涵。作者从社会思潮传播的角度来探讨五四时期中国现代文学思想在东北流传的具体情形，能够较好地阐释东北现代文学萌芽、成长的一般过程。东北现代文学是在"五四"反对旧思想、旧道德、旧文化，提倡新思想、新道德、新文化启蒙运动的感召下产生的新文学。与整个中国现代文学相一致，东北现代文学的主要思想内涵不外乎两个方面：一是对封建专制文化的彻底批判；二是对西方文化的广泛接受。而这两个主流思想内涵的形成，其主要外力就是五四运动的浪潮涌向了东北，借助报纸这一大众媒介的传播，带来了东北地区文坛的巨大变化。一是关内小说开始涌入，结束了东北文学闭塞发展的状态。如作者所论："自1919年5月至1937年9月，《盛京时报》刊载关内小说总计不少于20部，其中一些小说出自老舍、鲁迅、巴金、丁玲等名家之手，通过报纸这个平台向东北地区输入关内优秀的小说，不仅为东北文学爱好者提供了优秀的文学作品，也给东北文学界提供了写作范式，为东北小说创作送上一股清流。"正是在"五四精神"的影响下，东北地区一些进步作家开始注重社会现实和人生世界，以现实主义的严峻笔法来描写社会现状，在比较广阔的生活画面中展现了社会的各个角落。二是外籍作家的小说大批进入东北，《盛京时报》副刊共发表域外文学作品179部，其中长篇小说24部、中篇小说17部、短篇小说138部，分别来自欧、亚、美三大洲16个国家的作家，其中不乏世界级文学大师如莎士比亚、高尔斯华绥、雨果、巴尔扎克、大仲马、莫泊桑、威廉·福克斯、欧文、托尔斯泰、契诃夫、屠格涅夫、果戈里、高尔基、芥川龙之介、夏目漱石等人的作品。中国现代文学是真正的走向世界文学，中西方文化的交流和碰撞，中国人对西方文化从不了解到广泛接纳，在东北现代文学中有着鲜明的反映。三是东北地区文学社团的出现和蓬勃发展，这是东北新文学走向正规、走向成熟、走向繁荣的标志。这里所说的三个变化，在本书中都有详明的论述和可靠的文献支撑。尤其是外国文学进入东北的实际情形，本书有"《盛京时报》外籍作家与作品"专章予以研讨。

第四，围绕《盛京时报》某一作家、某一阶段作品或某个栏目进行微观研究，深化了东北现代文学史的研究深度。本书对《盛京时报》主要作家生平经历及其代表小说都有较深入的研究，除对穆儒丐、金小天、王冷佛有专节介绍外，对当时重要作家赵鲜文、惜梦、匡汝非、秋莹、山丁和小松、酡颜三郎（萧军）及知名作家里雁、柯炬、克大、疑迟、励行建、灵非、任情、吴瑛、吴郎、爵青、野鹤等生平、创作和文学风格、文学思想亦均有考察。同时，还系统研究了《盛京时报》众多小说平台及其刊载小说的情况，试图从多角度全方位展现《盛京时报》报载文学的繁荣盛况。这些内容是本书研究的本体和基本对象，就其深度和广度来说，在目前的东北现代文学研究领域都是空前的。

第五，系统梳理《盛京时报》1919年五四运动至1944报纸终刊所刊载的现代小说史料及相关研究成果，为后来学者进一步研究奠定了坚实的文献基础。文献性强是本书的一大特色，书中有大量的统计表，而文学史料的考证梳理过程中的甘苦，是可以想见的。

也许，任何一部作品完成之后都会有缺憾感，学术著作更是如此。我在电脑上反复翻阅书稿，觉得本书的不圆满之处，是作者过分囿于现代文学的"现代"两个字，将研究的上限严格界定于1919年，从而把《盛京时报》自1906年创刊以来至1918年年底刊载的500余部小说摒于其外。通行文学史将中国现代文学的起始年代界定在1919年五四运动，其实文学的发展并非如历史一样以某一事件或某一年份划分阶段，它是一个缓慢演进的历史过程，其变革应当是循序渐进的，不可能是突变的。我以为不必强行将这13年划到近代文学中去，在"《盛京时报》文学阵地与现代小说的繁荣"一章的"《盛京时报》小说的现代转型"一节中，将这13年的作品作为现代小说的萌芽来正面详尽阐述即可。五四运动前《盛京时报》已经发行了13年，其间正可看出小说在该报刊载从少至多，由弱到强的逐步成熟过程。缺少这部分内容不能不说是一种缺憾。

为他人著作撰写序言，是件吃力不讨好的事，所以我一贯尽量回避，总共也就干过那么十来次。但秀艳索序于我，我却一口答应。因为，她是我30年前的学生，我十分了解她半生奋斗的艰辛旅途和心路历程。青年时的秀艳就向往成为一名学者，但作为师范大学的毕业生理所当然地到了中学任教。好强的心性和奔涌的才华加上勤奋的工作，使她很快成了吉林省名校的高三把关教师。作为省内名师，她不缺少鲜花和掌声，但却总是心有戚戚，不甘于此。终于，她辞去教职，去读硕士，攻博士，最后如愿以偿地成为大学教师，可以于教学之余去从事所热爱的科研工作了。她搞科研，是非常用心倾力地去做的，把工作看得十分神圣。她的博士学位论文做得很优秀，并由此确认了自己的学术研究分野：东北文学研究。这本书是她的一项国家社科基金项目成果，更倾注了大量的心血。不幸的是，正当她可以大展身手的时候，疾病却突如其来，一下子把她击倒了，这本书的定稿是在医院病床上最后完成交给出版社的。我明白，她请我作序的原因并不是因为我的学问，况且我对中国现代文学的研究并无门径。我知道，她郑重其事地写书出版，不是为了虚名和职称，不是为了稻粱谋。我读她的书稿，从中读出了一位知识分子热爱故土、献身学术、回报祖国的一片赤子之心，这是一位作为普通学者的黑土地女儿最为赤诚的奉献。是的，我们都热爱这片土地和繁衍于其上的父老兄弟，我们有义务践行自己的职责。惟愿天下太平，国盛人健，如此，秀艳就可以展其志向，遂其心愿，更好地承载起东北现代文学研究的文化使命了。

康学伟

2023年2月序于长春市净月潭书屋

目 录

绪 论 ·· (1)
  一 研究缘起与论题说明 ··· (1)
  二 《盛京时报》文学研究现状 ·· (3)
  三 研究思路与方法 ··· (7)
  四 整体结构与主要内容 ·· (10)

第一章 《盛京时报》与东北报纸文学 ·································· (13)
  第一节 东北地区报业的兴起 ·· (13)
    一 日俄侵略与东北报业 ·· (14)
    二 早期报纸的文学阵地 ·· (16)
  第二节 东北报载文学：从"时报小说"到"时报文学" ······· (18)
    一 时报：东北报纸发展的一枝独秀 ··························· (18)
    二 近代东北主要"时报"发展 ···································· (19)
    三 "时报文学""新闻文学"与普通文学 ····················· (21)

第二章 《盛京时报》文学阵地与现代小说的繁荣 ················ (24)
  第一节 《盛京时报》小说的现代转型 ··························· (27)
    一 嬗变与衍生：题材、语体与功用 ··························· (28)
    二 刊载文学演变：数量、栏目与域外作品的涌入 ········ (34)
  第二节 文艺副刊崛起：《盛京时报》文学之大纛 ············· (41)
    一 《神皋杂俎》的创立 ·· (41)
    二 穆儒丐与《神皋杂俎》 ·· (43)
    三 《神皋杂俎》栏目的演变 ····································· (45)
    四 《神皋杂俎》的小说 ·· (48)
  第三节 《盛京时报》周刊递增：报载小说之兴盛 ············ (50)
    一 《紫陌》与小说 ··· (51)
    二 《另外一页》与小说 ·· (55)

三　《妇女周刊》与小说 …………………………………（56）
　　四　《儿童周刊》与小说 …………………………………（61）
　　五　《教育周刊》与小说 …………………………………（65）
　　六　《文艺周刊》与小说 …………………………………（66）
　　七　《文学周刊》与小说 …………………………………（69）
 第四节　"征文小说"的设立：作家与作品的遴选 ……………（71）
　　一　"识时俊杰"："新年号"征文小说 …………………（71）
　　二　披露与评论：有奖征文小说刊载 ……………………（74）
　　三　甄选与塑造："新年征文小说"的价值 ………………（79）

第三章　《盛京时报》主要作家与作品（上） ………………（81）
 第一节　穆儒丐与其小说 ………………………………………（81）
　　一　作家穆儒丐 ……………………………………………（82）
　　二　穆儒丐创作的小说 ……………………………………（84）
　　三　穆儒丐翻译的小说 ……………………………………（99）
 第二节　专栏作家王冷佛与其小说 ……………………………（104）
　　一　作家王冷佛 ……………………………………………（104）
　　二　王冷佛的小说 …………………………………………（106）
 第三节　文坛"多面手"金小天与"小天体"小说 ……………（114）
　　一　作家金小天 ……………………………………………（114）
　　二　金小天的小说 …………………………………………（116）

第四章　《盛京时报》主要作家与作品（下） ………………（130）
 第一节　赵鲜文、惜梦、匡汝非与《盛京时报》小说 ………（130）
　　一　作家赵鲜文及其小说 …………………………………（130）
　　二　作家惜梦与其小说 ……………………………………（136）
　　三　作家匡汝非与其小说 …………………………………（141）
 第二节　东北文学社团作家与其《盛京时报》小说 …………（147）
　　一　秋莹与其小说 …………………………………………（148）
　　二　山丁与其小说 …………………………………………（157）
　　三　小松与其小说 …………………………………………（159）
 第三节　《盛京时报》其他东北作家与插图小说 ……………（161）
　　一　文艺悬赏征文小说：《晨》《焰》《黎明》 …………（162）
　　二　疑迟和《酒家与乡愁》 ………………………………（165）

  三 军旅作家与其小说 …………………………………………（167）
  四 灵非与《人生剧场》 ………………………………………（171）
  五 吉林籍夫妇作家与其小说 …………………………………（173）
  六 爵青与中篇小说《月蚀》 …………………………………（177）

第五章 《盛京时报》外籍作家与作品 …………………………………（181）
 第一节 《盛京时报》日籍作家及其小说 ………………………（181）
  一 谷崎润一郎及其小说 ………………………………………（182）
  二 夏目漱石及其小说 …………………………………………（188）
  三 菊池宽及其小说 ……………………………………………（191）
  四 芥川龙之介及其小说 ………………………………………（194）
  五 德富芦花及其小说 …………………………………………（197）
  六 国木田独步及其小说 ………………………………………（202）
  七 志贺直哉及其小说 …………………………………………（209）
 第二节 《盛京时报》苏俄作家及作品 …………………………（212）
  一 契诃夫及其小说 ……………………………………………（212）
  二 屠格涅夫及其小说 …………………………………………（217）
  三 果戈里及其小说 ……………………………………………（222）
  四 托尔斯泰及其小说 …………………………………………（227）
 第三节 《盛京时报》法国作家及作品 …………………………（232）
  一 雨果及其小说 ………………………………………………（232）
  二 大仲马及其小说 ……………………………………………（240）
  三 左拉及其小说 ………………………………………………（245）
  四 莫泊桑及其小说 ……………………………………………（249）
  五 缪塞及其小说 ………………………………………………（251）
  六 巴尔扎克及其小说 …………………………………………（254）
 第四节 《盛京时报》英美作家与作品 …………………………（257）
  一 高尔斯华绥及其小说 ………………………………………（257）
  二 莎士比亚及其戏剧改编的小说 ……………………………（258）
  三 密尔顿及其戏剧改编的小说 ………………………………（261）
  四 欧文及其小说 ………………………………………………（264）

第六章 《盛京时报》现代小说的地位、价值与影响 ………………（269）
 第一节 引领与创新：《盛京时报》现代小说的历史地位 ………（269）

一　"东北第一报"载小说：历久、广传、远播 ………………（270）
　　二　小说"量大类多"居东三省之首 ……………………（274）
　　三　文学栏目丰盈凸显小说分量 …………………………（276）
　　四　创作新生力量巩固报载小说的东北地位 ……………（279）
第二节　发掘与重识：《盛京时报》现代小说的史料价值 ………（282）
　　一　形成东北新文学的丰富史料 …………………………（282）
　　二　积累东北文学史的史料 ………………………………（285）
第三节　拓荒与深耕：报载小说开垦东北新文学沃土 …………（287）
　　一　"五四"前东北报载小说的开辟 ………………………（288）
　　二　"五四"启蒙与《盛京时报》小说的新变 ……………（289）
　　三　文学社团对东北新文学的推进 ………………………（292）
第四节　汇聚与融合：报载小说终结——东北文学"幽闭"
　　　　之态 ……………………………………………………（295）
　　一　关内小说的融入：启迪东北文学 ……………………（295）
　　二　国外小说的引入：开化东北文学 ……………………（298）
　　三　报载小说促进东北文学传播 …………………………（303）
结　论 ……………………………………………………………（305）
参考文献 …………………………………………………………（307）
后　记 ……………………………………………………………（326）

绪 论

一 研究缘起与论题说明

《盛京时报》作为东北社会由古代传统社会向现代社会变革的大众传媒见证，其文学史料丰富。关于《盛京时报》近代文学史料，辽宁大学张永芳教授已带领其团队做了较详尽的研究，而《盛京时报》现代文学史料，尚无完整、系统的史料梳理。戈公振先生的《中国报学史》在"外报创始时期"一章中曾介绍这份报纸："《盛京时报》于光绪三十二年十月，发刊于奉天。以张作霖取缔中国报纸颇严，而该报独肆言中国内政，无所顾忌，故华人多读之，东三省日人报纸之领袖也。"① 作为日本在华出版历史最长的中文报纸，戈公振指出这份报纸在东北日人办报中处于领袖地位，而当时其他报纸受到当局管控，该报成为华人的阅读对象。无独有偶，日本前首相岸信介等140多名曾在伪满洲国任过要职的人编纂《满洲国史》一书，其中也称《盛京时报》为"在满日本人的先驱"②。可见，该报在当时中国有一定的影响力。《盛京时报》是日俄战争以后，由日本人中岛真雄于光绪三十二年（1906）九月初一创办的一份用以观察和了解我国形势的大报。报社位于当时日本在奉天的总领馆内（沈阳市和平区柳州街路西），故名《盛京时报》，报名由清末进士张元奇（后任奉天民政使）题写。该报于1906年10月18日创刊，1944年9月14日终刊，历时38年，在东三省产生了较大的影响，日销量最高达18万份，是东三省第一大报。

大众传播主导一定阶层的话语，话语即权力，"政治机制与话语作用

---

① 戈公振：《中国报学史》，上海古籍出版社2014年版，第62页。
② 梁利人主编：《沈阳新闻史纲》，沈阳出版社2014年版，第9页。

紧密交织"。① 而"任何传递信息的新媒介,都会改变权力的结构"②。作为日本侵华的"文化宣传阵地",《盛京时报》以"开通民智"、联络"中日邦交"为名,实则为窥探我国国情,进行文化渗透,出刊第一号《发行之辞》阐明报纸能告人真相:"确使人人知当世时事,悉国民义务以效力于国家,实能补学堂之不逮,相辅以鼓铸国民,其功力、其程度较诸学堂,有过之无不及也。"③ 这份报纸刊载内容涉及我国内政、外交、商贸、经济、教育、军事、文化、社会风情等各个层面,保留了许多珍贵的历史文献,是研究近现代国际关系史、东北历史、东北军民抗日史、东北近现代文化史等极为珍贵的资料。尤其值得一提的是,《盛京时报》为东北文学尤其是东北报载文学的发展提供了平台,是研究东北报载小说的重要渠道。仅小说一项,《盛京时报》共刊载小说3309部,长篇小说70部,中篇小说103部,短篇小说3136部;其中域外小说152部。小说种类繁多,内容涉及侠义、公案、笔记、纪实、侦探、言情、狭邪、谴责、政治、历史、神怪、探险、技击等。这些小说,真实地勾画了东北近现代文学从萌芽到发展,再到繁荣的历史变迁,是最具原生态的东北现代文学画卷,在很多方面,均有重要的开创之功。该报更为值得关注的是,《神皋杂俎》(1918)是东北第一家报纸文艺副刊;穆儒丐的章回体长篇小说《梅兰芳》(1919)首创东北出版小说单行本的记录;长篇小说《香粉夜叉》(1919)是中国现代文学史上第一部白话长篇小说。在38年的存续时间内,《盛京时报》文艺副刊拥有较为稳定的作家群和受众群体,形成了自成体系的文化版面,为我们研究东北近现代小说提供了大量翔实的资料,是东北近现代文学发展最有力的见证。

虽然《盛京时报》保存了如此珍贵而丰富的文学文献,但其文献价值却并没有得到学术界足够的关注。这种局面形成的主要原因,其一,这份报纸偏颇的政治立场。《盛京时报》是日本人在中国东北创办的,其目的是为日本控制中国东北进行舆论宣传,是日本进行文化侵略的主要喉舌。这种政治立场,导致以往"重作家的政治表现而轻文学贡献,重中

---

① [法]米歇尔·福柯:《福柯读本》,汪民安译,北京大学出版社2010年版,第119页。
② [加]马歇尔·麦克卢汉:《理解媒介:论人的延伸》,何道宽译,商务印书馆2000年版,第129页。
③ 《发行之辞》,《盛京时报》1906年10月18日第1版。未标作者的,作者不详,下同。

心地区文学而轻边塞地区文学"①的文学研究，并没有给予这段文学史以足够的关注。对其研究往往是零散而不成体系的，未能够全面、细致地反映出《盛京时报》小说的文献价值和文学史意义。其二，这份报纸创办地在东北沈阳，不是居于文化都市上海、北京、广州等报业发达的地区，而现代文学的繁荣发展的主战场亦不在东北，所以，该报很长时间内未能引起人们的足够关注。"但就完整的 20 世纪东北文学而言，它有着独特甚至重大的意义，缺失这一时段文学的历史描述和研讨，东北文学的全貌、文类演变的历程以及文学成就无法得到完整准确的体现，也不能准确地阐释东北文学生态和文学精神。"② 其三，东北现代文学乃至中国现代文学的发生与发展与报刊等现代传媒相互依存、互动与共生，"初期新文艺的存在，几乎全是依新闻纸副刊做为生命的支柱，失掉了新闻纸副刊便没有新文艺存在"③。报纸副刊不可忽视，它是"推动新文艺的动力"④，东北报纸副刊是东北文学发展的重要阵地。东北现代文学的发展依赖于东北报纸，报载文艺是东北近现代文学传播的重要形式，东北报载文学具有重要的研究意义和史料价值。基于此，本书旨在对《盛京时报》刊载的现代小说文献进行系统整理，并在此基础上，对《盛京时报》刊载的国内外代表性的作家作品进行阐释与分析，尝试在东北现代文学的背景下，探索《盛京时报》现代小说独特的文学史价值。

二 《盛京时报》文学研究现状

《盛京时报》作为大众传播媒介，是东北地区报载文学从荒凉阒寂到发生繁荣最有力的见证，据辽宁省图书馆所藏原报印制《盛京时报》影印版（1985），全套影印本依时间顺序分订为 141 册，原版影印版缺失 7 册。作为东北三省光复以前发行量最大的华文报纸，该报是研究东北报载文学和东北近现代文学的富矿，具有独特的地方文献价值，自影印版刊行后，关于《盛京时报》的研究日众。现搜寻研究《盛京时报》文学的论

---

① 铁峰、郑丽秋：《东北现代文学的开拓者与建设者——满族作家儒丐》，《学习与探索》1993 年第 4 期。
② 薛勤：《1910 年代东北的文学生态——以〈盛京时报〉报载文学为中心》，《社会科学战线》2012 年第 6 期。
③ 秋萤编：《满洲新文学史料》，开明图书公司 1994 年版，第 1 页。
④ 秋萤编：《满洲新文学史料》，开明图书公司 1994 年版，第 4 页。

文共64篇，其中小说研究25篇（含笔者博士学位论文1篇、硕士学位论文1篇），诗词研究11篇（含博士学位论文1篇），其他研究28篇。其他28篇研究文学主题相对分散，如报载戏剧研究2篇、语言运用研究1篇、话语建构研究1篇等。本书主要聚焦1919—1944年（《盛京时报》停刊）刊载的2844部现代小说。

其一，梳理发现，学术界已有的《盛京时报》近代（1906—1919）小说研究成果主要是期刊论文，相较于《盛京时报》所具有的史料体量来看，研究成果尚不够丰硕。前期有沈阳师范大学张永芳教授、王金城副教授、冯涛老师等人对《盛京时报》近代文学作品或小说的统计和辑录。他们梳理《盛京时报》（1906—1915）的文学史料，将社论、文苑、小说、白话、译论、论说、杂录、代论、谐文、剧评、白话演说等一并归至文学作品范畴，按作品标题、作者、文体、栏目、版次、日期、卷次等进行登记，汇成《〈盛京时报〉文学作品名录》（2005年完稿），作为内部馆藏资料，没有正式出版。张永芳等人对《盛京时报》（1906—1919）刊载的小说进行摘要叙录，辑成《〈盛京时报〉近代小说叙录》（2010年出版）。后又出版了《〈盛京时报〉近代小说选萃》（2011年出版），辑录了1906年10月31日至1919年"五四"前夕的70篇小说。此外，辽宁省图书馆郭君等也编有《〈盛京时报〉文学副刊索引》。张永芳等人对《盛京时报》小说文献的整理工作为后来学者进一步研究奠定了坚实的文献基础。

其二，以考察《盛京时报》近代报载文学来审视东北近代文学及其文化生态。成果主要散见于《文学遗产》《社会科学战线》《求是学刊》《天津社会科学》《南京师范大学学报》《东北师大学报》《科技情报开发与经济》《深圳大学学报》《沈阳大学学报》《时代文学》等期刊以及个别论文集当中。其中辽宁社会科学院副研究员薛勤的5篇论文，《20世纪初东北旧体文学研究——以〈盛京时报〉旧体诗为中心的考察》《20世纪初东北文学观念的传承与改变——以〈盛京时报〉旧体文学为中心的考察》《1910年代东北的文学生态——以〈盛京时报〉报载文学为中心》《1910年代东北文学的空间意蕴和叙事追求——以〈盛京时报〉报载文学为中心》《从传统向现代：民初东北叙事文学的话语—空间》，与赵剑秋、赵子夫的论文《东北文学原生态信息资源推介——以〈盛京时报〉为例》可以作为这方面研究的代表。

其三，围绕《盛京时报》某一作家、某一阶段作品或某个栏目进行研究。主要有对《盛京时报》重要作家穆儒丐的研究，如铁峰、郑丽秋《东北现代文学的开拓者与建设者——满族作家儒丐》；日本学者长井裕子《满族作家穆儒丐的文学生涯》；王晓恒《从〈香粉夜叉〉看穆儒丐对东北现代文学的影响》《东北现代文坛的翻译之花——论穆儒丐〈盛京时报〉的文学译介》等。

其四，关于《盛京时报》近代小说的考论。主要有宋海燕《封建性与近代性的杂糅——论〈盛京时报〉中的近代小说之主题》《〈盛京时报〉近代小说概况》；吴琼《明末清初的文学嬗变》；薛勤《20世纪初东北小说的女性想象与文体嬗变——以〈盛京时报〉报载小说为中心》；王秀艳《〈盛京时报〉近代小说刊载特点考论》《民国初期〈盛京时报〉文言短篇小说传播考》等。

其五，针对广告等栏目的研究，如焦润明《〈盛京时报〉广告所见日本对东北的奴化与掠夺》，认为作为日本殖民当局在中国东北不折不扣的代言人，《盛京时报》所保存下来的资料对于研究日本在东北殖民时期的相关问题具有重要的参考价值。

《盛京时报》近代文学史料还需要系统的梳理与编纂，而《盛京时报》现代文学史料更是亟待发掘和整理。现代文学发端于"五四"新文学运动和文学革命，在这场声势浩大的文学运动中，东北"当时较有影响的报纸，如沈阳的《盛京时报》、大连的《泰东日报》等，大量转载了鲁迅、叶绍钧、冰心、刘大白等人的新文学作品，给东北新文学作者以最初的启蒙"①。有关《盛京时报》（1919—1944）文学史料的研究当前主要集中在以下几个方面。一是围绕《盛京时报》现代文学作品某一体裁进行的个案或类型研究。如刘瑞弘、冯静的《传统格律诗在东北现代文学发生期的嬗变——以〈盛京时报〉为中心》，便是以《盛京时报》刊载的传统格律诗和新诗为抓手，分析出东北现代文学发生期传统格律诗的嬗变过程和其文艺理论探索的价值和意义。② 孙浩宇《〈盛京时报〉清末诗词考述》（2018年出版）不仅对《盛京时报》中清末诗词和诗人作品进行了归纳整理，还结合该报日办背景以及当时东北文化与政治的现实环境

---

① 张毓茂：《东北现代文学史论》，《社会科学辑刊》1994年第2期。
② 刘瑞弘、冯静：《传统格律诗在东北现代文学发生期的嬗变——以〈盛京时报〉为中心》2011年第6期。

进行了诗词考述;王秀艳的论文《〈盛京时报〉域外小说传播略论》,对《盛京时报》域外小说的文学传播进行了考证。二是围绕《盛京时报》某一作家进行文学风格、文学思想的考察。如唐海宏《满族作家冷佛生平及文学创作简论》,考证与穆儒丐齐名的东北现代文坛长篇小说创作能手王冷佛及其作品,不论是小说、戏剧、诗歌还是杂文、时评,王冷佛都能够直面现实与人生、敢于直率和尖锐地揭示社会矛盾,在东北现代文学的开拓与发展中做出了重大的贡献。王秀艳的《〈盛京时报〉"神皋杂俎"副刊十年与穆儒丐小说创作——1918—1927年〈盛京时报〉的文艺传播》,考证了主笔穆儒丐在《盛京时报》工作前10年的文学创作。三是以《盛京时报》副刊为中心进行的东北现代文学研究,如佟雪的《沦陷初期(1931—1937)的东北文学研究——以〈盛京时报〉〈大同报〉〈国际协报〉文学副刊为中心》;冯静的《殖民权力场域与东北现代文学话语建构——以〈盛京时报〉文艺副刊为考察中心》;王秀艳的《〈盛京时报〉周刊之文学传播考略》;陈金凤的《伪满时期〈盛京时报·儿童周刊〉研究》等。四是对《盛京时报》文学征文活动的考察,如王秀艳的《〈盛京时报〉"新年号"小说征文考略》,对《盛京时报》中的小说征文活动这一"具有里程碑意义的"报载文学的发展模式进行了梳理。铁峰在《二十年代的东北新文学》中分析《盛京时报》发起的《对于新文化运动之希望》的"有赏征文"活动时指出,《盛京时报》的征文活动"不仅推动了东北新文化运动的发展,而且使得东北白话文学进入一个崭新的历史阶段"①。何爽的《抗战时期东北报载戏剧生存样态研究——基于〈盛京时报〉与〈大同报〉的对比考察》则在比较研究的视角下,"从征文目的、范围、细则、结果和效果等多方面,透视两大报纸征文活动"②,分析了戏剧征文与评选活动所展示的"报载戏剧的主题内容和真实意图"③和抗战时期东北戏剧繁杂的生存语境与多样生存样态。

  近三十年,对《盛京时报》史料研究,学者们在文献整理、文化生

---

① 王秀艳:《〈盛京时报〉"新年号"小说征文考略》,《长春教育学院学报》2017年第11期。
② 何爽:《抗战时期东北报载戏剧生存样态研究——基于〈盛京时报〉与〈大同报〉的对比考察》,《戏剧文学》2020年第4期。
③ 何爽:《抗战时期东北报载戏剧生存样态研究——基于〈盛京时报〉与〈大同报〉的对比考察》,《戏剧文学》2020年第4期。

态描绘、内容发掘等方面取得了可观的成就。但多集中于微观层面的个案或类型研究，涉及的领域比较广泛，有历史、文学、新闻、广告、政治、经济、教育、时政、民俗、艺术等方面，论文可达百篇。对《盛京时报》现代小说研究总量不多，论文不过二十几篇，主要是对作家、作品的分析和阐述；编著两部，主要为阶段文学作品篇目的辑录和整理。综上，关于《盛京时报》现代小说的系统性梳理和挖掘还留有很大空间。

三 研究思路与方法

（一）研究思路

作为信息传递的载体或介质，报纸与书本对思想和社会的变迁有着深远的影响，比较来看，报纸的影响更胜一筹。本书以《盛京时报》小说史料的梳理为线索，基于历史研究与文学研究相结合的视角，尝试从《盛京时报》2844 部现代小说入手，将五四运动以来东北报载文学现象置于东北现代文学发生发展的整个历史进程来考察。主要研究以下六个方面内容。

第一，分类梳理《盛京时报》现代作家及作品。研究报纸文艺副刊主编穆儒丐，包括副刊主笔及其后期发表的中、长篇小说。穆儒丐 1918 年 1 月起担任《盛京时报》文艺副刊主编，在《盛京时报》工作 27 年，仅小说就创作了 48 部，还创设了特色文艺专栏，如培养和提拔了青年作家金小天。还研究专栏编辑兼作家及其小说，以王冷佛、秋莹、金小天为代表。王冷佛是"五四"前后活跃在东北长篇小说创作领域里的作家，他曾担任《盛京时报》《大北新报》的主笔，从他大量的诗歌、戏剧、杂文、小说、评论里，我们可以领略到他作为文学多面手的风采。他曾被誉为"几乎堪与穆儒丐齐名的东北文坛另一长篇小说创作能手"。[①] 金小天是在《盛京时报》文学园地成长起来的青年作家，在《盛京时报》上共发表小说 43 篇。他的小说被誉为"小天体"，包括"诗体小说""诗的小说""浪漫主义小说"。秋莹是东北现实主义新文学作家，曾在沈阳《民声晚报》、长春《大同报》、沈阳《盛京时报》及《文选》刊行会、《哈尔滨日报》等任编辑或记者，在《盛京时报》上发表短篇小说《小工车》

---

① 唐海宏：《满族作家冷佛生平及文学创作简论》，《成都大学学报》（社会科学版）2015 年第 2 期。

《旧梦》《黄昏雨》，中篇小说《河流的底层》等。1942年大连实业洋行出版秋莹小说集《河流的底层》。秋莹在《盛京时报》发表作品数量不多，但是却以自己的创作推动了沈阳文艺工作的发展，留下东北现代文学史的宝贵史料。

第二，研究在文艺副刊《神皋杂俎》发表作品的东北作家及其小说，如赵鲜文、惜梦、匡汝非、疑迟、小松、山丁、酡颜三郎（萧军）、吴瑛、吴郎、爵青等及其代表性小说。赵鲜文发表小说35部，惜梦15部、匡汝非26部、疑迟1部、小松1部、山丁1部、吴瑛1部、吴郎1部、爵青1部。

第三，研究副刊发表作品的外籍作家及其小说。《盛京时报》共发表域外文学作品179部，有来自亚、欧、美三大洲15个国家的作家，如日本作家谷崎润一郎、芥川龙之介、菊池宽、夏目漱石、国木田独步、立野信之、石川啄木、小泉八云等，法国作家雨果、莫泊桑、巴尔扎克、左拉、梅利梅（梅里美）等，美国作家威廉福克斯、欧文、史图顿、密尔顿、霍爽等，俄苏作家契诃夫、托尔斯泰、屠格涅夫、高尔基等，英国作家莎士比亚、高尔斯华绥等，这些外籍作家作品的登载，不仅表明报纸开放的办报理念，也客观上促进了东北文学的现代性进程。

第四，研究《盛京时报》文艺副刊、周刊及小说栏目。《盛京时报》的小说平台主要是以文艺副刊和一些周刊为代表，其中以《神皋杂俎》最为著名。它开设于1918年1月15日，直至1944年9月30日《盛京时报》停刊，存续27年。《神皋杂俎》是《盛京时报》文学、文艺的传播载体，它代表了《盛京时报》的文化品位，它所载栏目的变化，充分地体现了《盛京时报》的发展和时代文化的脉动。除了这一著名的文艺副刊外，《盛京时报》还有《紫陌》和《另外一页》等文艺副刊。《盛京时报》刊载小说的文学周刊较为复杂，既有专门的"文艺周刊""文学周刊"，也有"妇女周刊""儿童周刊""教育周刊"等综合性周刊。《盛京时报》通过这些副刊及周刊的设置，客观上促进了东北报载文学的繁荣。

第五，研究东北近代报业与文学社团对东北现代文学的影响。东北的现代文学很大程度上依赖于东北近代城市的文化的形成和跃迁，"除了都市文化心理的形成以及市民价值观念的凝定这些小说发展的'常数'外，晚清还有政治革命的激荡以及新教育的发展这两个不容忽视的重要因素"①。

　　东北现代文学的发展本来有着坚实的土壤和良好的传统，东北土地的多民族性、移民性、包容性与开放性，为东北现代文学发展奠定了良好的传统。但是20世纪的东北，受到日俄势力的觊觎、侵占与瓜分，在文化上受到外来文化的渗透、侵占与扰攘，相对关内未免萧条冷落，时或被封闭查禁。虽东北新闻界发展并不平坦，但东北报纸、杂志日益繁荣已成为必然之趋势，可能因高压统治而缓慢、坎坷或阻滞，但客观上并不能阻挡前进的步伐。东北的报载文学征文于1914年在《盛京时报》上首发，至20世纪20年代变得繁盛起来。对此，余秋雨指出，中国现代文学的起点是令人兴奋的，在示范和普及白话文这一点上，是具有划时代意义的。然而，"由于兵荒马乱、国运危殆、民生凋敝、颠沛流离，本来迫于国际压力所产生的改革思维，很快又被救亡思维替代，精神哲学让位给现实血火，文学和文化都很难拓展自身的主体性"②。由此可见，东北现代文学是在特殊环境下发展的。1920年之后，渐渐有了文学社团，有了文学主张，真正的东北文学社团才建立起来。

　　第六，探讨《盛京时报》现代小说对东北现代文学史的价值和意义。现代小说是五四运动以后，在文学创作上直面当代社会，感时忧国，关注自我价值，对传统表现出反抗和叛逆的小说。《盛京时报》文艺副刊的创立、发展与东北社会形态的演变同步。而20世纪20年代则是东北文学活跃的时期，正如《他们诞生在这片土地上》一文指出："整个二十世纪二十年代，是东北新文学十分活跃、'五四'的现实主义文学精神在东北扎根并逐步发展的阶段。"③ 这一时期也是《盛京时报》小说最为兴盛时期。当然，由于《盛京时报》在东北的历史、特殊地位和影响，使其所载小说对东北文学发展影响深远。它启蒙并培养了土生土长的东北籍作家；创设了众多的文学平台；涌现了许多知名作家如穆儒丐、王冷佛、金小天、赵鲜文、惜梦、小松、山丁、匡汝非等，也刊登了大量的文学作品；使小说、作者、受众形成了良性的互动传播；在"五四"新文化运动的引领下，《盛京时报》现代小说推动了东北报载文学的发展，使东北现代小说

---

① 陈平原：《中国现代小说的起点》，北京大学出版社2005年版，第66页。
② 余秋雨：《中国文脉》，长江文艺出版社2012年版，第39页。
③ 白长青：《东北流亡文学史料与研究丛书·东北流亡文学总论》，春风文艺出版社2019年版，第2页。

与关内小说、外国小说碰撞、交汇、融合，促进了东北文学的发展。

（二）研究方法

（1）运用文献研究法，在报纸影印版、胶片、馆藏资料等文献中进行细致入微的爬梳，收集梳理《盛京时报》现代小说史料，为研究做好充分的资料准备，以现代小说史料的挖掘和辨析为主要研究方式，重构当年的文学生态与发展脉络。

（2）通过内容分析、文本分析等方法，全面辑录小说名称、作者、刊载时间、栏目等基本信息，对专栏文言短篇小说按照题材分类研究、对特定时段小说抽样统计分析。

（3）运用小说史料统计、对比分析、逻辑分析等方法，结合文献研究，在充分占有相关史料、参照国内外已有研究成果的基础上，本着辩证唯物主义和历史唯物主义的立场和原则，对本书的重点难点问题进行分析、论证，得出符合历史实际的结论。

（4）本书还将拓宽研究的理论视界，采用文化地理学以及叙事学、心理史学等交叉学科的理论与方法，分析这一时期报载小说创作的特征与规律，进而加强研究的理论深度。

《盛京时报》刊载的2844部现代小说，虽雅俗并存，新旧俱在，但充分展示了20世纪上半叶东北文学的原生态样貌。本研究以收集整理《盛京时报》现代小说史料入手，对《盛京时报》现代文学25年的小说做系统的归纳梳理，以期弥补东北沦陷区文学研究的薄弱环节，展现《盛京时报》现代小说的真实样貌与文学生态。

四 整体结构与主要内容

本书围绕《盛京时报》从五四运动到抗日战争结束前（1919—1944）的小说史料，重点对《盛京时报》文艺副刊所刊载的2844部小说及作家作品进行研究。整体内容包括绪论、正文和附录三个部分组成。绪论部分总括选题缘起与论题说明、文学研究现状、研究思路与方法、整体结构与主要内容。正文部分共列六章，分别论述《盛京时报》与东北报纸文学、《盛京时报》文学阵地与现代小说的繁荣、《盛京时报》主要作家与作品（上）、《盛京时报》主要作家与作品（下）、《盛京时报》外籍作家与作品、《盛京时报》现代小说的地位、价值与影响。具体包括以下七个方面。

（1）《盛京时报》现代小说与东北文学的关系。因为较早地搭乘了大众传播媒介的"快车"，《盛京时报》小说具有很强的社会影响力，它启蒙了处于文化的边地的东北父老，创设了文学平台，激励了文学青年，使东北小说与传统小说、关内小说、外国小说形成交汇，在现代东北时报文学中占有重要的位置。可以说，《盛京时报》小说开拓了东北文坛，开辟了东北现代文学成长的沃土。

（2）通过文本分析、内容分析、统计分析等方法，系统梳理《盛京时报》1919年"五四运动"至1944年报纸终刊时段所刊载的小说史料。列表辑录《神皋杂俎》这一文学阵地上的小说，对重要作家的小说作品进行分析，研究专栏作品刊载特点，对特定时段小说抽样统计分析，对特色小说专刊进行定量研究。综合运用这些研究方法，系统分析《盛京时报》小说的内容、刊载情况、社会影响等，探究以《盛京时报》为代表的东北报载文学成长的理路。

（3）研究《盛京时报》主要作家及其代表小说。重点梳理报纸副刊主笔穆儒丐的小说，从1918年至1944年，他连续27年在《盛京时报》上笔耕不辍，发表长篇小说22部，短篇小说22部，中篇小说4部，还有社论、戏评、书评、品花、笔记等，勤奋异常。此外，还整理早期专栏作家踞石和怜影的短篇小说，还有专栏编辑金小天、王冷佛的小说，文学周刊编辑王秋莹的小说，多产作家赵鲜文的小说等。

（4）研究《盛京时报》众多外籍作家及其作品，如日籍作家芥川龙之介、菊池宽、夏目漱石等小说。探讨域外小说对东北现代文学的影响与启迪。域外小说的刊载，是东北现代文学发展的原动力之一。1897年梁启超作《论译书》，指出"处今日之天下，则必以译书为强国第一义"，同年在《国闻报》社说中，也谈到欧洲、美国、日本在他们开化革新之初，往往得到小说的助力"新一国之民"①。清末民初的改良政治家们，也想借助翻译小说在文学文化上与西方迅速接轨，借此进行有效的政治改良。自1906年11月3日第一部域外白话小说《演说俄国压制家之结果并历史》始，《盛京时报》累计刊载域外小说152部，包括长篇小说22部，中篇小说19部，短篇小说111部，其中1919—1944年共刊载小说124部，其中长篇小说10部，中篇小说12部，短篇小说102部。《盛京时报》

---

① 梁启超：《论小说与群治之关系》，《新小说》第1卷第1期，1902年。

所刊载的域外小说近三分之一出自名家之手,域外名家有 38 位之多,其享誉世界的影响力给《盛京时报》文学乃至东北现代文学传播注入了无限生机与活力。

(5) 系统研究《盛京时报》众多小说平台及其小说。这些小说平台,如《神皋杂俎》《紫陌》《另外一页》《文艺》《文学》等文学周刊,"妇女周刊""儿童周刊""教育周刊"等。通过刊载内容的梳理,分析报纸副刊在教育读者、感悟读者、与读者交流互动方面所发挥的文化教育功能。借助这些平台,《盛京时报》开拓了东北文坛,建立了读者园地,创设了"新年号"悬赏征文小说,有奖征文激发了东北文学青年的创作雄心,客观上为东北文学发展做了人才的储备,助推东北文化的普及。

(6) 基于《盛京时报》小说刊载与读者互动,研究该报小说传播与社会影响。借助 H. R. 姚斯的接受美学与接受理论重点分析《盛京时报》的小说发行与读者接受,并通过"新年号"小说征文广告,促进读者、编者与作者的共同参与,培育报纸文艺副刊"共有""共享""共办"的理念。《盛京时报·神皋杂俎》副刊以读者为本位,赢得了广大读者的关注,产生了深刻的社会影响。

(7) 梳理《盛京时报》现代小说及相关研究成果,为学术界提供一份全面、准确的资料索引。整理《盛京时报》现代小说的各方面研究,帮助人们正确释读这些有价值的文献资料,完整呈现《盛京时报》现代文学的样貌,以完善、丰富东北沦陷区文学史。同时,为东北社会史、文化史的研究提供有益的参考,为不同领域的学者更有效地研究、使用报刊文献提供基础性帮助。这部分小说史料跨越两个历史分期,历经社会动荡期、转型期,总结这样一个重要历史时期报载文学传播的运演规律,具有重要的历史价值和文化意义。

第一章

《盛京时报》与东北报纸文学

报纸出现之前，文学的传播依赖的介质比较单一，或是口口相传，或是文字传播，印成小册子，发行单行本。报纸出现，宣告大众传播时代的到来，文学登上了报纸这个大众平台，意味着进入大众视野，成为大众文学。报纸这个重要的载体一经出现，扩展了文学的读者群，传播范围拓展了，传播视域拓宽了，传播能力增强了。从历史来看，清朝前期的东北作为龙兴之地，幅员辽阔，气候寒冷，长期被封禁，间或作为流民之地，导致文化荒寂，文学发展受限。19世纪末东北出现了报纸，文学有了重要的传播平台，东北文学迎来了发展的机遇，文学辐射面增大，读者群扩大。文学搭乘现代传媒的快车——报纸，使之变得都市化、市民化，随着报纸被送往千家万户，普通市民有机会阅读文学。正是媒介技术赋权大众的文学阅读，正如麦克卢汉所言："我们的任何一种延伸（或曰任何一种新的技术），都要在我们的事物中引进一种新的尺度。"① 即人类只有在拥有了某种媒介之后，才有可能从事与之相适应的传播和其他社会生活。媒介最重要的作用就是影响了我们理解和思考的习惯。由于报纸发行周期短，信息传递及时，通过连载方式避免大部头作品阅读压力与购买耗费，使人们对报纸阅读有了期待。因此，可以说东北报纸对东北地区的启蒙有着极为强劲的助推作用。

第一节 东北地区报业的兴起

本雅明曾提出现代文学的发展离不开现代文学的生产方式与体制。

---

① ［加］马歇尔·麦克卢汉：《理解媒介：论人的延伸》，何道宽译，商务印书馆2000年版，第33页。

他指出:"在现代社会中文学的品格与本质在很大程度上取决于文学的生产方式和体制。以报纸、杂志、书店和出版单位为核心的文学生产体制构成了政治体制外的文化、言论空间和社会有机体,产生和决定着文学的本质和所谓的'文学性'。"① 研究东北现代文学离不开对东北现代报纸与东北报载文学的关注。需要说明的是,"在文化土层并不深厚的东北,新文学起步较关内是迟缓的"。② 东北现代文学是伴随着东北社会的苦难历程而产生、发展和转型的。在20世纪初,俄日两国在东北开办了日文、俄文报纸,以报纸作为文化侵略的开路先锋、喉舌和言论机关。日本在东北创办报纸时间上略晚于俄国,但办报数量大,办报时间长,"利用报纸向本国人民宣传东北的富饶,引诱本国人民来东北开拓经营"③,并试图在思想文化领域奴役中国人更为深远长久。为了实现侵略中国的野心,日本"创办中文报纸,利用报纸发行速度快,覆盖面广的特点,最大限度地鼓吹侵略政策,用以麻痹中国人民,掩盖其侵略野心。日本在东北创设新闻机构,创办报纸,完全是有计划,有步骤,由国家来投资的"④。显然,掌握舆论宣传工具,控制话语是日本当初在中国办报的主要目的。

一 日俄侵略与东北报业

20世纪的东北,地缘政治和历史环境特殊而微妙,处于日俄两个帝国主义势力范围交叉点,东北山雨欲来,危象日重。伴随政治霸权而来的是日俄文化上的渗透与浸入。东北地区报业兴起略晚于中国近代报业,19世纪沙皇俄国入侵中国,1899年8月沙俄在旅顺创办了第一份官方俄文报纸《新边疆报》,这是东北近代的第一份报纸。1904年,日俄战争爆发,"沙俄又在东北军事重镇旅顺出版中文《关东报》,在东北政治中心奉天(今沈阳)出版中文《盛京报》"⑤,这两份报纸是东北最早的中文报纸。从中文报纸在东北出版发行开始,东北现代的"文

---

① [德] 瓦尔特·本雅明:《发达资本主义时代抒情诗人》,张旭东、魏文生译,生活·读书·新知三联书店1989年版,第44页。
② 张毓茂:《东北现代文学史论》,《社会科学辑刊》1994年第2期。
③ 孙邦主编:《伪满文化》,吉林人民出版社1993年版,第303页。
④ 孙邦主编:《伪满文化》,吉林人民出版社1993年版,第303页。
⑤ 方汉奇:《中国新闻事业通史》(第1卷),中国人民大学出版社1997年版,第813页。

学场"就已经奠基了,东北现代文学史不是静态的作家作品史,而是出版发行、传播流通、阅读接受的动态史,还是东北现代传媒的发展史、促进史、见证史。

东北早期报纸都是外国人创办的,东北最早的报载文学作品,也都是刊登在外国人创办的报纸副刊上,绝少专门的文学刊物。从1899年东北第一张近代报刊诞生到1919年"五四运动",俄国在东北创办的俄文、中文报纸共22份,如1899年沙俄在旅顺创办俄文报纸《新边疆报》,1903年创办俄文中东铁路机关报《哈尔滨新闻》,1904年在旅顺出版中文报纸《关东报》,1906年于哈尔滨创办中文报纸《远东报》等。1904年日俄战争,日本战胜,日俄两国在东北重新划分势力范围,因此日本在东北创办的报纸稍晚于俄国。到1919年五四运动前,日本在东北创办的报纸有26份,其中主要日文报纸有:1902年于辽宁营口创办的《营口新闻》,1905年于营口创办的《满洲日报》(同时用日文、中文和英文出版),1907年于大连创办的《满洲日日新闻》,1909年于长春创刊的《长春日报》,1914年于长春创刊的《长春商业时报》,1908年10月5日创刊的《北满洲》等。日本在东北创办的中文报纸有:1905年于旅大地区创办的《辽东新报》,1906年于沈阳创办的《盛京时报》,1908年于大连创办的《泰东日报》,1918年11月1日于哈尔滨创刊的《极东新报》等。综合来看,"日本中文报纸的存在时间远远超过俄国。俄国真正意义上具有影响力的《远东报》,存在了15年,而日本最年轻的《大北新报》,存在时间也有22年,至于《盛京时报》和《泰东日报》更是长达38年和37年之久。"① 可见,日本创办的中文报纸在数量和质量上皆胜于俄国"。其中,日本人创刊的日文报纸影响最大的是《辽东新报》和《满洲日日新闻》,而影响最大的中文报纸是《盛京时报》,"同时也是日本在华出版历史最长的中文报纸"。② 就各报的发行量来看,以1921年为例,"《辽东新报》日销量为37000余份,《盛京时报》日销量为25000余份,《泰东日报》日销量为8700余份,《满洲日日新闻》日销量为25800余份,几乎全部占领了东北地区的新闻阵地"③。

---

① 叶彤、王凯山:《近代东北地区俄日中文报业活动述评》,《新闻界》2013年第13期。
② 梁利人主编:《沈阳新闻史纲》,沈阳出版社2014年版,第9页。
③ 孙邦主编:《伪满文化》,吉林人民出版社1993年版,第305页。

清末民初在东北地区创办、经营且有一定社会影响力的报纸依时间顺序主要有大连《辽东新报》(1905—1927)、哈尔滨《远东报》(1906—1921)、沈阳《盛京时报》(1906—1944)与大连《满洲日日新闻》(1907—1927)及《泰东日报》(1908—1945)。

二　早期报纸的文学阵地

据史料考证,东北早期中文报纸开设文学副刊的有《盛京时报》《大同报》《远东报》《泰东日报》。为了同《盛京时报》竞争,《远东报》仅开辟了"文苑""杂俎""小说"等文学栏目。值得一提的是,《远东报》这三个栏目"不仅结束了黑龙江文苑里诗歌一花独放的滞后局面,而且使黑龙江文学步上了多样化发展的道路"①,《泰东日报》开设了"泰东杂俎""潮音"等文学栏目,傅立鱼于1913年加入《泰东日报》社任编辑长,利用第一任社长金子平吉所打的"言论自由"之类的招牌,发表了许多思想进步、有革命性的文章,对日本侵华的暴行进行抨击,维护中国人民的利益,在其任职期间,该报文学作品丰盈。

20世纪初,《盛京时报》《远东报》《泰东日报》这三份中文报刊所刊登的文学作品数量以《远东报》(1906—1920)334篇居于首位,《盛京时报》(1906—1920)次之,共计刊载173篇,《泰东日报》残缺较多,统计不全(见表1.1)。在内容与质量上,《盛京时报》与《泰东日报》不分伯仲,文学作品取材丰富,既有展现东北生活的作品,也有展示关内或域外风情的小说。而《远东报》次之,小说内容既非黑龙江人的生活,也无黑龙江的色彩。考证同一时期《远东报》,文学作品原创性不强,质量堪忧,"为转载之作的86篇,约占总量的25.75%,抄袭之作共有129篇,约占总量的38.62%"②。比较来看,《盛京时报》和《泰东日报》文学作品质量较高,能够反映地域文化生活。

---

① 彭放编:《黑龙江文学通史》(第2卷),北方文艺出版社2002年版,第20页。
② 郭辉:《转载与抄袭:〈远东报〉小说再评价(1910—1921)》,《文学与文化》2018年第4期。

第一章 《盛京时报》与东北报纸文学

表 1.1　　　　　20 世纪东北重要报纸文学副刊统计

类别 报纸	创刊时间	创刊地点	文学副刊	栏目	主编	备注
《远东报》	1906.3.14	哈尔滨	无	文苑、杂俎、小说、选论、战事、白话、专件、滑稽文字、每天闲话	婴玉冰	日发行 1000 份
《盛京时报》	1906.10.12	沈阳	神皋杂俎、紫陌、文艺、文学周刊、妇女周刊、儿童周刊、教育周刊、另外一页	小说、笔记、品花、谐文、文苑、谈丛、戏评、医话、茫茫人海、剧本等	穆儒丐、王冷佛、金小天、秋蓉、李笛晨	最大发行 18 万份
《满洲日日新闻》	1907.11.3	大连	无	家庭、文艺		日文报；1926 年日发行 4.1 万份
《泰东日报》	1908.10.3	大连	泰东杂俎、潮音、文艺、儿童专刊、少年文艺、响涛文艺周刊		傅立鱼	最大发行 12 万份
《大同报》	1932.3.2	长春	消闲、电影、学生、家庭、文艺		李季风	创刊较晚，文艺副刊影响较大

最为瞩目的是《盛京时报》，不但发行时间最长，且其创设副刊、栏目丰富多样。文艺副刊除了屹立 27 年的《神皋杂俎》之外，还陆续创设了《紫陌》《文艺》《文学周刊》《妇女周刊》《儿童周刊》《教育周刊》《另外一页》等，这些副刊又开设了诸多的文学栏目，如小说、笔记、品花、谐文、文苑、谈丛、戏评、医话、茫茫人海、剧本等。众多的文艺副刊和诸多的栏目既丰富了《盛京时报》的文学性、知识性和思想性，也增强了该报的精准性、阅读性和趣味性，充分发挥了报纸开启民智和文学革命的功用，展现了这份报纸成熟的办报模式。《盛京时报》文艺副刊自成体系，为读者贡献了丰富多彩的文学阵地，提供了东北现代报刊的文献价值。它是日本人在中国东北创办的第一份也是历时最久的一份中文报纸，它是东北现代文学从荒凉阒寂到发生发展的有力见证，它的小说数量、质量、种类、题材等是研究东北现代文学不能捐弃的宝藏。

第二节 东北报载文学：从"时报小说"到"时报文学"

20世纪初，关内的办报风潮也涌向东北，与京津沪地区相比，彼时东北地区报业刚刚起步，且报纸多为日、俄创办，但报纸的文学版面大多还是由中国文人来把持。这样，形成东北"时报"一种特有的社会现象，政治宣传与文学传播的双重路径。尽管东北报业相对于关内报业是荒疏、寂寥的，但作为大众传播手段，无论是出版周期还是发行量都是之前其他媒介所无法企及的，因此其关注度并不逊色。从时效性来看，新闻纸也可称"时报"，所登载的小说自然可以称作"时报小说"，时报上所刊载的文学作品也可称为"报载文学"。值得关注的是，"时报小说"不同于新闻纸出现之前小说的承载方式，因为"时报"的传播范围、通俗性以及发行周期等都决定了"时报小说"独有特色，"时报小说"与"时报"其他文学样态统一形成"时报文学"，也称"报载文学"。这样，东北"时报"载体蕴育了东北"时报文学"。

一 时报：东北报纸发展的一枝独秀

何为"时报"，可从《礼记》溯源，子思曰"君子而时中"，意思是君子要合于"时"并随"时"而变。梁启超先生为民国上海创刊的《时报》撰文论其宗旨有言曰："时报何为而作也？记曰，君子而时中。又曰，溥博源泉而时出之。故道国齐民，莫贵于时。"① 君子要俯仰随于"时"，行动合于"时"，变化中于"时"，这是引导国民、治理国民最恰切、最有效的办法，是为国民谋求有秩序的进步的宣传之具。援引《礼记》命名也表达了创办者在创刊伊始执中公允的办报姿态，既不保守亦不冒进，既批判顽固派又批判革新派。

20世纪初的中国处于激荡变革之世，彼时有识之士要研究中国及世界之大问题，阐明是非厉害、献策当局、商榷于国民以应付外邦、匡复中国，报纸是主要的舆论平台。可以说"《盛京时报》虽有浓厚的政治色彩

---

① 梁启超：《〈时报〉发刊词》，《时报》1904年6月12日。

和背景,但毕竟以民间身份面世,故而以公正自居,当在情理之中"①。时报也是报道新闻事实、把握世界舆论趋向、调查内地国情、发明政艺学理、介绍言论思想、提供茶余饭后资料等的重要信息传播场。"时报"中的"时"是指"当前的""现在的""应时的"意思,更加彰显新闻之新鲜的特性。"时报"则意为"传播当下信息的报纸""有实效性的报纸""刊发快速的报纸",名噪一时的《盛京时报》《滨江时报》即是此意,成为东北报纸发展的重镇。

二 近代东北主要"时报"发展

20世纪初,东北一些区域为俄、日两国控制,这两个国家在控制中国东北商业、贸易等领域的同时,也在力图通过文化传播、政治宣传为其在东北军事管控和政治图谋作"合法化"解说。这一点,从20世纪初俄、日在东北创办的报纸比较集中即为明证。根据统计,从1905年至1908年,东北先后出现《辽东新报》《远东报》《盛京时报》《满洲日日新闻》《泰东日报》等几份较有影响的报纸(见表1.2)。除了《远东报》被俄控制之外,其他报纸都是在日本的掌控之下。

表 1.2　　20世纪20年代东北比较有影响的中文报纸统计

类别报纸	创刊时间	创刊地点	控制国家	停刊日期	备注
《盛京时报》	1906.10.12	沈阳	日本	1944.9.14	最大日发行18万份
《远东报》	1906.3.14	哈尔滨	俄国	1921.3.1	日发行1050份
《泰东日报》	1908.10.3	大连	日本	1945.10	最大日发行12万份
《辽东新报》	1905.10.25	大连	日本	1927.10.24	日文报1926年日发行4.5万份
《满洲日日新闻》	1907.11.3	大连	日本	1945.8.16	最大日发行2.7万份
《满洲报》	1922.7.24	沈阳	日本	1937.8.3	唯一单独印刷文艺副刊的报纸
《新民晚报》	1928.9.20	沈阳	中国	1931.9	最高销量达日发行50万份

---

① 程丽红、叶彤:《日本侵华事业的先锋分子——〈盛京时报〉主笔菊池贞二初探》,《东北史地》2011年第3期。

《盛京时报》是伪满时期发行全东北的头号大报,在极盛时期,日出三大张半,14个版面,发行量达18万份。该报创办目的性极强:"仰仗帝国主义特权,针对中国时政,放言高论、挑拨离间、造谣生事,唯恐中国不乱。'九·一八'事变以后,该报更加得天独厚地称雄于沈阳,版面不断扩大,销量增加……它的新闻稿很短,一般为一二至五六百字,外市县新闻在百八十字上下,但桃色新闻、凶杀案、演员生涯等却添枝加叶,篇幅较长。'文学'副刊自1940年后,曾间或发表一些带有进步倾向的作品,这是东北进步作家,利用敌人阵地发表的言论,是日本侵略者意料不及的。随着日本在侵华战场上的失利,到1944年9月15日,《盛京时报》改为《康德新闻》奉天版,结束了它38年的历史。"[①]

《远东报》于1906年3月14日由中东铁路公司出资创办,是哈尔滨历史上第一份中文报纸,成为沙俄在远东宣传的阵地。该报版面设置简洁、规整:"初时四开四版,以后逐渐增加版面,有时为六版或八版。一版为新闻;发中俄重大新闻与时评;二版全是广告;三版为本埠要闻和本埠琐闻;四版亦是广告;五版为文艺版,以连载小说居多,著名才子杨墨轩先生曾在该版负责文艺副刊版编辑,六、七、八版大部分为广告。"[②]《远东报》在1916年达到鼎盛时期,1918年缩版至对开两大张,开始走向衰落,1921年3月1日停刊,总共出刊15年。

《泰东日报》是由华商刘肇亿于1908年10月3日在大连创刊,后为日本人所掌控。从最初的二版,后发展为四版,然后增至八版。日发行量为3万份,其中2万份销往东北各地。到了1938年扩为十版,划分为政治、经济、社会、地方、副刊、少儿等专栏,发行量为12万份,比较有影响力,1940年发行量又缩至2万份,每天出四版。该报于1945年10月停刊,历时37年,从报纸发行时长上来看,仅次于《盛京时报》。

《辽东新报》是由日本实业家末永纯一郎于1905年10月25日在大连创办的,末永纯一郎曾担任新闻《日本》的前编辑长。《辽东新报》刚开始创刊时一周只发行两次;从1906年1月1日开始隔日发行;自1906年4月3日起,内容改成4页日语新闻和2页中文新闻;1908年,《辽东新闻》内容改成6页的日语新闻;1912年10月,扩张到8页的新闻。《辽

---

① 孙邦主编:《伪满文化》,吉林人民出版社1993年版,第313页。
② 杜家和:《黑龙江地域文学的现代性诉求》,《哈尔滨学院学报》2006年第3期。

东新报》曾是大连唯一的日语言论机关，被给予关东都督府的机关报纸的地位。满铁总社于1907年迁址大连后意欲收购该报，但"因社中干部强调'民间报纸的立场'而予以拒绝"①。满铁遂创刊《满洲日日新闻》，渐渐代替《辽东新报》起关东都督府公报的作用。1913年年末，创办者末永纯一郎因病去世，其弟末永节继任社长职位。受末永节思想倾向影响，《辽东新报》为日本鼓吹侵略的色彩日趋浓厚。1927年11月1日，《辽东新报》和《满洲日日新闻》实行合并，改名为《满洲日报》。

《满洲日日新闻》是由日本侵略中国东北地区的中心机构——南满铁路公司（满铁）的第一代总裁后藤新平于1907年11月3日于大连创刊的。它是满铁（南满铁道公司）的机关报，作为日本开拓满洲的国策新闻，当时在满洲具有强大的影响力。1927年《满洲日日新闻》改名后先后并购了《大连新闻》《奉天日日新闻》《满洲新闻》。1935年11月，总公司搬到奉天，1945年8月16日《满洲日日新闻》停刊。

此外，还有《满洲报》和《新民晚报》，这些报纸和《盛京时报》一起构成了近代东北最主要的报纸，它们有以下几个共同特点：其一，除《新民晚报》外，大都是外国企业出资在中国创办的报纸；其二，报纸发行量都比较大，如《辽东新报》《满洲日日新闻》日发行量曾达4.5万份和2.7万份，而《盛京时报》《泰东日报》最大日发行量超10万份；其三，报纸发售面广，比如《盛京时报》和《泰东日报》大部分销往东三省，还有部分销往北京、天津、山东等地；其四，发行时间比较长，5份报纸都历经中国社会从近代到现代的转变，尤其是《盛京时报》和《泰东日报》分别历经38年和37年之久。

三 "时报文学""新闻文学"与普通文学

"时报"一词解释清楚，"时报文学"就不难理解了，组合起来看，"时报文学"就是以"时报"为承载方式的文学，对于文学而言，它是从信息传播平台角度对文学做出的分类。换言之，"时报文学"可以简单理解为"当下报纸的文学"，具有新鲜、时新之特点，查阅《盛京时报》可以看出"时报文学"能够做到"即时传播"，实现"即创作即登载"，正因如此，"时报文学"是报刊时代作家与读者"即时互动"的一种文学

---

① 周佳荣：《近代日人在华报业活动》，岳麓书社2012年版，第202页。

形式。

在理解"时报文学"时，不能避开"新闻文学"这一概念。20世纪30年代黄天鹏提出"新闻文学"这个概念，他认为新闻文学的规范是由梁启超确立的。他眼中的新闻文学是一个宽泛概念："新闻文学之二大潮流，一为政论之文章，一为新闻之通信，兹二者外，又有余兴文学出，即新闻纸之副刊及独立之小报是也。"① 可见，黄天鹏眼中的"新闻文学"是包括"新闻"和"文学"双重内涵，既侧重于"文学"又不舍弃"新闻"。正是基于这样的认识，黄天鹏在《新闻文学概论·新序》中写道："新闻文学的作者并不只是新闻记者，一般人都可以投稿，可以说人人都是作者，也可以说，人人都是读者。"② 冯并结合一些学者对"新闻文学"的认识，从"文学"角度阐释了"新闻文学"的范畴，然而他没有完全舍弃"新闻文学"的"新闻"成分。试看冯并对"新闻文学"的理解：

> 凡是内容或形式适应于报纸及其副刊的文学形式、文学作品都可以归为新闻文学。大体可分为两大类：甲类，与新闻有本质的共同点，坚持新闻的真实性，这就是各种形式的报告文学。乙类，与报纸更多形式上的联系，比如文艺杂文、长篇连载、笔记小品等等。无论是甲类还是乙类，都和报纸以及新闻有特定的关系，甚至可以讲，离开了报纸，它们既不会演化发生，也不会发展成现在这个样子。完全可以讲，"新闻文学"是新闻事业影响于文学的产物。③

据此可知，"新闻文学"所指涉的范畴有二：其一为新闻纸上的文学；其二为新闻纸上皆有文学方法报道的新闻。本书认为"时报文学"就是"新闻文学"所指的第一层含义，即"新闻文学"中的"文学"。

关于"时报文学"与普通文学的关系，则可借助"新闻文学"与普通文学的关系"等价交换"转化而成。黄天鹏在讲述新闻文学的特性时，就是通过普通文学来完成的。他指出，时间性、通俗性和趣味性是新闻文学不同于普通文学的三个鲜明特性：

---

① 黄天鹏：《新闻文学概论》，上海大光书局1930年版，第46页。
② 黄天鹏：《新闻文学概论·新序》，上海大光书局1930年版，第2页。
③ 冯并：《中国文艺副刊史》，华文出版社2001年版，第34页。

普通文学之价值，在视其内涵如何，而新闻文学则先觇其时间性之远近，一篇优美纪事，倘若失其时间性，在文学上固无所损，在新闻上则失其价值，而于史为近矣。普通文学在文学史上有所谓庙堂文学与平民文学之分，近世潮流又有所谓资本阶级与无产阶级之别，而新闻文学则为通俗的，无所谓朝野，无所谓阶级，乃一般人之文学也。文学之技术与内涵，属于多方面，而新闻文学则以趣味为要旨，凡有文学的艺术，而乏趣味之成分者不足以应用在新闻纸上也。①

借助"新闻文学"的推导和过渡，"时报文学"与普通文学的区别也就十分清楚。"时报文学"突出时效性、通俗化和大众性的特点，作为"时报"几乎天天与读者见面，不断带给受众新鲜感；作为"时报文学"，缩小作家创作与读者阅读互动的周期，作家能够根据读者阅读状况及时调整后继待刊载的作品。正如徐载平、徐瑞芳指出的，"中国的文坛与报坛是表姊妹，血缘很密切"②，这一表述诠释了文学与报纸的关系。文学借助"时报"广泛传播，报纸每天发行量可达几千、几万，甚至十几万份，辐射面广，影响力大，在报纸时代，"时报文学"的确扮演重要的角色。

---

① 黄天鹏：《新闻文学概论》，上海大光书局 1930 年版，第 9 页。1949 年以前的报刊由于编校印刷质量问题，存在不少错误；本书为呈现历史原貌起见，不改动引文，仅对引文中较为明显的错误做出提示。

② 徐载平、徐瑞芳：《清末四十年申报史料》，新华出版社 1988 年版，第 73 页。

第二章

《盛京时报》文学阵地与现代小说的繁荣

《盛京时报》成熟、丰盈的文学阵地形成了立体交叉的文学空间。在20世纪上半叶大众传播单一发展背景下，报纸成为社会民众获取信息的最重要途径，获取信息便捷、廉价。报纸不像戏院、茶馆等强调的是物理空间和场域，报纸构建的是信息空间、想象的空间。报纸文学的生产、文学活动的开展、文学竞技的设置，需要营造一个令受众瞩目的媒介空间。德国现象学批评家汉斯·罗伯特·姚斯认为："通过研究围绕那个作品的期待视野的方式来解释人们解读文学作品的方式的历史。"① 提出了从读者接受的角度去看待文学作品的发生发展的历史。姚斯进一步指出："在作品被创作的时间和地方，读者可能期待什么，并且，当作品被创作的时候以及当那些期待随着时间改变的时候，他都将可能的期待范围与作品的读者可能的期待范围对比。"② 报纸文学作为一种社会文化符号，通过刊载的文学作品，在作家与社会之间，作家与历史之间，作家与报纸阅读者之间进行沟通和传导，所以研究报纸文学传播，不应当仅仅以作家为研究中心，还应该参照社会的审美价值取向，也就是作品接受者的价值取向。

副刊是报纸上用文学体裁反映社会，文艺色彩浓厚，能够给读者提供审美的固定媒介空间。《盛京时报》从创刊之初就设置了读者来信专栏，用于报纸编辑和读者之间的互动。当然，这一互动类型专栏名称多有变化，1907年2月20日首次出现"来稿""来函照登"的互动栏目名称，主要刊登读者告白、失物招领、挂失等稿件，一直延续到1937年4月

---

① [美]罗伯特·戴尔·帕克：《文学诠释方法论》，刘金波等译，武汉大学出版社2018年版，第292页。

② [美]罗伯特·戴尔·帕克：《文学诠释方法论》，刘金波等译，武汉大学出版社2018年版，第292页。

20 日。1912 年 3 月 1 日开设"读者之声""读者俱乐部"栏目，刊登读者和报纸编辑的交流文字，该栏目是读者与作者、编辑就报纸各方面问题进行交流的主阵地，直至 1935 年 10 月 14 日。1918—1933 年开设"小邮筒""代邮"栏目，该栏目是编者向作者传递信息之地，编者会把报刊的变动情况、稿件要求、作者稿件的发表情况等在此告知读者。1931 年 5 月 18 日，开设"摩登"栏目，以问答的形式展现读者关于两性、伦理方面的问题，编辑耐心予以解答，该栏目延续至 1936 年 12 月 1 日结束。此外，还有面向儿童推出"组字游戏"专栏，开设于 1931 年 6 月 1 日儿童节这一天，位列于《儿童周刊》内，是面向儿童读者的互动栏目，直到 1944 年 9 月 22 日结束。值得关注的是，1932 年开设"沈水医坛"健康专栏，以问答的形式登载各地读者关于病症的问题，报社邀请各大药房大夫予以解答。1933 年开设"疑问"栏目，用以呈现读者在对"疑问""摩登"等栏目内容的疑问或见解。1941 年开设的"文学解答"，以问答的形式展现读者关于文学的问题，编辑予以解答。这些互动平台完整地体现了当时读者和报纸编辑沟通交流的样貌。在报纸主导大众传播时代的历史时期，这种信息反馈方式的设置对于改变信息"单向度"传播无疑是一项重要举措，对增强编辑与读者互动，提高《盛京时报》办报质量具有重要的意义（见表 2.1）。

表 2.1 　　《盛京时报》报纸与读者互动栏目及内容

栏目	开设时间	内容
来稿/来函照登	1907. 2. 20—1937. 4. 20	刊登读者告白、失物招领、挂失等稿件
读者之声/读者俱乐部	1912. 3. 1—1935. 10. 14	该栏目是读者与作者、编辑就报纸各方面问题进行交流的主阵地
小邮筒/代邮	1918—1933	该栏目是编者对作者发言之地，编者会把报刊的变动情况、稿件要求、作者稿件的发表情况等在此告知读者
摩登	1931. 5. 18—1936. 12. 1	以问答的形式展现读者关于两性、伦理方面的问题，编辑予以解答
组字游戏	1931. 6. 1—1944. 9. 22	置于儿童周刊，是面向儿童读者的互动栏目
沈水医坛	1932. 3. 26—1935. 9. 3	以问答的形式展现读者关于病症的问题，报纸邀请各大药房大夫予以解答
疑问	1933. 1. 9—1942. 7. 20	读者在此处发表对于"疑问""摩登"等栏目内容的疑问或见解
文学解答	1941. 5. 20—1942. 2. 11	以问答的形式展现读者关于文学的问题，编辑予以解答

"五四"新文化运动后,各大报纸主办者均在报纸设置固定的版面,刊载文艺作品以飨读者。陈平原在谈及现代中国文学的生产机制及传播方式时强调:"谈论报章与文学,追溯到1815年马礼逊在马六甲出版了第一个中文的近代化期刊《察世俗每月统计传》,而中国人自办的近代化报纸,则当推伍廷芳1858年于香港创办的《中外新报》。中国最早的文学杂志《瀛寰琐记》创刊于1872年,其中除蠡勺居士翻译的英国小说《昕夕闲谈》外,余者都是传统诗文。"① 但真正将文学创作作为报章的重要栏目来认真经营,则是报纸文艺副刊与专门文学杂志。副刊的名字来源于《晨报》,1921年北平的报纸《晨报》上出现了一个独具一格的专栏"晨报附镌",为了将这个专栏改为单页,特聘请一位精于隶书的著名书法家来写题名,但隶书内没有"附"字。于是书法家挥毫写了"副"字。从此,"副刊"一词就在北平第一次出现了。第一份将报纸和文学副刊结合到一起进行传播的报纸是1897年上海的《字林沪报》,它设置了副刊《消闲报》,每日一份,随报分送。之后,1900年《中国日报》也开设了副刊,此后,大部分报纸都效仿之,副刊与文学史才构成重要的关系。

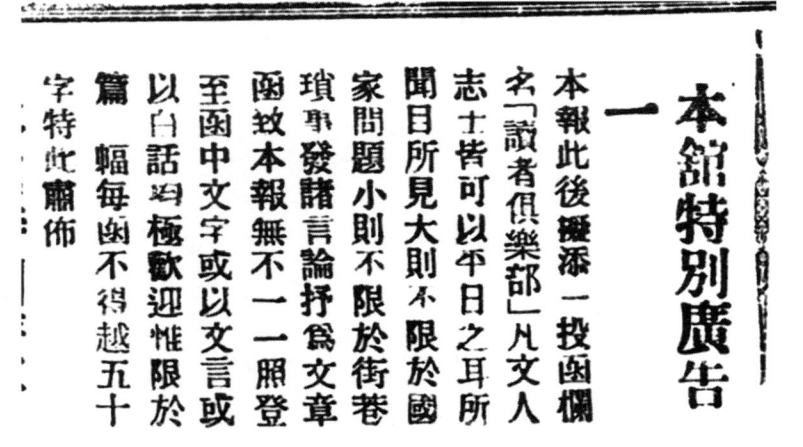

图 2.1 《盛京时报》开设"读者俱乐部"声明
(1912 年 3 月 1 日)

文学生产与报纸副刊发展是一个互助互为的过程。"五四"新文化运动后,报章与文学的生产密切相连。新文化运动给文学提供了一个转机,

---

① 陈平原:《"新文化"的崛起与流播》,北京大学出版社2015年版,第4页。

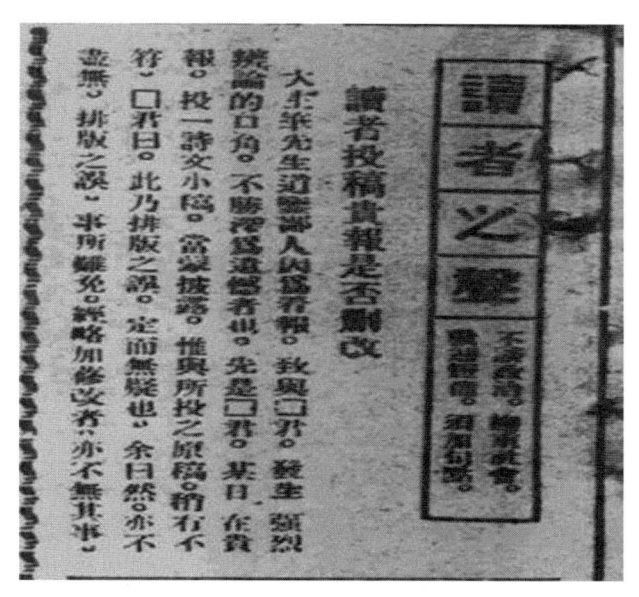

图 2.2 《盛京时报》的"读者之声"
(1933 年 4 月 7 日)

报纸给予文学一个无远弗届的平台，副刊给文学提供了一个专有的生态环境，正如报学史专家戈公振在"附刊与小报"中所述："吾意附张之材料，必以文艺为基础，如批评、小说、诗歌、戏曲与新闻之类，凡足以引起研究之兴味者，均可兼收并蓄，而要在与日常生活有关，与读者之常识相去不远。"[①] 随着梁启超小说革命的宣传，越来越多的有识之士认识到小说对改造思想、助推风气、改良社会的重要作用，于是各大报纸文学阵地中小说从原来文学体式中的"小"一跃居首，成为大力弘扬之文学体裁。

第一节 《盛京时报》小说的现代转型

《盛京时报》现代小说的刊载正值 20 世纪 20—40 年代，中国社会巨变和中国文学求新求变之际。《盛京时报》现代文学作品最初是固定在文

---

① 戈公振：《中国报学史》，上海古籍出版社 2014 年版，第 200 页。

艺副刊《神皋杂俎》内，而后分项开设众多文学副刊，副刊为当时脆弱荒凉的东北文学注入了一股清泉。该报从1919年五四运动到1944年停刊共刊载了2801部小说。这些小说在栏目、题材、内容、篇幅、语体、文体等方面富于变化，彰显20世纪20—40年代"时报文学"兴盛时期小说的刊载特点和演变规律。

一 嬗变与衍生：题材、语体与功用

在五四运动的影响之下，20世纪20年代东北地区各报纸文学副刊中的新文学作品如雨后春笋般多了起来。早在1916年，《盛京时报》聘请穆儒丐担任该报文艺副刊《神皋杂俎》的编辑一职，报纸文学作品刊载情势发生转变。回望这份报纸，从办报之初到1915年，报纸文学只有简单的"文苑""小说""杂录""丛录"等文学栏目，刊载的作品也多为小说、诗歌、戏评、演讲稿等。从1916年至1918年《神皋杂俎》创立，报纸刊载小说数量开始增多，短篇小说栏目进行再度细分，在"小说""短篇小说"之后缀上"醒时短篇""寓言短篇""哀情短篇""侠文短篇""纪事短篇""滑稽短篇""警时短篇""物语短篇""应时短篇""言情短篇""奇情短篇""历史短篇""感时短篇"等栏目名称，富有变化，但栏目类型还是很单一。

（一）扩版增容，题材上努力突破中国古代小说的范式

1919年，报纸文学园地作品日多，作者日众。1916—1918年两年多的时间里，小说创作者多是署名"踞石"和"怜影"两个人，二者轮流出现在报纸文艺副刊的小说栏目，创作的作品也多是文言短篇，而从1919年之后，报纸刊载的作家作品变得丰盈起来。报纸文艺副刊版面由原来只占一隅转而改成一版的一半至三分之二，不仅如此，在报纸头版上也常有小说刊载。随着版面扩大，刊登的文学作品从种类到数量都大大增加，作品质量也明显得到提升。

相比于近代（1906—1918）小说刊载，《盛京时报》现代小说刊载在数量、质量、题材、创作方法等都有新变。仅从小说刊载数量上来看呈现增长趋势，如1919年123篇（1919年5月4日至年末为36篇）、1920年72篇、1921年103篇、1922年159篇、1923年230篇、1924年117篇、1925年160篇、1926年214篇、1927年164篇、1928年102篇、1929年202篇、1930年225篇、1931年163篇。统计来看，1919年五四运动至

1931 年"九·一八"事变,共刊载小说 1947 篇;而"九·一八"事变到 1944 年停刊,共刊载小说 854 篇。五四运动之后的 13 年是东北报纸文学兴盛阶段,也是《盛京时报》小说刊载数量最多的时期。

与《盛京时报》近代小说(1906—1919)相比,现代小说(1919—1944)刊载表现为版面和栏目的扩增,作者群体数量的激增。首先变化比较明显的是 1919—1922 年,除了之前开设的文艺副刊,居于其首的小说栏目外,又增加了头版小说。值得一提的是,在头版上刊载均为短篇小说,大体有以下十个类别:其一,头版·社会短篇,如《理无终晦》(1919)、《杨洁甫》(1921)、《贞洁女》(1922);其二,头版·无栏目,如《和调党》(1919)、《陈阿尖》(1919)、《板桥道情》(1919),头版小说只有这三篇未设栏目;其三,头版·滑稽短篇,如《饭钟》(1919)、《咬舌》(1919)、《懒惰的人》(1922);其四,头版·新闻小说,如《查烟委员》(1919)、《摩纳哥之囚》(1919)以及头版·新闻短篇《贩土公司》(1919),只此三篇;其五,头版·警世短篇,如《不孝自毙》(1919)、《盘古成案》(1919)、《恶人世界》(1922);其六,头版·纪事短篇,如《清姬》(1923)、《黄大汉》(1922)、《浔阳丐者》(1921);其七,头版·纪异短篇,如《智儿》(1922)、《鬼弄书生》(1919)、《役鬼新术》(1919);其八,头版·滑稽言情,如《情诡》(1919)、《牙痛》(1921)、《方便案》(1921);其九,头版·侦探短篇,如《一封书》(1919);其十,头版·寓言小说,如《糊涂谈》(1919),此外还有零星的技勇短篇、诙谐短篇等。可见,短篇小说细化种类繁多,题材多样,能够满足读者的阅读需求。

这些头版小说大都集中在五四运动后的 1919—1922 年 3 年内刊发,其中在 1919 年标注头版的小说 45 篇。此时刊载的小说,既有对传统小说的因袭、模仿、改编与重组,又有对现实社会的描摹、反映、揭露与批判,还有对海外小说的吸取、交融与整合。这些短篇小说的命名、版面设置、创作手法都具有类似的特点,从名字的拟取上能够看到彼时报纸小说的取名特点,四字为主、幻奇引人;从版面的设置上能看出报纸对社会文化思想的传播,除了利用论说、新闻进行正向的传播外,更多希望通过小说对社会思想启蒙与改造;从小说的创作手法上,这一时期的小说虽带有传统"三言""二拍""说唱文学"的影子,但已经有了写实、科幻、心理描写等创作手法的运用。综观初期的《盛京时报》现代小说,版面拓展，栏目增容、数量增多，作者日众，质量提升。

（二）语体的嬗变：从文言、白话小说交替到文言小说的消失

在语体上，语言形式有文言与白话之分。准确来讲，文言小说和白话小说的文学起源、语言媒介、文学体制、表现方式、审美理想都有不同。文学起源方面，文言小说起源于中国的史传与辞赋，白话小说则起源于中国的俗讲和说书；语言媒介上前者是文言后者是白话；体制上前者为短篇后者为长篇；在审美理想上，文言小说更偏重于传统思想的宣传，而白话小说更多倾向于新思想的传递。根据统计，《盛京时报》共刊载现代小说2801部，其中长篇小说41部，中篇小说77部，短篇小说2683部。按照语体来划分，白话小说1599部、文言小说342部。长篇小说的《情魔地域》（署名"儒丐"）结尾注明为长篇文言掺杂白话战争小说，《优钵昙花》（无署名，只有28期）为长篇文言小说，其余皆为白话体。中篇小说只有1部标有文白夹杂的特点，其余76部皆为中篇白话小说；短篇小说除了339部为文言小说外，其余2344部皆为白话小说。《盛京时报》近代小说的刊载特点，笔者曾撰文总结：一是在题材上基本沿袭中国古代小说的范式；二是"白话长篇"与"文言短篇"交错融合出现；三是从"小说栏目"的演变到"小说类别"的细化；四是"域外小说"的大量引介。《盛京时报》现代小说的刊载形成由"文言与白话"相交替出现过渡到以"白话"为主"文言"为辅最后"文言"消失的演变格局。1919年《盛京时报》刊载小说数量是报纸创办14年以来最多的一年，共有123部小说，首次突破100部，白话小说21部，占全年所刊载小说的17%，其中《情魔地域》《摩纳哥之囚》《马赛谋财害命案》《刀环记》四部为文白夹杂小说，其余皆为文言小说。1920—1925年《盛京时报》刊载的白话小说数量逐年递增，即文言小说逐渐递减。具体来看，1920年72部小说中白话小说为23部，占全年所刊载小说的32%；1921年103部小说中有白话小说29部，占全年所刊载小说的28%，这一年在头版中第一次出现了白话小说《十枚铜元》，刊于1921年2月10日至3月1日，共8期；1922年159部小说中白话小说为89部，占全年所刊载小说的56%；1923年230部小说中有白话小说145部，文白夹杂小说9部，白话小说占全年所刊载小说的63%；1924年117部小说中有白话小说107部，文白夹杂小说2部，白话小说占全年所刊载小说的91%；1925年160部小说中白话小说154部，文白夹杂小说1部，白话小说占全年所刊载小的 96%；至 1926 年，《盛京时报》刊载小说均为白话小说（见表 2.2）。至此，文言小说退出了报纸副刊。

表 2.2　《盛京时报》（1919—1926）刊载小说语体变化趋势

年份	刊载小说数量（部）	白话小说数量	白话小说占比（%）	备注
1919	123	21	17	文白夹杂 4 部
1920	72	23	32	
1921	103	29	28	
1922	159	89	56	
1923	230	145	63	文白夹杂 9 部
1924	117	107	91	文白夹杂 2 部
1925	160	154	96	文白夹杂 1 部
1926			100	

在《盛京时报》现代文学开始之初，即 1919—1923 年，文言小说与白话小说是各自独立平行发展的。这也是《盛京时报》现代文学刊载以及中国现代时报文学发展的一大特色。自 1921 年后，文言小说与白话小说由相对独立到互相对峙，由平行发展到互相影响，由平分秋色到起伏消长，由旧传统的打破到新思想的传播，构成了《盛京时报》小说刊载的一个特色。

（三）启智育民、雅俗共存的小说创作

晚清思想家梁启超十分重视报纸的社会改良之功效，同时他认识到小说在启智育民、改造社会思想上所具有的启迪作用。1902 年梁启超提出了"小说界革命"，定位"小说"为"文学之最上乘"。他在《饮冰室自由书》中以"传播文明三利器"为题，阐述了兴建学校、办报纸以及进行演说是日本明治维新以来文明普及的方法与利器："日本维新以来，文明普及之法有三，一曰学校，二曰报纸，三曰演说。大抵国民识字多者，当利用报纸；国民识字少者，当利用演说。"[①] 他强调小说日本维新的重要影响："于日本维新之运有大功者，小说亦其一端也。"[②] 日本明治维新时期寻求民权自由之声，在报刊上陆续登载反映法国罗马革命之事的西洋

---

① 梁启超：《自由书》，吉林出版集团有限责任公司 2012 年版，第 90 页。
② 梁启超：《自由书》，吉林出版集团有限责任公司 2012 年版，第 91 页。

小说，迎来了社会变革，日本的明治维新，小说当居一功。世界开化得益小说之助，"且闻欧、美、东瀛，其开化之时，往往得小说之助"①。作为政治活动家、资产阶级启蒙思想家集于一身的梁启超，重视小说对社会改良之功用。

《盛京时报》发刊词中开宗明义，阐明这份报纸的创刊宗旨："二十世纪之世界——优胜劣败之世界也。口食者谓之物竞世界也。国家苟不谋自强则他国争强擅胜必钻隙以肆鲸吞，不割地而不已……我三省整顿内治必先振兴教育……国民教育分为二端：一学堂、二报章。"②明确提出国家自强的必要性，而国家要强大必须提升国民教育，提升国民教育除了学堂就是"报章"，阐明了报纸具有启发民智的作用，对民众的启蒙意义。从这个层面来看，中国民智的启发离不开时报文学，中国现代文学的发展，离不开报纸的推动。

《盛京时报》也偶尔刊载中国现代名家之作，如1919年5月9日刊发了署名舍予（老舍）的《王老虎》，为文言小说。进入20世纪30年代，名家之作刊载也有增多之势，如冯至的《赤塔以西》（1930）、老舍的《懒人》（1933）、张资平的《归乡之梦》（1933）、卢隐的《按摩》（1933）、杨季康（杨绛）的《收脚印》（1934）、郁文（郁达夫）的《四个指指》（1934）、萧乾的《花子与老黄》（1934）等。

试看杨绛短篇小说《收脚印》描写的一段文字：

> 守着一颗颗星，先后睁开倦眼。看一弯淡月，浸透黄昏，流散着水银的光。听着草里虫声，凄凉的叫破了夜的岑寂。人静了，远近的窗里，闪着一星星灯火——于是，乘着晚风，悠悠荡荡在横的、直的、曲折的道路上，徘徊着，徘徊着，从错杂的脚印中，辨认着自己的遗迹。
>
> 这小径，曾和谁谈笑着并肩来往过？草还是一样的软。树荫还是幽深的遮盖着，也许树根小砖下，还压着往日襟边的残花。轻笑低语，难道还在草里回绕着么？弯下腰，凑上耳朵——只听得草虫声声的叫，露珠在月光下冷冷的闪烁，风是这样的冷。飘摇不定的转上小

---

① 几道（严复）、别士（夏曾佑）：《本馆附印说部缘起》，转引自陈平原、夏晓虹编《二十世纪中国小说理论资料·第一卷（1897—1916）》，北京大学出版社1989年版，第12页。
② 《发行之词》，《盛京时报》1906年10月18日第2版。

桥,淡月一梳,在水里瑟瑟的抖。水草懒懒的歇在岸旁,水底的星影像失眠的眼睛,无精打采的闭上又张开,树影阴森的倒映水面,只有一两只水虫的跳跃,点破水面,静静的晃荡出一两个圆纹。

层层叠叠的脚印,刻画着多少不同的心情。可是捉不住的已往,比星、比月亮都远,只能在水底见到些儿模糊的倒影,好像是很近很近的,可是又这样远啊!①

作者的文字清新、淡雅,生动的景物描摹,细腻的心理描写,若散文若诗歌,字里行间充溢着美好的生活图景,是回忆,也是憧憬,人生就在重重叠叠的脚印中。这篇文章后来被收在《杨绛文集》散文卷中,在《盛京时报》归为小说栏目里,这一点可以看出《盛京时报》刊登的文学作品有时编辑在文体划分上不够精准。不得不承认,无论是最初刊登的白话、演说、杂录、文苑,还是来稿、译稿,都可以看出小说最初尚未作为报纸的主要刊载对象。事实上,小说"在整个中国文学结构中,都处于边缘地位。相对于处在中心地位的诗文来,小说只是一种不大正经的浅陋的通俗读物"②。正是因为如此,小说的边缘性和从属地位造成了它初始刊载栏目的模糊性与含混性。小说的启智育民作用和小说的弱势地位很不相称,也就难怪梁启超先生大力倡导"小说界革命"。

《盛京时报》不仅刊登大家之文,也培养自己的专栏作家,同时还通过征文与文学活动来活跃文坛、启迪民智。1920年1月1日《盛京时报》刊登了新年征文揭晓通告,征文主题包容性很强,新思想与旧思想并陈,传统与现代互现,如《中国应如何抵制过激主义》《南北谋和之观测》《诸侯多谋伐寡人者》《玉帝令庚申年灶神先期赴任敕》等,每个征文都设有若干名一、二、三等奖项。征文小说创作展现了新旧思想过渡时期东北报纸文学的面貌,历数这些小说,短篇小说的创作比中篇和长篇小说创作活跃丰富,关注社会现实,主题深刻开阔,风格自然朴实,令当时的东北读者大开眼界,打开了东北人偏凉荒僻、蒙昧已久的心门,成为东北人的精神与文化的养料,对荒凉闭塞的东北具有开化和启迪意义。

---

① 杨季康:《收脚印》,《盛京时报》1934年1月9日第11版。
② 陈平原:《中国小说小史》,北京大学出版社2019年版,第10—11页。

二 刊载文学演变：数量、栏目与域外作品的涌入

东北现代文学构成离不开两个时间节点，一是"五四运动"；二是"九·一八"事变。基于这两个节点形成东北现代文学发展三个阶段，其中"第二、三个阶段分别是'九·一八'事变前处于起步期的东北新文学和'九·一八'事变后曲折发展的东北沦陷时期文学和抗战胜利后的东北解放区文学"①。"两个节点"和"三个阶段"确立了东北现代文学的发展脉络和历史背景。

1931年"九·一八"事变爆发之后，东北地区逐渐沦陷为日本侵略者的殖民地。1932年日本在东北地区建立伪满洲国傀儡政权，定都长春并更名为"新京"，建立伪满洲国的政治、经济、军事中心。东北沦陷前，东北文学受五四运动的影响和召引，现代文学发展进入一个崭新的阶段，报载文学对地域文化的启蒙助力甚重。《盛京时报》所刊载的小说对东北现代文学的拓荒、启蒙、发展也起到了强大的助推作用。1931—1944年，沦陷后的东北文学遭到严重的摧残与破坏，《盛京时报》刊载的文学作品也同苦难的东北大地一起变得艰难与隐忍。

（一）小说刊载数量减少

"九·一八"事变之后《盛京时报》小说刊载数量明显减少。日本帝国主义在占领东北后实行文化专制政策，对报刊和文学创作钳制。成立一系列的文化专制机构，东北的文化事业都处在日本建立的总务厅弘报处的审查和管辖之内，还成立"满洲弘报协会"，推行"一地一报"方针，对报纸、杂志、新闻社进行管控。先后兼并汉文报纸《盛京报》和《大同报》，推行"大报吃小报"的方针，将沈阳的《大亚公报》《民报》《奉天公报》《民声晚报》《奉天日报》等合并至《盛京时报》。如此，大众传播空间压缩，报纸小说阵地缩减，1931—1944年，《盛京时报》小说刊载数量锐减。比较来看，1919年五四运动爆发至1931年"九·一八"事变，《盛京时报》刊载小说共1947部，而1931年"九·一八"事变至1944年《盛京时报》停刊，共刊载854部小说。统计发现，《盛京时报》刊载小说数量，1931年163部，其中"九·一八"事变至1931年底为42部；1932年67部；1933年139部；1934年178部；1935年48部；1936

---

① 张毓茂、阎志宏：《东北现代文学史论》，《社会科学辑刊》1994年第2期。

年 38 部；1937 年 67 部；1938 年 65 部；1939 年 68 部；1940 年 51 部；1941 年 35 部；1942 年 32 部；1943 年 23 部；1944 年 1 部。其中长篇小说 24 部，中篇小说 23 部，短篇小说 807 部，包括域外小说 84 部。综观《盛京时报》"九·一八"事变后各年刊载小说情况，与"五四"至事变之前相比，小说数量不同程度减少，尤其是短篇小说数量更少。

《盛京时报》实际是日本政府安插在东北进行文化殖民渗透的重要工具。虽有保持文化中立的作品出现，但也仅仅是少量而已，更多地利用报刊进行反动统治与文化宣传。其目的一方面是巩固伪满新政权，灌输满洲民众"满蒙独立"的思想，宣传伪满洲国建立的合理性。另一方面则是对青年尤其是有思想的爱国青年的打压与封锁，使得东北的文学创作者、作家群体流浪逃亡。

（二）众多小说传播平台的建立

除了 1918 年创立的《神皋杂俎》之外，《盛京时报》自 1926 年《紫陌》创立至 1943 年《文学周刊》的收官，前后 17 年共诞生七个周刊，展现了不同时期信息的异质样态。其中"妇女""儿童""教育"由栏目扩为周刊，后又回归栏目，反映传播平台的扩容与收缩，折射了文学信息的丰裕与稀少。交替登台与接续谢幕的周刊，除了传播大量的政论、诗词、漫谈、剧本、出版介绍等信息之外，还登载了 200 多部小说，为研究东北地区报纸文学提供了原生态的史料信息。

目前，《盛京时报》的文艺副刊《神皋杂俎》受到学界关注和垂青，而一些周刊，虽然信息量大、史料价值不菲，却依然尘封于故纸堆中。梳理发现，《神皋杂俎》创立之后，《盛京时报》又相继诞生了《紫陌》和《另外一页》两个周刊；而源于《神皋杂俎》内"妇女""儿童""教育"栏目通过扩版和增容后依次产生《妇女周刊》《儿童周刊》《教育周刊》三个极富个性化的周刊；之后，又相继产生了难分伯仲的《文艺周刊》与《文学周刊》。令人关注的是，这些周刊交替出现于《盛京时报》中后期并承载着大量原生态的文学信息，有待整理和归纳。以周刊来承载和传播各种信息，反映了文艺副刊主笔的匠心思想，同时确立了报纸文学的细分模式和传播轨迹，为今天留下珍贵的史料。

《盛京时报》之周刊演变及文学传播，为研究伪满时期东北文学储备了丰富的史料。从《紫陌》到《另外一页》，从《文艺周刊》到《文学周刊》的演变，体现了《盛京时报》周刊交替出现的特征；而从《妇女周刊》《儿童周刊》到《教育周刊》的出现，又反映了周刊间交叉重叠的特点。周刊的更迭展现了《盛京时报》文学信息的细分和精准传播，满足了不同读者群的个性化阅读需求。以小说为例，大量的短篇小说按照类别被置于各周刊，而中长篇小说出于连续性的考虑，其跨周刊登载现象比较普遍，如长篇小说《八伦缘》（梅庭氏编辑、儒丐校阅），共59期，连续在《另外一页》和《儿童周刊》登载；长篇历史小说《洪武剑侠图》（署名"张青上"），共515期，连载于《另外一页》《教育周刊》《妇女周刊》等。值得一提的是，至1941年，跨周刊连载的长篇小说在版面布局上又有创新，每期小说文本内嵌入一张素描图，如长篇小说《晨》（里雁作、杨柴画），《焰》（柯炬作、杨柴画）及《河流的底层》（秋莹著、大超绘）皆连载于《妇女周刊》《儿童周刊》《教育周刊》等。画家介入报载小说传播成为《盛京时报》后期文学传播的一大亮色，对于读者来说有助于接受和理解；对于传播者而言，当报馆增加、文艺副刊增设、文字传播甚众之时，小说插图辅助阅读，激发读者兴趣，易于小说传播。在单纯文字信息传播环境下，小说刊载图文并茂不失为一种创举。20世纪20—40年代，《盛京时报》上述七种周刊登载各类小说累计超过200部，"是研究东北地区特殊社会背景下报纸文学传播非常有价值的史料"①。

（三）域外文学作品纷至沓来

尽管域外小说的刊载对早期报纸具有一定挑战，但《盛京时报》能够克服困难，在其创刊历史的各个阶段都注重域外小说的引入。根据查阅统计，自1906年9月至1919年5月，该报共刊载域外小说30部；自1919年五四运动之后刊载15个国家149部域外小说，其中包括20位享誉世界的小说家共50部小说，这些域外小说无疑为《盛京时报》营造了多元的文化氛围，提升了该报的文艺品质。《盛京时报》域外小说传播，不仅开阔了东北作家的创作视野，使东北受众较早地接触异域文学，而且对东北报载文学的发展具有一定促进作用。

事实上，域外小说传播在《盛京时报》小说刊载的各个历史阶段皆有所体现，只是数量多寡而已。据统计，从1906年创刊之初到1943年6月，共刊载域外小说179部，其中长篇小说24部，中篇小说17部，短篇

---

① 王秀艳、周大勇：《〈盛京时报〉周刊之文学传播考略》，《图书馆学研究》2017年第18期。

小说 138 部，其中，"九·一八"事变之后刊载域外小说 83 部。综观《盛京时报》创刊到五四运动、五四运动至"九·一八"事变、"九·一八"事变到 1944 年报纸停刊这三个时期，我们发现最后一个时期域外小说刊载总量最多。1943 年下半年至 1944 年停刊这段时间，《盛京时报》突然缩版减容，报纸信息总量锐减，国内小说刊载零星点缀。毋庸置疑，这种现象是该报终结前的表征，当然同日本侵华气焰走向穷途末路、战局调整不无关联。

梳理域外小说的刊载情况，根据历史分期可将其划分为三个历史阶段。

第一阶段是 1906 年 10 月创刊至 1919 年 4 月，即清末至 1919 年五四运动之前，正值清末民初时期。令人关注的是，《盛京时报》创刊之初，即 1906 年阴历九月十七日，一篇译介的描写沙俄政治历史的白话小说《演说俄国扼制之结果并历史》刊于"白话"栏目内，无署名，共 2 期，并不是连日刊载，第二期刊于九月二十日。时隔不久，第二部域外小说《英法条约与坤角》赫然出现在《盛京时报》，刊于 1906 年阴历十月十三日至十一月初七日，是关于英法外交史话的政治小说，共 12 期，同样没有署名。自此，《盛京时报》开启了域外小说传播的序幕。通过查阅可以看出，第一阶段该报先后刊登了俄、英、法、德、日、意、土耳其 7 个国家共计 30 部小说，其中长篇、中篇和短篇小说分别为 15 部、8 部、7 部。显然，第一阶段《盛京时报》对域外小说的译介侧重于长篇小说。

表 2.3 《盛京时报》1906 年创刊至 1919 年"五四"之前域外小说一览

序号	栏目	作者	作品名称	刊载时间	期数	备注	日期	文体
1	白话	不详	《英法条约与坤角（外交实话）》	十月十三日至十一月初七	12 期	域外政史小说	1906 年 10 月至 12 月	中篇小说
2	白话		《郎得》	十一月初八、初九日	2 期	域外短篇爱情小说	1906 年 10 月至 12 月	短篇小说
3	白话	不详	《演说俄国扼制之结果并历史》	九月十七日、二十日	2 期	域外政史小说	1906 年 10 月至 12 月	短篇小说
4	小说		《法国盛衰记》	四月二十五日至七月初七日	57 期	域外长篇历史小说	1907 年（光绪三十三年）	长篇小说

续表

序号	栏目	作者	作品名称	刊载时间	期数	备注	日期	文体
5	小说		《俄灭波兰记》	四月十五日至二十二	7期	域外短篇历史小说	1907年（光绪三十三年）	短篇小说
6	小说	德富苏峰	《国家和个人》	十一月二十日（1月1日）	1期	域外短篇社会小说	1910年（宣统元年）	短篇小说
7	小说	德富卢花、漫録中抄译	《短篇两种——富者与贫民》	十一月二十日（1月1日）	1期	短篇社会小说	1910年（宣统元年）	短篇小说
8	小说	杜尔斯土伊伯爵，凡译	《愚者伊晚》（译稿）	正月初八至二月十一日	20期	文言中篇寓言小说是托尔斯泰作品	1909年（宣统元年）	中篇小说
9	小说	史公	《海怪幽船》	七月初十至九月初四	20期	域外文言冒险爱情小说	1909年（宣统元年）	中篇小说
10	小说	刘	《奇冤案》	十一月初二至十二月二十七日	41期	未完，域外白话侦探小说	1909年（宣统元年）	中篇小说
11	小说	刘	《假面目》	六月二十二至九月初十	64期	域外白话长篇侦探小说	1910年（宣统二年）	长篇小说
12	小说	刘	《手溜儿》	三月初十至六月二十一日	80期	域外白话长篇世情小说	1910年（宣统二年）	长篇小说
13	小说	刘	《奇冤案》	正月初七至三月初八	92期	域外白话侦探小说	1910年（宣统二年）	长篇小说
14	小说	刘	《豪侠姻缘录》	正月十一日至五月十二日	101期	域外白话长篇侦探小说	1911年（宣统三年）	长篇小说
15	小说	刘	《撒地玫瑰叶》	五月十三日至六月初十日	48期	域外白话长篇侦探小说	1911年（宣统三年）	长篇小说
16	小说		《遗恨余孽》	六月十一至九月四日	70期	域外白话长篇言情小说（寄鹤绘图）	1911年（宣统三年）	长篇小说
17	小说		《贼中贼》	5月2日至12日	11期	编译，法国白话侦探小说，有插图	1912年（民国元年）	中篇小说

续表

序号	栏目	作者	作品名称	刊载时间	期数	备注	日期	文体
18	小说		《机器妻》	10月29日至12月6日	32期	意大利长篇侦探小说，有插图	1912年（民国元年）	长篇小说
19	小说		《空谷佳人》	5月14日至7月2日	40期	编译，英国长篇传奇小说，有插图	1912年（民国元年）	长篇小说
20	小说		《女豪杰》	8月14日至10月6日	44期	域外长篇白话复仇小说，有插图	1912年（民国元年）	长篇小说
21	小说		《夜叉美人》	1月10日至5月1日	55期	编译，俄国白话侦探小说，有插图	1912年（民国元年）	长篇小说
22	小说		《色界魔》	4月23日至6月5日	35期	缺13期，域外长篇悬疑小说，有插图	1913年（民国二年）	长篇小说
23	小说		《浴血鸳鸯》	12月12日至23日	10期	域外短篇侦探小说，有插图	1913年（民国二年）	短篇小说
24	小说		《苦情缘》	9月9日至30日	12期	域外白话短篇爱情小说，有插图	1913年（民国二年）	短篇小说
25	小说		《绿林之变相》	8月9日至9月7日	26期	域外白话中篇侦探小说，有插图	1913年（民国二年）	中篇小说
26	小说		《双指环》	1月10日至30日	15期	域外中篇侦探小说	1914年（民国三年）	中篇小说
27	小说		《瑞露奇缘》	9月19日至11月8日	38期	第一人称，域外长篇侦探小说	1914年（民国三年）	长篇小说
28	小说		《红粉蝎磨》	1月1日至4月12日	73期	[英国]白话长篇侦探小说	1916年	长篇小说

续表

序号	栏目	作者	作品名称	刊载时间	期数	备注	日期	文体
29	小说·战争小说	儒丐译述	《情魔地域》	4月8日至8月30日	125期	长篇战争小说，文白杂糅，刊于"神皋杂俎"副刊（儒丐译述）	1919年	长篇小说
30	小说	冠宇	《点金术》	4月10日至5月2日	20期	域外白话中篇小说	1919年	中篇小说

第二阶段是 1919 年 5 月至 1931 年 9 月，即五四运动至"九·一八"事变，这个阶段正是中国现代文学的开始，也是文学启蒙时期。统计发现，这个阶段《盛京时报》刊载了英、印、美、法、日、俄、挪威 7 个国家共计 52 部小说，其中长篇小说 5 部、中篇小说 4 部、短篇小说 43 部。第二阶段历经 13 年多一点的时间，与第一阶段相比，域外小说总量有所提高，但长篇小说数量减少，而短篇小说数量明显增多。

第三阶段是 1931 年 9 月至 1943 年 6 月，即抗日战争爆发至《盛京时报》最后一篇域外小说刊载完毕。在中国人民全面抗战期间，该报刊载了日、匈牙利、英、俄、爱尔兰、法、捷克、瑞典、丹麦、波兰 10 个国家共计 72 部小说，其中长篇小说 5 部、中篇 8 部、短篇 59 部。1943 年 6 月 22 日，该报最后一篇域外小说《汪主席遭难记》的最后一期在该报"神皋杂俎"栏目刊载，作者为"五百木元"，译者为"陆合"。第三阶段域外小说来自的国家数量明显超过第一、第二阶段，短篇小说比重较大。

梳理三个阶段，每个阶段的时间长度大体相同，都是 13 年左右时间。然而，各个阶段域外小说刊载并不均衡，就小说长短来看，第一阶段同第二、第三阶段并不一致，五四运动之前，长篇小说刊载较多，为 15 部，之后两个时期加起来也不过 10 部。第二、第三阶段域外短篇小说数量明显攀升。就小说来源国家来看，第一、第二阶段域外小说来源国家数量一致，皆为 7 个，第三阶段有所增加，达到 10 个。总体来看，英国小说分布均衡，在各个时期都有涉及，但日本小说在总量上占有绝对优势；前期多为俄、英、法、意等国作家的小说，中后期日本作家的小说比较密集，形成与其政治、军事入侵同步的格局。①

第二节　文艺副刊崛起：《盛京时报》文学之大纛

《盛京时报》创刊之初对文学的刊载是在尝试和摸索中进行的，从最初零星刊载古体诗到后来各种文学品类的出现说明了这一点。在副刊创立之前，各种文体在报纸上是杂乱无序的。设置的栏目五花八门，从开始的"白话""文苑"到"小说""短篇小说"，再到"演说词""花界译丛""杂录""丛录"等的出现，体现了报载文学日渐丰富的局面。然而，零乱的、分散的文学栏目不利于文学传播，不足以形成影响力。文学作品异彩纷呈和文学栏目的纷纷设立带来了报纸版面的革新。

《盛京时报》开设了《神皋杂俎》文艺副刊，将众多文学栏目整合到副刊之上，构成文学特有的、独立的领地，自此竖起了文学创作之大纛。无论从创立时间、规模上，还是从传播力来看，《神皋杂俎》都当之无愧为东北地区第一文学副刊，而小说从此便在《神皋杂俎》上占据重要地位。毫无疑问，《神皋杂俎》对推动东北文学发展起着至关重要作用。满族京籍人穆儒丐从《神皋杂俎》创立之日起就执掌这个文学阵地，直至1944年《盛京时报》停刊。除了《神皋杂俎》之外，1926年4月5日《盛京时报》还出现了文艺副刊《紫陌》和《图画周刊》；1933年，《盛京时报》又分出一些专业的周刊，如《另外一页》《儿童周刊》《妇女周刊》；1935年《教育周刊》独立分离出来；1939年《文艺周刊》和1941年《文学周刊》相继设立。可见，《盛京时报》副刊和周刊的设立，使小说和小说栏目有了归属。

一　《神皋杂俎》的创立

作为文艺副刊，《神皋杂俎》在报纸副刊史上是比较早的。《神皋杂俎》设立之初就为其发展定下了格调："它是为一般文人公共遣兴而设的，文字不论庄谐皆有所取，自然一律欢迎。至于事不关公众、或无娱乐

---

① 王秀艳：《〈盛京时报〉域外小说传播略论》，《白城师范学院学报》2017年第11期。

的、文艺的、游戏的兴味当然割爱……"① 可见，穆儒丐将《神皋杂俎》定位为一个公众遣兴平台，内容涉及"文艺""娱乐""游戏"等方面。这一点，从《神皋杂俎》副刊内栏目的设置也能得到印证。

1918年1月15日《盛京时报》开设了《神皋杂俎》文艺副刊，直至1944年9月30日《盛京时报》停刊，这个副刊存续27年之久。关于"神皋杂俎"这个名字可拆分为"神皋"和"杂俎"两部分来理解。其中"神皋"一词源出自张衡的《西京赋》，意为"神明所聚之地"，引申为"神圣的土地"，又指"京畿"，亦指"肥沃的土地"。"杂俎"意为"如菜杂陈于俎"，引申为"杂录"。另据考证，《盛京时报》办报地点奉天古称"盛京"，是清代的发祥地，是为神圣之地。因此，"神皋"与"杂俎"合起来的意思应为"神圣之地的杂录"。再看《神皋杂俎》文艺副刊的栏目多样，有旧体诗、小品文、笔记、小说、谈丛、品花等方面，不能不说是一种杂录。

《神皋杂俎》文艺副刊内，最为突出的文学形式当属"小说"，以长篇为重，偶或因创作耽搁等原因不能够连续刊发则以"短篇小说"补位。1918年，《神皋杂俎》创刊不久，在"小说·社会小说"栏目内刊出署名为"儒丐"的长篇小说《女优》（共137期）。从副刊内各个小栏目的排列和布局也能够看出小说这一文体的分量不断加重。

《神皋杂俎》创立之初，其栏目形式很固定，除了小说之外，还有"笔记""谈丛"（1922—1923年也称"谭丛"）、"戏评""品花（对妓女的评赞）""文苑""谐文""别录"等栏目。1920年之后，在"五四"新文化运动的影响下，《神皋杂俎》内的栏目又有新的变化，"品花"在1923年5月以后渐渐淡出了读者的视线。从1920年至1927年，除了原有的"笔记""谈丛""别录"等栏目依然保留外，《神皋杂俎》又陆续设置了一些新的栏目，如1920年出现的"书评（对说书人的评论）""童话""游记"；1922年增加了"传记"；1924年又有"史传""新诗""创作""笑林"相继涌现；1925年"铎声"和"闲话"栏目先后与读者见面；1926年又添加了"儿童文学""新潮飞沫""艺谈"；1927年又有"电影"栏目。整体来看，《神皋杂俎》在10年的发展过程中既有稳定的一面，又体现了多样和变化的特点。这是新的历史时期社会变动带来的结

---

① 穆儒丐：《和辰生说话》，《盛京时报·神皋杂俎》1922年7月20日第5版。

果。从栏目名称的演变过程来看,《神皋杂俎》倾注了主笔穆儒丐的全部心血和智慧。

二　穆儒丐与《神皋杂俎》

穆儒丐不仅适时革新栏目,而且不断创作优秀的作品来支撑《神皋杂俎》,让这个文艺阵地能够持之以恒并不断焕发生机。《神皋杂俎》最初是以穆儒丐的中长篇小说作为"主打"作品,通过连载,赢得读者持续关注,使这个文艺阵地先立足后发展。之后,他的短篇小说接踵而至,再后来则是各种文学品类皆有兼顾,以满足受众的不同需求。

梳理《神皋杂俎》发展的前 10 年,穆儒丐创作或翻译的长篇小说多达 10 部。除了创刊之初的《女优》之外,发表于 1919 年 1—4 月的章回体小说《梅兰芳》(共 16 回 121 期)是近现代第一部白话传记体长篇小说。此外,他的小说还有 1920 年 7—10 月刊载的警世小说《落圈记》(共 71 期)、1921 年的章回体社会小说《啼笑因缘》(共 64 期)、1921 年 9—12 月的译述小说《丽西亚君主传》(共 338 期)、1922 年的哀情小说《同命鸳鸯》(共 10 章 60 期)、1922 年 6—12 月的章回体自传小说《徐生自传》(共 20 章 141 期)、1923 年 2—9 月的章回体自传小说《北京》(共 15 章 169 期),以及 1925 年的《克洛得》(共 22 期)和 1927 年的《哀史》这两部翻译小说。值得关注的是,10 年间穆儒丐发表的长篇小说主要集中于前五年,到了后五年,他的长篇小说就略显稀疏,总共不过两部译作。可以看出,作为主笔的穆儒丐有意将"长篇小说"这个"重头戏"让给王冷佛、金小天等他赏识的作家。需要说明的是,穆儒丐前五年的辛勤耕耘,确立了《神皋杂俎》在东北文化人心目中的地位。他的长篇小说不断连载,短短几年便声名远扬,确立了《神皋杂俎》在《盛京时报》的稳固地位,也给《盛京时报》带来了作为"东北第一报"的声誉。

相比而言,穆儒丐的短篇小说出现得晚一些,在《神皋杂俎》创刊的头两年半的时间里他的精力并不在创作短篇小说。直至 1920 年 10 月,一个月内就有 5 篇小说被刊载,分别为《五色旗下的死人》(共 3 期)、《电灯》(共 1 期)、《稚女的经历》(共 6 期)、《市政》(共 2 期)、《奇案》(共 1 期)。在一个月内密集出现短篇小说,是《神皋杂俎》长篇小说无以为继,还是其暂歇?我们不得而知。但不管出于何种原因,在长时间连载长篇小说之后，突然刊载几部短篇小说，确实令人耳目一新。在此之后，穆儒丐的短篇小说也不断出现在副刊上，如1921年的《道路与人心》（共3期）；1922年1—6月先后有3部小说同读者见面，分别是《宜春里》（共1期）、《战争之背景》（共3期）、《锄与枪》（共6期）。1924年1月穆儒丐翻译了两篇来自日本人谷崎润一郎的小说《麒麟》（共9期）和《艺妒》（共55期）。1924年10月，穆儒丐的另一短篇小说《四皓》（共4章10期）见诸报端，而到了1925年，只有一短篇《财政次长的兄弟》（共3期）。从以上的梳理我们发现，1918—1927年《神皋杂俎》上穆儒丐的短篇小说主要集中刊发于1920—1925年。当然，《神皋杂俎》上他的长篇小说是首屈一指的。尽管偶或因创作的衔接问题需要短篇小说暂时性的"补位"，但长篇小说在主笔心目中的位置是至关重要的。在既有长篇小说又有短篇小说的情况下，《神皋杂俎》短篇小说是紧邻长篇小说并位居其后的，这样安排，无论是从类别上考虑，还是基于吸引读者注意方面都体现了主笔的办报智慧。

我们注意到，几乎每一期《神皋杂俎》都有穆儒丐作品出现。很多时候还不止一个，为了平衡起见，在署名上只好以"儒丐""丐"或"穆辰公儒丐"等交叉变换来区别。穆儒丐在《神皋杂俎》创立前10年发表的文学作品分布于以下一些栏目类别：小说、戏评、谈丛、笔记、别录、笑林、创作、书评、寓言、文苑、艺谈、童话和闲话等方面。显然，他在《神皋杂俎》是个"多面手"，不仅扮演小说创作或翻译的"重头戏"角色，皆有涉猎各种文学品类，还作为文艺阵地的主笔表现出非凡的文学功力。

作为《神皋杂俎》的主笔，穆儒丐秉承艺术为首的原则，将副刊扶入正确的发展轨道。这一点从说书艺人刘问霞的"评论风波"中即可看出。1922年7月，一个名叫辰生的人在"书评"栏目上先后发了《警告刘问霞》和《再警告刘问霞》，事关"刘问霞嫁人一事"。当其要发第三篇时，被穆儒丐拒绝。辰生质问，穆儒丐则发文正告他："评书一道，以艺为先……报纸虽司言论，非可喋喋论一人一家之私事者……若千篇一律，不曰其有烟霞癖，即劝其早定终身大事，试问此等文字，于'书评'有何关系……"[①]之后，穆儒丐又在《和辰生先生说话》一文中指出辰生

[①] 丐：《书评·谨告辰生先生》，《盛京时报·神皋杂俎》1922年7月16日第5版。

的警告已经脱离了艺术问题，不符合栏目的宗旨。并于 1922 年 8 月以《艺术之批评》为题，探讨了"艺术与社会""批评家之态度"等问题，将栏目的评论引入正途，尽到了主笔的职责。

《神皋杂俎》之所以很快成为读者喜欢的文学园地，与穆儒丐虚心接受批评、锐意革故鼎新密不可分。1922 年 3 月 31 日《神皋杂俎》上署名为袁世安的《一份可感谢的来函》评价穆儒丐是"多才多艺、博闻强识、折中新旧、贯穿中西的文人"①，随后，作者笔锋一转，"你既然发愤作了《宜春里》，责备社会的残忍，漠视这种不人道的事，为什么你又时常作一点品花文字迎合一般人口味，增加他们作恶的兴趣？而且你自己亦涉猎花丛……你是一位主笔，有去取之权力，为什么不用坚决的主张拒绝登载？！"② 无独有偶，1923 年 5 月 1 日《神皋杂俎》的"别录"栏目有一篇题为《报纸应否有"品花"的栏子》一文，对"品花"栏目进行了深刻的批评：

> 报纸上为什么有"品花"的栏子呢，报纸不是能造空气，能鼓吹一切，能提高民德，能改良风俗，……开了一个"品花"的栏子究竟为何？如是能给阅报人添加趣味吧！但那一种陈腔滥调，"某日人某部"，既无特新可陈，又无兴味可取，可说是满纸鬼话、胡说八道。看了这等下等肉麻文字，实在是令人讨厌极了。③

自此之后，这个文艺副刊内的"品花"一栏渐渐淡出了读者的视线。显然，穆儒丐能够顺应读者的需要来调整其栏目，他意识到"品花"栏目继续存在实在是不合时宜了。

三 《神皋杂俎》栏目的演变

《神皋杂俎》历经 27 年的发展，这个文艺副刊内部的栏目及内容也在随着时间的推移发生变化。为了清楚地展现文艺副刊的这种变化，我们对《神皋杂俎》内栏目与作品进行抽样统计。在 1918—1944 年分别抽取

---

① 袁世安：《一封可感谢的来信》，《盛京时报·神皋杂俎》1922 年 3 月 31 日第 5 版。
② 袁世安：《一封可感谢的来信》，《盛京时报·神皋杂俎》1922 年 3 月 31 日第 5 版。
③ 李可诗：《报纸应否有"品花"的栏子》，《盛京时报·神皋杂俎》1923 年 5 月 1 日第 5 版。

1919 年、1924 年、1929 年、1933 年、1939 年、1943 年，并在每一年上半年和下半年各抽取一天，总共抽取《神皋杂俎》12 个样本，将其中的栏目和作品分别摘录、纵向比较（见表 2.4）。

表 2.4　　　　《神皋杂俎》内栏目与作品抽样统计

时间		小说栏目及小说名称	其他栏目及作品
1919	5.6	"战争小说"《情魔地狱》（第 10 章，第 25 期）	"笔记"《冬鸣斋笔记》、"谐文"《滑稽聊语》、"戏评"《三日晚第一楼观剧记》、"文苑"（一些旧体诗）
	11.6	"妖怪小说"《夏夜梦》（第 2 期）	"笔记"《铁樵笔记》《自适斋琐记》、"谈丛"《某医生》、"品花"《小花魁校书小传》
1924	5.6	"社会小说"《珍珠楼》（第 5 章，第 39 期）	"童话"《美人与怪兽之爱》、"笔记"《文艺丛考》、"卫生"《解毒谈》、"史传"《辛亥殉难记·卷四》、"文苑"（旧体诗 1 首）
	11.6	"小说"《两个乡村小学校》（续）	"笔记"《文艺丛考》、"谈丛"《李容》、"谐文"《不亦快哉半打》、"创作"《童年的往事》、"文苑"（旧体诗二首）、"新诗"（两首）
1929	5.6	"小说"《恋—爱》（续）	"小评"《宣传》、"笔记"《文艺从考再编》、"别录"《新官场应改之习刁污迹》、"文虎"《杂谜》、"剧谈"《戏剧短言》《沈阳戏界新气象》
	11.6	"小说"《波……》《颤栗》《严窟岛伯爵》	"小评"《拆—拆—拆—》、"笔记"《易经引义》、"艺谈"《辽海金石书画社宣言》、"别录"《二十年来沈阳之报界》、"医话"《哮喘之研究》、"文苑"《戏咏红叶三十首》
1933	5.6	"茫茫人海"《匪中生活纪实》、"克罗"《少女不白之冤》	《疑问?》《雨里的春色》、"天花"《预防与种痘》、《读者之声》《读郑廷阶君述怀之感》、"说效颦"《画虎不成反类狗》《叩扉记》《暮春杂咏三十》
	11.6	"茫茫人海"《可怜的故乡》《匪中生活纪实》	《古今骂语考证》《吾之生涯》《清太祖努尔哈赤崩殂考》《犬纪》《短歌行》、"杂记"《上扬州》、"闲谈"《天才论的爱好者》、"名胜录"《初度访富士》
1939	5.6	无小说	《随感录》《清史稿正误表》《落花》《长白塔山游记》《闲话千山》《诗圣杜甫》《李清照与其词》《论命》
	11.6	无小说	《随感录》《上野森林的近傍》《故乡月》《仁人林肯》《内科秘录》《历朝诗学史》《东郊访古记》
1943	5.6	无小说	《旧剧中之喜·怒·哀·乐》《美禁华工之始末》《敌国方面国民生活》《日本儒教史》《国府清乡之成果》
	8.6	无小说	"战线杂记"《新几内亚趣拾》以及《偏食疗与儿童身体》《大海讼》《前线语录》《谈消化》《修养》

从所抽取的样本可以看出，1919年、1924年、1929年在上半年和下半年《神皋杂俎》上都有小说刊载，分别设置了"战争小说""妖怪小说""社会小说""小说"等栏目，而且都是居于副刊的首要位置。1919年5月6日在"战争小说"栏目出现《情魔地狱》（第10章，第25期），同年11月6日在"妖怪小说"栏目登载《夏夜梦》（第2期）；1924年5月6日在"社会小说"栏目刊载《珍珠楼》（第5章，第39期），同年11月6日的"小说"栏目又有短篇小说《两个乡村小学校》（续）。1929年5月6日和11月6日都设有"小说"栏目，5月6日"小说"栏目只有一短篇小说《恋—爱》（续），而11月6日却出现了3篇小说，分别是《波……》《颤栗》《严窟岛伯爵》。1933年5月6日和11月6日，"小说"栏目已经不见了，取而代之的是"茫茫人海"栏目，该栏目刊发了纪实小说《匪中生活纪实》。除此之外，5月6日在"克罗"栏目内有一篇《少女不白之冤》可视为小说，11月6日"茫茫人海"栏目的《可怜的故乡》也是小说。1939年5月6日、11月6日与1943年5月6日、8月6日的样本，其中已无小说栏目和小说刊载。从上述统计可以看出，《神皋杂俎》后期小说分布不及前期那样紧凑密集。

《神皋杂俎》除了"小说"栏目之外，再考证其他栏目的变化，包括栏目名称和对应作品。从1919年、1924年和1929年抽取的6天刊载情况（见表2.4），这些栏目在纵向分布上也有变化。除了"笔记"和"文苑"延续的时间比较长之外，其他栏目都是随时间发展而不断增设。《神皋杂俎》内一些栏目随着社会形势的发展而不断更新，如1919年5月6日"谐文"的《滑稽聊语》和"戏评"的《三日晚第一楼观剧记》，1919年11月6日"谈丛"的《某医生》和"品花"的《小花魁校书小传》，1924年5月6日"童话"的《美人与怪兽之爱》、"卫生"的《解毒谈》、"史传"的《辛亥殉难记·卷四》，1924年11月6日"谐文"的《不亦快哉半打》、"创作"的《童年的往事》，1929年5月6日"小评"的《宣传》、"别录"的《新官场应改之积习污迹》、"文虎"的《杂谜》、"剧谈"的《戏剧短言》与《沈阳戏界新气象》，1929年11月6日"艺谈"的《辽海金石书画社宣言》、"别录"的《二十年来沈阳之报界》、"医话"的《哮喘之研究》。这些栏目增设比较灵活，针对社会变化，实时更新，随时改换，正是基于此，《神皋杂俎》的栏目和内容富有变化，具有新鲜感和时代气息。

抽样统计1933年、1939年、1943年《神皋杂俎》内小说之外栏目的设置情况（见表2.4所示），与先前相比发生了变化，栏目名称渐渐隐去，直接呈现各种作品。从1933年5月6日和11月6日两天刊载来看，形成有栏目与无栏目的混合状态。翻阅《盛京时报》1933年5月6日《神皋杂俎》副刊，《疑问？》与《雨里的春色》没有栏目，而其他作品像"天花"的《预防与种痘》，"读者之声"的《读郑廷阶君述怀之感》，"说效颦"的《画虎不成反类狗》《叩扉记》《暮春杂咏三十》都与栏目名称对应。1933年11月6日《古今骂语考证》《吾之生涯》《清太祖努尔哈赤崩殂考》《犬纪》《短歌行》没有设栏目，而其他作品设有栏目，如"杂记"的《上扬州》、"闲谈"的《天才论的爱好者》、"名胜录"的《初度访富士》等。再看1939和1943年《神皋杂俎》的抽样，除了1943年8月6日的《新几内亚趣拾》置于"战线杂记"栏目之外，其他作品都无具体栏目，只是简单的分布。栏目的设置与省略体现彼时《神皋杂俎》编辑处理报纸版面的一种操作规程和编排思想，也表明文艺副刊栏目设置具有一定的柔韧度。

值得关注的是，太平洋战争中后期，日本吃紧，其败局已定，在这种情况下，《盛京时报》缩减版面，调整宣传策略。自1943年7月至1944年9月《神皋杂俎》版面由原先的一块整版缩至半版。穆儒丐最后一部小说《玄奘法师》刊于1944年1月16日至8月11日，共7章166期，并未在他主持的《神皋杂俎》文艺副刊内刊载，而是出现在《盛京时报》二版和四版的位置，表明进入第二次世界大战末期，《盛京时报》文艺副刊的空间很局促，文学传播让渡于日本政治、军事宣传。

四 《神皋杂俎》的小说

《盛京时报》现代小说创作主要登载于报纸副刊之上，《神皋杂俎》为《盛京时报》小说刊载的大本营。从1918年1月15日《神皋杂俎》副刊创立，直至1944年停刊，27年来共刊载小说2888部。这些小说表达了"20世纪初东北叙事文学话语由古典说话向现代叙述蜕变，面对文学，选择了向写实的现代文学的趋赴；面对社会，在文学话语的选择中体现了东北社会现代化进程中人心世道的种种面相"①。

---

① 薛勤：《20世纪初东北叙事文学话语的现代形态和意义》，《求是学刊》2015年第1期。

《神皋杂俎》登载长篇小说 35 部，其中域外长篇小说 10 部。从语体上看，有 1 部文白掺杂的战争小说《情魔地域》，署名"儒丐"；其余 41 部皆为白话长篇小说。穆儒丐创作的长篇小说最多，共 17 部，其次是金小天，有 2 部，分别是《鸾凤离魂录》和《柳枝》（未完）。这些长篇小说当中有"小说预告"的共 7 部，署名都是"儒丐"，分别是《落溷记》《北京》《财色婚姻》《栗子》《福昭创业记》《琵琶记》《如梦令》，刊登"小说预告"最多的《栗子》共刊登 9 次预告，原文如下：

> 儒丐先生所著捻珠随笔，于读者喝彩声中，业已刊载完毕，因有多数读者，纷纷来函，仍望先生创作小说，情不可却。现已草成一书，名曰《栗子》，以一被弃小狗，为书中主人，藉以描写社会之现象，以及人间各种不同之心理，不日即在本报逐日刊登，特此预告。①

《财色婚姻》《福昭创业记》《琵琶记》刊登预告只有 1 次。长篇小说当中有插图的共 3 部，穆儒丐的《福昭创业记》《玄奘法师》，还有秋萤著的《河流的底层》。

《神皋杂俎》登载中篇小说 47 部，含有域外中篇小说 7 部。从语体上看，有 1 部文言小说，1 部文白夹杂小说。中篇小说创作质量较高，一些重要小说出自文艺副刊主要编辑之手，如穆儒丐、王冷佛、金小天等。穆儒丐的中篇小说有 3 部，分别是《香粉夜叉》《徐生自传》《四皓》，质量上乘、比较有影响。王冷佛创作的中篇小说最多，有《珍珠楼》《续水浒传》《桃花煞》《闺体秦声》《云英恨史》共 5 部，其中《珍珠楼》1922 年登载 10 期未完，1924 年修改后重新连续刊登。金小天曾担任《紫陌》栏目主编，撰写《小天附记》，他创作的中篇小说有 3 部，其中浪漫小说 2 部，为《春之微笑》和《灵华的傲放》，自传体小说《吾之生涯》。另外东北进步作家赵鲜文创作的小说《泪痕》与东北沦陷区重要作家吴郎的《参商的青群》也是文艺副刊中篇小说的代表，后者刊登于 1942 年 5 月 1 日至 6 月 1 日，《参商的青群》在 1942 年 4 月 30 日《盛京时报》头版时有小说刊载预告。值得注意的是，还有 3 部征文获奖中篇小说，分

---

① 《小说预告·栗子》，《盛京时报·神皋杂俎》1936 年 10 月 7 日第 9 版。

别是二等当选《赵虽语》，三等当选《谁之罪》与《谁的罪？》，均无作者署名。

《神皋杂俎》登载短篇小说共2080部，其中域外短篇小说84部。从语体上看，有336部文言小说，包含12部域外文言短篇；共有38部文白夹杂小说。这些文言短篇小说还有具体的体裁细分，既有传统的，如社会、寓言、警世、侠义、讽刺、讽世、惨情、滑稽、纪事小说；又有现代的，如写真、写实、实事、纪实、应时、旅行、警俗等小说体裁，还有创造式的，如书信、诗的、新式、尝试、浪漫、理想、童话等小说样式。

《神皋杂俎》载域外小说共101篇，有享誉世界的名家之作，如英国著名戏剧家莎士比亚的《夏夜梦》，密尔顿的《迷林》，左拉的《回忆琐记》；美国威廉福克斯的《谁之过？》，欧文的《妻》，霍桑的《伊桑勃兰》；法国著名文豪嚣俄（雨果）的作品《克洛得》《哀史》《婢女》，法国莫泊桑的《一股节绳》，大仲马的《严窟岛伯爵》《魔桥》；俄国的屠格涅夫《敌人》《施与》《玫瑰》，柴霍甫（契诃夫）的《坏小子》《顽皮的孩子》《天才》《观剧以后》，歌郭里（果戈里）的《五月夜》，托尔斯泰的《两个女孩子》；日本夏目漱石的《叫天鸟》，芥川龙之介的《平车》，小泉八云的《藤尼生》，国木田独步的《少年的悲哀》《波声》《春之鸟》等。

这些小说写世情、摹世相，反映了现代小说为人生、为社会的现实主张。

第三节 《盛京时报》周刊递增：报载小说之兴盛

《盛京时报》小说阵地确立的标志是《神皋杂俎》文艺副刊的创立。对于报载小说而言，文艺副刊设置的意义重大。值得关注的是，《盛京时报》的文学阵地不单单只有《神皋杂俎》，在其之后，《紫陌》《另外一页》等周刊纷纷涌现。而后，又出现《妇女周刊》《儿童周刊》《教育周刊》《文艺周刊》《文学周刊》等。需要指出的是，《儿童周刊》《妇女周刊》《教育周刊》源自《神皋杂俎》内"儿童""妇女""教育"栏目，后分别扩充，独立成周刊。文艺副刊和周刊的相继创立表明东北报纸文学进入规模化和系统化发展阶段。周刊与《神皋杂俎》互相呼应，共同推动东北小说发展。

一 《紫陌》与小说

文艺副刊《紫陌》与《图画周刊》同时创刊于1926年4月5日，星期一，且构成一版正反面，同时刊载，皆为横版，随刊赠送。直至1929年6月10日，《紫陌》和《图画周刊》刊至143号，之后这个副刊在《盛京时报》上悄然消失了。《紫陌》创刊时主编叫王一叶，金小天和王冷佛都担任过《紫陌》的编辑。在文艺副刊的报头《紫陌》下边刊有"每星期一出刊一张，欢迎投稿"。在《紫陌》第一号刊有署名"丐"的发刊词：

> 自辛亥革命以还，十五年于兹。国事日非，国权日坠，内乱不已，外患日殷。大好中国在国际间几于无地位可言。稳健者以为是改革太骤，悲愤者或以为革命不彻底，而继续其破坏。青年学子，蒿目时艰，群起怒号。或以赤俄为良友，或以帝国为仇寇。怪剧频演于都门，杀伐迭现于各地，而不良军阀、淫贼政客，至不恤青年精神性命，簧鼓而驱遣之。于是军阀政客以外，而又加学生之祸焉。夫反对改革者，固为遇时之人。而盲目横决者，亦为不当之举。凡为国之道，在政治上有一定之组织，在思想上有一定之目标，在经济上有一定之产业，而三者之进行，必以学术为之舟车，必以风纪为之护卫。无学术则庶务无由而兴，人才无由而致。政客行险，武人肆恣，政纲不举，大道裂驰，邪说日兴，政教日废。欲有良好之政治，巩固之政府，戛戛乎其难哉。无政府则人自为政，大盗朋比，狼豺当路，欲求思想之统一，经济之圆满，吾不知其何由而致。夫国之致亡，在于无政失刑。而无政失刑，则原于学术不讲，风纪荡然。致国不成其为国，民不成其为民。如是而日言改革，日事破坏，是真欲南辕而北其辙也。时至今日，乱象已深，爱国志士，热血青年，岂不欲措国于磐石之安，致民于衽席之上哉。惟是徒言救国，而不知救之之方，依远于一种势力之下，效鹰犬之奔走，吾知惟有自杀其类而已，于国决无补也。本报同人有见于此，知救国救世，必赖乎学术思想。拔青年于圊溷，置乱政于度

外,死心塌地,研究真正学术,真正法治。先统一人民之思想,求得救国之要谛,然后以真正人民意思,出而救国,则未有不奏大效者也。是以有《紫陌》副刊之刊行,公之于世,以为今之青年志士,发表学术思想之公共机关。而一方则征求海内外名流硕学之说论嘉言,以为青年学子之指导,必期振起学风,革新文化,使中华士子,彬彬然皆具士君子之气象,而无舍己芸人,嚣张盲从之弊。则庶乎君子儒日多,旧不腐,新不浮,毅然卓然,为国民行为之标准。如是,谓国家不可有为者,吾未之闻也。①

穆儒丐在《紫陌》发刊词上指出中国内忧外患的现状并分析要解决中国社会问题,需要先统一民众的思想,再寻求救之良策。而统一思想需先推动学术发展,因此才有《紫陌》的出现和"欢迎投稿"的召唤。

《紫陌》第一号除了"发刊词"外,还刊有欧阳兰的《心理学导言》;署名"长风译"的《美术闲话》;署名"心秋"的多幕剧《落魄》;金小天以"小天"的署名在《紫陌》第一号发表诗文《紫陌之歌》;署名"语思"的小说《幻》;署名"欧阳兰"的连载小说《伶俐的小鸟》,共8期,刊于1926年4月5日—5月31日(见表2.5)。

表2.5　　　　　　《盛京时报·紫陌》小说刊载统计

小说	作者	刊载时间	期次
《幻》	语思	1926年4月5日	1
《伶俐的小鸟》	欧阳兰	1926年4月5日—5月31日	1—9
《卖花女》	张慕周	1926年6月7日—7月12日	10—15
《春晨》	心秋	1926年7月5日	14
《最后的来书》	心秋	1926年7月19日	16
《一个春天》	罗慕华	1926年7月19日	16
《流犯》	托尔斯泰著,欧阳兰译	1926年8月23日	21

---

① 穆儒丐:《发刊词》,《盛京时报·紫陌》1926年4月5日第7版。

第二章 《盛京时报》文学阵地与现代小说的繁荣　　　53

续表

小说	作者	刊载时间	期次
《盲人》	[英]苏达著，刘铭言译	1927年8月8—22日	62—64
《侯方域》	汪鸿勋	1927年9月12—19日	67—68
《少年的泪》	鲁生	1927年11月21日—12月5日	77—79
《归家》	匡汝非	1927年11月21日	77
《人间的悲剧》	鲁生	1927年12月12日—1928年1月9日	80—82
《黄金虫》	[美]亚兰伯著，本溪崔访秋译	1927年12月12日—1928年1月31日	80—83
《忏悔》	法莫泊桑著，夏希和女士译	1928年1月31日—2月6日	83—84
《安娜女士》	欧阳兰	1928年2月20日—3月19日（《图画周刊》）	85—89
《小了》	鲁僧	4月2—23日（《图画周刊》）	91—93
《黑暗的家庭》	鲁僧	5月7日—6月4日后3期在《图画周刊》	94—98
《海浪哀音》	陈坤良	《图画周刊》6月11—18日	99—100
《人生一幕》	翟资生	《图画周刊》6月25日（《紫陌》）	101
《海波残影》	剑非	《紫陌》8月27日—9月10日（《图画周刊》）	110—112

1926年3月30日，在《紫陌》创刊前一周，《盛京时报》第四版位置出现了《紫陌》的"周刊预告"：

　　本报应时势之要求，为学术之研讨于一星期另出《紫陌》周刊一张，随报赠阅不取分文，文字则新旧兼收，体裁则务期优美，一切公开不偏不当，惟同仁等学识有限，尚希海内学者不吝珠玉，时赐佳篇，是所至盼，自下星期一日出版（四月五日）谨此布闻。①

负责文艺副刊《紫陌》的金小天，对各地的投稿严格把关，他在署名"洁尘"的《写于别后——一个女学生的自述》后附有《小天附志》，

---

① 盛京时报社：《周刊预告》，《盛京时报》1926年3月30日第4版。

阐明了《紫陌》刊登范围：诗歌、小说和杂记，一般不刊登往来书信。试看《小天附志》：

> 吾固解放徒也，然胆小如鼠，未尝言解放而即真解放矣。所以朋辈谓吾为"开倒车"，吾亦只得赧颜而听其诅咒耳。自新文学兴，而人生无事不可入文学。此诗歌、小说、杂记，乃为新青年表现生活状态及理想人生之工具。尤特恋爱可以大书纸面，即性交亦无不可讨论者焉。窃以新青年之婚姻问题及两性关系，虽影响人生其大，然学生时代所当研究之学问，殊有重于此者。故于两性描写之文字，迩来吾极不欲发表之，以为不利于青年也。最近一般投稿者，皆斥为非当，是亦不可不允如其请也，须知吾刊并非邮差。凡有文学之价值者，可一一披露，且至少须诗歌、小说、杂记化。书信体，无乃太简率乎。夫天下事，无不可对人言者，虽然，言太卑鄙，则无雅趣矣。若夫洁尘之杂记，颇有忏悔昨昔，大胆自述之意，亦可谓少见之文字也。固录之。①

从金小天这段话可以看出当时《紫陌》刊载的小说，在题材上越来越与当时开放的社会相关，关于婚姻和男女两性问题也不避谈。

就在文艺副刊《紫陌》和《图画周刊》在《盛京时报》上行将停刊之时，1929年3月16日至5月22日连续63期刊载《扩充文艺版预告》：

> 本部兹为阐扬文化诱导思想起见，乃将篇幅扩充，使有投稿余地，幸望读者不时赐教为盼。窃惟本报文艺版十余年来提倡文化启发一般社会之知识鼓吹青年之文艺，虽不敢自伐其功，而东北文艺界所以有今日者，本文艺版未始不无相当之贡献。方今新旧两思想均有认真研究之趋势，新文艺外国学之发达实有一日千里之势，今后本版以顺应此等趋势，逐渐改革，俾成社会公共的学术机关，一切尊重读者之意见，凡惠稿者务请自家圈点，妥分章节使社员得省一分手续，则大著必能克期发表。至于投稿种类，毫无限制，除纯粹文艺的学术作品以外，关于短小精悍之有趣文字，尤为特别，欢迎此外名人胜地时

---

① 金小天：《小天附志》，《盛京时报·紫陌》1927年9月26日第7版。

装风景及著作家艺术家各种照片愿在本报发表者亦可酌为制成铜版，随时刊登，即将此版赠于本人以答雅意，肃此谨白诸希朗照。①

尽管《扩充文艺版预告》已经刊载，文艺版的改革趋势已经显现，但是这个公告刊载后不知何种原因，不但没有见到文艺版的改革变化，就连原来的《紫陌》和《图画周刊》也停刊了，只剩下《神皋杂俎》这个文艺副刊依然保持原有风貌。直到1933年，"扩充文艺版"才真正开始，其标志是《另外一页》《妇女周刊》《儿童周刊》在这一年相继以"周刊"形式出现。

二 《另外一页》与小说

1933年2月22日，星期三，《盛京时报》第五版开始出现《另外一页》周刊，并没有创刊词，也没有标明期数。其内容五花八门，有"漫谈""经济新说""影海"等栏目；内容涉及小说、文艺批评家介绍、社会思潮批判、西洋名画等。2月23日，《另外一页》刊出徐蔚南的短篇小说《大白之死》。《另外一页》每天一版，后改为每周六出一版，刊至1940年8月30日最后一版，之后停刊。

《另外一页》在7年半的发展历程共刊载小说30部（见表2.6），其中长篇小说共2部，分别为《八伦缘》和《洪武剑侠图》，当然这两部小说在连载的过程中不只是在《另外一页》，也出现在其他周刊上。其中《八伦缘》刊于《盛京时报》1934年8月1日—10月10日，分别登在《神皋杂俎·说唱》《另外一页》《儿童周刊》之上，共59期，署名为"梅庭氏编辑、儒丐校阅"；而历史小说《洪武剑侠图》篇幅更长，共515期，连载时间近两年，从1937年10月19日一直连载至1939年7月1日，署名为"张青山"，连载时出现在多个周刊上，除了《另外一页》，还在《神皋杂俎》《教育周刊》《妇女周刊》《卫生》等刊上。在《另外一页》这个副刊上，有巴金、丁玲等中国著名作家的小说，如巴金的小说《别》，刊于1936年3月15—25日；丁玲的小说《松子》刊于1936年4月25日—5月27日"另外一页·小说"栏目内，共14期。当然，在这个周刊上有一些著名的外国作家小说被译介，像高尔斯华绥的小说

---

① 盛京时报文艺部：《扩充文艺版预告》，《盛京时报》1929年3月16日第7版。

《勇气》，丁金相译，刊于1933年10月25—28日；高尔基的短篇小说《歌与射击》，刊于1936年5月30日，方采译；又如日本著名作家菊池宽的短篇小说《诱惑》，刊于1935年6月23日—7月31日，荫寰译，共16期。

表 2.6　　　　《盛京时报·另外一页》小说刊载统计

年份	小说	作者	年份	小说	作者
1933	《阔气》	吕品	1934	《杜巴先生》	法郎士作，刘国平译
	《灰色古城社会一角》	弓也长		《八伦缘》	梅庭氏辑，儒丐校阅
1933	《勇气》	高尔斯华绥著、丁金相译	1934	《青楼遗恨》	柳翁
	《美丽的梦》	塞先生		《犯人》	郭歌里著，张露薇译
	《踪迹》	金相		《泪》	铁森
1934	《时代下》	王宝珠	1935	《诱惑》	菊池宽著，荫寰译
	《新嫁娘》	立野信之作、天铎译		《露泪缘（凤谋）》	柳翁选
	《报复》	振声	1936	《别》	巴金
	《穴居》	维亚		《松子》	丁玲
	《蛛》	陈迹		《歌与射击》	高尔基作，方采译
	《花子与老黄》	萧乾		《人的命运》	贾波林著，杜宇译
	《祖父》	石川啄本作，叶鼎洛译		《马如飞及其珍珠塔》	刘大杰
	《雾中》	柯温著，季陵译	1937—1939	《洪武剑侠图》	张青山
	《梦想》	梅立克著，刘荣恩译	1938	《黎明的桃符》	顾顾
	《留别》	尹永梅		《情海飞鸿》	JJ搜集

三　《妇女周刊》与小说

《盛京时报》比较关注妇女与儿童这两个群体，在没有开辟专刊之前，有关这两个群体的文学是以专栏形式刊于《神皋杂俎》之上。之后，《盛京时报》开辟了《家庭周刊》，以"妇女"和"儿童"为主题的文学作品载于其上。随着《家庭周刊》的发展和读者对其关注的提升，以及关于妇女、儿童方面的稿件纷至沓来，1933年3月和4月，《妇女周刊》与《儿童周刊》分别创立，关于妇女和儿童的作品从"家庭周刊"又分

离出来,分别置入这两个周刊内。1933 年 3 月 24 日,《妇女周刊》创刊之日附有《编者的话》:

> 本刊因稿件拥挤,将园地略展以酬惠稿诸君之雅意,就是家庭周刊辟为妇女、儿童二栏,每周礼拜二为《儿童周刊》、礼拜五为《妇女周刊》。①

这样,《妇女周刊》和《儿童周刊》各自独立出来,分别于每周五和周二出刊。这两个独立出来的周刊在《盛京时报》上一直持续至 1942 年。后因版面的紧缩,以"妇女""儿童"为主题的文学作品又重新回到《家庭周刊》的版面,而且《家庭周刊》也被更名为《家庭与趣闻》。

《妇女周刊》最早出现于 1933 年 3 月 24 日《盛京时报》第 5 版,创刊当日刊载了《家庭看护常识》《劳动妇女的挣扎》《近代妇女论言》《婚后通信》以及署名"笳啸"的微型纪实小说《嫁》。《妇女周刊》在《盛京时报》最后出现的日期是 1942 年 7 月 2 日,之后,《妇女周刊》不见了,关于"妇女"主题的文学作品出现在《家庭与趣闻》。除了一些小说,《妇女周刊》主要刊载一些关于女性社会、婚恋、家庭的评论文章,如《谈谈女子职业问题》《妇女的道德》《结婚的几个条件》《秋和女性美》等,以及一些知名女性的座谈、心得、交流等文章,如《名主妇纸上座谈会——非常时下五题》《寄贞娥女士》《建国十年的满洲妇女》《妈妈经之一:孩子打架时的处置》《为母之不要》《女妇是家庭中的主宰——应该打破迷信心》《丈夫不满意的九种原因》等。

1933—1942 年《盛京时报》的《妇女周刊》共登载 22 部小说,其中包括 4 部横跨其他周刊的小说。其余 18 部小说主要集中 1936 年和 1937 年这两年(见表 2.7)。1936 年《妇女周刊》登载了 8 部短篇小说,为刊于 2 月 21 日、28 日的短篇小说《恋》,共 2 期,署名"木子";刊于 3 月 6 日、10 月 30 日的两部小说《老太太买鸡蛋》和《隔邻的歌女》,署名同为"里丽";刊于 3 月 27 日的短篇小说《心尖上的火》,只 1 期,署名"芳林";刊于 5 月 15 日、22 日的两部小说《村堡的女人》与《诗人和姑娘》,署名皆为"菲女";刊于 7 月 17 日、12 月 11 日的小说《绒衣》

---

① 《编者的话》,《盛京时报·妇女周刊》1933 年 3 月 24 日第 5 版。

和《幸福的姊妹》，署名同为"凯娜"。1937年《妇女周刊》上刊载6部短篇小说，分别为刊于1月8日的时势短篇小说《一个少女的呼声》，署名"黎明姬"；刊于1月15日的短篇小说《彷徨的妇女》，署名"秦臻"；刊于3月5日的纪实短篇小说《女车掌》，署名"绮莹"；刊于3月12日两部小说《访》和《一个妇人的自述》，分别署名"君瀛"（来自吉林）和"蔡莫怀珠"；刊于5月28日的纪实短篇小说《"秀瑛"婚姻始末记》，署名"飘茵"。这些小说都是围绕妇女的生活世界，都是纪实短篇小说，情节简单、针对性强。

表2.7　　　　《盛京时报·妇女周刊》小说刊载统计

年份	小说	作者	年份	小说	作者
1933	《地角》	吉屋信子著，箅啸试译	1937	《女车掌》	绮莹
				《访》	君瀛
1936	《恋》	木子		《一个妇人的自述》	蔡莫怀珠
	《老太太买鸡蛋》	里丽		《一个不醒悟的女人》	岚娘
	《心尖上的火》	芳林		《"秀瑛"婚姻始末记》	飘茵
	《村堡的女人》	菲女		《洪武剑侠图》	张青山
	《诗人和姑娘》	菲女	1938	《孩子的心》	三妹
	《绒衣》	凯娜	1940	《英子姑娘》	帝子
	《隔邻的歌女》	里丽		《晨》	里雁
	《幸福的姊妹》	凯娜		《黎明》	克大
1937	《一个少女的呼声》	黎明姬	1941	《河流的底层》	秋萤
	《彷徨的妇女》	秦臻			

1936年，菲女发表了两部小说，分别为《村堡的女人》与《诗人和姑娘》。《村堡的女人》是为破除妇女迷信而写的，在小说前面作者用醒目的边框标出了几句合辙押韵的顺口溜，把村堡妇女迷信的现象描绘出来，内容如下：

> 神秘的空气，差妈治病施仙法，不吃药，不打针，两腿一盘来大神，治不好怨不诚心。①

---

① 菲女：《村堡的女人》，《盛京时报·妇女周刊》1936年5月15日第5版。

小说的最后，作者针砭时弊，揭露了迷信对人身心的双重伤害。试看其中一段话：

> 病看完毕，仙家吩咐着，四六八节要上大猪头，大供，还有香烛纸马钱。是凡仙家要的，决不能慢掏打折扣，因为这么一来，那你就变为无诚心了，无诚心吃下去也不灵，你的病还是你的。所以有多少村堡女人，宁可穿着破大布衫，也不肯惹动仙家生气，虽则仙家菩萨不会说话。总之，村堡女人，让神秘的空气笼罩了她们纯洁的心，在这个现在科学昌明的时代，真个令人又可笑又可怜呢！①

《诗人和姑娘》是引导青年女性增强自我修养和认知的小说，是一部译介小说，记述了俄国著名诗人玛耶阔夫斯基（马雅可夫斯基）和一位名门闺秀的谈话，借此表达了诗人所认识到的妇女该怎样自省自立，殷勤劳动，赢得平等和独立。结尾一段给人以启迪：

> 妇女似乎永远不吃亏似的，见解未免偏狭。即或她不是首鼠两端的知识者，而她秉有不充足的知识，和没有价值的技术去应付事务。社会上只因为她是女的，所以她受人们不公正称赞的场合仍然是有的。须知道这是很危险的，那危险就是女人本身所具的气质，虽然任甚么不知道，却也把自己算在有相当程度知道的一块儿，没落了自己的真相。老实说说"知道自己所不知道的"，才是进步的第一步。②

刊于《妇女周刊》1940年1月12日署名"帝子"的小说《英子姑娘》讲述英子姑娘年轻而又美丽，却被迫不得不以色事人。她寡言少语，爱沉思凝神，可是逃不开流言蜚语。作者写了英子姑娘痛苦、挣扎、软弱，也写了她的理想、信念、追求。小说类似前言，交代作者创作缘由：

> 年来久无写作，偶尔写些小文之类，没有什么冠冕堂皇。……几年前我便在稿的封皮写着"梅英集"，到如今还不曾对这名字生厌，

---

① 菲女：《村堡的女人》，《盛京时报·妇女周刊》1936年5月15日第5版。
② 菲女：《诗人和姑娘》，《盛京时报·妇女周刊》1936年5月22日第5版。

至于将来却不能预料了。在奉天度过去十几个年头，剩些什么？……因为我谈过，我早迟要写一篇塞责，因为我觉得朋友的友情比一切都珍宝。容易保留且不容易消灭。使我忘了这是不熟的、无味的果子，但我的朋友会吃得津津有味，即使无味，也还能像凭吊荒冢一样，能不惜一顾，偶一流连我就心满意足了。①

小说多用议论，作者对英姑娘这样年轻女性的不幸命运表示同情，引人思索。看下面这段话：

> 我认为自从见了英姑娘，使我明白了许多关于女人的特长，她带来很多女人的技巧，她不会就这样毁坏她的一生。但在她的人生里，或者会为她的"心软"断送了自己，不然就会为这"心软"救了的。②

《妇女周刊》的小说多为各地投稿，小说刊载并不密集，有些年份甚至很少。但这些小说虚构较少，作者重在记录事实，增强了《妇女周刊》的教育意义，也反映了报纸文学与时代相呼应，与社会现实紧密结合的特征。

图 2.3　菲女的小说《村堡的女人》刊于 1936 年《盛京时报·妇女周刊》

---

① 帝子：《英子姑娘》，《盛京时报·妇女周刊》1940 年 1 月 12 日第 5 版。
② 帝子：《英子姑娘》，《盛京时报·妇女周刊》1940 年 1 月 12 日第 5 版。

四 《儿童周刊》与小说

《儿童周刊》，顾名思义，这个版面主要刊载以儿童为主题的作品，每周出一版。早在《儿童周刊》出现之前，《盛京时报》上的文学阵地就有关于儿童主题的文学作品刊载，如1923年8月29日至31日刊载《可怜的小英雄》，署名"周东郊"。《儿童周刊》最早出现于1933年4月4日《盛京时报》第5版，并附"欢迎投稿"。创刊当日《儿童周刊》登出《儿童环境的改造》《童谣》《小儿麻疹病恢复期危险》，以及署名"徐芳"的诗《假如》、署名"李絮非"的短篇小说《祖国》。需要强调的是，在《儿童周刊》出现之前，关于儿童方面的题材刊于文艺副刊《神皋杂俎》"儿童文艺"栏目。但到了1937年，《儿童周刊》的名称发生了变化，"周刊"不见了，只有"儿童"二字，每周出一刊。至1942年，《文艺副刊》又缩版合并，1月10日《儿童周刊》与《神皋杂俎》《世界珍闻》合为一版。1942年6月20日是《儿童周刊》在《盛京时报》上最后一次露面。此后，关于儿童方面的文学作品又并入"家庭与趣味"栏目内。

《儿童周刊》共刊载长、短篇小说共28部，其中1933年1部、1934年4部、1935年1部、1937年5部、1938年3部、1939年3部、1940年5部、1941年6部（见表2.8）。其中不乏一些出自名家之手，如1934年2月13日和20日，登载了老舍的短篇小说《操场后头见》，共2期；1935年1月22日刊载了托尔斯泰的短篇小说《两个女孩子》，由伯涵、枫子合译完成。

《儿童周刊》刊载的翻译作品大多语言朴素，清新、自然，试看阿芸翻译的《孩子与珍宝》一文：

> 几百年以前了，在罗马的古城里，那是一个很明朗的清晨，一个美丽的花园里，那里有一个葡萄蔓在遮蔽着的凉亭。两个小孩子在哪里站着，看着他们的母亲和母亲的朋友，在那花和树的中间散步。
>
> "你看见过像我们母亲朋友这样美丽的妇人吗？"那小的孩子握着他哥哥的手，这样在问。"我看她好像是一个皇后呢！"
>
> "他没有我们的母亲美丽"，那大的孩子说。"她的衣服固然是美丽了，但是她的面貌，却并不仁慈、高尚。除去我们的母亲，有谁又

能像皇后的样子呢？"不久他们的母亲克里尼亚，从小道走来了，在听他们的谈话。她的衣服是很朴素的，仅仅披着一件白色的长衫，她的双臂和两脚都在裸露着。因为那时的风俗是这样的。她的手上，没有戴着戒指。她的颈部，也没有挂着项链。她的头上呢，也没有帽子戴着。仅仅是几条褐色的柔软的长发辫，在上面盘环着，当她看到她那儿子美丽的眼睛时，一个娇柔的微笑，便在她那美丽的双颊上呈露了。①

这一段文字，有清新美好的自然景物，有天真无邪的孩子的对话，有描摹，有情节，形神兼备，言约意丰。

表 2.8　　　　　《盛京时报·儿童周刊》刊载小说统计

年份	小说	作者	年份	小说	作者
1933	《地角》	吉屋信子著，笊啸试译	1939	《猫岛》	甲田正夫原作，忆柳译
				《残记的故乡》	云鹤
1934	《操场后头见》	老舍	1940	《英子姑娘》	徐绍英
	《孩子们》	赫戏		《妙妙》	会友
	《八伦缘》	梅庭氏编辑，儒丐校阅		《可怜的小孩子》	德富建次郎作，孝武译
	《青楼遗恨》	柳翁		《相爱的一对》	安徒生原作
1935	《两个女孩子》	托尔斯泰著 伯涵、枫子合译		《洋车夫》	韩惠
				《孩子与珍宝》	阿芸译
1937	《昨日》	丁丁		《小小探案》	新
	《我的小友》	绮莹		《初夏》	秋苍
	《金钱与快活》	胡伟译	1941	《晨》	里雁，作；杨栄，画
	《失了的伟大东西》	丹弟		《焰》	柯炬，作；杨栄，画
	《一个可怜者》	高作棋		《小巷》	陈绮
1938	《红叶》	小博士		《河流的底层》	秋莹，著；大超，绘
	《贼》	宣译		《孤儿》	欣然
	《病后的小乞丐》	赵纯璞		《李和》	介丁

重要的是，文章并不因此而流于肤浅。结尾时妈妈的朋友打开了她的

---

① 《孩子与珍宝》，阿芸译，《盛京时报·儿童周刊》1940 年 1 月 16 日第 5 版。

珍宝匣子，孩子们惊奇了，白的珍珠好像是乳，光滑犹如缎子，那宝石红得犹如燃烧的煤，绿的好像夏季的蓝天，金刚石犹如日光一般闪烁。孩子幼小的心里希望自己的母亲也能拥有这样的珍宝。母亲面对朋友质询道：

"克里尼亚，你真是没有珍宝吗？……我听人家说，你很贫穷。这可是实在的吗？"母亲回答说，"不，我并不贫穷。"

她一边说一边牵引着她那两个孩子在身边，这就是我的珍宝，他们的价值，比你们所有的珍宝还要高得多呢！①

故事到此戛然而止，清新隽永。再看结尾处作者的感言：

我很相信这两个孩子永远不会忘掉他们母亲的这种爱护。后来，当他们成了伟人的时候，他们常常在回忆这花园里的情景，并且现在的人们，也都非常喜欢去听"克里尼亚的珍宝"这个故事呢！②

《儿童周刊》温馨的故事有很多，对当时的阅读者有很大的启迪和教育作用。如会友所写的小说《妙妙》，"妙妙"是小说主人公养的一只家猫，作者用笔诙谐幽默，结局却充满了忧伤。试看下面一段文字：

我要想学文增进，必得读书。夜间读书无有灯是不行的，老鼠要咬坏我的书，猫就去捉他。古人说"益者三友"，我这书、灯、猫，式符其言了。③

小说记述了"我"借同学的《西游记》看得入迷，小猫"妙妙"把老鼠捉住了，可是灯油洒了，污了书。"我"又气又急，要去打"妙妙"，转念一想，也许是老鼠去咬"我"的书，"妙妙"捉老鼠，老鼠碰洒了灯油呢。这时妈妈进来呼唤"我"。

且看下面一段话：

---

① 《孩子与珍宝》，阿芸译，《盛京时报·儿童周刊》1940年1月16日第5版。
② 《孩子与珍宝》，阿芸译，《盛京时报·儿童周刊》1940年1月16日第5版。
③ 会友：《妙妙》，《盛京时报·儿童》1940年2月13日第5版。

孩子，今天怎么起来这么晚呢？快到外边散散步去，回来吃早饭吧。……神怪的小说，看他不但无益，反而扰乱你的精神和思想。……况且你正在年幼，眼力薄弱，夜深不睡，于目力有亏。要看书必得看些近代的杂志、儿童读物等，还能增进些新知识，可是要注意身体的卫生。今天东邻你张大哥进城，我已经托他买一部新书，好赔偿人家，你以后用心读书吧！……我感激，而又惭愧。①

作者描述生活中的一件小事情，但却充满了温情。爱读书的孩子、温柔明理的妈妈、淘气的猫咪，让人莞尔。接着笔锋一转，由幽默温馨转而悲伤，写妙妙的最后结局：

春夏冬流水般的过去，不觉冬天又到了。邻家的鸡架，是很简陋的。夜间黄鼠狼常常来偷鸡吃，王大娘家里有四只鸡，一连三夜，丢了三只。……王大娘就把打黄鼠狼的枷子下在鸡架旁。次日的早晨，我家妙妙，不知到哪里去了，忽听得隔壁的王大娘喊道："该死的猫，不该撞落了我的枷子，只剩一只大母鸡，今天却又被黄鼠狼吃了。"我听了连忙跑到邻家一看，正是我家的猫，被枷子打死了。我连哭带喊的要王大娘还我的猫，一会儿，妈妈赶来，把我劝回家里说道："不可因一个畜生，伤了邻里的和气。"我只得忍痛含悲，饭后照旧上学。回家时，觉得很寂寞。温课时更觉寂寞。我恨青天不遂人愿，不该夺走我的阿猫啊！②

当然，《儿童周刊》也曾设置"儿童小说"栏目，如1940年8月27日第四版登载署名"秋苍"的儿童小说《初夏》，只有1期，在开头的景物描写却十分饱满，试看开头的一段：

蒸笼般的太阳罩着大地里的万物和烟景，不久夏天便倥偬的来临了。大地的空气和烟景都焕然一新，那可爱的小鸟儿飞疾，舞踊杨柳青青，花儿芳鲜，落莺缤飞，蝶儿翩翩跹跹狂舞于其间，这不是很准

---

① 会友：《妙妙》，《盛京时报·儿童》1940年1月20日第7版。
② 会友：《妙妙》，《盛京时报·儿童》1940年1月20日第7版。

确的特征吗？在这种自然现象中，生出了许多抽象的、单调、苦辣的事儿来，底确——就拿着暑假来说罢……①

《儿童周刊》的长篇小说，由于篇幅较长，而周刊出版周期相对较长，为了保证小说刊载的连续性，导致一篇小说在几个周刊上相继刊载的局面。长篇小说《地角》除了出现在《儿童周刊》的长篇小说栏目内，也在《妇女周刊》的长篇小说栏目出现，署名"吉屋信子著、笛啸试译"。同样，梅庭氏编辑、儒丐校阅的长篇小说《八伦缘》也如此。长篇配图小说《晨》连续刊载于《世界珍闻及其他》《文艺周刊》《妇女周刊》《儿童周刊》4个周刊，署名"里雁作、杨柴画"。类此跨周刊刊载的插图小说还有《焰》《河流的底层》，分别跨刊刊载于《妇女周刊》《儿童周刊》《教育周刊》《盛京时报》头版显著位置。

五 《教育周刊》与小说

20世纪30年代，《盛京时报》扩版增容，文艺周刊纷纷确立。《另外一页》《妇女周刊》《儿童周刊》相继出现之后，又诞生了《教育周刊》。近、现代日本很重视国民教育，其创办的报纸很早刊载国民教育的作品，《盛京时报》也不例外。尤其是"九·一八"事变后，日本控制东北的野心已昭然若揭，通过《盛京时报》的教育栏目不断向东北传播有关西式教育思想。最初，《盛京时报》有关教育主题的作品刊于《神皋杂俎》，在该副刊设教育专栏，传播现代教育思想，如1926年2月5日《神皋杂俎》"小说"栏目刊载短篇小说《教育界的奇谈》，署名"漫郎寄自TL城"；又如1926年6月2日《神皋杂俎》"纪实小说"出现署名"高耀先"的短篇小说《金钱教育》。《教育周刊》创立后，关于教育主题的小说转至该周刊内。《教育周刊》在《盛京时报》上最后一期是1941年7月1日，之后，关于教育主题的作品又归于《神皋杂俎》。

《教育周刊》的小说主要集中于1935—1941年，共11部小说，其中1935年1部、1936年4部、1937年2部、1938年1部、1939年1部、1941年2部（见表2.9）。张青山的《洪武剑侠图》(1937)、柯炬的征文小说《焰》(1941)、秋萤的《河流的底层》(1941)在《盛京时报》多

---

① 秋苍：《初夏》，《盛京时报·儿童》1940年8月27日第4版。

个周刊接续刊载。根据统计，同其他周刊相比，《教育周刊》刊载的小说并不多。

表 2.9　　　　　《盛京时报·教育周刊》小说刊载统计

年份	小说	作者	年份	小说	作者
1935	《开除》	丁	1937	《洪武剑侠图》	张青山
1936	《学校懦夫》	曾今可	1938	《图书堂上的一场风波》	刘化麟
	《他》	丁丁	1939	《意外佬》	一泓
	《夜课堂内小考记》	无	1941	《焰》	柯炬作，杨柴画
	《？》	丁丁		《河流的底层》	秋萤著，大超绘
1937	《昨日》	丁丁			

除了几部长篇小说（跨周刊连载）之外，《教育周刊》上的小说都未偏离教育主题，多以校园发生的故事为描写对象，如《盛京时报》1935 年 11 月 21 日《教育周刊》"小说"栏目刊出署名"丁"的纪实短篇小说《开除》；1936 年 5 月 28 日《教育周刊》"短篇小说"栏目刊载署名"曾今可"的短篇小说《学校懦夫》；1936 年 6 月 20 日《教育周刊》"学校风光"栏目登出无署名的短篇小说《夜课堂内小考记》；1938 年 9 月 15 日《教育周刊》"学校风光"栏目刊载署名"刘化麟"的短篇小说《图书堂上的一场风波》。

六　《文艺周刊》与小说

《盛京时报》的《文艺周刊》创立于 1939 年，1941 年初终刊，前后不足两年。《盛京时报》1939 年 3 月 7 日第四版第一次出现《文艺周刊》，它同其他周刊的出版周期一致，每周一期。在《文艺周刊》第一期上刊载的翻译小说共计 4 部，分别是《出了诗集的人》（捷克查赫作，庄译）、军旅小说《海与兵队》（火野苇平著，雪笠译）、《但丁与其"神曲"》（未名）、《菲力伯》（陈皮）等作品。1941 年，《盛京时报·文艺周刊》只出现一次，即 1 月 1 日第九版位置，最后一期上刊载的作品有《新礼制与文化》（大内隆雄）、《生与死》（史犀）、《四一年新年试笔》（秋萤）、《回顾一九四〇年满系文坛》（吴郎）、《日系的在满文学》（青木实作，李牧之译）、《诗三篇》（冷歌）等，没有小说。

统计发现，《文艺周刊》的小说主要集中于 1939—1940 年，其中 1939 年 14 部，1940 年 24 部（见表 2.10）。值得注意的是，除了小说之外，《文艺周刊》还刊载了一些放送剧、话剧的剧本，因为这一时期放映技术发展，放送剧、话剧等文艺形式出现，带动了戏剧文学的发展。如 1939 年 3 月 25 日和 4 月 1 日，《文艺周刊》内 "剧本" 栏目出现署名 "牧之" 的剧本《夫妻之间》；7 月 15 日、22 日、29 日，《文艺周刊》出现署名 "安犀" 的放送剧本《好事近》；1940 年 3 月 13 日—4 月 3 日《文艺周刊》刊载署名 "岳析" 的放送脚本《雪地芙蓉》；4 月 3—17 日刊载署名 "弗移" 的话剧脚本《鬼》，共 3 期。剧本文学的出现构成了《文艺周刊》的一个特色。

表 2.10　　　　《盛京时报·文艺周刊》刊载小说统计

年份	小说	作者	年份	小说	作者
1939	《海与兵队》	火野苇平著，雪笠译	1940	《爱》	燕子
	《出了诗集的人》	查赫作，庄译		《阿祥》	水夷
	《夫妻之间》	牧之		《车夫》	李穆
	《妖妇》	D. Ferroid 原作，元译		《谁之过》	孤旅
	《她的爱》	布鲁斯原作，庄译		《宿舍里》	文玉
	《夫妇》	国木田独步原作，奕秋译		《爱丽丝》	菲力之阁原作，博天译
	《好事近》	安犀		《开夜车》	采风
	《她的素描》	祗敬		《天桥小姐》	李熏风
	《黄土地带》	立野信之作，宫希元译		《心境》	春山
	《闲情》	冷梅		《染疫的家》	田福作，安涯译
	《皮袍》	冀深		《荡妇》	仁光
	《雾桃》	刮脸		《夜路》	王守政
	《洁纯》	宝儿之死		《乡景》	疑犀
	《修理旧椅子的女人》	莫泊桑原作，冷萍译		《夫妇》	羽鳞
1940	《房东》	湘冷		《小贩的妻子》	饮水
	《一个青年》	君袁		《孩子》	黄沙
	《雪地芙蓉》	岳析		《黄昏》	玉
	《鬼》	弗移		《寄幼者》	有岛五郎作，医国译
	《车中》	陈宾		《没落》	冷微

《文艺周刊》译文小说刊载较多。据统计，1939—1940年共有10部。而且来自多个国家，按照作者国别来分，日籍作家小说有4部，分别为中篇小说《海与兵队》（火野苇平著，雪笠译）、中篇小说《黄土地带》（立野信之作，宫希元译）、短篇小说《夫妇》（国木田独步原作，奕秋译）、短篇小说《寄幼者》（有岛五郎作，医国译）。其中《黄土地带》是一部记录小说，也是战地小说，刊载时在栏目名称下发标注"第八路军讨伐从军记"，该小说自1939年8月26日至1940年4月24日刊于《文艺周刊》"记录小说"栏目，共34期，原文刊期标注有误。小说的翻译者宫希元在《黄土地带》刊载第一期附有引子，告诉读者这部小说是文学名作：

> 这篇小说原文载于七月号的《改造》杂志上，虽不能说是好，也是日本战时文学名作之一。相信关于山西的事情，多少能介绍给国人。不过，鄙人不敏，正在试译，似难译得完善吧。①

作者在《黄土地带》开头从两个视角来认识八路军，一是日本参谋本部一名中佐的视角；二是基于作者本人的观察。试看小说开头部分：

> 在太原，五月十二日……离开北京前，参谋部某中佐对我说："第八路军的游击战，其战术倒成不了什么问题。力量是柔弱的，不过他们顽强拗执的农民组织和宣传，实在很难破拆。"……我知道第八路军，自事变当初就超特的活跃。现在尚蟠居于各地山岳地带，有时候被皇军追击而逃，在潜逃中又反覆的蠢动着，袭击皇军警备地域或破坏铁道及通信机关。②

《文艺周刊》刊发的英国作家小说3部，分别为《妖妇》（D. Ferroid原作，元译）、《染疫的家》（田福作，安涯译）、《爱丽丝》（菲力之圃原作，博天译），都是短篇小说；捷克作家小说1部，为短篇小说《出了诗集的人》（查赫作，庄译）；波兰作家短篇小说1部，《他的爱》（布鲁斯原作，庄译）；以及由法国小说家莫泊桑的短篇小说《修理旧椅子的女

---

① 宫希元：《黄土地带》，《盛京时报·文艺》1941年8月26日第4版。
② [日]立野信之作：《黄土地带》，宫希元译，《盛京时报·文艺》1941年8月26日第4版。

人》(冷萍译)。《文艺周刊》在《盛京时报》上存续的时间虽然很短，但刊载了许多外国小说，这些小说对东北报载文学发展具有重要的价值。

七 《文学周刊》与小说

1941 年《盛京时报》上的周刊又产生新的变化，《文艺周刊》最后一次出现在 1 月 1 日，两个月后的 3 月 11 日，《盛京时报》第四版出现了《文学周刊》，而且"文学"二字以"小篆"体手写形式出现，既醒目又倍感亲切。《文学周刊》第一期上没有小说刊载，只是一些文论和出版介绍等内容，如陈燕的《丛诗闲话》、秋莹的《论文学之有用与无用》；在"文学论坛"栏目刊载陈因的《略论出版界》。另外，在"出版界"栏目内有小说介绍，"新京益智书店之大型综合学术季刊《学艺》，其创刊号业已出版，内容质量均极充实，创作有爵青之四万字小说《欧阳家的人们》，短篇有山丁之《冲》，小松之《铃兰花》等"①。

与其他周刊相比，《文学周刊》在《盛京时报》出现得最晚，持续的时间也不过两年，但它一直坚持到《盛京时报》停刊的前一年。《文学周刊》的最后一期出现在《盛京时报》1943 年 4 月 28 日第三版。最后一期的《文学周刊》依然保持文学特色，内有小说、文论、出版介绍等。其中包括短篇小说《柯华西斯》(缪塞作、展和译)，《可爱的人》(契诃夫作、光友译)，《妻》(蒲柳)、《夜莺的故事》(柳金)，以及文论《文学的旗》(大内隆雄)和小品《沙漠的消息》(田禾)。此外，在这一期上还有小说《山风》"出版介绍"：

  《山风》山丁著，长篇小说共三百六十三页，定价二元五角，新京文化社出版，又该书有大内隆雄先生之日文翻译本，由奉天吐风书房出版，现印刷中。《新潮》四月号文艺创作有安犀长篇《山城》，小松短篇《秋夕》，与特辑《春简》等篇。②

1941 年 3 月至 1943 年 4 月，《盛京时报·文学周刊》共刊出 55 部小说，皆为短篇小说，其中仅 1 期的小说总计 31 部。这一段时间《盛京时

---

① 《出版界》，《盛京时报·文学》1941 年 3 月 11 日第 4 版。
② 《出版介绍》，《盛京时报·文学》1943 年 4 月 28 日第 3 版。

报》刊发的短篇小说主要集中于《文学周刊》内，与其他版面相比，短篇小说的总量居于首位，《文学周刊》无中篇小说和长篇小说刊载。与同期《盛京时报》其他版面相比，《文学周刊》所载小说数量领先，《神皋杂俎》只有 7 部小说，其中长篇小说和中篇小说各 1 部；其他周刊和版面共刊载 13 部小说，包括 1 部长篇小说。具体来看，1941 年 3 月至 12 月，《文学周刊》刊发 18 部短篇小说，《神皋杂俎》刊发 2 部小说（其中 1 部长篇），其他周刊或版面刊发 9 部小说（其中 1 部长篇）。由此可见，《文学周刊》在《盛京时报》创立的第一年，还不是文学的主要阵地，因为从小说篇幅上来看，无论《神皋杂俎》副刊内的《如梦令》（共 152 期），还是"妇女周刊"的《黎明》（共 44 期），以及跨几个周刊的《河流的底层》（共 77 期），都是这一时期《文学周刊》内所有短篇小说加起来都无法相比的。但到了 1942 年，刊载情况发生了改观，这一年《文学周刊》刊发短篇小说 23 部，《神皋杂俎》只有 5 部短篇小说。1942 年，在《盛京时报》非副刊版面登载了 3 部中篇小说，分别是第 2 版的《月蚀》（共 35 期）、《参商的青群》（共 29 期）和第 4 版的《盲》，而且这 3 部中篇小说都有插图。如果按照小说栏目承载的小说品质高低来排序，应该是非副刊版面、《文学周刊》、《神皋杂俎》，令人费解。1943 年 1 月至 4 月是《文学周刊》在《盛京时报》存在的最后四个月，短篇小说 14 部，与其比较，《神皋杂俎》只有 1 部署名"儒丐"的《淘气歪毛识字记》（共 53 期，未完），其他周刊或版面没有小说（见表 2.11）。可以说，1943 年 1 至 4 月是《文学周刊》短篇小说刊载独占鳌头的时候。

表 2.11　《盛京时报》1941 年 3 月至 1943 年 4 月各版小说数量分布统计

刊、版 时间	《文学周刊》	《神皋杂俎》	其他周刊或版面
1941.3—1941.12	18 部	2 部（其中 1 长篇）	9 部（其中 1 长篇）
1942	23 部	5 部	4 部（3 中篇）
1943.1—1943.4	14 部	1 部（中篇）	0 部
总计	55 部	7 部（中长各 1 部）	13 部（1 长篇）

与其他周刊或版面比较，《文学周刊》有其特异之处。它别出心裁地推出"读者创作专号"栏目，该栏目出现在 1941 年 6 月 3 日至 17 日。"读者创作专号"分别刊载了芙蓉的《忤逆儿》、云迹的《恋之哀歌》、

少寰的《爱人》以及颖悟的《爱与罪》。从栏目名称"读者创作专号"可知，这4部小说的作者均为《盛京时报》文艺副刊的读者。因为"读者创作专号"专门为读者开设的，它的出现使报纸与读者产生互动，一些读者也可以成为作者。

1943年4月末，《文学周刊》从《盛京时报》淡出了人们的视野。之后，在《盛京时报》上我们所能看到的只有半个版的《神皋杂俎》，其他周刊都不复存在。整个报纸版面充满了第二次世界大战战况的报道，《盛京时报》完全沦为宣扬日本法西斯侵略的战报。

第四节 "征文小说"的设立：作家与作品的遴选

《盛京时报》设置征文的历史比较悠久。为了赢得读者关注，创刊初期曾设立"悬赏征文"栏目，但彼时征文内容尚未涉及小说。在1914年《盛京时报》出现征文广告，主要以论说和小品文为主，如11月29日至12月25日《盛京时报》第7版连载"本报征文广告"：

> 本报自发刊以来，承各界诸君之欢迎，一纸风行。莫名感荷同人等，敢不竭尽绵薄，以资贡献，惟是才识有限，时抱歉忱。兹特拟订征文简章，谅此邦不乏识时俊杰，定必有以宏文钜制见惠者焉。①

《盛京时报》早期征文的品类很单一。1914年"本报征文广告"内文学只有两类，其一为"论说"；其二为"游戏文章"。采取命题征文，分别设立一、二、三等奖，对应等次"奖金洋若干"，规定征文截止日期为"十二月二十五日"。《盛京时报》预设标题，有奖征文的传统一直保持下来，征文作品类别增多、领域扩大。进入20世纪20年代，小说也逐渐走向征文的序列。一旦小说被纳入征文对象，随即引起社会文化人士的关注，报载小说创作进入快速发展阶段。

一 "识时俊杰"："新年号"征文小说

《盛京时报》文艺编辑部通过"悬奖征文"的办法，不断吸纳社会文

---

① 《本报征文广告》，《盛京时报》1914年11月29日第7版。

艺爱好者加入文艺创作队伍。一般来说，征文小说按照三个步骤来完成。第一步是每年 11 月上旬或中旬至 12 月上旬或中旬，《盛京时报》第 4 版或第 5 版显要位置发布"本报新年号（悬奖）征文题目"。按照"论说""小说""谐文""诗""新诗"五个方面给出征文题目及对应的征文要求，包括字数、稿件截止日期、每年奖金总数，以及稿件邮寄事宜。第二步是在翌年的 1 月 1 日《盛京时报》三版或四版重要位置刊出"本报征文当选披露"，公布获奖名单、获奖等级和对应的奖金数。第三步是在《盛京时报》新年版依次登出"一等当选""二等当选""三等当选"作品全文，按照文体和等级的顺序编排，层次清晰、一目了然。

在"本报新年号（悬奖）征文题目"中，通常"小说"征文给出两个题目供读者选择。根据征文通知发布的时间截取了 1921—1930 年（获奖作品刊载的时间是 1922—1931 年）新年号征文小说作为研究对象。这 10 年进行了 10 次小说征集，总计给出 20 个小说标题，而获奖小说数量不一、等级不同，并不是每一个选题都设有一、二、三等奖（见表 2.12）。从这 10 年来看，《盛京时报》每一年新年版都有二三十块版，最多达四十块版，除了新年贺词之类的版面外，其余皆为文艺版面，而征文小说就置于文艺版面内，构成《盛京时报》小说新年版一大特色。

表 2.12　　　　《盛京时报》新年号征文小说统计

征文题目	征文时间	征文要求	发布时间	小说与等级	小说作者
《马弁》《宜春里》	1921.12	限于阳历十二月二十五日为投稿截止期限	1922 年元旦、1 月 7 日	《马弁》一等	袁鸣岐
				《马弁》二等	盛桂珊、益知、鱼书
				《马弁》三等	冬人、吴益伯
				《宜春里》二等	揩大、王益知
《民选省长》《雪》（不拘文体）	1922.11	一等奖小洋五十元；二等奖小洋三十元；三等奖小洋十元	1923 年元旦	《雪》一等	游龙馆主（金兰溪）
				《雪》二等	吴裔伯、盛桂珊、
				《雪》三等	铭久、王郁宣、觐东
				《民选省长》三等	滑稽、吴君可
《结婚》《净街》	1923.11	须细审题目勿为肤浅之言，小说篇幅至长不得逾三千字	1924 年元旦	《净街》一等	伯谛
				《净街》二等	逃名
				《结婚》一等	吴裔伯

续表

征文题目	征文时间	征文要求	发布时间	小说与等级	小说作者
《恐怖》《和平之神》	1924.11	十二月十五日截稿小说篇幅至长不得逾三千字	1925年元旦	《和平之神》一等	重羽
				《恐怖》《和平之神》二等	王雪影、罗慕华、冷韵;月
				《恐怖》《和平之神》三等	佛根、冰魄;王雪影、荣斋
《烦闷》《光明》	1925.11	十二月十日投稿截止日期,小说篇幅至长不得逾三千字	1926年元旦	《光明》一等	凝馨
				《烦闷》《光明》二等	仲彦、淡烟、南国;惜梦
				《烦闷》《光明》三等	雨丝、笛晨、患生;
《共产党》《希望》	1926.11	十一月三十日稿截止,小说篇幅至长不得逾三千字	1927年元旦	《共产党》一等	何濂泉
				《共产党》《希望》二等	无我;馥堂
				《共产党》《希望》二等	忙忙、狂郎;志超、游龙馆主
《骷髅》《废墟》	1927.11	十二月十日截稿,小说篇幅至长不得逾三千字	1928年元旦	《骷髅》《废墟》一等	金绍田;赵若冲
				《骷髅》《废墟》二等	匡汝非、骨云、黄达、恬斋主人
《战场遗迹》《春之爱》	1928.11	二千字左右,前者以雄浑之笔墨;后者须风光绮丽文字	1928年元旦	《战场遗迹》二等	赵子悲
				《春之爱》二等	烛人
《战场遗迹》《春之爱》	1928.11	二千字左右,前者以雄浑之笔墨;后者须风光绮丽文字	1928年元旦	《战场遗迹》三等	匡汝非、佳朱
				《春之爱》三等	憬、赵猗猗
《跳舞场》《科学家》	1929.11	字数至长不得超过二千二百字	1930年元旦	《跳舞场》二等	厂君
				《科学家》二等	椎顿生
《微笑》《奋斗》	1930.11	字数至长不得超过二千二百字	1931年元旦、1月8日	《微笑》一等	继贤
				《微笑》二等	今我、希融
				《微笑》三等	素养

从统计来看,1922—1931年,10年元旦在《盛京时报》刊载的短篇征文小说共计31部。每年刊出2个主题,20个选题,若干篇小说,按照时间的先后分别为《马弁》与《宜春里》,《雪》与《民选省长》,《净街》与《结婚》,《恐怖》与《和平之神》,《烦闷》与《光明》,《共产党》与《希望》,《骷髅》与《废墟》,《战争遗迹》与《春之爱》,《跳

舞场》与《科学家》，《微笑》与《奋斗》。其中《奋斗》是以"等外佳篇"的形式被刊载的。

二 披露与评论：有奖征文小说刊载

从征文通知的发布到征文当选披露，再到征文全文与读者见面，一般要历经一个半月左右的时间。采用命题形式，向社会广泛征集，主题集中、重点突出，形成一定的关注度。从《盛京时报》20 世纪 20 年征文小说预先给定的小说标题来看，选题并不抽象，也不空泛，有很大的创作空间。这些主题是围绕当时社会背景而设定的，结合获奖征文来看，之所以能够获奖，是因为这些小说能够反映社会现实，能够抓住题旨，从不同角度揭示了社会深层问题。这些获奖小说描写社会各个阶层的样态，有揭露军警的飞扬跋扈，有反映妓女的悲惨人生，也有描写普通民众的友善生活等。

以白话小说《马弁》和《宜春里》为例，1921 年 12 月 3 日至 21 日，《盛京时报》第四版发布"本报新年号征文题目"。列出两部小说题目，并附要求：《马弁》（白话短篇）和《宜春里》（白话短篇），并要求"限于阳历十二月二十五日为投稿截止期限"①。这一期征文，从发出通知到小说刊载留给读者创作的时间很短。若从征文通知的结束日期（12 月 21 日）算起，至翌年元旦 11 天时间，预留创作时间并不充裕。也正是这种原因，《宜春里》（二等当选）的另一作者王益知，直至截稿前一天才把稿件寄至编辑部。《盛京时报》文艺编辑部意识到征文发出时间太晚，所以，1922—1930 年，小说征文通知一般都在 11 月上旬或中旬就发出，征文截止日期一般控制在 12 月上旬，这样就留给参赛者更加充裕的时间来完成小说创作。

刊登"新年征文当选披露"，小说名称、获奖作者、奖金分类一并刊出。1922 年元旦披露内容如下：

> 小说《马弁》当选一等，一名（酬小洋十五圆）袁鸣岐；二等，计三名（各酬小洋十圆）盛桂珊、益知、鱼书；三等，计二名（各酬小洋六圆）冬人、吴益伯；《宜春里》当选二等，计二名（各酬小

---

① 文艺编辑部：《本报新年号征文题目》，《盛京时报》1921 年 12 月 3 日第 4 版。

洋六元）措大、王益知。①

从"新年征文当选披露"内容可知，新年征文小说是有奖励的，分别按照当选等级设有奖金，奖金为当时流通的"小洋"。

获奖小说与"新年征文当选披露"同期刊载（1月1日），只是版次不同，披露在前，小说居后。《盛京时报》1922年1月1日第二十二版至二十三版出现"征文披露·小说"一栏，分别按照获奖等级对当选小说全文登载。1922年新年征文小说两个主题共有5部小说获奖，分别是《马弁》"一等当选"1部，作者为袁鸣岐；"二等当选"3部，作者分别为盛桂珊、王益知、鱼书；"三等当选"2部，作者分别为冬人、吴益伯；《宜春里》只有"二等当选"2部，作者分别为措大、王益知。其中，王益知所作的《宜春里》是在1月7日"神皋杂俎·小说"栏目内刊载的，然而，新年征文小说很少在《神皋杂俎》上刊载，对此，穆儒丐在该小说的末尾特别作了说明："《宜春里》一题，只选出措大君一篇，不想临截止头一天，王益知君把这篇投了来……"② 可见，王益知稿件投来时，《盛京时报》的版面安排已经完毕，只好挤在1月7日文艺副刊上刊载。如上所述，问题不在参赛者，而在于编辑部小说征文通知发得太迟的缘故。

再看1922年新年"征文披露·小说"栏目内"一等当选"署名"袁鸣岐"的小说《马弁》：

　　……那人听了这话，像奉圣旨一般，连脚带手，把警察打个不了，警察那敢枝梧。众人谁敢上前。还亏司机人叫了几声，太太老爷跳下车来，拉住那人道"得了，谁和那狗惹闲气，让他滚吧"。那人挣扎几回又踢了警察几脚，妈的娘的一边走一边挣一边回头骂。……呜！呜！呜！那双摩托车怪叫如雷，好像老虎才出山洞，卷着风丝，带着泥片，一直跑过去了。……③

---

① 文艺编辑部：《新年征文当选披露》，《盛京时报》1922年1月1日第3版。
② 王益知：《宜春里》，《盛京时报·神皋杂俎》1922年1月7日第5版。
③ 袁鸣岐：《马弁》，《盛京时报·神皋杂俎》1922年1月1日第22版。

这篇小说主要讲述当时军警矛盾，而警察惧怕军队的现实。一警察巡逻发现在道边随意小便的人，于是打算"带去"处理，不想捅了马蜂窝，被一顿暴打。小说中那个人（马弁）一副无赖骄横的嘴脸被展现出来，"你带去……带去……好好……带去……不带去不是你娘养的……"一边说一边握着拳。穆儒丐在小说末尾给出点评："深得写实主义三昧，一片血泪之言。"① 值得一提的是，1922年《盛京时报》新年征文的6部小说结尾都有署名"丐"的点评（见表2.13），构成了新年征文小说的鲜明特色，同时反映了文艺副刊主编穆儒丐对新年征文小说的扶持和重视。

表 2.13　《盛京时报》1922年新年版获奖征文小说披露及评论

征文小说	等级	作者	穆儒丐（丐）对当选征文小说的评论
《马弁》	一等当选	袁鸣岐	深得写实主义三昧，一片血泪之言。
	二等当选	盛桂珊	借马弁口里自述一番段段情事，无不活现，描写手腕，亦自不凡，确系深于文艺者。
	二等当选	益知	此题宽泛已极，苟不得其扼要处，必失之于肤浅。益知君此作，于描写工夫已具相当力量，掉尾姨太太说情几句，情事宛然，当于字外求之。
	三等当选	吴益伯	庄谐互现，亦自可喜，且能将马弁之虚荣心写出，别有见地。
《宜春里》	二等当选	措大	不是率尔操弧，掉尾尤觉有力。
	二等当选	王益知	很能说到题上，可惜文致不甚酣畅。

1922年《盛京时报》征文小说《宜春里》，在入选的征文当中没有"一等当选"小说，只有两部"二等当选"小说。穆儒丐对这一结果不甚满意，他认为投稿者对社会现实问题关注不够，也不深刻。因此他自己写了一部《宜春里》，并于1922年1月1日《神皋杂俎》栏目内发表，在他创作的《宜春里》结尾附"儒丐附识"：

> 本年小说征文，佳作很少，除了《马弁》一题。《宜春里》简直没有好的。这个题目是吾人当面的实事，大可发挥的，竟没有一篇佳作。我对于三省文艺界，很失望的。幸喜有措大君一篇，能把题旨发挥出来，这是很可喜的。但是再也选不出第二篇。没法子，我于百忙

---

① 袁鸣岐：《马弁》，《盛京时报·神皋杂俎》1922年1月1日第22版。

中，拟作一篇《宜春里》。①

穆儒丐坚信以"宜春里"为题的征文素材不难获取，现实问题就摆在那儿。然而，没有佳作，穆儒丐认为三省文艺界缺乏对现实问题的关注。从中可以看到，《盛京时报》的发行范围辐射东三省。另外，这段话只提及《宜春里》一位二等奖获得者"措大"，认为他能够发挥题旨，除此之外，选不出第二篇佳作。只字未提《宜春里》的另一位二等奖获得者王益知，说明穆儒丐的《宜春里》及"儒丐附识"刊前或者排版前编辑部尚未收到王益知的稿子，至少在这之前穆儒丐本人没有看到他的书稿。穆儒丐在王益知作的《宜春里》（后刊于《神皋杂俎》），在刊文结尾的点评（见表2.13）指出："很能说到题上，可惜文致不甚酣畅。"②

而穆儒丐创作的《宜春里》，开篇采用类比的方法。小说开头首先描述回子营里的屠兽场屠杀牛的残忍场面，然后笔锋一转，由屠兽场转向人类的大屠场——妓院。对比指出，屠兽场是卖牛肉的，而宜春里这个大屠兽场是卖人肉的，强调竟卖人的皮肉比那屠户宰牛更加残忍。作者通过其中一位妓女讲述其悲惨处境来展现罪恶深重的宜春里，揭露社会的黑暗现实。试看小说中妓女的一番话：

> 我们家没德行，我又命苦，所以落在这火坑里。我才到这里没几天已然接了二百多个客，都是拉铺的，方才已有十多起。我委实挨不得了，见个地缝都要钻。好容易盼着冷静一点，得便躺一躺，可巧你老来了，把我吓了一跳，心说再来一个拉铺的，我这条小命完了。③

作者在小说中掩饰不住内心对宜春里的愤怒，如"我恨不一把火把宜春里烧得干干净净，拭去这人类的污点"④。然而，转念一想，自己既无能力保护这群弱女子，又无权消减有损人道的机关，只能向社会大声呼喊。因此作者积压内心深处的悲伤还是大于愤怒。试看这部小说结尾的描写：

---

① 儒丐:《宜春里》,《盛京时报·神皋杂俎》1922年1月1日第7版。
② 王益知:《宜春里》,《盛京时报·神皋杂俎》1922年1月7日第5版。
③ 儒丐:《宜春里》,《盛京时报·神皋杂俎》1922年1月1日第7版。
④ 儒丐:《宜春里》,《盛京时报·神皋杂俎》1922年1月1日第7版。

> ……我也不敢回头看伊，便一直出了那丰都城一般的大门。借着街灯的光亮，寻归旧路。这晚特别的冷，四野的暮霭和人家晚烟，凝成一片灰白的浓雾。回见宜春里，阴森森的隐在浓雾里面，只微微的露出几点灯光，照着那所人为的地狱。①

再看征文小说《雪》和《民选省长》，这两篇小说的"新年征文当选披露"，除了列出一、二、三等奖的获奖作者和奖金之外，还披露了所有选外佳作的名单。试看披露情况。

> 《雪》一等，金兰溪（奖小洋五十元）；二等，吴裔伯、盛桂珊（各奖三十元）；三等，铭久、王郁宣、觐东（各奖二十元）；《民选省长》，三等，滑稽、吴君可（各奖二十元）。
>
> 选外佳作名单：大鹏、朱铭轼、苏叶秋、屈铝生、辽西少年、古榆少年、文疏格、扩权、王永新、云阶徐、沧粟、疏影、管豹轩（以上十三人各赠奖章一座）。②

《盛京时报》1923年1月1日第三版"新年征文当选披露"栏目，以《雪》为题的小说，获得一等奖的作者是金兰溪，而同一天第25版"征文披露·小说"栏目刊有《雪》（游龙馆主），"一等当选"，对比可知，金兰溪和游龙馆主实为同一人。试看征文小说《雪》开头部分：

> 隆冬天气，刚出来的日光儿，斜照在玻璃窗上的一角，其色金黄，愈显得他那和蔼可亲的样子。檐牙上的喜鹊儿，不住的渣渣乱叫。本来他是觅食，人听了，到说他是来道喜的。这个时候，辛洁华的夫人，雪蕾女士，已然早就醒了，和她的丈夫俩斗他的小孩宝儿玩呢。一会儿，窗上的日光儿渐渐的快上一半了。……③

这篇征文小说是以一个冬日早晨的自然景物描写为开始的，用"金色的阳光""喳喳的喜鹊"，烘托了祥和的气氛。然后小说转而切入主人

---

① 儒丐：《宜春里》，《盛京时报·神皋杂俎》1922年1月1日第7版。
② 文艺编辑部：《新年征文当选披露》，《盛京时报》1923年1月1日第3版。
③ 游龙馆主：《雪》，《盛京时报》1923年1月1日第25版。

公生活场景。以"雪"为题的小说创作起来确实有困难,人们习惯以"雪"为主题抒写散文。

三 甄选与塑造:"新年征文小说"的价值

《盛京时报》新年(悬赏)征文小说具有双重作用。其一,通过有奖征文的前期造势及新年披露,形成固定时间、固定平台诞生固定的小说,能够有效地赢得读者关注;其二,有奖征文小说可以不断从民间搜集优秀作品,并将其推向大众传播媒介,而且通过这种方式可以为报纸文艺副刊遴选优秀的、固定的投稿者。换言之,通过新年征文小说,不但可以吸引读者的积极参与,还可征集优秀的作品,更重要的是,为《盛京时报》选拔优秀的作家。

1922—1931 年,《盛京时报》共设立 10 次有奖征文活动,诞生了一批固定的小说投稿者,游龙馆主就是其中的一位,他创作的《雪》获得一等奖。署名"游龙馆主"的小说多次出现在《盛京时报·神皋杂俎》中,如 1922 年 10 月 20 日刊载的实事短篇小说《老妪》、11 月 9 日至 11 日刊载的滑稽短篇小说《我对不起你》、11 月 25 日至 12 月 5 日连载的家庭小说《现代的两种家庭》、1923 年 10 月 30 日至 11 月 2 日连载的家庭小说《你怨谁》、1924 年 5 月 24 日至 6 月 6 日连载的短篇小说《一个女子的自述》等。

此外,新年征文小说的获奖者"惜梦""笛晨""匡汝非"等都曾在《盛京时报·神皋杂俎》发表过小说。惜梦的短篇小说《光明》获 1925 年新年征文小说二等奖。实际上,在这次征文出现之前,以"惜梦"为署名的短篇小说在《盛京时报·神皋杂俎》出现多次,主要集中于 1923—1925 年。如 1923 年刊载的《香帕泪》(共 12 期)、《帽头》(共 2 期)、《痛心》(共 3 期)、《香冢》(共 3 期)、《人心》(共 1 期)、《吻》(共 1 期)、《旅馆的一夜》(共 3 期);1924 年刊载的《安慰》(共 1 期)、《谁知道他》(共 1 期)、《梦中呓语》(共 2 期)、《七夕》(共 2 期)、《醒后》(共 2 期);1925 年刊载的《隐痛》(共 2 期)等。

1926 年 1 月 1 日在"征文小说·披露"栏目刊载了署名"笛晨"的短篇小说《烦闷》(三等当选)。"笛晨"原名为"李笛晨",在征文小说获奖前后,这一署名的小说多次出现在"神皋杂俎·小说"栏目,如 1925 年署名"笛晨"的小说《反乡》,1926 年署名"李笛晨"的《图书馆之一页》（共 2 期）、《七月七》（共 2 期）、《快乐的情爱》（共 2 期）；1927 年署名"李笛晨"的《无题》（共 2 期）《红泪》（共 7 期）和署名"笛晨"的《四月三十日晚》等。

  可见，新年征文小说的获奖者不乏一些该报文艺副刊的经常投稿作家。正是"新年征文小说"的推动和影响，产生了《盛京时报》相对固定的小说作者群。一些业余作家经常活跃于《盛京时报》文艺副刊上，逐渐成为专栏作家。这样，征文小说与文艺副刊小说在《盛京时报》上同时出现，为文艺副刊投稿作家和编辑的互动与交流提供便利条件，有利于报载小说的快速发展。不同承载方式对小说的容纳和传播起着积极作用，同时为东北报纸文学的发展奠定了基础。

第三章

《盛京时报》主要作家与作品（上）

《盛京时报》文学阵地的编辑团队活跃着穆儒丐、王冷佛、金小天等一批重要的作家，除了履行文艺副刊的编务职责之外，还承担小说创作重任，强有力地支撑着文艺副刊不断走向兴盛。编辑与创作"双肩挑"相长，不仅推动他们自身小说创作水平不断跃升，还可以基于"心理置换"角度考虑如何培养和选拔报纸的固定作家，以及站在作家创作角度审视如何办好文艺副刊。这几位作家是文艺副刊的骨干力量，正是他们在创作与编辑之间不断变换角色，引领东北报载文学进入一个新阶段。

第一节 穆儒丐与其小说

研究《盛京时报》的作家及小说，穆儒丐是不能回避和绕开的。这不仅是因为《盛京时报》头版显要位置经常有其署名的"重量级"政论文章，更主要的是他在《盛京时报》上较早地开辟了文学阵地——《神皋杂俎》。正是这个文学阵地将东北文学较早地从书斋中请出来，同广大读者见面。这种开创意义重大，影响深远。一方面，穆儒丐以勤奋的创作推动东北报载文学向前发展，促使东北文学的丰富与繁荣；另一方面，穆儒丐精心培育了《神皋杂俎》这个文学阵地，确立了《盛京时报》在东北报载文学中重要承载体地位，他也凭借自己创作的大量文学作品，成为当之无愧的"东北现代文学的开拓者与建设者"[①]。

[①] 铁峰、郑丽秋：《东北现代文学的开拓者与建设者——满族作家儒丐》，《学习与探索》1993年第4期。

一　作家穆儒丐

在20世纪东北满族作家群中，穆儒丐是位重要的作家。但是在关纪新编写的《满族现代文学家艺术家传略》中，有程砚秋、红豆馆主、赵大年，却没有穆儒丐。也许是因为穆儒丐曾效力于日本报纸，因政治倾向的原因而忽视其文学成就。但是，对穆儒丐的品评，政治和文学不应该混淆。从文学角度看，穆儒丐是20世纪上半叶东北较有影响的作家，这一点在学界是能够取得共识的。人们对他的了解，是从他建设、培植的《盛京时报》的文艺副刊，和他发表的一系列的文学作品中获悉的。穆儒丐并非在东北土生土长，然而，他之所以能够来到东北沈阳，并供职于日本人所创办的《盛京时报》，能够活跃在东北文艺阵地上，并影响着东北现代文学的发展，这与他的出身、教育和经历不无关联。因此，我们有必要对其身世做一番说明。

关于穆儒丐的生平，日本学者长井裕子根据1944年4月1日发行的《艺文志》第一卷6号中的《穆儒丐先生》[①] 加以归纳。穆儒丐于1884年出生于北京西郊香山满族旗人家庭，原名穆嘟里，后更名为穆笃里，满语"嘟里"的意思是"辰"，所以也称"穆辰公"，号"穆六田"[②]，又号"穆六一"。《盛京时报》上穆儒丐的作品署名多为"儒丐"或"丐"，他的一些翻译小说多署名为"儒丐穆辰公"，以其号署名很少，仅于1943年12月28日，《盛京时报》刊载了署名"穆六一"的文章《生活返璞说》。

对于穆儒丐身世的考证，一方面依据日本学者长井裕子在日本搜集到的资料，另一方面我们基于他的两部自传体小说《徐生自传》和《北京》。清朝末年，尽管清王朝处于风雨飘摇之际，但满族旗人的特殊地位是其他民族无法比拟的，少年时代的穆儒丐尊享旗人的待遇，接受了正规的教育。他在"虎神学堂"接受文化教育，也接受骑射训练等带有民族特色的教育。然而，彼时恰逢"庚子之乱"，这个学堂经常被义和团侵扰无法再维持下去。1900年义和团运动后，穆儒丐转读于知方学社，在这里他受到了不公正的待遇。但在惠仁先生的帮助下，1903年又进入北京

---

① 翠羽（于莲客）：《穆儒丐先生》，《艺文志》1943年第6期。
② ［日］长井裕子：《满族作家穆儒丐的文学生涯》，沙日娜译，《民族文学研究》2006年第2期。

城内正规八旗子弟学堂——经正书院学习。没落的清王朝，内受义和团运动的冲击，外受日俄战争的影响，加之科举制度被废除，清廷内一些有识之士觉得困守国内发展无望，便纷纷踏出国门，抱定"师夷长技以制夷"的理念和决心。1905年中国留日学生大增，这一年穆儒丐也以公费留学生的身份加入留日大军，东渡日本，进入日本早稻田大学师范科学习历史地理专业，3年毕业后，他并未像其他学子即刻返回中国，而是继续留在日本，将留学的时间延长了3年，主攻政治和财政专业。留学日本的6年间，穆儒丐接受了日本高等教育，深受日本文化的熏陶。可见，青年时期的穆儒丐不仅在国内传统的、正规的教育中积累了深厚的古典文学底蕴，也在日本先进的高等教育中积累了学术涵养，这都为其日后的文学创作奠定了基础。

1911年上半年穆儒丐毕业回国，正值辛亥革命前夕，腐朽的清王朝摇摇欲坠，科举制被废止，仕途之路被封死，他不得不从事一些暂时性的工作，如军官的秘书、教师、编辑等。① 1916年春，穆儒丐来到沈阳，开始"卖文于《盛京时报》"②，并于1918年1月15日创办《神皋杂俎》文艺副刊，建立东北报纸文学阵地。《神皋杂俎》刊载的第一部长篇社会小说《女优》，是由穆儒丐创作的。自此，穆儒丐把所有精力都投入《神皋杂俎》这个文学阵地，一方面努力经营使其丰富多彩，赢得读者喜好；另一方面，他笔耕不辍，通过自身的文学创作，如"戏评""小说"等来支撑这个阵地，直至《盛京时报》停刊。1944年8月11日，他在《盛京时报》上的最后一部小说《玄奘法师》刊载完毕，宣告《盛京时报》小说刊载的历史终结。穆儒丐"卖文"于《盛京时报》期间结识了青年作家金小天，金小天将穆儒丐看成自己的良师益友，他认为穆儒丐当时年近五旬，不奢求在仕途上有什么发展，只能"舞文弄墨"，与世无争。"儒丐君怀才学隐，不与世争，年近五旬，当知天命，施耐庵曰：四十未仕，不应再仕，彼盖拳拳此言，是以八九年来，吾未闻其谈官梦，仅见其半亩庐中读古书也。"③ 然而，穆儒丐虽然不求仕途，却寄情于犬、书画、金石等。金小天在《吾

---

① 儒丐：《北京（第一章第1—2期）》，《盛京时报·神皋杂俎》1923年2月28日至3月1日第5版。

② 儒丐：《徐生自传（第十九章第132期）》，《盛京时报·神皋杂俎》1922年12月2日第5版。

③ 金小天：《吾之生涯（二）》，《盛京时报·神皋杂俎》1933年10月28日第11版。

之生涯》中指出:"儒丐君非徒爱狗而已也,于书、于画、于金石尚有甚于爱'机灵'者,是为吾之所熟知,亦为吾之所深慕。"① 《盛京时报》停刊后,他的行踪不详,直至新中国解放,1953 年穆儒丐被聘为北京文史研究馆馆员,1961 年 2 月 15 日在北京逝世,享年 77 岁。

二　穆儒丐创作的小说

穆儒丐是一个著作等身的高产作家,无论是艺伶小说、自传体小说、社会小说、通俗历史小说还是翻译小说,他均有产出,且成就非凡。自 1918 年至 1944 年,他在《盛京时报》上共发表 22 部长篇小说,含 3 部翻译小说;4 部中篇小说,含 1 部翻译小说;22 部短篇小说,含 1 部翻译小说(见表 3.1)。在近 27 年的时间里,几乎每天都有穆儒丐的小说见于《盛京时报》。当然,《神皋杂俎》上穆儒丐的小说分布密度并不完全均匀,除了"戏评"外,大部分小说刊载于 1918—1922 年。尤其是 1919 年和 1920 年,是其小说发表密集期,1919 年分别有《梅兰芳》《情魔地狱》《毒蛇樽》《香粉夜叉》4 部长篇小说和 1 部短篇小说《咬舌》发表。1920 年有《海外掘金记》《落溷记》《笑里啼痕录》3 部长篇小说和《五色旗下的死人》《电灯》《市政》《奇案》4 部短篇小说发表。这些小说密集于《神皋杂俎》文艺副刊之内,它们既奠定了穆儒丐小说家的地位,又使《神皋杂俎》的文学阵地得以确立和发展。后来,其他一些作家如王冷佛、金小天、赵鲜文等纷纷登上这个文学阵地,使之形成了"文学气候",1922 年之后,由于其他作家的登场,穆儒丐在《神皋杂俎》上发表小说的频次降低,甚至略显稀疏,但在《盛京时报》停刊前,依然能够确保每一年都有小说与读者见面。

梳理穆儒丐的小说,大体可以分为以下几个类别。

(一) 有关艺伶的小说:《女优》和《梅兰芳》

穆儒丐本人是个十足的戏迷,工作之余,爱去梨园看戏,他在《神皋杂俎》不但设置了"戏评"栏目,本人也发表了大量的戏评。基于对伶人的了解,穆儒丐在《神皋杂俎》创作了第一部长篇白话小说《女优》,署名"儒丐",刊于"小说·社会小说"栏目。《女优》共计 137 期,因《盛京时报》影印版部分缺失,现存报中可查该小说自 62 期

---

① 金小天:《吾之生涯(四)》,《盛京时报·神皋杂俎》1933 年 10 月 30 日第 3 版。

起于 1918 年 4 月 2 日连载，同年 6 月 30 日完结。这部小说透过女优杜云红的人生沉浮来展现艺伶的悲惨命运。小说主要描述杜云红陷入了与小报记者、京城大腕、泼皮无赖、公司经理等人的感情纠葛之中。权贵富商追逐女艺人的目的是寻欢作乐，而女艺人一方面要极力摆脱命运的捆缚，设法跳出周围图谋不轨之徒设置的圈套，另一方面却又贪图虚荣，羡慕享乐，陷入这个圈子而难以自拔。小说的思想性和社会价值都很突出。

表 3.1　　《盛京时报》穆儒丐小说统计（1918—1944）

年份	小说名称	期数	年份	小说名称	期数
1918	《女优》	137	1924	《艺妒》（翻译）	55
1919	《梅兰芳》	121	1924	《遗嘱》	3
	《情魔地域》	125		《四皓》	10
	《毒蛇樽》	39		《一个绅士》	4
	《咬舌》	5	1925	《财政次长的兄弟》	3
	《香粉夜叉》	123		《克洛得》（翻译）	22
1920	《海外掘金记》	50	1926	《牛与虎》（童话）	1
	《落溷记》	71	1927—1928	《哀史》（译）	322
	《五色旗下的死人》	3	1929—1932	《严窟岛伯爵》（翻译）	612
	《电灯》	1	1934—1935	《财色婚姻》	517
	《市政》	2	1935	《离婚》	34
	《奇案》	4	1936	《一个生林子的妾》	35
	《笑里啼痕录》	64	1936—1937	《栗子》	149
1921	《鹿西亚郡主传》（译述）	338	1937—1938	《福昭创业记》	369
	《道路与人心》	3	1937	《戏迷传》	9
	《宜春里》	1	1938—1939	《古城情魔记》（译述）	101
1922	《同命鸳鸯》	60	1939	《情狂记》	13
				《冰房杂记》	12
	《战争之背景》	2		《春琴抄》（翻译）	70
	《锄与枪》	6	1940	《琵琶记》	173
	《徐生自传》	141		《真的琵琶记（上）》	2
1923	《猪八戒上任》	1	1941—1942	《如梦令》	152
	《北京》	169	1942	《捕鹰》	2
1924	《他是个文学家》	1	1943	《淘气歪毛识字记》	53
	《麒麟》（翻译）	9	1944	《玄奘法师》	166

穆儒丐另一部关于伶人的小说是《梅兰芳》，该小说同样刊登于《神皋杂俎》"小说·社会小说"栏目，署名"儒丐"。自1919年1月1日至4月6日刊载完毕，采用章回体形式，共计16回121期。这是一部白话长篇传记小说，纪实性比较强。小说主要描写梅兰芳成名之后，与京城显要、权贵、阔佬、媒体、戏评名笔、追星族、梨园同行等往来交际、矛盾纠葛的故事。既展现了京剧大腕光彩照人的一面，又道出阴暗灰色的地方。它关注社会现实中的人物，小说描述的对象就是活跃在戏坛上的名角，内容指向人们能够看得见、摸得着的世界，具有现实意义和艺术价值。

因小说《梅兰芳》的选题独特，在《盛京时报》上连载完毕后不久，报社便将其集结成书予以出版。1921年3月17日《盛京时报》刊载了《梅兰芳》出版广告，标题为《梅兰芳要来了》。其内容为："诸君要知道梅兰芳的历史趣闻不可不读此书，《梅兰芳》定价奉天大洋一元，盛京时报发行部。"①

（二）自传小说：《徐生自传》和《北京》

在社会小说创作方面，穆儒丐真实记录自己的生活阅历和诸种感受。《神皋杂俎》文艺副刊1922年的《徐生自传》和1923年的《北京》便是他的两部带有自传性质的小说。这两部小说一前一后，以社会历史作为背景，讲述求学时代的"徐生"和求职阶段的"宁伯雍"的经历。然而，两部小说所反映的情况恰恰是穆儒丐的人生经历。透过其自传体小说，我们能够看到作者丰富的内心世界和活跃的思想。两部自传体小说的主人公都有作家穆儒丐的影子。

1. 求学时期的"穆儒丐"：怀忧国忧民之情辗转于国内外

《徐生自传》自1922年6月27日至12月12日连续刊载于《盛京时报·神皋杂俎》的"小说·社会小说"栏目内，署名"儒丐"，共20章，141期。这是一部自传体小说，主人公"徐生"即为年轻求学时代的穆儒丐原型。小说记述"徐生"诞生于北京西山、几易学堂、踏上异国求学之途及学毕归国这样不平凡的人生历程，从中可以触及穆儒丐的生活足迹、人生阅历和精神理想。

徐生束发之年正赶上社会变革，义和团运动，八国联军进北京。国家

---

① 《梅兰芳要来了》，《盛京时报》1921年3月17日第5版。

的动荡本是不幸的,但有动荡就有变革,这变革却促成了那一时代许多年轻学子由东学到西渐,张开了眼睛,打开了心灵。这一点,小说中有记述:"始而义和团,既而洋兵入城,继以土匪强盗,我们没有一日不有惊恐、不有危险。……经过这一番打击,朝廷多少有点变法之意,大小学堂依次设立,皆因有这一新的气象,我的命运仿佛由黑暗世界渐渐提起来,入了有光明的世界……"① 徐生自述早年求学的经历时说道,在武备考核上,学员只要试托毛瑟枪,能托得起便算合格了。明显看出这时期的中国学堂大多行教育改革之皮毛,无教育改革之真精神,"主要的功课不过是国文、数学、地理、体操、骑射"②。在作者心目中,这样的学堂还是略显古旧,除了"……每名学生每月津贴二两银子,假如没有庚子之乱,这个学堂颇可以养老"③,并不能培养新人。庆幸的是,"到十五岁时候,天下突然起了变故,把我由那旧式学房里拔了出来,总得明白一点,不然我除了默诵四书五经以外,不过老死在八股堆里"④。未及弱冠便负笈海外,从积贫积弱风雨飘摇的祖国走向变法维新富强称霸的日本,对一个受传统教育的青年内心的冲击是巨大的,也带来了精神的巨大变化。

　　留学日本打开了他的眼界,但也唤醒了作为中国人内心的民族情感:"次日午前十时,(船)已到长崎港外……但是我看见日本人能够自由发挥他们国家的权力,我非常羡慕的,我们也有海口、也有商港,为什么好去处都被外人占了去。我们如今到了外国海口,我们越觉得我们那些海口,丢得可惜。"⑤ 不走出去,不经过对比很难有此感悟。他看到了日本作为战胜国的欢腾与张扬,羡慕之余,反思自己的祖国,真是哀其不幸,怒其不争。这一时期的"穆儒丐"在小说的字里行间洋溢的是民族自尊心,拯救民族的责任感和使命感:"我想中国要有起色,须不误青年为学

---

　　① 儒丐:《徐生自传(第五章第25期)》,《盛京时报·神皋杂俎》1922年7月25日第5版。
　　② 儒丐:《徐生自传(第二章第9期)》,《盛京时报·神皋杂俎》1922年7月6日第5版。
　　③ 儒丐:《徐生自传(第二章第9期)》,《盛京时报·神皋杂俎》1922年7月6日第5版。
　　④ 儒丐:《徐生自传(第二章第7期)》,《盛京时报·神皋杂俎》1922年7月4日第5版。
　　⑤ 儒丐:《徐生自传(第九章第58期)》,《盛京时报·神皋杂俎》1922年9月1日第5版。

的机会，不要使他们做了政治上的牺牲，才是真正谋国的正路。"① 正因如此，他决心先强大自己，成为饱学之士，以大学之精神，励志做新人。

在东京"镰仓青年会"（一个基督教组织），作者的心灵又一次受到洗礼"……从此我要改革我的生活状况，诸事要求有益于身心，把那些无谓的烦恼都要一笔抹杀。说一句耶稣说的话，我立志要换一个新心，换一个新人……"② 留学海外，远离故土，国事动荡，学潮汹涌，这些都使年轻的"穆儒丐"备受考验。关于宗教，他陷入了思考，这种思考实际折射出青年穆儒丐对基督教的认识，"穆儒丐"的日本红颜知己千代小姐对基督教的怀疑态度也影响了他，"我读了千代这封信，不知不觉受了他许多感动……反观我的祖国，（中国）有权有势的人，有财产的人，他们都有宗教上的观念吗？他们知道人类是平等的吗，他们知道人类应当互助吗。他们看见失学的人，没饭吃的人，劳累的人，有可怜的样子吗？"③ 虽身在日本求学，但心系自己的祖国。看到日本虽无暇顾及民生，但最起码能够给民众以慰藉，先强国后富民，"目下他们在挣命排除他们国家的危机，拿血和铁铸造他们强国地位，实在没有力量去管民生。……可是我反观我们中国，有钱有权的，他们天天干什么……"④ 对比日本，再想想自己的祖国，作者不禁暗自神伤。

从《徐生自传》中，我们看到年轻的"穆儒丐"从国内求学到负笈海外的心路历程。受传统教育熏陶，有忠君爱国之思想；受日本先进教育之激励，有为学济世之愿望；打开眼界，对比反省，又产生伤世忧民的使命感与责任感。

2. 求职中的"穆儒丐"：在痛视官场与同情弱者的交织中确立文学之路

社会小说《北京》自 1923 年 2 月 28 日至 9 月 12 日连载于"神皋杂

---

① 儒丐：《徐生自传（第十章第 69 期）》，《盛京时报·神皋杂俎》1922 年 9 月 14 日第 5 版。

② 儒丐：《徐生自传（第十四章第 92 期）》，《盛京时报·神皋杂俎》1922 年 10 月 14 日第 5 版。

③ 儒丐：《徐生自传（第十八章第 120 期）》，《盛京时报·神皋杂俎》1922 年 11 月 17 日第 5 版。

④ 儒丐：《徐生自传（第十九章第 129 期）》，《盛京时报·神皋杂俎》1922 年 11 月 28 日第 5 版。

姐·小说·社会小说"栏目，署名"儒丐"，有"禁转载"字样，共 15 章 169 期。值得一提的是，在《北京》刊载之前，刊有"新小说预告"广告：

> 此书为儒丐君最近铭心之作，以北京为布景，写社会之现状。用笔犀利，可歌可泣。内容有文士、有青年、有游侠、有妓女、有优伶、有官僚、有政客，社会各级人物，莫不网罗。而其事迹皆十一年来儒丐君所目见睹，冶入一炉，用稗官家言渲染之，故加倍生色，与其他空中楼阁及无聊杜撰者，不可同日而语。不日由本报逐日刊登，喜儒丐小说者，当以先睹为快，特此谨告。

从小说预告可以看出，《北京》内容涉及文士、游侠、妓女、优伶、官僚、政客等方面，十分广泛，均为穆儒丐先生十一年间所见所闻之事，甚至是亲身经历之事。因此，它并非像其他小说那样过分虚构和杜撰。

《北京》的主人公"宁伯雍"即为穆儒丐求职时代的原型。围绕"宁伯雍"在报馆"卖文为生"的经历，目睹了民国时期官场的黑暗交易和官员的不作为，看到了社会底层百姓沦为娼妓的疾苦和无奈，道出"宁伯雍"不具备与官场同流合污的潜质。以其微弱之力无法帮助弱者，无法拯救社会，因此陷入了痛苦和困惑之中。权衡再三，唯有手握一管秃笔借文字抒发情志，成为一个文学家。

小说中的"宁伯雍"无法为官，甚至与"官"粘上都很痛苦，比如在教育公所兼职几日受尽了那些不学无术的、极为势力的"科长"及其"准女婿"的挤兑。让他领略了官场的"裙带"关系和等级关系。从议员们集体取乐于妓院到这些官员相互以"马车""姨太太""银元"为取向、为攀比对象，再到他那个社长同学歆仁（议员）"纳妾风波"的前前后后，让"宁伯雍"对民国的官场没有什么好感。"宁伯雍"意识到："……中国社会组织变了。中国以前讲究贤人政治，现在虽然共和，应当讲究庶民政治，却不想成了滑头政治，无赖政治。而平日又添了一种有枪阶级……都是以发财为能事的。"① 当社长同学歆仁鼓动他报考县知事，

---

① 儒丐：《北京（第十三章第 146 期）》，《盛京时报·神皋杂俎》1923 年 8 月 24 日第 5 版。

起初"宁伯雍"并不感兴趣,认为"民国的官,不做也倒罢了。"① 他非常了解自己,"他的性质实在耐不了官场的繁琐"。② 但是,面对现实,当他连帮一个老妇人(秀卿的娘)安置落脚之地的能力都没有时,他从心底里打算要考这个知事。小说中的"宁伯雍"即"穆儒丐"意识到,"当今之事非做官万不能阔的。……打算诚心诚意的去考"。③ 结果笔试第一,他在心底着实高兴了一阵,但深谙官场内幕的同学歆仁(议员)告诉他,事情远非如此简单。果然,面试之后虽然考中,却被宣布列为"丙"类,还需要一年的学习,至于学完能否上任知县还是未知数。为了生存,他只能选择放弃。一时做官的梦想被社会的潜规则击得粉碎。

小说中的"宁伯雍"对于处身社会下层的民众给予了无尽的同情和力所能及的帮助。秀卿是他偶遇的一个妓女,彼此还算谈得来。每次交谈都让"宁伯雍"触及了社会底层的痛楚。因此,秀卿临终前的嘱托,他铭记在心。尽管自己能力实在有限,却几次三番奔走探寻,帮助她娘和年幼的弟弟脱离那个污浊不堪、恰似人间地狱的"八大胡同",最终把二人安排到自己的家乡西山的一个慈善机构,完成了秀卿的遗愿,他的心灵才算得以告慰。在这个过程中,他还规劝一个名叫"丛权"的人放弃经营暗无天日、卑鄙龌龊的娼妓生意,希望他从事一点能够给底层社会带来光明的营生。

小说中的"宁伯雍"深知与官场无缘,为谋生不得不踏上一条文学之路,尝试用文学来拯救世界,"什么与官场政界有关的事,不但不愿去作,而且连想都不敢想。他知道他的性质和能力,绝对不是可以在政界里活动的,他索性把一切妄想都屏除了,一心要做一个文学家。"④ 当然,他所研究的文学是联系实际的,而不是一个"文章家"或"诗家"。虽然他来自旧时代,受到旧文学的熏陶,但他并不墨守旧文学,相反他对新文

---

① 儒丐:《北京(第十二章第128期)》,《盛京时报·神皋杂俎》1923年8月3日第5版。

② 儒丐:《北京(第十二章第130期)》,《盛京时报·神皋杂俎》1923年8月5日第5版。

③ 儒丐:《北京(第十二章第130期)》,《盛京时报·神皋杂俎》1923年8月5日第5版。

④ 儒丐:《北京(第十五章第167期)》,《盛京时报·神皋杂俎》1923年9月18日第5版。

学抱有极大的热情。在接触了一些外国小说后,"他看出小说的文章比什么文章都有用,而且在文学上也真能有极大的价值。……小说能任意发挥自己哲学思想,也能替一群无告的人,代鸣不平"①。小说中"宁伯雍"认为自己只好舞文弄墨,借助于他的心思笔路来改造社会,希望以锐利的眼光、精湛的思想和深刻的笔墨,一一刺入一般人的心坎,唤起社会的同情心。他强调,"小说的功用大得很,小说的文章也是不可纪极的,差不多和衣食住三项要素同功。人们对于他的要求很切的。人的思想,人的生活多一半用小说的力量来改造"②。所以,他决心做一个小说家。这或许是他有救世之心而无回天之力的一种慰藉。在社会现实的挤压下,他不想"玉碎"而宁愿"瓦全"。正是基于这些考虑,"宁伯雍"不敢萌发救世济贫的狂热,只能消极应对,他清楚,"若不消极的自处,非殉葬不可了"③。

可见,小说中的"宁伯雍"与现实中的穆儒丐是有所映衬的。"徐生"和"宁伯雍"是现实生活中穆儒丐的缩影。从辗转求学到逡巡职场,小说与现实有了对应。两部自传小说为我们展现了由清末到民国时期中国知识分子的生活境遇和人生命运。

1923年11月8日,《盛京时报·神皋杂俎》登载了《北京》的"出版预告":

> 社会小说《北京》一书为儒丐先生最近铭心之作,据先生云所作小说当以《北京》最为惬意,因其一洗旧文艺之窠臼,所含新文学的色彩最为浓厚也。其实,儒丐君所作小说多半注重贫民生活,对于目下社会常怀一种改造之热诚,其热烈的感情之流露尤以此书为最显著也。目下小说界之趋势已由因袭时代入于创作时代。惟此类长篇的创作尚未多见,故本社乐与刊行以贡之于文艺界,而一般青年喜好真正文学者,得此一书或不至于毫无裨益也。现已从事印刷,一俟

---

① 儒丐:《北京(第十五章第167期)》,《盛京时报·神皋杂俎》1923年9月18日第5版。
② 儒丐:《北京(第十五章第167期)》,《盛京时报·神皋杂俎》1923年9月18日第5版。
③ 儒丐:《北京(第十五章第168期)》,《盛京时报·神皋杂俎》1923年9月19日第5版。

出版有期，再行通告。盛京时报社营业部谨启。①

《北京》注重下层社会，反映现实生活，目的是唤起民众改造社会的自觉意识，因此报纸连载之后再出版发行单行本，以引起强烈的社会反响。

（三）社会小说：《香粉夜叉》《落溷记》《财色婚姻》

除了两部自传体小说《徐生自传》和《北京》之外，穆儒丐还有几部社会小说值得一提，包括《香粉夜叉》《落溷记》《财色婚姻》等。1919 年刊登的《香粉夜叉》和 1934—1935 年刊出的《财色婚姻》这两部小说都在"神皋杂俎·社会小说"栏目，而刊于 1920 年的《落溷记》尽管在"神皋杂俎·警世小说"栏目内，却依然可以划归社会小说序列。这三部小说的署名皆为"儒丐"。

《香粉夜叉》是一部长篇爱情小说，采用章回体的形式，共 123 期，自 1919 年 11 月 18 日至 1920 年 4 月 21 日连载。这部小说比《冲击期化石》和《一叶》的出版时间提前约两年。有学者指出："东北现代长篇小说确确实实地应列居于新文学的显赫位置。……《香粉夜叉》乃是中国现代文学史上第一部长篇小说"②，而不是现有文学史所说的张资平的《冲积期化石》和王统照的《一叶》。可见，《香粉夜叉》在东北现代小说和东北新文学的历史上占有重要地位。

在该小说刊载前两日，《盛京时报》刊有"新小说预告"：

> 此书为本社儒丐君苦心孤诣之杰作。其内容以男女两学生为主人翁，以奉天为背景。初叙两人之恋爱而终之以一大悲剧。事既奇绝文亦壮快，至于对于人心之观察，社会内幕之描写尤为入微入细。虽系空中楼阁而蛛丝马迹不无可寻，真所谓情文兼到，最有理想之小说也。日内即行，逐日披露，喜读儒丐小说者当以先睹为快也。③

虽然《香粉夜叉》是虚构之作，但其细节无不反映社会现实，在小

---

① 《小说出版预告》，《盛京时报·神皋杂俎》1923 年 11 月 8 日第 5 版。
② 高翔：《现代东北的文学世界》，春风文艺出版社 2007 年版，第 65 页。
③ 《新小说预告》，《盛京时报》1919 年 11 月 16 日第 5 版。

说刊载后引起读者强烈反响。针对读者关注和关心的问题，在小说连载完毕之后的第二日，穆儒丐连续于"著述"内刊文解答读者，较早地实现了作家与读者的良性互动。

在《香粉夜叉或问》（一）中作者强调创作用意，是为"救女界之沉沦"，希望读到这部小说的人能有所感悟：

> 或问："《香粉夜叉》何为作？"予曰："为救女界之沉沦而作也。"夫男子欲室，女子欲家，古之训也。今之女子蔑弃天理，自甘娼妓。……予慨乎夫妇之道之将绝也。男女之事之日□（原文不清）于货取也，遂有香粉夜叉之作。或读此书而少悟其非，则作者之苦心，为不罔用也矣。①

针对小说善良的主人公静文之死，作者的解释为"言策""状期浑浊"，以此来唤醒社会，并指出这也是尝试跳出小说创作的常规套路。"神皋杂俎·著述"栏目《香粉夜叉或问》（二）中叙述得较为清楚：

> 或问："静文最良之青年也，而使其惨死，予读者以不快何也？"儒丐曰："余亦不知期何心也，若必勉为说明，厥有二义，为行文计，静文不死，不足以言策；为社会计，静文不死，不足以状期浑污。"读者能扼腕为静文抱不平，斯作者之目的达矣。须知人能为静文抱不平，彼不良之社会，或独有一丝改良之希望。然则作者写静文之死，又岂无微旨哉。夫始散终聚，先苦后乐，几为小说之常套。②

在"神皋杂俎·著述"栏目《香粉夜叉或问》（三）中，作者解释了小说题目"香粉夜叉"的用意，在"香粉"（静文）身上不惜用浓墨重笔，而对于"夜叉"（佩文）却很吝啬笔墨，作者解释是采用抽象烘托之法，因此，"异其形"和"诛其心"。具体而言，作者给出如下说明：

> 或问："是书命名《香粉夜叉》，所以写佩文之狠毒儿凶也。然

---

① 儒丐：《香粉夜叉或问（一）》，《盛京时报·神皋杂俎》1920年4月22日第5版。
② 儒丐：《香粉夜叉或问（二）》，《盛京时报·神皋杂俎》1920年4月23日第5版。

于'香粉'则描写溢致,而'夜叉'则轻轻放过,不无微慨。"余曰:"'夜叉'上冠以'香粉'二字,所以形容其非狰狞鬼恶之夜叉也。若如问者之言,是分'香粉'为一事,'夜叉'为一事矣。非作者之意,夫写狰狞之'夜叉',固易为其体的描写,至若'香粉夜叉',则必为抽象的烘托,故异其形,而诛其心。"①

《盛京时报》刊载小说《香粉夜叉》至第113期时,有一署名"莲厂"的作者在当日"文苑"栏目发表《读香粉夜叉率成七绝二首》:

东风何处赋招魂,检点人间有泪痕。
一弹冤沉奇士恨,千秋谁复持公论。
呕尽文心流尽血,杀身缘本为多情。
至今呜咽浑河水,日日春波涌未平。②

七绝诗是回应《香粉夜叉》的凝练方式,在《盛京时报》形成小说与诗的互动,激发读者共鸣,形成文学赏析的"共频共振",社会反响强烈。

《落溷记》刊于1920年7月15日至10月5日,共71期,刊载之前7月10日至14日,连续4期重复刊载"新小说预告",《盛京时报》编辑部对该小说竭力推荐,"新小说预告"阐述《落溷记》故事梗概如下:

警世小说《落溷记》(儒丐著)书叙一旧家之女已字人矣。一日偕其父母赴沪上探亲戚兼购妆品,不意。女感受新思潮背旧婚而缔新盟。卒至沦落北里为倚门卖笑之人。情节多有可观,对于新旧思想持以公正之评判,诚有益世道人心作也。不日,刊布喜阅儒丐小说者,当以先睹为快也。此启。编辑部③

这部小说完全按照说书人的模式开篇,在第一期先仿照《西江月》来一段定场词:

---

① 儒丐:《香粉夜叉或问(二)》,《盛京时报·神皋杂俎》1920年4月24日第5版。
② 莲厂:《读香粉夜叉率成七绝二首》,《盛京时报·神皋杂俎》1929年4月9日第5版。
③ 编辑部:《新小说预告》,《盛京时报》1920年7月10日第5版。

> 往事不堪回首，日来烦恼偏多。安徽直录动干戈，无非萧墙之祸。说甚推翻专制，说甚建设共和。拥兵老帅挺胸窝，争把交椅来坐。羌螂专爱滚蛋，鸟雀也喜争窝。权利到手笑呵呵，哪管国家受祸。鄙人才疏学浅，难挽破碎山河。一杯浊酒佐俚歌，无非得过且过。①

定场词说完，作者随即解释，采用此种方式开篇，目的有二：一是"求大家注意"，二是"引起正文"，不至于突兀。

在小说第3期，作者阐明小说主人李凤楼的身世——公户部司员差吏李如棠的千金，且看小说对李凤楼外貌描写：

> 论模样，在一百名女孩里，总可以考第一。真是重眉毛，大眼睛，高高的鼻梁，小小口辅，漆黑的头发，结了一条油光水滑的大辫子。最是令人可爱的地方，玫瑰色的双颊，一边一个酒窝儿。女子特具的娇爱，仿佛都藏在里面。微微一笑，春潮顿生，结成两点漩涡，娇艳欲滴。若论他的性格，看去虽似娇憨，内容却极乖僻。这也是他父母只为膝下无儿，盼星盼月的，得了这样一个女儿，那有不疼的道理。②

这些描述为小说情节转折做了铺垫，使主人公"落溷"前后形成鲜明对比，起到以儆效尤的作用。

小说第71期结尾处，着笔描写凤楼的心理斗争，恋想家的温暖和真爱，可悔之晚矣！在"恶鸨"的怂恿和淫威之下，千金小姐只能流落风尘：

> ……想到这里，只得止住泪痕，向那妇人说，干娘，你不要生气了，我诸事应你便了。……好明白的孩子，我就知道你不能教我费事。这有多痛快呀。……如今有这恶鸨一番假慈悲，才显出我母亲的真爱，可惜那时体会不出，一味娇惯，及至长了知识。竟至惑于新

---

① 儒丐：《落溷记（第1期）》，《盛京时报·神皋杂俎》1920年7月15日第5版。
② 儒丐：《落溷记（第3期）》，《盛京时报·神皋杂俎》1920年7月17日第5版。

说，把母亲的恩爱一些不想，盲人骑瞎马一般，甘心被人骗了。如今堕落风尘，听假母左右。……想到这里，又不觉咽咽呜呜的哭起来。那妇人忙劝道，乖乖宝贝，你别伤心，这也不是什么难为情的事。……次日便带着凤楼去上捐，从此凤楼之名，在乐籍矣。①

警世小说 落溷记（儒丐著）

曹叙一蒼家之女已字人矣一口
奋不意女感受新思潮背弃旧婚而
缔新盟卒至沦落北里黾为倚门卖
笑之人情节多有可观对於新旧
思想持以公正之评判诫有益世
道人心之作也不日刊佈惟喜閲儒
丐小说者当以先覩为快也此啓

编辑部

新小说预告

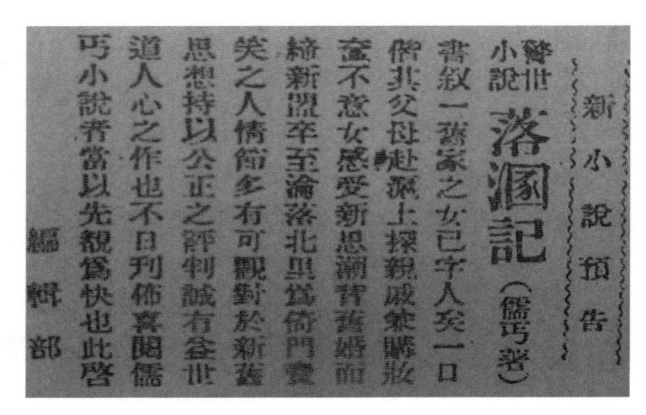

图 3.1 穆儒丐小说《落溷记》预告，刊于《盛京时报》1920 年 7 月 10 日

《落溷记》结尾，作者指明该小说来源，"此事为友人所述，并云凤楼堕溷后，廉士骏奉命外差，道经奉天，其从人某曾宿凤楼处，因得其情"②。作者最后指出创作目的："以作新世女子当头棒喝矣"，以此警示和告诫世人。

《财色婚姻》是一部长达 30 章 517 期的长篇小说，自 1934 年 8 月 4 日一直刊至 1935 年 10 月 30 日。刊载前一日即 8 月 3 日发布了"小说预告"。

> 本社儒丐君所作小说，凡由本报发表者，莫不风行，极蒙读者之称许，顾丐君不以此自矜，恒以钻研典籍为职志。以为小说无关宏旨，殊不知小说为文学之要素，且端风俗，正人心，有裨社会教育，小说尤为最良之读物。矧在丐君，笔墨既极酣畅流利，而寓意又极深远。自与射利者流，不能同日而语。近应多数读者之要求，创作一

---

① 儒丐：《落溷记（第 71 期）》，《盛京时报·神皋杂俎》1920 年 10 月 5 日第 5 版。
② 儒丐：《落溷记（第 71 期）》，《盛京时报·神皋杂俎》1920 年 10 月 5 日第 5 版。

书，名曰"财色婚姻"，以深刻之笔墨，描写现代婚姻之真相。俾青年人读之，庶知有所警惕。至于骗财骗色之神奸巨蠹，虽觍在衣冠，身居枢要，其心实不可问。人间耳目，固自可避，天理人情，断所难容，墨诛笔伐，以伸天讨，盖有不得已者焉。至于书中事实，有幻有真，未可执一而论。总而言之，社会当有此事，作者始有此文。见仁见智，是在读者，不日发表。谨此预告。①

（四）通俗历史小说：《福昭创业记》

穆儒丐的《福昭创业记》自1937年7月22日至1938年8月12日连续刊载于《神皋杂俎》文艺副刊内，没有具体栏目名称。这部小说共计33回369期，约40万字，每期都配有插图，由廖经世和杨柴两人绘制。小说刊载前一天即1937年7月21日，《盛京时报》刊有"小说预告"：

> 本社记者儒丐先生，所著小说，久已脍炙人口，无待赘言。近年以来，因读物荒乱，非盗即淫，先生慨之，乃抽暇编纂《福昭创业记》一书，博采开国方略、清史稿、圣武记，以及日本、朝鲜旧录。用章回体，设为通俗演义之书，虽名为小说，实则一本正史。读者藉此不但可以晓然三百年前史事轶闻，兼可修养身心振刷意志。以视无益之闲书，孰得孰失，不待智者而可知矣。福昭者，太祖太宗之陵名。二帝创业，由近及远，先内后外，艰难缔造，无事不心画身当，今日吾人栖食此邦，谓为王道乐土。亦知三百年前，有英雄豪杰，血战数十年，为吾辈造此摇篮乎，揆以崇德报功之义。亦当有以纪念，引其事迹，足资教训者不一而足，苟属国人，皆宜阅读。本书不加附会，据事直书，与坊间荒诞不经之书，不可同日而语也。正文以外，又恳大同报记者廖经世先生，精绘插图，每日加刊一幅，更为相得益彰。刻正整备一切，不日由本报逐日刊载，特此预告。②

《福昭创业记》刊载之后，汇编成书，译成满文，作为"东方国民文库"之一公开出版发行。这部以演义形式叙事的历史小说，上迄清太祖

---

① 儒丐：《财色婚姻》，《盛京时报·神皋杂俎》1934年8月3日第7版。
② 《小说预告》，《盛京时报》1937年7月21日第4版。

起兵创业，终止于吴三桂引清兵入关，详细描述了清代的勃兴、满族的崛起这一漫长的历史过程。集中描写了清太祖努尔哈赤与清太宗皇太极父子艰难开基立业的感人事迹。努尔哈赤死后葬于福陵（沈阳东陵），皇太极葬昭陵（沈阳北陵）①。因此，穆儒丐将这部历史小说取名为《福昭创业记》。

1936年，《福昭创业记》获伪满民生部第一届"民生部大臣文学赏"。因其以努尔哈赤起兵反明，最终满族入主中原为素材，日伪当局据此大肆鼓吹妄图割断满洲与中国、"满洲文学"与中国文学的关系，达到其宣扬所谓"满洲建国精神"和"满洲文学独立特色"②的政治目的。

穆儒丐在《盛京时报》的文学作品可谓琳琅满目，从1918年的《女优》到1919年的《梅兰芳》《香粉夜叉》，再到1923年的《北京》，1927年的《哀史》，1937年的《福昭创业记》，1944年的《玄奘法师》；还有1921年的译述小说《鹿西亚郡主传》，1929年的《严窟岛伯爵》，1938年的《古城情魔记》，1939年的《春琴抄》，令人叹为观止。自1918年担任《盛京时报》文艺副刊《神皋杂俎》主笔以来，穆儒丐不但身先士卒，承担副刊小说栏目大部分的创作、译著，而且还发表大量的文学评论文章，评论当时的文学作品、文学现象，他创作的戏评对了解那一时期东北戏剧具有重要的史料价值，但一直以来缺少梳理和重视。穆儒丐不仅创作小说、诗歌、戏评、文学评论，同时还利用报纸平台，开辟了众多栏目，如小说、文苑、笔记、戏评、书评等。此外，盛京时报常年发布公告征稿，创设了"读者来信问答"这样的文学互动形式。因此，穆儒丐在《神皋杂俎》是小说创作或翻译的"顶梁柱""多面手"；在《盛京时报》是"大忙人"，扛大纛，其小说闳肆，其政论高卓，其戏评切中肯綮，其书评睿智。穆儒丐的创作丰盈了小说文体在东北新文学中的重要地位。作家金小天对穆儒丐的评论："这二十年间他连一年、一月、一天都没有休息过，不停的执笔创作。对于读者来说当然是捡了便宜。同时他在发展和开拓满洲文坛和读者园地方面功不可没。"铁峰对穆儒丐的评价是，"儒丐是本世纪初东北文坛上创作成就最多、影响最大的作家之一，是东北文

---

① 儒丐：《福昭创业记（上）·前言》，吉林文史出版社1986年版，第1页。
② 高翔：《现代东北的文学世界》，春风文艺出版社2007年版，第123页。

学的开拓者建设者，对东北文学的发展做出了重大贡献"①。

三 穆儒丐翻译的小说

穆儒丐不仅是一位东北知名的满族作家，同时也是享有盛誉的东北小说翻译家。仅在《盛京时报·神皋杂俎》刊登的翻译小说就有8部，分别是《鹿西亚郡主传》《麒麟》《艺妒》《克洛得》《哀史》《严窟岛伯爵》《春琴抄》《古城情魔记》，除了短篇小说《麒麟》和中篇小说《克洛得》外，其余6部皆为长篇小说。

《鹿西亚郡主传》是一部长篇宗教小说，自1921年3月1日至12月29日连续刊载于"神皋杂俎·小说"栏目内，共338期；而《古城情魔记》为法国长篇小说，自1938年9月8日至1939年1月11日刊于"神皋杂俎·侦探小说"内，共101期。刊载前有小说预告，这两部长篇小说的原著作者不详，只是署名为"儒丐译述"。短篇小说《麒麟》和另两部长篇小说《艺妒》与《春琴抄》同出自日本惟美派②作家谷崎润一郎之手。短篇小说《麒麟》（共9期）自1924年1月19日至30日刊于"神皋杂俎·小说"栏目内；同一栏目，长篇小说《艺妒》刊于1924年1月31日至4月8日，共7章55期。从时间上来看，两部小说是接续刊载的，穆儒丐在翻译这两部小说的署名皆为"穆儒丐辰公翻译"。长篇小说《春琴抄》描写两个盲人的恋爱史，刊于1939年11月21日至1940年2月1日的《神皋杂俎》，没有具体栏目，共计70期，翻译署名为"儒丐"。小说刊载前先后6次在《盛京时报》发布"小说预告"：

> 本书是日本惟美派纯文艺作家谷崎润一郎氏较比还是近年的一篇杰作。乃是描写两个盲人的恋爱史，谷崎氏的作风，别有神境，已由儒丐先生介绍过两篇了，此篇尤足以见匠心。不日即由本刊逐日刊载。特此预告。③

---

① 铁峰、郑丽秋：《东北现代文学的开拓者与建设者——满族作家儒丐》，《学习与探索》1993年第4期。
② 穆儒丐在称日本唯美派时取字为"惟"，本书为统一书写，遂遵从穆儒丐用法。
③ 《小说预告》，《盛京时报》1939年11月12日第4版。

1925年11月19日至12月15日,"神皋杂俎·小说·社会小说"栏目登载域外中篇小说《克洛得》,共22期,署名为"法嚣俄(亦作'萧俄',即雨果)原作","儒丐穆辰公译"。

法国作家萧俄(雨果)原著的小说《哀史》于1927年3月9日至1928年2月21日刊于"神皋杂俎·小说·社会小说"栏目,共322期,每一期都署有"儒丐穆辰公译"。这部小说在报纸刊载之后,社会影响较大,拟出单行本。《盛京时报·神皋杂俎》登载小说出版预告,分别于1929年1月5日(第3版)至2月2日(第7版)共计25次登载。"社会小说哀史出版预告"原文如下:

> 本社儒丐先生著译各种小说,风行海内,有口皆碑。每出一书争先快睹,如《梅兰芳》《北京》等大著,业由本社陆续出版。至于哀史一书,为世界著名之大小说,先生久欲译成华语,以公同好,及见林春南先生译本,简略异常,而且大背原著意旨,益使先生不得不从事改译。去年已连载本报,现由先生重加校正,刊为单本。全书分为廿六回,四百余页,约廿余万言。虽系译述,不啻先生自作,每回以后,加以译余赘语,发挥书中意旨,以及文章构造之关键,均为学文者所必读。绝非浮泛评语所能同日而语也。现正从事印刷,不日出版。特此先行预告。①

《盛京时报》1929年2月9日(第7版)、2月15日(第5版)、2月16日(第5版)、2月17日(第7版)的《神皋杂俎》上4次刊载"预告《哀史》出版日期":

> 儒丐先生所译《哀史》,本拟旧历正月出版,因印刷装订力求美备,所以不能不少费时日,目下预计出版日期需在2月20日,本书约五百余页,用白纸印刷,装潢为小天先生所意匠,样式极为优美,定价大洋壹元伍角,恐未周知,谨此预告。盛京时报营业部②

---

① 《社会小说哀史出版预告》,《盛京时报·神皋杂俎》1929年1月25日第7版。
② 《预告哀史出版日期》,《盛京时报·神皋杂俎》1929年2月9日第7版。

《盛京时报》1929年2月18日（第3版）及2月19日（第7版）的《神皋杂俎》中两次刊登"再告哀史出版期"：

　　小说哀史刻正极力赶装，准于本月20日出版，预计工料等费定价必须壹元五角，但本社为酬答一般读者之雅意，以八折发卖，每册现洋一元二角邮费在内，哈大洋一元七角，邮费在内，恐未周知，特此谨告。盛京时报营业部启。①

小说《哀史》出版公告在《盛京时报》连续刊载多日，于1929年2月20日（第5版）至3月28日（第3版）共计19次登出，"举世翘盼之小说《哀史》现已出版矣"的小说出版公告：

　　《哀史》一书为世界最著名之大小说。亦萧俄先生毕生之杰作，但大文豪之著作，亦必须大著作家从事翻译，始能相得益彰。否则生硬难读，兴味索然矣。本社儒丐先生，以小说家译述小说家之名著，是以水到渠成，毫无生硬难读之弊。面目虽为改造，绝于原著无有背弃。与坊间一般译书，不能同日而语。先生译书甚多，最为惬意，读者试一披读，当知先生翻译此书，不知费去几许推敲也。刻已完全出版，爱读儒丐先生小说者，当以先睹为快。兹将本书特长，粗举于左。一、著者与译者，默会融和，故无生硬杆格之弊；二、年来出版物，车载斗量，而内容殊为贫乏，卖纸而已，本书出版，可以飨读书界之欲望；三、本书非仅小说而已，可作圣经贤传读，保能养成人间伟大之人格，于人类社会，裨益殊宏；四、印刷优美，纸质洁白；五、意匠装潢，为本社小天先生精心结撰之作，能予人以审美之观念；六、字数与定价，极力求其公允，以便于购读，其他佳点，不遑枚数。人手一编，获益良多，决不在区区之定价也。定价一元五角，八折发卖，现大洋一元二角邮费在内，哈大洋一元七角邮费在内。盛京时报社营业部启。②

---

① 《再告哀史出版期》，《盛京时报·神皋杂俎》1929年2月18日第3版。
② 《小说出版公告》，《盛京时报》1929年2月20日第5版。

小说《哀史》除了在《盛京时报》上发布了出版预告和出版公告，还在1929年4月5日、7日刊登该小说的销售广告：

> 社会小说《哀史》，订价一元五角八折发卖，现大洋一元二邮费在内，哈大洋一元七邮费在内。发行所：盛京时报营业部，代售处：本城军署街震泰报馆，鼓楼北路西，同大印书馆，大东书局。①

《严窟岛伯爵》（大仲马原著）即《基度山伯爵》，是穆儒丐翻译的最长一部小说，自1929年8月12日至1931年7月5日刊于"神皋杂俎·小说"内，共612期。"新小说预告"于7月14日至23日在《神皋杂俎》上登出：

> ……这本书名叫《严窟岛伯爵》，是法国大文豪亚历山大·大仲马毕生的大作。关于仲马父子的书作，我们只知林译小仲马的茶花女遗事，大仲马的书恐怕还没人译过。但是大仲马是文学界的拿破仑，他的著作我们若不知道，差不多和不知道伦敦巴黎在那一样，岂不可耻呢！所以儒丐君要奋勇介绍他的一部大作。大仲马与萧俄是同时的人物，全以诗、戏剧和历史小说得名，但是二人的思想完全不一样。读了哀史以后，再读这本书，便知道大文豪真是一人一个面影，一人有一人实在本领。即如《严窟岛伯爵》一书，此书差不多把历史小说、社会小说、爱情小说、侦探小说、冒险小说、滑稽小说冶为一炉，而成一种空前绝后的钜制，真艺林之至宝也。全书约四五十万言，儒丐君照例用他那种稳健而流利、细腻而沉着的笔墨，来译此大作，不啻若自其口出。决无半点生涩之弊。一俟译到相当地步。即由本报逐日刊载，用副爱读本报者之雅意。编辑部谨布。②

这部小说在《盛京时报》文艺副刊连续刊载近两年。《严窟岛伯爵》这部恢宏巨著自1931年3月27日第49章第532期起，标题完全采用手

---

① 《小说销售广告》，《盛京时报》1929年4月5日第2版。
② 《新小说预告》，《盛京时报·神皋杂俎》1929年7月14日第9版。

写形式，"严窟岛伯爵"这几个字不太好辨认。但此种形式一改过去严肃、刻板的报纸编排形式，多少带来一些活泼和亲切之感。

《艺妒》于1924年1月31日至4月8日连续刊载于《盛京时报》的"神皋杂俎·小说"栏目内，共7章55期，4万4千字。这部小说刊载后，译者儒丐在"神皋杂俎·别录"栏目发表署名"丐"的《艺妒译言》，译者利用编辑之余每天翻译千字左右，累积50日才译完：

> 艺妒一篇，共七章，统计四万四千余言。儒丐于编辑之暇，每日译千余字，积五十余日，始克译竟，文不暇审，随译随登。谬误之处，或不能免，然译者本意不在自炫其文，而在于介绍，文之工拙，所不计也。①

紧接着，穆儒丐又指出这部小说的影响有二：其一是让读者认识什么是艺术；其二是通过这部小说领悟小说创作的方法。并指出日本作家谷崎润一郎通过人生来反映艺术，尽管小说具有侦探性质，却不同于《福尔摩斯》，是因为该小说在艺术上更胜一筹：

> 读《艺妒》者，究竟获有若何利益，吾不敢知，然而因有此译，于吾文艺界多少须生相当影响，此译者敢断言者也。影响维何，试列举之：一、认识艺术为何物；二、可悟小说之作法。……谷崎君所有著作，概皆以生人来就艺术，而不以艺术去写人生，尤以此篇为一最显著之例也。由题材上言之，此篇却系一种带有侦探性质之小说。然试以柯南达利所著之福尔摩斯与此相比较，诚不可同日而语也，读彼则益使人增长犯罪智识，读此则不第无害于人心，且益使人觉悟艺术之可贵。②

穆儒丐连续在"神皋杂俎·别录"栏目发表署名"丐"的《艺妒译言》，借助这部小说来说明小说创作的要义。他认为真正的文艺作品不在于什么素材，关键在于艺术，小说重在描写而不是叙述。从素材上看，

---

① 丐：《艺妒译言》，《盛京时报·神皋杂俎》1924年4月8日第5版。
② 丐：《艺妒译言》，《盛京时报·神皋杂俎》1924年4月8日第5版。

《艺妒》十分平常，并无奇特之处，但经过谷崎润一郎之笔形象刻画，其艺术性便显现出来。退一步来说，倘若采用古文笔法来记，数行即可列举完毕，但这样并不是真正的艺术，只是材料的堆积，淡如白水，并不能产生影响力。

> 青野大川，相友善，皆画家也。顾青野贫，性又鄙，眷一女，曰：荣子。为购其欢心，乃不恤诈人财骗人物。识者咸吐弃之。独大川知其艺为天授，而己弗知也。时时赡助之。会青野成一画，题曰：摩登伽之闺，荣子之写照也。适大川亦以此为题，及见青野作，赫然神品也。因羡生妒，谓青野不死者，己艺无由而显。遂乘昏夜，入其室，以吊缢杀之，人无知者。自是大川之艺，遂躁于时，称天才焉。①

第二节 专栏作家王冷佛与其小说

王冷佛也是一位重要作家，被誉为"几乎堪与穆儒丐齐名的东北文坛另一长篇小说创作能手"②。翻阅他的作品，无论是作为小说家、戏剧家还是诗人、散文家，王冷佛都是高产且成功的。他的"小说、戏剧、诗歌还是杂文、时评，都能够直面现实与人生、敢于直率和尖锐地揭示社会矛盾。可以说他在东北现代文学的开拓与发展中做出了重大的贡献"③。作为清末民初著名的北京报刊小说作家，曾在多家报刊做过编辑，辛亥革命后流落东北，同穆儒丐一样担任《盛京时报》主编。他是文学创作的多面手，比较来看，其小说创作是最优秀的。

一 作家王冷佛

王冷佛原名王绮，又名王咏湘，出生于没落的满族贵族。其生年有不

---

① 丐：《艺妒译言》，《盛京时报·神皋杂俎》1924年4月9日第5版。
② 张毓茂：《东北现代文学史论》，沈阳出版社1996年版，第138页。
③ 唐海宏：《满族作家冷佛生平及文学创作简论》，《成都大学学报》（社会科学版）2015年第2期。

同版本，一说是1885年生①，另一说是1858年生②。但是根据王冷佛在《复刘锡圭先生》一文表述："以年岁而论，记者既是整整的四十岁"③，可以断定，说他出生于1858年显然不对，1885年接近，但准确来说应该是1887年。卒年无从考证。旗人作家王冷佛一生辗转多家报纸担任编辑并留下笔墨。清末，王冷佛在北京《公益报》当编辑，民国初年转去《爱国白话报》（即《京话日报》）做编辑。20世纪20年代，他前往奉天（今沈阳）《盛京时报》工作，担任《神皋杂俎》编辑，曾担任《盛京时报》文艺副刊《紫陌》与《盛京时报》哈尔滨版《大北新报》的编辑。《盛京时报》的作家中，王冷佛是几乎可与穆儒丐比肩的东北高产作家。他的长篇小说《珍珠楼》两次刊载，深受欢迎；另一长篇《恶社会》讽刺辛辣、入木三分；单行本小说《春阿氏》感天动地，以纪实而闻名。从满洲旗人文学史角度来看，穆儒丐、王冷佛上承清季的曹雪芹、文康、石玉昆，下启20世纪20年代末的老舍、王度庐、叶广岑，可以说，穆儒丐、王冷佛的小说创作是满族文学史脉络长链中的重要一环。

王冷佛小说《恶社会》的开篇对他中年时代的学习和小说创作背景进行了详细介绍：

> ……记者自顾，本不是念书人，学者二字，已万分当不起。不过自束发受书以来，行年已四十有一，于读书一道上，近来才略窥门径。万分不幸，就是为家计所苦，开门七事要日日去研究。学问一道，也就是谋食之余，把书本翻一翻。统计每日在求学的钟点上，也就有两点钟的功夫，还是勉强挣扎，自己限制自己。无管白日有多少事，至夜间十点以后，非抱着书本不可。去年春夏，自每日清早起来必要写字，一从秋后，为办理游艺园，将往日写字工夫，和课子的工夫，全行套去，千幸万幸，至今略有端绪。有一件好，由创办游艺园以来，增了我不少阅历，于编述小说上，又增添了不少新闻。④

---

① 许觉民、甘粹：《中国长篇小说辞典》，敦煌文艺出版社1991年版，第30页。
② 梅庆吉：《水浒系列小说集成·续水浒传·出版说明（冷佛）》，黑龙江人民出版社1997年版，第78页。
③ 王冷佛：《复刘锡圭先生》，《盛京时报》1927年10月10日第3版。
④ 王冷佛：《恶社会》，《盛京时报·神皋杂俎》1928年4月12日第7版。

二 王冷佛的小说

王冷佛在《盛京时报》上共发表小说 16 部，长篇小说 4 部，短篇小说 12 部，这些小说集中刊载于 1922—1932 年。其中 4 部长篇小说在当时较有影响，它们是《珍珠楼》共 195 期、《续水浒传》共 393 期、《桃花煞》共 126 期、《恶社会》共 82 期（见表 3.2）。

表 3.2　　　　　　　《盛京时报》王冷佛小说统计

年份	小说名称	期数	年份	小说名称	期数
1922—1924	《珍珠楼》	195	1928	《恶社会》	82
1924	《病人遗嘱》	1	1929	《恶侦探》	7
1924—1926	《续水浒传》	393	1930	《甲乙问答》	1
1926	《结算年账》	1	1930	《浪漫的生活》	1
1926	《从军乐》	8	1930	《击匪》	3
1926	《桃花煞》	126	1930	《一封书》	10
1926	《心腹之谈》	3	1931	《闺体秦声》	18
1927	《心腹之谈（教员）》	1	1932	《云英恨史》	12

（一）《珍珠楼》：《盛京时报》再版的小说

《珍珠楼》在《盛京时报》上刊载了两次。第一次刊载于 1922 年 8 月 11 日至 10 月 4 日"神皋杂俎·小说·写情小说"栏目，共刊出 10 章 41 期，并未刊完。第二次刊载于 1924 年 8 月 11 日至 10 月 4 日，并在刊载时附言详细阐述了小说再次刊载的前因后果：

> 记者于前年到奉，曾在本报上著一小说，名之为珍珠楼。所述为民七秋日，锦州花界里一桩实事。记者以笔墨拙劣，嗣又以在哈市繁，半途搁笔，乃近以友朋怂恿，又屡有阅报者催续前稿，辞不获已。遂又于杂俎栏内，终日献丑，内容若何，有阅过前半折的，必能记忆。如再由前一章重为揭载，又恐阅者嫌其烦絮，若不自开篇说起，恐又有不知者，贸然一见，突如其来，思维至再。望阅过前半部者，格外鉴宥今仍自第一章，重为刊载，书内文字，记者以记忆力，异常薄弱，所作前部，又无存稿，或竟有不同之处，亦祈谅解是幸。

记者附言。①

从 1924 年刊发的《珍珠楼》第一期前面的附言"记者于前年到奉"可以看出王冷佛是在 1922 年来到奉天（今沈阳）的。在"所述为民七秋日，锦州花界里一桩实事"交代了 1918 年发生在锦州花界里的真实故事。冷佛在重新写这部小说时也是有顾虑的，在两年前小说发表了一部分，倘若接着写，还担心有些读者没有看过，"恐又有不知者，贸然一见，突如其来"，读者一知半解，未免唐突；倘若重新刊载，"又恐阅者嫌其烦絮"，所以左右为难。最终确定从第一章开始，重新刊载，当然与之前所写不一定完全一致，因为之前所作之文"无存稿"，仅凭记忆来写。然而，我们认为，"无存稿"并非问题，作者完全可以翻阅 1922 年 8 月 11 日至 10 月 4 日的《盛京时报》，报纸是可以从报社里找到的。问题的关键是：《珍珠楼》发表时隔两年，前后的读者并非一致。换言之，在当时检索技术欠发达的情况下，之前未能读过《盛京时报》这部小说的读者要想重新翻阅彼时的报纸，欣赏这部小说几乎不太可能。因此，冷佛在附言中指出经再三权衡，只能重新写这部小说。

这部小说第二次刊载是从 1924 年 3 月 28 日至 10 月 14 日，共计 12 章 195 期。两次刊载在"章期"的设置上有所不同，第一次刊载第十章时才 41 期，而第二次重新刊载第十二章时已达 195 期，很显然，第二次刊载比第一次刊载每一章所包含的期数要多得多（见表 3.3）。尽管两次刊载小说同置于"神皋杂俎·小说"栏目内，但更为具体的小说栏目并不一致，1922 年《珍珠楼》放在"神皋杂俎·小说·写情小说"栏目内，而 1924 年刊载时《珍珠楼》却被置于"神皋杂俎·小说·社会小说"栏目，显然两次刊载关于小说的定位是不一样的，由"写情小说"到"社会小说"，从小说的意义和影响来看，显然后者更胜一筹。前后两次刊载的署名都用"冷佛"，而"珍珠楼"是小说主人公沦为妓女前的称呼。

就《珍珠楼》前后两次刊载的章目和每一章目所容纳的期数来看，有以下几种情况：两次刊载标题设置完全一致的，如第一章、第二章、第五章、第八章，标题分别为"丑夫遇艳""美妓赠金""酒能败事""柳絮随风"；两次刊载标题设置大同小异的，如第三章"帷中薄怒"与"鸳

---

① 冷佛：《珍珠楼》，《盛京时报·神皋杂俎》1924 年 3 月 28 日第 5 版。

帷洒泪"、第四章"席上谈心"与"虎帐谈心"、第六章"财可动人"与"钱可通神"、第七章"兰花经雨"与"梨花带雨"等；两次刊载标题完全不一致的，第九章前后两次刊载的标题分别为"兽心未遂"和"雪夜闻丧"，第十章两次刊载的标题分别为"禽信难通"和"元宵探狱"，完全不同。对比中我们发现第二次刊载每一章都比第一次刊载的容量要大，尤其是第十、十一、十二章在第二次刊载时分别长达 23 期、45 期和 30 期（见表 3.3）。

《珍珠楼》描述的是一个良家女子（兰子）在社会各种险恶威逼下沦为妓女，历经磨难，后为爱而奔丧，最终与所爱之人团圆的故事。作为一部社会小说，作者揭露了当时社会的黑暗，人情的险恶，制度的罪恶，以及主人公生活的悲惨和无助。

表 3.3　　　　　　　小说《珍珠楼》两次刊载情况对照

比较项目	第一次刊载	第二次刊载
刊载时间	1922 年 8 月 11 日至 10 月 4 日	1924 年 3 月 28 日至 10 月 14 日
栏　目	神皋杂俎・小说・写情小说	神皋杂俎・小说・社会小说
篇　幅	共 10 章 41 期（未完）	共 12 章 195 期（已完）
第一章	丑夫遇艳（4 期）	丑夫遇艳（8 期）
第二章	美妓赠金（5 期）	美妓赠金（11 期）
第三章	帷中薄怒（3 期）	鸳帷洒泪（12 期）
第四章	席上谈心（3 期）	虎帐谈心（7 期）
第五章	酒能败事（3 期）	酒能败事（8 期）
第六章	财可动人（2 期）	钱可通神（16 期）
第七章	兰花经雨（4 期）	梨花带雨（13 期）
第八章	柳絮随风（5 期）	柳絮随风（12 期）
第九章	兽心未遂（6 期）	雪夜闻丧（10 期）
第十章	禽信难通（6 期）	元宵探狱（23 期）
第十一章	无	花业绝迹（45 期）
第十二章	无	戏彩娱亲（30 期）

冷佛认为单凭描述和展现故事情节还不足以抨击其所见所闻，因此叙述中适时加上议论，一针见血、入木三分，足以警醒后人，如 1922 年《珍珠楼》第一次刊载时，作者将兰子的不幸婚姻和悲惨命运归于其父亲的愚蠢无知，对之加以评论：

这乃是兰子的父亲，愚蠢无知之过，生把一个女孩儿，遭践到这步田地,若光说命运所定,未免可怜,仍算是订婚之初,不知审慎的害处。①

(二)《桃花煞》:以"记者"身份描述命犯桃花煞之经历

《桃花煞》刊于1926年7月19日至12月16日"神皋杂俎·小说·社会小说"栏目,共计125期。小说以"桃花煞"为题令读者颇觉诧异,但王冷佛则认为该题有文学性,且具有研究价值。试看作者表述:

> 桃花煞三字不知出于何书,始于何典,而流传社会里,异常普遍。……今以为题,要作为小说名目,识者观之,必然不许,但文学真正的努力,必愈是普遍于人群社会,而喧腾众口的,几愈有研究的价值。②

小说在第1期结合"记者"自身来谈及"桃花煞",其内容涉及"流年八字""算命占卦":

> 不想那八字儿批的,相面相的,和清一老禅师当面训告的,一句也没有说错。甲辰六月,先君就弃了不孝,溘然长逝了。次年冬月,我嫡配王淑文,因创办神州女报,又兼在淑范女学校充当教习,当时记者就正犯桃花煞……③

在《桃花煞》最后一期,冷佛指出自己在报馆工作十分繁忙,这部小说只能略写,否则这部小说会更长,如果详写,连续二三年也不能穷尽。

> ……记者这时,亦报馆很忙碌,若详记述,就续写二三年,亦未必写得尽。记者本篇,就专拣三十年来,命中所犯的桃花煞,以革命纪元前写上半编,以改元后,至民国十二年为下半编。此为一生所享的幸福纪念,算为喜乐集,以外尚有愁苦、哀怨,恐怕各集,俟明年

---

① 冷佛:《珍珠楼》,《盛京时报·神皋杂俎》1922年9月1日第5版。
② 冷佛:《桃花煞》,《盛京时报·神皋杂俎》1926年7月19日第3版。
③ 冷佛:《桃花煞》,《盛京时报·神皋杂俎》1926年7月20日第7版。

下编叙完，陆续发表。①

虽然作者在小说最后一期（第 125 期）结尾附有"上编已完"字样，并在第 125 期内明确指出《桃花煞》分上下两编完成，作者打算"俟明年下编叙完，陆续发表"。然而，续写下编只是作者的一种想法，实事上并未写成，直至 1944 年《盛京时报》停刊我们也没有看到冷佛所著《桃花煞》的下编刊载。

（三）《续水浒传》：历史小说的续写

《续水浒传》刊载于 1924 年 11 月 12 日至 1926 年 5 月 5 日"神皋杂俎·小说·社会小说"栏目，共 393 期，是冷佛在《盛京时报》登载最长的一部小说。这部小说被放在"社会小说"栏目，实际上是一部历史小说。这部小说是作者边写边发表的，因为 1925 年 9 月 18 日"盛京时报·小说·哀情小说"栏目内署名"路聊珂"的小说《滴血成珠》旁提示道："冷佛有病，《续水浒传》暂停"。

《续水浒传》刊载前，即 1924 年 11 月 8 日、11 日，《盛京时报·神皋杂俎》内刊有"小说预告"，并以黑体字醒目标示"阅者注意、续水浒传"：

> 本报冷佛君现拟续水浒传，以续于施耐庵之后，五日内即可登载。取材于宣和二年历史事实，慨然于汴宋之治乱，源及贼盗亡国之恨。罔不以曲笔写出，有裨人心有益社会，与当日罗贯中续水浒及俞仲华荡均寇志有不同，每日以千字为率，随作随刊，以飨阅者。②

且看王冷佛《续水浒传》开篇：

> 话说玉麒麟卢俊义，归卧帐中，便得一梦。梦见一人，其身甚长，手挽宝弓，要替着国家出力，荡平贼寇，把所有梁山上一百单八个好汉，一起处斩。惊得卢俊义一身冷汗，微微闪开眼，看堂上时，却见有一个排额，大书"天下太平"四个青字。恍惚之间，还听有众多刽子手，喝喊声音。只觉心中，突突乱跳。定神一想，怎作了这

---

① 冷佛：《桃花煞》，《盛京时报·神皋杂俎》1926 年 12 月 16 日第 7 版。
② 《〈续水浒传〉小说预告》，《盛京时报·神皋杂俎》1924 年 11 月 8 日第 7 版。

样噩梦，用被拭了汗，披衣坐起，看桌上那盏灯，半明半灭，约莫有四更将近，下地剔了灯花，灼了灼外间屋，刀架上，静悄悄地，并无动作。①

这段文字出自冷佛续笔的第一回：及时雨大兴忠义军，鲁智深治狱东平府。开篇虚实结合，以卢俊义的梦境起笔，梦中所见为虚，醒后叫来燕青，询问梦之吉凶为实。燕青劝慰解梦，说是吉兆。第二日，吴用来请，聚义厅宋江等众英雄商议事情，鲁智深直言快语，这又是实。冷佛的《续水浒传》接施耐庵本70回续写，写宋江、吴用等人反对招安，甚至派出刺客刺杀招安派的好汉林冲，小说写到宋江被张书夜活捉而结束。虽然在二十几部续书中冷佛的续写并没有过人之处，但在一开篇颇能显出作者文笔老练醇厚，以梦入题虚实相生的笔法，使文章接续前文自然妥帖，饶有趣味，符合文学的真实，内涵合理、外延丰富，而且"天下太平"四个大字别有深意。试看结尾处宋江被活捉一段：

宋江又叩着头道："太守吩咐，若允了招抚时，俺派着朱贵去，众家兄弟绝无异言。"太守把头来摇着，欲笑不笑，欲言不言，只一挥手，叫押了众人去，传令退听。即日修本，奏到当朝，又申详都省，移文各郡。②

这一段英雄之气荡然无存，当为败笔，水浒英雄下场堪叹堪怜！

（四）问题小说：《恶社会》

长篇小说《恶社会》分为两个阶段在《盛京时报》上刊载：第一个阶段是从1928年4月12日至7月30日，在"神皋杂俎·问题小说"栏目连载，署名"王冷佛"，并有"禁转载"字样，共81期；第二阶段从1928年10月15日继续连载，第二阶段刊载时断时续并不连贯，由于《盛京时报》的影印版有几期残缺，因此这部小说最终到底多长也无从考证。

在小说的开篇，作者以几句诗来阐发对黑暗、动乱社会的深切感悟，

---

① 王冷佛：《续水浒传》，《盛京时报·神皋杂俎》1924年11月12日第7版。
② 王冷佛：《续水浒传》，《盛京时报·神皋杂俎》1926年4月30日第7版。

为小说定下了基调:

> 举国干戈扰乱,不知何日平安。书生无帮也清闲,奢读诗书经传。看破兴衰成败,何庸利锁名牵。古称天爵即人权,应以保身为善。社会不能睁眼,人情翻覆波澜。世间一自有金钱,影响良心多变。况乃民生日蹙,又兼炮火连天。小人没的可吃穿,不免穷而斯滥。几句俚词念毕,作为与读者诸公行一个见面礼。①

之后,作者从时间上进行纵向比较,指出社会飞速发展,"今年今日"与"去年今日"以及"十年前"和"五年十年后"的光景是截然不同的。王冷佛认为中国社会不是无情社会,也不是冷淡社会,而是恶社会。试看小说开头一段话:

> 尝见有许多学者,都咒骂中国社会,为无情社会、恶浊社会或冷淡社会。其实据记者观察,迩来因干戈扰乱,"恶浊"二字,固属情实。按中国社会的组织,并不是无情社会也不是冷淡社会,真乃是有情社会。社会对人非常亲爱,不像是欧美各国那样冷淡。以人心说,中国的社会人心,才真有互助的真心,唯因其社会组织,与东西各国的风俗,根本不同。②

这里录入《恶社会》第八十一期的一段话,来展现"恶社会"究竟是什么样:

> ……小青因凤仙少时,必要过来,一面将衣服穿好,笑拍着王大奶奶,低声儿道:"快迎接吧!你那二哥,又弄了一个来,我没别的,非和他算算账,不能活着了。我那个妈,因我这跟他一跑,还不定死活呢?我这几天,非常难过,心里像百忙的一样。就这么心神不定,肉身不安的。也许我妈,念叨我呢,再不是和我爸爸,为我闹呢?你想一想,说一句公道话,凭我对他,那样儿对得起我?又弄个

---

① 王冷佛:《恶社会》,《盛京时报·神皋杂俎》1928年4月12日第7版。
② 王冷佛:《恶社会》,《盛京时报·神皋杂俎》1928年4月12日第7版。

气我的来，我真是冤死啦！"说着，眼中掉泪，一边擦抹。只见王大奶奶眼中，也扑簌簌掉眼泪。……遂和亦粉饰说道："我倒知道，大哥是原为我好。今儿这枪，也实在撒拗我，斗又撒气灯火儿也够不上油。全凑到一块儿了。"说着将两路烟灰，分类包好，五洲也见他下贱，急唤着店伙计，收拾烟具。①

从这段文字中，我们看到了男权社会的种种可恶嘴脸，抽大烟、找女人、心地龌龊、充满个人欲望的狭隘与偏私。对这几个人的描写，从语言、行动到心理，活化了那一时代普通阶层的男性形象，由此更具有代表性，社会之恶，窥一斑而知全豹矣。

（五）单行本小说：《春阿氏》

冷佛在《盛京时报》发表的小说没有单行本，但冷佛在北京《京话日报》做编辑时，创作了风靡一时的小说《春阿氏》，这部小说是根据光绪三十二年（1906）六月至八月该报刊登关于春阿氏案情的报道、当时读者来函以及市隐君关于春阿氏的日记写成的。"《春阿氏》是一部旗人小说（有1911年抄本，民国十二年两叶山房书社铅印本）。翻开书第一回，你就会感到浓浓的旗人生活风情。"② 小说记述了美丽善良的女子春阿氏婚姻不幸却蒙冤入狱惨死的悲剧故事。小说第一版印行于1914年5月，1916年印发第二版，1923年又印行第三版，足以看出这部小说获得了极大成功，备受欢迎而三次刊行。

在《马序》（1913年12月）中有关于《春阿氏》的报纸刊载预告，并对其进行评价：

  春阿氏一案，为近十年最大疑狱。京人知其事者，或以为贞，或以为淫，或视为不良，或代为不平，聚讼纷纭，莫明其真相也久矣。近阅市隐君所为日记，始知其人则可钦，可敬，可惊，可愕；其情则可以贯金石，泣鬼神……于是十年疑案，始得大白于世。爰嘱冷佛君

---

① 王冷佛：《恶社会》，《盛京时报·神皋杂俎》1928年7月30日第3版。
② 孟兆臣：《小说与方言——白话小说研究领域的一个重要命题》，《社会科学战线》2004年第4期。

编为小说，按日排登本报附页，以公同好。①

《春阿氏》在《京话日报》刊载时，冷佛于民国二年（1913）十二月十六日为这部小说添加了作者《自序》，慷慨激昂，为春阿氏鸣不平：

> 秦镜不明，难照泥犁之狱；慈航未渡，谁生孽海之花。市虎杯蛇，翻成信谳；贞珉介石，转起疑团。所以抱终天之恨者，竟致感而飞夏月之霜欤？春阿氏淑称窈窕，性属贞闲，苦同鲍叶。悲夫之不良，节砺柏舟；叹母也天只，遂致歌诬。赤凤逸恶青蝇，可怜杞妇出心，尽作文姜之罪。虽固由法曹黑暗之所致，要亦婚礼结辖之所蘖也。余素晳奇冤，演为稗乘。一支秃竹，敢作燃犀；数卷残蒲，缘矜哀鹄。俾世之阅斯篇者，知审判之不可慎，婚嫁之不可不纯也云尔。②

第三节　文坛"多面手"金小天与"小天体"小说

一　作家金小天

金小天原名金光耀，曾用名金德宣，笔名"小天"。1902年出生于辽宁，15岁到沈阳读书，毕业于奉天（沈阳）省立第一师范学校。《盛京时报》"有奖征文"和《神皋杂俎》的"欢迎投稿"吸引了他，1921年开始在《盛京时报》上发表小说，从此他与《神皋杂俎》结下不解之缘。1923年任奉天《盛京时报·紫陌》主编，后又曾担任弘报协会特派员，1948年参加革命，1949年后在辽宁省博物馆工作，"文化大革命"中被迫害致死。关于他的身世，我们从其在《盛京时报》所发表的《吾之生涯》中可以了解一些：

> 吾生于山村，读于城市，三十年来无往而非困苦之生活，盖吾之所谓困苦，非金钱不足之困苦，实为思想矛盾之困苦也。幼从家严家姊，

---

① 冷佛：《春阿氏（马序）》，吉林文史出版社1987年版，第1页。
② 冷佛：《春阿氏（自序）》，吉林文史出版社1987年版，第2页

攻读经史，循规蹈矩，侪辈中其为书痴胆小者，无出吾右，吾视豁达之士、不拘细行、放浪形骸为罪人，为狂夫，大有与之偕亡之慨。此时亦诚一个中国式之好书生也。及入学校，生活顿受科学洗礼，无往不求欧化，抱负决不平凡。自是病于务远，失其面目。乃有未能与人同流之苦。此殆迷于新学之过，致令吾于而立之年，徘徊歧途，无所成就。仅可投吾精神于所谓"象牙之塔"的艺术生涯，欺吾生平而已。

迩来痛感失学，发愤读书，似于应世之学有所领悟。而对人生极端安荣，并亦深悉其非，由此转欲作《凡人》，力求俯仰无愧，此点他人或未强同，而多年相知半师半友之儒丐君，或尚不以我为退化欤。①

1921年他以"金光耀"的署名在《盛京时报》发表两部短篇小说《怨杀》和《误会死的一个学生》，开始步入文坛。在《吾之生涯》第五期，"吾不为学生生活者，今已八九年矣"，此句出现在1933年，以此推算1925年以前，金小天还是一名学生。由此可知，金小天还是学生的时候就已经在《盛京时报》上发表了很多小说，如1923年的《冰生君传》《秋光和小树叶》《中秋的家信》《人肉广告》《灵魂底美感》等。在1923—1924年发表的长篇小说《鸾凤离魂录》也是金小天学生时期的经典作品，也正是这部作品令穆儒丐开始有意识地培养这位青年才俊，并给予悉心指导，能够看到总计58期的《鸾凤离魂录》除了署名"小天"著之外，还有"儒丐阅"的字样。作为晚辈，金小天很尊敬穆儒丐，后来二人保持良师益友的关系，用金小天自己的话说，他将穆儒丐看作"多年相知半师半友"之君。1933年10月27日至11月28日，金小天在《神皋杂俎》上发表《吾之生涯》，对自己性格喜好加以描述并与儒丐对比："吾昔性孤怪，任意嗜奇，见名画狂喜不眠，得新书默读不语，焚膏夜坐，未知养身……儒丐君嗜畜洋狗，而吾则喜植花草也。"②

1926年4月5日，金小天与王冷佛一起担任《盛京时报》文艺副刊《紫陌》的编辑工作，创作发表了大量作品。金小天的小说被誉为"小天体"，评论家称金小天是东北新文学的"开辟者""拓荒者""奠基者"，

---

① 金小天：《吾之生涯（四）》，《盛京时报·神皋杂俎》1933年10月30日第3版。
② 金小天：《吾之生涯（一）》，《盛京时报·神皋杂俎》1933年10月27日第11版。

并预言"其所做的工作,是值得被后人记忆的"。① 足以看到金小天在东北现代文学史上的重要地位。

二 金小天的小说

金小天在《盛京时报》上发表的小说主要集中于1921—1933年,共发表43部小说。其中长篇小说3部,分别为《鸾凤离魂录》《柳枝》《屈原》;中篇小说4部,分别为《红叶》《春之微笑》《灵华的傲放》《吾之生涯》;短篇小说36部,需要说明的是,许多短篇小说只有一期,1930年发表的一些小说在标题上别具一格,只取单字为题,如《寄》《逝》《献》《箔》《赞》《寂》《减》《颂》《殉》等。中篇小说《春之微笑》和《灵华的傲放》与短篇小说《深秋哀感》都属于"浪漫小说",《吾之生涯》可以视为自传体小说(见表3.4)。

表3.4 《盛京时报》金小天小说统计(1921—1933)

年份	小说名称	期数	年份	小说名称	期数
1921	《怨杀》	4	1928	《诗人的心》	1
	《误会死的一个学生》	6		《生命之舞》	1
1923	《冰生君传》	5	1929	《新年》	1
	《秋光和小树叶》	1		《归来》	7
	《中秋的家信》	1		《春之微笑》	41
	《人肉广告》	2		《曼陀罗花》	8
	《灵魂底美感》	1		《深秋哀感》	6
1923—1924	《鸾凤离魂录》	58	1930	《灵华的傲放》	52
1924	《播种子者》	1		《寄》	1
	《画家》	1		《送子赴江》	2
	《书信》	1		《逝》	2
	《喜鹊的礼物》	1		《献》	1
	《紫岚》	1		《箔》	1
	《春晨》	1		《赞》	1
1925	《踏蚁》	3		《寂》	1
	《归来》	2		《减》	1
1928	《柳枝》	250		《颂》	1
	《美的实现》	1		《殉》	1
	《观音》	3		《陶渊明》	7
	《骷髅》	9		《函谷关》	10
	《红叶》	15		《屈原》	169
			1933	《吾之生涯》	31

---

① 未名:《奉天的文坛》,转引自张毓茂主编《东北现代文学史论》,沈阳出版社1996年版,第82页。

（一）哀情小说：《鸾凤离魂录》

长篇小说《鸾凤离魂录》刊载于 1923 年 11 月 8 日至 1924 年 1 月 18 日"神皋杂俎·小说·哀情小说"栏目，共计 12 章，58 期。这是金小天在《盛京时报》上发表的第一部长篇小说，此时他年仅 21 岁。小说描写一对青年男女的爱情悲剧。署名为"小天著""儒丐阅"，从小说的署名上能看出，作为栏目主笔的穆儒丐对金小天倾力培养并寄予了厚望。

金小天在《鸾凤离魂录》开头首先交代了故事发生的地点、背景和自然风光：

> 辽阳地方，处于千山之下，群峰罗列，岗峦起伏，土沃田肥，风景清丽，却真是一块天然乐土，无异世外桃源。东南一带的村落，更觉美不可言，大凡辞客骚人，好山好水之士，那个到此，不爱这山庄深野，林壑清溪，就中这王庄一处，依山傍水的形势，尤觉幽绝，周围绿树成荫，山花点点，恰好二百余家的居户，错置其间，成一个整暇的村落。①

寥寥几笔，才情毕现，展现作者美好的文笔和丰盈的想象力。

（二）"小天体"浪漫主义小说：《春之微笑》与《灵华的傲放》

《春之微笑》是金小天浪漫小说的代表作，这部小说刊载于 1929 年 1 月 25 日至 3 月 29 日的"盛京时报·浪漫小说"栏目，不连续刊登，共 41 期，未完，署名"小天"。

这部小说讲述了一位年轻诗人在春意盎然的晚上，于万泉河边的凉亭内休憩时做了一个"青春好梦"。小说的这种安排本身就蕴含着一种浪漫的气息。作者首先在小说开头描写了自然界的和谐之美，正是阳光、暖风、白鸥、花儿、草儿等万物的自然展现，为诗人的畅想奠定了基础，在浓浓春意中，诗人产生陶醉感：

> 阳光在清晨鲜艳无私的渐渐照射，缥缈神秘的宇宙便可以到处承受他的温柔，暖风吻着碧海，激动出来无穷的波纹。让白鸥在那锦云中展翼讴歌。冲天长鸣，已然是把这高山附近的泉石响应出来若断若

---

① 金小天：《鸾凤离魂录》，《盛京时报·神皋杂俎》1923 年 11 月 8 日第 5 版。

续的微音来了。花儿一簇簇的开着，草儿一丛丛的绿着，即使万有全觅不到司春与花的福妻裸女，神然而这等不可思议的天地之爱，那真令青年诗人有一种迷离的沉醉。正如在艺术的幻梦里，把他的灵魂溶化到极美丽的彩色里一般。①

在如诗如画的春天里，诗人冥想于自然之中，踯躅于现实世界和理想世界之间，对人生的感怀和眷恋与现实社会的矛盾和痛苦形成鲜明对比。可见，《春之微笑》是以展现青年诗人主观心理变化为主线的，在历史和现实之间跳跃运笔：

  他的欲望有时战胜了他的忏悔，他的悲哀有时压倒了他的希望，他的恐怖有时冲破了他的恬静。他的颓废有时软化了他的激昂。有心跳到那涟漪的碧波里，还自信这是人间一种豪爽的牺牲。……他想到古史里的沉痛，感到天地的悠悠，在热血沸腾肝肺崩裂以后，落了几滴惋惜自己生命的哀泪，他在无可如何的喘息之中，向海上吹了一阵极脆快的短笛，又在玩味笛韵之际，唱了一首虚无的狂歌。
  我一歌兮悠悠，
  天地其谁仇？
  红粉变成骷髅，
  英雄葬荒丘。

  尼罗河兮空泛，
  宇宙岂足讴，
  黄金铸兮罪恶，
  浪破古尸浮。

  乐莫乐兮超人，
  悲哀乃情囚。
  笛吹澈兮轻歌，
  韵渺诗人愁。

---

① 金小天：《春之微笑》，《盛京时报·神皋杂俎》1929年1月25日第7版。

> 我一歌兮人类，
> 醉生不自由。
> 如造化兮无与，
> 百劫何日休。①

  显然，《春之微笑》既是浪漫小说，又是诗化小说，同时还是一部梦幻小说。1922年郭沫若在《创造季刊》第二期上发表的《残春》就是梦幻小说，之后还有杨振声的《玉君》、王鲁彦的《黄金》和郁达夫的《风铃》等皆为此类小说，但这些小说篇幅一般较短，在梦的真情实感描摹上也不及《春之微笑》。因此，有学者指出《春之微笑》是"形态完整、体式成熟的真正意义上的首部现代梦幻主义中篇小说。它对中国现代梦幻主义文学的贡献，它在中国现代梦幻小说史的地位，都是不容低估的"②。

  同为诗化小说的《灵华的傲放》发表于1930年5月12日至7月19日"神皋杂俎·浪漫小说"栏目，共计52期，约4万字。

  金小天创作《灵华的傲放》时年仅28岁，通读这部小说我们看到作者不可遏制的才情。小说充分展现了青年作家内心的丰盈、忧闷、热诚和思索，面对宇宙，他胸怀开阔；面对人世，他忧心悲苦。小说中的青年决定自杀，后被一位幽灵老者所救，经过神明的指点，最后决定振奋自己，改良社会。小说流露出的痴情与困惑，是每一个有志于改良社会，希冀能有所作为的青年都曾有的激荡和煎熬，但诗人金小天、作家金小天、青年金小天在此汇聚，有真诚、有痛苦、有思索，这部小说可以看作是作家的心灵传记。作家借一位青年诗人之口抒发了内心的感受。

  小说开篇首先描述了环境，交代了小说主人公，一位"奇绝的青年"，或者说是一个"痴狂"：

>   黄海之西，昆仑之东，南泻大江，北卧长城。在这数千年来悠久广漠的中华古国，早埋没了一位思想奇绝的无名青年。这位青年，与其说是哲人，不如说是愚汉；与其说是聪明，不如说是痴狂。然而，他会为一切情绪而呕干了心血，又曾为一切智理而搅竭了脑浆。不

---

① 金小天：《春之微笑》，《盛京时报·神皋杂俎》1929年1月25日第7版。
② 高翔：《现代东北的文学世界》，春风文艺出版社2007年版，第30页。

过,他由孩提,以至青春,由青春以至入于坟墓,虽是耗尽了全部的灵华,毕竟窥不透什么是宙宇,什么是人生。如今,他的灵华抵死还不能溘然幻灭。当此五月花香鸟语的灿烂时光,他又化为一位青年诗人,匍匐歌呼到了一切神明之前。①

小说描述这位青年诗人不堪现实的忧愁苦闷,决意投海自尽。作家把青年诗人放置在一个水光潋滟的崖边,他感时伤世,热恋故国,惧其将亡,无能为力,遥想屈原,愤恨难平,便以"离骚体"的形式歌咏人生虚空:

> 在澄碧清涟的渤海崖头,青年诗人挺胸垂手,当风而立,他凝眸看看那晚霞似火,只觉得烧坏了心肠。然而,却不晓得又从那(哪)方面生出来了一种人间缠绕不断的无穷悲感,他闭上了两目,心血向上一激动,便脱口吐出来一节歌声:
> 我一歌兮悠悠,天地其谁仇。念人生兮苦闷,夫复何所求?
> 蹈碧波兮为龙,暴骨在沙洲。灵均别兮尘寰,潇湘古梦浮。
> 神惠吾兮聪颖,唯少壮殷忧。惧故国兮将亡,遗恨亘千秋。
> 无所为兮无为,永诀此崖头。获所乐兮其乐,万有尽蜉蝣。②

作家金小天创作浪漫主义小说时,社会主导的潮流是"五四"现实主义,但其中也涌动着浪漫主义暗流。从郭沫若的新诗到郁达夫的私小说,以及后来创造社、浅草社和湖畔社的作品,文学阵地无疑在现实主义的潮流之中分出一股浪漫主义支流,金小天浪漫主义小说很可能受此影响。试看下面一段:

> 青年诗人唱罢此歌,便欲纵身投海。他两臂刚刚举向头顶,便觉得有人从身后把他的两手从身后握住。青年方想回头看一看,谁来这般营救,只听得那握手的人低声说道:"且慢,我可敬爱的青年,有我在此,你千万不可任意胡为。我曾经劝过你在人间,须特别忍耐。

---

① 金小天:《灵华的傲放》,《盛京时报·神皋杂俎》1930年5月24日第9版。
② 金小天:《灵华的傲放》,《盛京时报·神皋杂俎》1930年5月24日第9版。

不知你怎就还是这等的热烈激昂？"①

作家塑造的这个神灵，让"青年诗人"琢磨不透，他是一个多元角色的化身，是一个集多个不同国别的人物为一体的智者：

> 青年诗人细细听到他的语声，既像一位老者，又像一位壮士……（青年诗人问道）"你既肯对我如此营救，敢请快快的告给我，你是一位什么神明？"青年问罢，又沉寂了片刻，只听得那人答道："我即是中国的屈原，又是意大利的但丁，我即是法国的卢梭，又是英国的拜伦。总之，我不是现在的人，我却知道现在的事。我只愿来营救你的危险，我实不愿告给你我果为谁？"②

"青年诗人"与"幽灵"同置于浩渺的宇宙空间，无论站立在山崖之巅，还是沉醉于艺术宝殿之内，二人对话，富有哲思，充溢空灵之感。纵论世界和人生，既具有超越自然与现实之形态和意义，又带有鲜明的神异幻想之色彩。因此，这部具有幻化色彩的小说，"又因对话内容的时代性和呈现出贴近现实的特征，使作品具有了神话现实化或现实神话化的品质"③。以下是"幽灵"与"年轻诗人"的对话：

> ……"我要问一问你，如何又想到如此歌呼而投海呢？"……（青年说道：）"我对于宇宙间的一切事物真理，本似乎都绝了望，但是我对于一切，却仍恋念着而不能屏绝，这种藕断丝连无意味的错觉，从我的灵魂上，竟连座（坐）④到了我的躯体，圣者啊，我真忏悔不尽我的罪过，我又没有宝剑可以斩断人类的青春豪情，那么，这等晚霞似火的海滨晚景，还不能使我孤愤燃烧而至于难忍么？"
>
> 幽灵说道：我知道你的哀感是一言难尽，我也知道你是最怕人间，但你不是不聪明，真是太聪明，不是不智慧，实是太智慧，宇宙若是有真理，便得有绝望，若是有恋念，便不能屏绝。这并不是你一

---

① 金小天：《灵华的傲放》，《盛京时报·神皋杂俎》1930年5月24日第9版。
② 金小天：《灵华的傲放》，《盛京时报·神皋杂俎》1930年5月24日第9版。
③ 高翔：《现代东北的文学世界》，春风文艺出版社2007年版，第26页。
④ 此处"座"为"坐"的误植。

个人的青年错觉,那是从有天地到地球灭亡,所有人类不可避免的雄怀企望。①

上述两段对话包括"年轻诗人"困惑的述说,也有"幽灵"解惑的回答,典型的"问题—答案"模式。但是,无论是哪一方都不是简单的问答,而是容纳着人生与世界等诸多问题。《灵华的傲放》除了追求浪漫色彩之外,在行文中处处展现出浓厚的哲学气氛,句句蕴含着强烈的思辨性。

通过"幽灵"与"青年诗人"的对话,进一步道出诗人缘何选择"跳海"自决,是因为现实一切痛苦笼罩着"青年诗人",使其逃不出"悲哀的罗网",面对"血染黄沙、骷髅遍野",生不如死。

幽灵说道:……你何不述说一番你的沉痛呢?……你果恐怖什么呢?

青年答道:"我最怕故国衰颓,伟人陨落;我又怕双亲病老,知己失亡;我还怕青春不在,难饮美酒;我更怕宇宙无情,叫人屈死;此外不知尚有多少。但是,大哲啊,现在我已经逃不出去悲哀的网罗了。"

"……神啊……你看那血染黄沙、骷髅遍野,这等人吃人类,该是何等的令我感觉凄绝,你看那老态龙钟,苍颜白发的慈祥父母,他们都到了风烛残年,该是何等的令我感觉荒冷。其余,有的魔鬼狰狞,使我不能不百般憎恶,有的女神艳丽,不能不叫我万分迷离。这等压迫依恋、愤恨、追求,与其说是人类的佳遇,不如说是人类的逆境,神啊!如今我已觉得作人之难,与其有生,还不如无生之为好罢。"②

在情节的发展上,小说结尾突然来了一个大转折,与开头形成对照。开头是"青年诗人"执意自决,后被"幽灵老者"强行拦住。小说结尾阿波罗神问及"青年诗人"游遍天国后的感想,"青年诗人"表达了对人

---

① 金小天:《灵华的傲放》,《盛京时报·神皋杂俎》1930年5月25日第9版。
② 金小天:《灵华的傲放》,《盛京时报·神皋杂俎》1930年5月27—28日第9版。

间的依恋不舍，改变了初衷，"委实不想自杀"：

> 阿宝罗神从宝座上立起来向他问道："青年啊，你游罢了天国，你现在还有什么感想呢？……你果真不想自杀了吗？"青年诗人说道："我现在委实不愿自杀，我对人间的一切仿佛还是依恋不舍，我前此自信天国最为自由，天国的美酒一定比人间的美酒会甜，而且天国的事物，或当良于人间一切，自我饮得威纳斯女神的美酒，我算晓得了，我是无往而不辛苦，与其彷徨在这里，还不如在人间忍痛的挣扎，尽我作人的真责任，比较是好罢。"①

然后，作者以阿波罗神的口吻对诗人的品质进行说明，指出诗人是光明、和平与友爱的传递者，诗人的存在是让人类不再有缺陷，诗人是改变人的灵魂的导师：

> ……即使不把灵华牺牲在什么社会人类里面，而那灵华上的憎恶，乃是天仇奇结，至于爱慕，更是红豆前身，你当晓得有了艺术，即足以征服一切，安慰你的生平。诗人原有诗人的伟大，也有诗人的襟怀，诗人是宇寅（宙）间一滴清水，说不定他有何等的纯洁，诗人也是宇宙的一粒情种，说不定他有何等缠绵，诗人可以悲哀既往，他又可感慨未来，他的心地，最为光明、和平、友爱。论理宇宙里若是有了诗人，便该使人类不能再有缺陷，但是，宇宙的人类果真一点也没有缺陷，恐怕是千古不会竟有诗人。
>
> 我知道诗人是环境之所造成，他也可以更变环境，不过，就在这等缺陷填补的中间，却不知苦坏了多了（少）词客骚人，本来诗人永当讴歌或是诅咒，然而，有时不容他来讴歌诅咒，结果，我也要真信他是一位热烈可爱的诗人。青年啊，人生不过是电光石火，长寿亦仅百年，我希望舒展开你的悲伤灵华，赶早归向人间，万勿辜负了你的青春时代，你当在人海里翻出来一个滔天浴日，教你的生命在乐园里，自己娇滴滴的显出来一点的红白。②

---

① 金小天：《灵华的傲放》，《盛京时报·神皋杂俎》1930年7月18日第9版。
② 金小天：《灵华的傲放》，《盛京时报·神皋杂俎》1930年7月18日第9版。

小说的最后,"幽灵老者"对"青年诗人"劝诫再三,鼓励"青年诗人"承担起对家庭、国家和社会的责任,勿忘做人,勿忘从事艺术的热情,勿忘奋斗。然后"幽灵老者"化作红色的哀花,"青年诗人"回到了现实:

> 幽灵老者向他说道:"不久,你便可以遇得你的双亲、妻子、姊弟、爱者和友人了。你的责任,又担在你的肩头,社会国家,正希望你来有所建设,你从此可以安然归去,别忘了作人,别忘了艺术,别忘了你的热烈激昂,别忘了你的奋斗……面前当有光、花、爱和真理的实现。青年啊,前途珍重,我要回到我的幽冥里边去了。"说罢,便坐在地上,青年仔细一看,幽灵老者已变了一堆坡上的红色哀花。青年诗人向这堆红花致敬之后,便觉得了一条人行的沙道,走向城市去了。①

《春之微笑》和《灵华的傲放》这两部浪漫小说建立了"小天体"的基本框架和模式:诗化的小说与小说的诗化交织、浪漫主义与哲学思辨贯穿、人物思想与社会现实碰撞,人物较少、情节简单、故事弱化,但思想丰盈、寓意深刻、语言优美。

(三) 诗体小说:《书信》《喜鹊的礼物》《春晨》《紫岚》

《盛京时报》1924年刊载了金小天 4 部"诗体小说",篇幅极短,只有 1 期。"诗体小说"作为一种特殊形式的文体,兼具诗歌和小说特点,它是以诗歌的形式来叙述小说,使小说读起来更具有诗的韵味,这在当时小说风格发展上无疑具有开创性。"诗体小说"不同于一般意义的小说,它淡化情节、故事和戏剧艺术等特征,强化小说的"诗情画意"。小说以诗歌的面貌出现,以至于我们读起来感觉不像小说倒像诗或散文,打破了以往小说的固有模式。

"诗体小说"并非金小天独创,这样混合的文体形式古已有之。诗与小说的结合在古今中外都是有先例的,究其历史,其渊源还比较久远。从中国来说,《木兰诗》《陌上桑》《长恨歌》《琵琶行》等皆可视为"诗体小说";从国外来看,拜伦的《唐璜》和普希金的《叶普盖尼·奥涅金》

---

① 金小天:《灵华的傲放》,《盛京时报·神皋杂俎》1930 年 7 月 19 日第 9 版。

既注重诗的格律又包含小说的要素，也是"诗体小说"的典范。但是20世纪20年代，"小天体"借助大众媒介广泛传播，显然给当时东北文坛带来一股清泓。

《盛京时报》1924年3月10日"神皋杂俎·小的创作"栏目登载署名为"小天"的"诗体小说"《书信》，只有1期。作者在这部"诗体小说"以诗歌形式，以与"母亲"对话的形式来述说寄给朋友们"无量数"的信：

> 我愿天天写无量数的书信，寄给繁星下我的一般爱人。
> 我不称他们兄弟和姊妹，我只称他们是我亲爱的朋友。
> 我把书信放到河中，总可以冲到海里去。
> 我把书信放到烟中，总可以飘到云里去。
> 我想像愿我母亲扶我的手腕，很虔诚的笑着写着。
> 但我不写母亲的言语，只望她看着我为朋友写的是无量数的爱信。
> 母亲！我愿天天写无量数的书信，因为繁星下都是我的爱人。
> 母亲！我愿我的朋友——我所爱的朋友。
> 他们能把爱意记在海风里答覆你的儿子。
> 他们能把爱意记在晚霞里答覆你的儿子。
> 因为你喜欢是人在自然里露出来美丽，不是离了童心而用伪意！①

《盛京时报》1924年3月14日"神皋杂俎·小的创作"栏目内发表署名为"小天"的"诗体小说"《喜鹊的礼物》，也只有1期。作者以春天的自然景色与春天的人为描述对象。描写乡村景色"喜鹊唤醒春树""阳光吻野甸""炊烟冒出""雄鸡唱着曲儿""紫岚拥着红霞"等，尽管篇幅很短，但寥寥几笔，就令春回大地、万物复苏的自然美景跃然纸上。在景色的衬托下，作者以粗略的笔墨勾勒了人物，如"汲水的人们""嚼冰块的孩子们""吹笛子的算命盲者""去邻居家的母亲"，编织了一幅自然与人和谐的画卷：

---

① 小天：《书信》，《盛京时报·神皋杂俎》1924年3月10日第3版。

喜鹊含笑唤醒了春树，阳光用天真的温柔，吻得野甸即刻新鲜。

炊烟刚冒过了河边便有人汲水来，孩子们不爱去吃早粥，都在崖下嚼冰块。

雄鸡唱着曲儿，仿佛把烦闷都送到海里去了。

紫岚拥着红霞，给远山带上花儿，如同什么，如同偷偷说故事。

正月里算命的盲者，都是儿童一般了，满巷呜呜吹笛子。

母亲到邻家去，鸭儿都随她跑出来，好似送迎一样。

古城下有人赶猪，鞭声引了山坳答应。

但喜鹊都飞去了，遗我这一点的礼物。①

《盛京时报》1924年3月15日"神皋杂俎·小的创作"栏目刊出署名为"小天"的"诗体小说"《紫岚》，也只有1期，选文如下：

母亲，我想像说，我们都在海的上边，云的下（面），我想像我们都要鲜明而美丽。

那么，我们都如同永远不死的人，像点点繁星一样。

但我们得是什么呢？我们都是紫岚。

假如我说，母亲你是自然之神渲染的红，我呢便是高山顶上的白雪，我用雪的天真便能惹你微笑，那们（么），你的慈祥，便催我在儿那长眠了。你清晨长了翼儿飞起来，仿佛在空中唱小曲，我便卧着暗乐。

如果我把我洁白的小心儿，挂到你的爱光里，山顶就会画出花来了。

然而我们魂与魂到那去了？到海的上边，云的下边去了。

那么，我是雪，你是红日，我们中间呢，是紫岚了。那么，我偷偷地先把紫岚映出来，可是，母亲你看！②

这部微型"诗体小说"描述与母亲的对话，是"高山顶上的白雪"与"自然之神渲染的红"相互映衬和对照，在白雪与红日之间凸显出

---

① 小天：《喜鹊的礼物》，《盛京时报·神皋杂俎》1924年3月14日第5版。
② 小天：《紫岚》，《盛京时报·神皋杂俎》1924年3月15日第5版。

"紫岚"。

《盛京时报》1924 年 3 月 25 日"神皋杂俎·小的创作"栏目登出署名为"小天"的"诗体小说"《春晨》，亦只有 1 期。

> 春云在空中狂笑，阳光给绿树穿了温柔的衣裳，山雀子飞过这里唱曲来了。
> 弟弟还是贪着春睡。
> 仿佛母亲老早就起来，到河边去汲水，妇人们都笑在那儿。
> 我因为不愿到父亲的学堂去读书，就在崖上看红霞。
> 大车走在杨柳道上，鸡鸣在屋上，放牛的哥哥吹口箫。
> 露珠一颗颗的垂在榆枝头，很沉默地在那拜清风。我蹦跳从下边经过，轻轻的滴在我的头上。小孩子用过饭，在门外集合，开始唱《茉莉花》，于是弟弟也跑出来。
> 几只白鸭，在河里追逐云影，燕子啄掉了桃花，不言不语的和水面便吻着。①

作者烘托了春天的早晨，"春云""阳光""山雀子""露珠""红霞""白鸭""燕子"等春之美景。紧接着又述说人物状态："贪睡的弟弟""早起的母亲""欢笑的妇女""在崖上看红霞的我""放牛的哥哥""唱歌的孩子们"。尽管篇幅不长，但精妙的写作技法已向读者展示出小说人物在春日早晨怡然恬淡的生活状态。

（四）诗的小说：《秋光和小树叶》《播种子者》《诗人的心》

根据统计，金小天在《盛京时报》共发表 7 部"诗的小说"，主要集中于 1923 年、1924 年和 1928 年。其中 1923 年发表 3 部，分别为 9 月 12 日的《秋光和小树叶》、9 月 24 日的《中秋的家信》和 10 月 26 日的《灵魂底美感》。这 3 部小说皆发表在《盛京时报》"神皋杂俎·小说·诗的小说"栏目，每部只 1 期，署名皆为"小天"。1924 年《盛京时报》又发表了 2 部"诗的小说"，分别为 2 月 21 日的《播种子者》和 2 月 22 日的《画家》，这两部小说各有 1 期。值得一提的是，在这两部小说的末尾都附有"《紫岚》的一页"的说明，从主体和内容上看，这两部小说

---

① 小天：《春晨》，《盛京时报·神皋杂俎》1924 年 3 月 25 日第 5 版。

与小天的"诗体小说"《紫岚》有一定关联,或者可以说《播种子者》《画家》与《紫岚》是诗歌小说的"姊妹篇"。

《播种子者》是一部诗与小说兼容的作品,作家将"母亲"比作"一个播种子者":

> 我愿你是一个播种子者,我的母亲。
>
> 我们变作你篮里那些小种子儿,你在荒园里播、山谷里播、海滩里播。
>
> 你唱着希望的歌,就像翠雀赞美浓春绿野一样。
>
> 我们都伏在你播埋的土窝,小小的酣睡。
>
> 我们用我们的童心,惹起上帝的喜欢。
>
> 我们都知道魔鬼,不憎我们,于是我们,没有悲哀,在那暗笑着。
>
> 我们像高山上的雪,已然得到了世界应有的位置,所以永在那儿。
>
> 但你可用慈祥的海水灌溉我们,我们便会滋润而萌茂。
>
> 因为我们想到了,我们的意味有种新鲜,映给别的孩子看。
>
> 母亲,如果你播种完了,在(再)在葡萄棚子下睡去,我们便偷着把花开了。
>
> 那么,你慢慢醒来,看看是不是我们想象的世界?——《紫岚》的一页。①

《播种子者》发表的第二日即 1924 年 2 月 22 日,金小天在《盛京时报》"诗的小说"栏目又发表了《画家》,同样还是以母亲为诉说的对象:

> 母亲,我仅仅擎了笔儿,坐在你的身旁。
>
> 我说,我画什么呢?我画玉的天空,仿佛碧殷殷的天空染了他。
>
> 我濡你鲜亮的心血,来拘得姐姐样的眉儿,点缀出满天微笑。让世界的孩童知道你是慈祥的母亲。
>
> 但我不用白色画你的牙,怕露出来,他们以为是我的悲哀骷

---

① 金小天:《播种子者》,《盛京时报·诗的小说》1924 年 2 月 21 日第 5 版。

髅了。

我画了许多丝云，编里同数的爱光，好似情人的长发，在月下随风飘着。

那么，她也是你爱的孩子，因为是我画出来的。

我说，我要画绿草，母亲，你想像栽的那一颗。

取天当作田亩，涂上你的意义，不必看出枝叶与花朵，便剔透童子的心。

因为你爱着世界的孩子，荣茂与芬芳，活泼而美丽。

那么，只要我用灵魂的天真，把绿意宣泄出来，母亲我便赢得那棵草儿了。

母亲，我仅仅擎支笔儿，坐在你的身旁。

但不是画家，我坐在这儿冥想。

——《紫岚》的一页。①

1928年12月15日和16日在《盛京时报》"神皋杂俎·诗的小说"栏目刊载金小天的两部"诗的小说"《生命之舞》和《诗人的心》，与前几部小说一样，篇幅很短，只有1期。

茅盾曾言："特殊的时代常常会产生特殊的文体。"② 对于金小天诗歌与小说混合体，即"诗歌的小说"或"小说式的诗歌"是偏重于诗歌还是小说并不难判断，从形式上看，我们只能认为是诗歌，但也具备小说的某些要素。这些小说在《盛京时报》上位列"诗的小说"栏目内，值得注意的是，1924年金小天发表的4部诗与小说结合的作品则被编辑安排在"诗体小说"栏目，然而，"诗体小说"与"诗的小说"无论在内容还是在形式上并无二致，如果硬要加以区分的话，只能说前者在文体上更凸显而已。

---

① 金小天：《画家》，《盛京时报·诗的小说》1924年2月22日第5版。
② 余树森：《现代散文序跋选》，百花文艺出版社1983年版，第92页。

第四章

《盛京时报》主要作家与作品（下）

除了《盛京时报》编辑兼作家及其创作的小说之外，《盛京时报》活跃着一批进步东北作家，如赵鲜文、惜梦、匡汝非、秋莹、山丁、小松、迟疑、吴瑛、吴郎、任情、爵青、野鹤等人。这些东北籍作家以创作表达着自己的思想，以作品记录着东北社会的现实，以其辛勤劳动丰富了东北的文学阵地。

第一节　赵鲜文、惜梦、匡汝非与《盛京时报》小说

20世纪20年代，《盛京时报》刊载三位东北籍作家赵鲜文、惜梦、匡汝非的小说。在刊载的小说当中，除了赵鲜文有1篇中篇小说之外，余下皆为短篇小说，这些小说刊于1923—1929年。受到"五四"新文化运动的洗礼，三位东北作家创作的短篇小说主题明确、现实性和时代性强，对东北现代短篇小说发展具有一定引导意义。

一　作家赵鲜文及其小说

（一）赵鲜文简介

赵鲜文，生卒不详，从沈阳市三中毕业后，进入东北大学。赵鲜文是先在文艺上出名后进入大学的，曾为《东大周刊》（东北大学主办）文艺栏主要作者。"九·一八"事变后至30年代前半期，担任东北《商工日报》副刊主编，被誉为"沈阳文学界宠儿"。1928年夏，东北文学研究会成立，创办《东北文学周刊》，赵鲜文是其中成员之一，他还是《锦瑟集》作者。1929年赵鲜文自行掏腰包出版单行本小说集《昭陵红叶》，这是一部纯粹自由的作品，不为任何主义所约束。曾在小说特辑《新年号》

发表《小北河》等完整的作品，也在《新民晚报》副刊《今天》发表过作品。他深受郁达夫的影响，充满忧郁和感伤色彩，"行动服装完全近于女性，大家（当时活跃的东北大学学生）不怎么喜欢他……"①

关于赵鲜文及当时活跃在文艺战线的一些东北大学学生，日本学者大内隆雄曾撰文评论：

> 满洲文艺界的早期作者很多，他们的作品都不是好作品，虽无值得评价的地方，但为了了解这个时期的文艺路线，就必须对这些作者有所了解。这些作者的出身，几乎都是小市民，他们时而诅咒时代，憧憬未来；时而怜悯弱者；时而追求幸福；时而忧郁悲观；时而抱着很大期望，希冀伟大时代的来临。他们对社会毫无深刻认识，大部分人是从学校门里调查社会的，因此，他们写的东西内容空虚，技巧也很拙劣。在这样一群的作者中，在我记忆中，能想起来的有：金小天、郭心秋、李笛晨、赵虽语、赵鲜文、郝心易、赵石溪、周筠溪、周东郊、屈以诚、苏子元、杨予秀、孙念急、王莲友、吴以伯、罗慕华、张重羽……等人。②

大内隆雄的这一段评价具有一定的偏颇，尤其是这些评论还包括金小天，显然有失公允。与此同时，大内隆雄指出了赵鲜文等青年作家缺少社会实践经验，作品不够深刻的现实。

（二）赵鲜文的小说

与前述几位作家相比，赵鲜文的小说在《盛京时报》上出现的更晚些，且主要集中发表于1924—1929年，共计35部小说，含短篇小说34部、中篇小说1部。

其中，1924年2部，1925年15部，1926年5部，1927年5部，1928年2部，1929年6部。查阅的过程，在《盛京时报》上并没有看到赵鲜文的长篇小说。短篇小说《昭陵原上》先后3次刊载，署名皆为"鲜文"，第一次是1928年3月6日至10日，共5期，皆刊于《神皋杂

---

① 张文华：《九·一八前后的奉天文艺》，《东北现代文学史料》1980年第1辑。
② ［日］大内隆雄：《东北文学二十年·第十八章》，王文石译，《东北现代文学史料》1980年第1辑。

姐》；第二次刊载于 1929 年 3 月 29 日、30 日，共 2 期，小说被安排在"神皋杂俎·小说"栏目内；第三次刊载于 1929 年 4 月 20—22 日"神皋杂俎·小说"，共 3 期（见表 4.1）。

表 4.1 　　《盛京时报》赵鲜文小说统计（1924—1929）

年份	小说	期数	年份	小说	期数
1924	《二垄白菜》	1	1926	《我糊涂了》	2
	《昨夜的梦》	1		《诞日》	1
1925	《金钱世界》	3		《幸而是梦》	2
	《可惜》	1		《病中》	1
	《怕?》	1		《我的心愁》	1
	《原来是你呀》	1	1927	《这一次的回故乡》	3
	《不如花了》	1		《今年的诞日》	2
	《家庭惨》	1		《回家之后》	3
	《幻影》	2		《归来》	1
	《母亲》	1		《泪痕》	25
	《起床铃》	1	1928	《守财奴》	2
	《报》	1		《昭陵原上》	5
	《回忆家中》	1	1929	《昭陵原上》	2
	《盼》	2		《清明节哭母》	3
	《征服?》	1		《昭陵原上》	3
	《他为什么躲避》	1		《昭陵红叶》	1
1925	《一个豆包》	1	1926	《灵魂的苦闷》	1
				《慈母的爱》	2

《二垄白菜》是赵鲜文在《盛京时报》发表的第一部短篇小说，这部小说于 1924 年 11 月 8 日刊载于"盛京时报·小说"栏目内。小说篇幅很短，只有 1 期，故事情节单一，语言浅显易懂，不作过多修饰。几乎是生活中一个小事件的直录，纪实性强，反映了生活的真实和作者对生活的思考。小说描述了作者出家门看到两个老农争吵和厮打的场景：

……遂一身起来，穿了一件旧袍子，慢慢走出门外。
"呀，好大风啊！"我一边走着一边想着。走了多时，竟没见一个人。我那种寂寞和惆怅的心，简直把自己都忘了。抬头一看，才晓得那条大道走完了。脚下所踏的是个长桥。你看那河里的水，被风吹着，一波一波的流去，显出不少高低不平的阶级来。那岸上的落叶乱舞，和衰柳狂动，却都含着一种凄凉的况味。我这时也无心观玩景致，口里不禁地说道："一年容易又秋风！……唉！……"

正在这个当儿，忽地有一种极粗噪极高壮的声音，进入我的耳膜里，彷佛是"走！……走！……走！……咱俩去起誓去。……谁要昧天良，叫他日头落就得死。……你说的不算……何来的这种声音？"我这么想。这是没受过教育的人，尤其是极迷信的人说的。必是发生什么事了。我不待思索，那脚步早已跑去了。跑了一会，站定了身子，放眼看去，原来那一色青青的田间——是我家的——有两个庄稼人，在那乱骂呢！你一言我一语的，说个不平。两下就拳打脚踢的打起来，我看到这里，心里觉着非常快乐。以为"优胜劣败"看谁是强者，但又转念到："同类相残，岂不是可耻"的事。这两人因为什么？便这样地打个不休。若是有个好歹，可怎办呢？……正在说话的当儿，他俩已扑的一声，倒在地下，一上一下的乱打乱滚，把那地里的白菜，压到了好多。

……

我很惊很怒的问了他们，这一个说道："我不买东家一垄白菜吗！签子已竟插上了，他的老太爷今天来了，就都给砍倒了，把签子给换拉……说他……他还来横的，说是'谁若换签子，教他日头落就死'难道我还撒谎吗？……叫东家说……"正说时候，那个急插口道："谁换你签子拉，我明明是那条垄，你怎硬说是你的呢？……不行！今天非见个清白不可……告你说！"①

整体来看，赵鲜文这篇小说没有多少艺术性，应是其对观察到的生活小事的真实记录。《盛京时报》1924年11月10日"神皋杂俎·小说"栏目内刊载了《昨夜的梦》，署名"鲜文"，只有1期。这篇小说以主人公"我"在夜半看书困倦而朦胧中做的一个梦为主要情节，相比于《二垄白菜》，文笔更为细腻、含蓄，烘托的写作手法运用得当。开篇写道：

---

① 赵鲜文：《二垄白菜》，《盛京时报》1924年11月8日第7版。

> 暮色渐渐浓了，天气沉沉的黑了，那一群一群的小鸟，鼓着两翅，呀呀的向林中飞去。①

这一段景物描写，写了天气状况、树林、小鸟，用笔简洁，衬托出黄昏时分凄凉萧索的况味。紧接着，作者又写到自己夜半读书的境况：

> 这个时候，屋内的兄弟们，都已呼呼的睡去，静悄悄的，行动的声音，都没有了，只有那壁上的钟，依旧格答格答的响着，和那墙角的蟋蟀，唧唧的叫着。屋里的油灯，半明半暗的明着，在这个当儿，我的精神倦了。②

这一段环境描写，写作者做梦前的屋内状况，选取了开篇已经出现过的"壁上的钟"，墙角的蟋蟀，半明半暗的灯，熟睡的兄弟们的鼾声，这一切都为他的倦极恍惚入梦作了一层衬托和铺垫。接着作者写自己梦中遇到被胡匪打死的知己朋友正"春风满面地向我这里走来"，走一步，叫一声"景哥"，这是一个青春美好的女性形象，"她便仰着粉脸，伸出两只嫩手，嘴里把'景哥'两个字，叫个不住"。可是就是这样一个美好的人，却在动荡不安的黑暗社会里难以保全。

作者在小说结尾处抒发了内心愁肠百结，郁愤难解，是钟声惊醒"我"的梦，让"我"在夜里倍觉孤独凄凉：

> 忽地壁上的钟，敲了一下，把我一段的梦，打得净尽。这时屋内的兄弟们，还是呼呼睡着，那一盏残灯仍是明着，独我自己寂寞寞的坐着，那轮明月偏偏的照在窗纸上，使我发愁。③

《泪痕》是赵鲜文在《盛京时报》上发表的唯一一部中篇小说，也是他于《盛京时报》发表最长的一部小说。该小说于1927年11月2—30日刊载于《神皋杂俎》副刊内，共计25期，署名"鲜文"。这是一部纪实小说，描写母亲过世之后，悲伤一直萦绕着自己，小说的标题《泪痕》

---

① 赵鲜文：《昨夜的梦》，《盛京时报》1924年11月10日第3版。
② 赵鲜文：《昨夜的梦》，《盛京时报》1924年11月10日第3版。
③ 赵鲜文：《昨夜的梦》，《盛京时报》1924年11月10日第3版。

是赵鲜文的好友郝心易替他拟好的。

小说结尾，作者把这种哀伤的原因更直接地表达出来：

> 多文弟和我在窗台旁谈着，忽然谈到去年大病的危险情况！呵，那时，正是七月初几，离现在恰好是一年，记得在一个深夜里，我忽地精神恍惚，大大的糊涂起来，冷汗在全身上流动着，母亲大声疾呼的叫着我的名字，热泪已洒满衣衫，经过了多时间，后来好容易才把我叫醒。然而，母亲的心呵！仍是害怕着我！真的！那时的我真危险极了！在谁看来都以为没有希望，有谁想其还有现在的我？在这个诚可笑逐颜开吧！然而今日的我呵，环顾四周！母亲的声又在那（哪）里呢？真是！
>
> 去年今日娘哭我，今年今日我哭娘啊！悲夫！
>
> 母亲今年五十二岁，一生勤苦，未能吃穿得着，十七岁时来归吾父，以后帮着我守节的祖母操理家务，中间生下了我们兄弟八人，成婚者六，并无一女，本期儿子们各自成名，暮年享福。孰料苍天不佑，竟染斯疾，绵延数月之久，终至药石无灵，抱恨长逝矣！呜呼痛哉！鲜文今年已二十岁矣！事业还没有成就！既多愁复多病，遭此痛剧，能不悲怨于心！
>
> 人间世上，再不能闻见吾母之音容矣……①

《泪痕》的最后一期（第25期）还加了"尾声"部分，主要讲述鲜文本人在暑假一个月内的悲伤、愁苦、无奈：

> 暑假一月，有的避暑山中，有的驾舟湖上，更有的与爱人花下谈心，同知己林中密语，想来许多的人们在这一月中都是怀畅而心舒！然而有谁知道鲜文却是这样的度过了一月？
>
> 我手被愁绳缚住，口里咽着酸果，两肩悲担足踏在荆棘途上，心痛呱呱，终于热泪涔涔落下！
>
> 我何曾不愿解脱，又何曾不想奋斗，不过社会的魔儿始终是这样，任你怎样挣扎，毕竟还是逃不出他的足下！因此我只有呜咽！

---

① 赵鲜文：《泪痕》，《盛京时报》1927年11月30日第7版。

……

然而这一月的哭声，也许能永远浮荡于人间。①

值得关注的是，在小说《泪痕》结束之后，又登出了"小天附记"，作家金小天在附记中指出《泪痕》与其说是一部小说，倒不如说它更像是一篇记事文，因此，将这部小说确定为"小说化的记事文"更为贴切。因为这是记录赵鲜文自身经历的文章，该文不是虚构而是实述，它具有警醒后人的作用：

> 鲜文君的悲哀，或者事实与他的文章，完全一致。如果这样，我真替鲜文难过极了。我们研究文学的人，如不能把自己的苦况表现出来，求点安慰，那真难乎其为读书人。鲜文这篇文章，名为《泪痕》，听说还是心易君给他命的名，经过一个人的鉴赏，当然是能看出来全篇韵来。但我觉得这篇，与其说是小说，无宁说是记事文，不过是小说化了，罢了，夫不是虚构，即是实述，这等文章，所以才深刻警醒，使我对鲜文有诸多感慨，很想想法安慰他的精神，免得烦闷坏了，朋友们，请也安慰安慰他好了。(小天附记)②

此外，鲜文的作品《家庭惨》（1925）、《幸而是梦》（1926）、《我的心愁》（1926）、《灵魂的苦闷》（1929）等小说充满了哀伤的基调。正如日本评论家大内隆雄对他的评论："鲜文的作品全系颓废感伤的情调，可见他受当时作家郁达夫影响很深。他以虚弱病态的笔描写放荡且无节制的颓废生活，他更惯于站在小资产阶级立场上……"③

二 作家惜梦与其小说

惜梦1899年5月23日出生于奉天瓦房店。原名赵云鹤，因为笔名"惜梦"而闻名于世，因此改名赵惜梦。他由寡母抚养成人，自幼聪慧好学，在奉天一中求学期间，北京爆发五四运动，受"五四"新文化运动

---

① 赵鲜文：《泪痕》，《盛京时报》1927年11月30日第7版。
② 赵鲜文：《泪痕》，《盛京时报》1927年11月30日第7版。
③ ［日］大内隆雄：《东北文学二十年·第十八章》，王文石译，《东北现代文学史料》1980年第1辑。

的影响，对新文学产生浓厚的兴趣。1921 年中学毕业后，考入奉天文学专门学校。

惜梦从 1923 年开始在《盛京时报》发表作品，止于 1926 年，共发表 15 部小说（见表 4.2）。1922 年开始以笔名"惜梦"在《盛京时报》上发表诗歌，1923 年 4 月 22 日发表连载小说《香帕泪》，第一集命名为"看帕泪"，应该是为和内容相连而故意这样写的。

表 4.2　　《盛京时报》惜梦小说统计（1923—1926）

小说名称	刊载栏目	刊载时间	期数
《香帕泪》	神皋杂俎·小说	1923 年 4 月 22—5 月 5 日	12 期
《帽头》	神皋杂俎·小说	1923 年 8 月 26 日、28 日	2 期
《痛心》	神皋杂俎·小说	1923 年 9 月 28—30 日	3 期
《香塚》	神皋杂俎·小说	1923 年 10 月 9—12 日	3 期
《人心》	神皋杂俎·小说	1923 年 10 月 13 日	1 期
《吻》	神皋杂俎·小说	1923 年 11 月 28 日	1 期
《旅馆的一夜》	神皋杂俎·小说	1923 年 12 月 12—14 日	3 期
《安慰？》	神皋杂俎·小说	1924 年 3 月 16 日	1 期
《月夜》	神皋杂俎·书信小说	1924 年 3 月 28 日	1 期
《谁知道他》	神皋杂俎·小说	1924 年 3 月 31 日	1 期
《梦中呓语》	神皋杂俎·小说·短篇小说	1924 年 7 月 23—24 日	2 期
《七夕》	神皋杂俎·小说	1924 年 8 月 21—22 日	2 期
《醒后》	神皋杂俎·小说	1924 年 9 月 3—4 日	2 期
《隐痛》	神皋杂俎·小说	1925 年 2 月 9 日	1 期
《光明》	神皋杂俎·小说·征文	1926 年 1 月 1 日	1 期

试看开头一段：

"咳！你已离去人间，和我长别了，为什么还留给我这件东西，惹着我的伤心？咳！现在的我，是……"他说道这场，已竟不能成声了，眼泪像连珠似的，滚将下来，把胸前的衣裳，都已湿透。[①]

[①] 惜梦：《香帕泪》，《盛京时报·神皋杂俎》1923 年 4 月 22 日第 5 版。

惜梦的小说《香帕泪》记述了3个年轻男女宋翔云、唐如梅、徐素兰之间的爱情悲剧，作者在开篇交代了这三人之间的关系：

翔云生的虽不十分漂亮，却也精神飒爽，聪明异常，决不是凡儿所能比得上的，八岁便入村塾，很为塾师所喜宠爱，既而改进学校，品学更是全班之冠，因此远近戚眷，莫不把翔云叫作可儿。

翔云的姨母唐姓，有女一，名唤如梅，和翔云同岁，秉性孤高，不轻言笑，邻家的女儿，时常找他嬉戏，大半都被他拒绝。

如梅的姑母徐姓，有女三，大的名叫素兰，小如梅三岁，剩那两个还更小呢。素兰八岁，父亲便就死去，遂搬在如梅一个村子居住，素兰的性情，更是贞静，和如梅处得很好。如梅的母亲，狠（很）能诗书的，在闲暇的时候，便教他姐两个一起的念书写字，不上三年，写的作的，都狠（很）可看的。素兰和如梅，经这一番造就，愈发的出息了。①

小说写素兰遗言，最为悲切。试看下面这段话：

云哥呀！你还来作什么？你空空的爱我，从今后我不复累你了。我死之后，望你把我母亲等，还是送回南城，此处非久居之地。至于你的前途，总要本着初志去作，我死是命，幸勿伤心，不能多言，即此长别吧……香魂已散，何处是归。幸君宝（保）留此物，即余魂常得伴君也。②

惜梦是一个很勤奋的作家，从1923年4月开始发表小说，到1924年已经在《盛京时报》上发表了13部作品。而且，他的作品不仅弥漫着《香帕泪》这样悲伤的色调，从这十几部作品可以看出，他在逐渐开拓文学创作领域，力图使小说创作题材多样，内容丰富。例如，1924年3月12日写于哈尔滨的《安慰?》：

---

① 惜梦：《香帕泪》，《盛京时报·神皋杂俎》1923年4月22日第5版。
② 惜梦：《香帕泪》，《盛京时报·神皋杂俎》1923年5月5日第5版。

第四章 《盛京时报》主要作家与作品（下）

残酷的夜之神，尽管逞着他闷人的淫威，把小小的一间客舍，布满了沉寂！可怜孤独的我，只一味感受着凄凉！纵有不知趣的灯儿，明晃晃的伴着，可是哪知道从心灵的深处，更要引出我一些的感伤呵？是啊！现在的我，固然是不堪描写了！可是我两千里外，一时一刻忘不掉我的慈祥的老母，又应该作什么样的怀想呢？我想现在的她，一定不能睡着，大半闭着眼儿，为我细细的愁思呢！……母亲！慈祥的母亲！果真能这样吗？咳！不能！一定的不能！现在的我，如何能使我母亲这样？如何能使我慈祥的母亲这样？这么我从那儿会得着安慰？安慰吗？安慰？①

为了让母亲能够看到自己丰润而高兴，看到自己更健康而喜悦。主人公觉得在这样的国度，时代不能让母亲获得安慰，所以因母亲不得安慰而痛苦。还有惜梦写过的《七夕》，回忆寡母在七夕生日这一天流泪，年幼的孩子虽不明白母亲为何流泪，却清晰记得那一幕的感伤。文章开头如下：

七夕，谁能忘记？——是我母亲的生日。

蓝蓝色的天，横着一道晶澈的银河，无数的繁星，莹莹的散布着，茫茫宇宙中，充满了沉寂与辽阔。我搬出一把椅子，在一角小楼的走台上，独自坐着发痴，微带冷意的清风，一阵一阵的吹动，满腔缭乱的愁绪，没头没脑的搅起，不禁把以往的印象，一幕一幕地都从脑海中翻演出来。

最着实、最深刻，永久离不开记忆的边缘，要算是我五岁那一年的七夕了。我家住的是一所五间的茅草房，院子非常的宽敞，在院子的西半，用秫秸围城了一个小园，小园里满种些花草和蔬菜。我的父亲，在我生下来三个月的时候，便和我永别了。家里只有母亲、凤姐姐和我。②

接着记述了"我"凄苦的童年。难得有一天吃面，是因为妈妈生日，

---

① 惜梦：《安慰？》，《盛京时报》1924年3月16日第5版。
② 惜梦：《七夕》，《盛京时报·神皋杂俎》1924年8月21日第7版。

所以吃长寿面。晚上央求妈妈、姐姐讲牛郎织女的故事，吵着到黄瓜架下去听他们的私语，姐姐睡着了，回来见到妈妈流泪了，告诉姐姐却被妈妈否认了。主人公回忆母亲为何哀伤流泪：

> 咳！这一定是母亲想起来已死去的父亲，最着实最深刻，永久离不开记忆的边缘，总要算是这一个七夕了。比白驹过隙还快的光阴，催自无情的催着，在茫茫的人生之途上，只是逼着迷茫的前进，这样着实而深刻，永久离不开记忆边缘的七夕，也模模糊糊一个一个的度过了。凤姐姐在十九岁的时候，便离开了母亲，去给人家做了媳妇，半年回不上一次家，徒劳母亲的怀想。①

主人公长大才明白当时母亲的苦楚，现在不能伴在母亲身边，倍感遗憾和思念：

> 我呢！自从上了一个知识的阶级而高小、而中等、而专门，十几年的工夫，都是远远的离开了母亲，慈祥的怜爱，甜蜜的安慰，只有凭着梦魂授受，这样着实而深刻，永久离不开记忆边缘的七夕，都添作了天涯游子的旅愁，更是惹起思亲眼泪的引子。②

其中夹杂的议论表明了主人公内心的各种苦楚和煎熬。结尾抒情之笔墨，更饱含天涯游子的无穷思念。试看下段文字：

> 母亲！可曾想起来我五岁时的七夕？可曾记得住那个七夕的暗泣？可曾忆到我的凤姐？可曾念及你的玉儿？（玉儿为余之乳名）我痴坐在一角小楼的走台上，心潮不住的起伏，一味的回响着。夜儿渐渐的深了，寒儿渐渐的重了，银河仍旧晶澈着，繁星仍旧莹莹着，我的心潮，似乎要渐渐的收复，因为已竟是疲乏，着实无力的再波动了。怎奈那！邻家的小孩，又自嚷着！妈妈！哪一个星儿是牛郎？那一个星儿是织女？③

---

① 惜梦：《七夕》，《盛京时报·神皋杂俎》1924年8月22日第7版。
② 惜梦：《七夕》，《盛京时报·神皋杂俎》1924年8月22日第7版。
③ 惜梦：《七夕》，《盛京时报·神皋杂俎》1924年8月22日第7版。

作为东北第一代新文学作家,惜梦也是一个有正义感和责任感的作家,他以创作的勤奋与努力,丰富了当时的文坛。

三 作家匡汝非与其小说

匡汝非,小说家、诗人。具体个人情况不详,所写作品结尾多署"写于长春",由之可判断作者生活和小说创作的地点。匡汝非在《盛京时报》发表小说共37部,时间跨度比较长,从1925年到1934年共10年,其中1926年为发表短篇小说最多的一年,共有23部小说(见表4.3)。这些小说思想性不强,多为纪实小说,大多是社会现实的真实反映。且均为短篇小说,最长的不过4期,收录在《神皋杂俎》副刊里,从栏目上分为"书信小说""征文小说""短篇小说""小说"等。

表4.3　　《盛京时报》匡汝非小说统计(1925—1934)

小说名称	刊载栏目	刊载时间	期数
《他的一生》	神皋杂俎·小说	1925年8月8日	1期
《河沿的哀声》	神皋杂俎·小说	1925年9月16日	1期
《叹……》	神皋杂俎·小说	1925年12月27日	1期
《命该如此》	神皋杂俎·小说	1926年1月23日	1期
《船上》	神皋杂俎·小说	1926年2月11—12日	2期
《打牌回来》	神皋杂俎·小说	1926年2月20日	1期
《读冷佛的结算年账》	神皋杂俎·小说	1926年2月21日	1期
《扬气》	神皋杂俎·小说	1926年2月22日	1期
《安琪儿的恋爱》	神皋杂俎·书信小说	1926年3月6—9日	4期
《友人的诗》	神皋杂俎·小说	1926年3月24日	1期
《一阵哭声》	神皋杂俎·小说·短篇小说	1926年3月29日	1期
《悔不当初》	神皋杂俎·小说	1926年3月30—31日	2期
《顽皮的孩子》	神皋杂俎·小说	1926年4月12日	1期
《春梦》	神皋杂俎·小说	1926年4月25—26日	2期
《最后的胜利》	神皋杂俎·小说	1926年5月3日	1期
《青春赋》	神皋杂俎·小说	1926年5月24日	1期
《苦笑》	神皋杂俎·小说	1926年5月29日	1期
《一个教训》	神皋杂俎·小说	1926年6月7—10日	4期
《罪人》	神皋杂俎·小说	1926年6月26—27日	2期

续表

小说名称	刊载栏目	刊载时间	期数
《亲娘》	神皋杂俎·小说	1926年8月6日	1期
《巧夕》	神皋杂俎·小说	1926年8月20日	1期
《入学》	神皋杂俎·小说	1926年8月24日	1期
《中秋赋》	神皋杂俎·小说	1926年9月23—24日	2期
《半途》	神皋杂俎·书信小说	1926年10月6—8日	3期
《片片》	神皋杂俎·小说	1926年10月20—21日	2期
《候车室的晚上》	神皋杂俎·小说·短篇小说	1926年11月22日	1期
《希望》	神皋杂俎·小说·新年征文	1927年1月28日	1期
《除夕的梦》	神皋杂俎·小说	1927年2月9—10日	2期
《新人的生活》	神皋杂俎·小说	1927年2月25—26日	2期
《扇捐秋风》	神皋杂俎·小说·征文	1927年4月23—26日	3期
《晨雨》	神皋杂俎·小说	1929年8月11日	1期
《春恨》	神皋杂俎·短篇小说	1931年5月13日	1期
《春归》	神皋杂俎·短篇小说	1931年5月17日	1期
《碧桃与其父》	神皋杂俎	1931年12月9日	1期
《宝石手镯》	小说	1932年1月1日	1期
《洞房》	神皋杂俎·小说	1932年9月24—25日	2期
《何以遣此》	神皋杂俎·茫茫人海	1934年3月5—6日	2期

匡汝非擅长以现实主义手法来创作，归纳起来有以下几类。

（一）描写市井的纪实小说

刊载于《盛京时报》1929年8月11日第9版的《晨雨》，描写长春晨雨中马车夫、拉洋车的车夫、乞丐、摩托卡司机等人的不同表现，以一幕幕场面绘出一幅长春城市的街景图。

小说开篇写道：

> 昨夜本是澄晴的天气，星斗一天，清风满庭，临睡犹忆舒爽的意境。真的！天有不测风云，谁知今晨醒觉，已是浓云密排，凉雨霏霏，卧室的光线极暗淡，只见壁间的字联，尚清晰的悬在目前。"阅尽人情知纸厚，经过世路觉山平"，极浑纯（沌）的十四个字。
>
> 窗外街中的积水，仿佛一泓溪水，潺潺东流，简直可以陆地行

舟，总因马路两旁的水沟过窄，这到不能怨长春的市政当局！①

就在这样的雨水四溢的街道，马车飞过，行人一身泥水，作者眼前呈现无奈和无情的场景：

  一辆马车，冲波而来，轧得泥水四射，喷出一丈多远……但当马车撞过时，虽然榨了他满身泥水，他只翻了翻眼皮，就退缩几步，好似说"没有法子"。

  那马车夫带着滑稽的轻笑斜他一眼，好似说"能奈我何！"就跑远去了！②

就在这样的晨雨中，车夫看到了匍匐在地的泥浆污面的只剩半条腿的乞丐，面现得意；挑重担的人看到车夫和乞丐，满腔怒意；开摩托卡的胖子对自己开车使马路洋溢的泥水熟视无睹。作者结尾发表议论："人类是无情的人，人心是自利的，孔孟的仁义为虚谈，墨子的兼爱是瞎说……但我的心竟酸楚起来！"③

类似的纪实小说还有两部，一部小说是 1925 年 9 月发表的《河沿的哀声》，讲述一个中年男人在天津做工，后依靠女儿给当兵的连长做姨太太而过活。男子丧女后，和女婿为谋生而当兵，作战断腿而沿街乞讨的悲惨遭遇。另一部小说是 1926 年 1 月 23 日发表的《命该如此》，主要讲述贫苦的李大夫妇 17 岁的女儿，在主人家做工，结果只被送回了尸首。在悼念死去的女儿时，亲家王才说女儿是遭割舌惨死，原因是撞上了东家和别人的奸情。可是，这对穷苦的夫妇却无力替女儿报仇，只能哀伤自责，哀叹自己命不好，说女儿"命该如此"。作者结尾感叹："贫穷的人们啊，你们的命是攥在富人的手里！官僚啊，你们是富人的手！"④ 我们看到匡汝非都是以写实的笔墨在描写这沉重的现实，虽然让人心里沉甸甸的，但这也是社会生活的真实写照。

---

① 匡汝非：《晨雨》，《盛京时报·神皋杂俎》1929 年 8 月 11 日第 9 版。
② 匡汝非：《晨雨》，《盛京时报·神皋杂俎》1929 年 8 月 11 日第 9 版。
③ 匡汝非：《晨雨》，《盛京时报·神皋杂俎》1929 年 8 月 11 日第 9 版。
④ 匡汝非：《命该如此》，《盛京时报·神皋杂俎》1926 年 1 月 23 日第 7 版。

（二）关于教育的纪实小说

1925 年 8 月 8 日，匡汝非在《盛京时报》副刊《神皋杂俎》发表的第一部小说是《他的一生》，该小说 1925 年 8 月 3 日写于津门（天津的别称）。描述了一个女孩子求学不得而舍生赴死的悲惨结局。且看小说第一部分：

> 太阳的热和光，渐渐减了，壁上时钟，已经五点，南满线 FAN 村里的小学校，放了晚学，小朋友们，个个喜气洋洋的，跑向各人的家去。在教室里，只有她和教员，默默的坐着，她垂着美丽的粉颈，不动的温习功课，因为她呼教员做姨丈，所以在这未设女学校的村中，她得着读书，咳！这是她的幸运，也是她的不幸。她的天资聪明，她的进步，比所有的男孩子都快，但是红颜薄命，自幼她的父母，把她订给一个贫愚的农家孩子了，她自己半信半疑，羞自去问人，她哪里详细她的丈夫，到底怎样呢？这天教员乘着没人，问她道："碧兰，你知道你夫家的状况吗？"一句话问的她，脸上红涨，现出两朵新开的玫瑰来，在这满室内，十二分寂寞寞的，忽的一种清脆语音"我，我没有知道"，教员叹了口气，"咳！你的丈夫愚憨不知勤俭，日子过得日紧一日。可惜！我真为你不平……"茶役从外走来，他们的谈话，也就阻止。①

她背地里不知流过多少泪水，也曾到未来的婆家去暗暗探访，心灵脆弱的她受此刺激，流露出怨情恨意，邻人造谣说她和教员秽不耐听的闲言，教员走了，她也中断了学业。小说第二部分，是碧兰央求教员不要离开，言辞恳切：

> 先生，我的先生，您是读书明理的人，毁誉于我们有什么重要！我并不是挑贫挑富的，我认我的命运了！我只求多读些书，或者可以改造将来我的家庭。先生！您真走，我就不能在此的，咳，我的父亲为人，你是知道的，除非您教学我怎能！②

---

① 匡汝非:《他的一生》,《盛京时报·神皋杂俎》1925 年 8 月 8 日第 7 版。
② 匡汝非:《他的一生》,《盛京时报·神皋杂俎》1925 年 8 月 8 日第 7 版。

第三部分，是碧兰在新教员来后仍然要求读书，却被父亲痛骂不止，最终以死抗争的悲惨结局。一个鲜活的生命，在愚昧虚妄中被绞杀了：

> 她沉默的想了一时，又走了几圈，她抖起了精神，泪也干了，她跑到外面去了，又回来写了些什么，她偷偷的又出去了……她的父亲又走回来"她怎么还不快死，还得我打死吗？"一面骂着，走进她的室内，这时室内昏沉沉的灯光，现出极惨淡极恐怖的一种现象，他望室内一瞧，空无人影，惟有桌上灯旁一页信笺，他看完，"呀！你们往后园井里去捞葬罢，她早已投井了"。①

同是关于教育这一主题的小说还有发表于1925年12月27日的《叹……》，记述主人公随弟弟到曾就读的村小学探看，看到村小学越发破败，政府日益宣传教改，可实际却是增加学费充当了军饷，孩子多数辍学，学校破败不堪，作者感慨万千：

> 还是前五年的墙壁，只换了半截新纸，挂着几张画图，还是五年前的破物，一块黑板，几乎把油子全掉了，学生的数目减少了一半。我大是诧异起来，这几年省里的教育界，高呼改善教育，什么黄天霸，窦二敦。什么自习辅导，乡下老也应该开化些，重视学堂才是。怎么弄成这种状况。幼年初设时的盛况完全没有了……一见学生下操，他们总有些评论，自从今年把教育费提上去了，大概也许作军饷吧，学费不得不加，谁想这一加学费，纷纷都退起学来，乡正也没法办。②

改变现状的只有教育，教育现状却如此残破与凄凉，作者笔调沉闷、引人深思。

（三） 讽刺社会现实小说

《船上》刊于1926年2月11—12日"神皋杂俎·小说"栏目，共2期。这部小说描述主人公在一次海上航行遇到了中西女学校的"伊"，

---

① 匡汝非：《他的一生》，《盛京时报·神皋杂俎》1925年8月8日第7版。
② 匡汝非：《叹……》，《盛京时报·神皋杂俎》1925年12月27日第7版。

自己不敢同对方交流。有感于自己受旧礼教束缚，内心带着与人隔阂的假面，终究没有帮助和问候处境孤独的女学生。主人公内心作了深刻的反思："昨夜我梦见了伊，伊拿着一封信，伊笑了笑，把信交给我时，只说一声：'你需小心的看看才是，这是个社会问题呀！'我待要问伊，伊却飘然的去了。原来我还在床上，那有什么信！"① 主人公在进行自我剖析，自我反省，自己是一个知识分子，平日的自由、民主、文明只是一些名词在头脑中闪过，真正需要做的时候却感觉馁怯于旧思想、旧礼教的束缚。这个社会现象经过作者形象化的描写，更加深刻。

在小说《船上》开篇，作者谈及其创作思想：

> 我不配研究文艺，当我未写以先，没存什么传奇、夸张、描写等等成见。所以我写出来，更不够什么浪漫主义，或写实主义，只凭我的知觉，爱这样作，要这样作，便这样作。我更为希望读者的赞赏和批评。但我的欲望好似必得这样作，才肯安稳，所以我只得不顾一切的作了。②

《打牌回来》刊载于《盛京时报》1926年2月20日"神皋杂俎·小说"栏目，只1期。通过一个在厅长手下当差的"老爷"和打牌归来的姨太太的一番对话，真实地显现了当时官场内幕。且看这段对话：

> "这几天运气不好！今天又输了五百。""输一千块也是小事，有一笔烟土钱，也就够了，你尽管应酬去。"他说着把烟斗递给她，她接着说道："要论厅长待遇咱们，可真是十分优越着你，不是我常表我的大功劳，你看我交际手段，到（倒）是怎样。莫说是已给厅长，比他还高的大的，只要和他们太太们，会着两次，保管成功的，不像是你们老爷，若见了上司时候，卑躬下贱的。"③

短短一段对话，讽刺了当时社会权贵阶层及其姨太太们的贪、捞、肮脏交易等丑恶嘴脸。

---

① 匡汝非：《船上》，《盛京时报·神皋杂俎》1926年2月12日第7版。
② 匡汝非：《船上》，《盛京时报·神皋杂俎》1926年2月11日第7版。
③ 匡汝非：《打牌回来》，《盛京时报·神皋杂俎》1926年2月20日第7版。

小说《一阵哭声》刊于 1926 年 3 月 29 日"神皋杂俎·小说"栏目，仅 1 期。小说描写发生在 20 世纪 20 年代的"兵车行"。小说中，贫苦的妇人丈夫被抓丁，大儿为了家计不得不在病体未愈时清晨拉车谋生又被抓丁，母亲目睹儿子逃跑被枪打死。小说《悔不当初》刊于 1926 年 3 月 30—31 日"神皋杂俎·小说"栏目，共 2 期。讲述的是一个骗局。朋友王君约主人公去灯红酒绿的启士林，在那里遇见了一个打扮时髦的女子，王君轻佻地打招呼，熟稔之后，被人骗取了价值五百大洋的一只镯子。小说《友人的诗》刊于 1926 年 3 月 24 日"神皋杂俎·小说"栏目，只 1 期。讲述了一个"评才论貌""娴雅丰神"的同乡女子，贪图荣华富贵嫁给一个老爷做二姨太，在老爷失势后充满悔恨的故事。作者以传神之笔讽刺该女子：

> 她只闷闷的过着，她总是不发一笑，这天她上街同老儿一车坐着，看她穿的、戴的、坐的，步行的她们，都望着羡慕，但当她瞥见对面的，一对合式的夫妻时，她用目送了很远！很远！从她眼角处，传出来无限留恋！她忽一望身旁的老儿，她立刻低垂了粉颈，又瞧，又不耐瞧，看来真好笑！好笑！①

匡汝非是《盛京时报》上发表短篇小说数量较多的一位作家，他的小说内容广泛，多以纪实的笔法针砭社会时弊。他也曾在《盛京时报》等报刊中发表戏剧剧本，但是在现有的东北文学史料中对他的介绍极少，只是提到他曾写过戏剧，其他都少有涉及。

第二节 东北文学社团作家与其《盛京时报》小说

20 世纪 40 年代初，《盛京时报》上集中刊登了东北比较有影响的 3 位作家作品，这 3 位作家分别是秋莹、山丁和小松。其中秋莹的小说有 5 部，分别为长篇小说《河流的底层》，短篇小说《小工车》《旧梦》《黄昏雨》《夜梦》；山丁只有 1 部中篇小说《梅花岭》；小松也只有 1 部中篇

---

① 匡汝非：《友人的诗》，《盛京时报·神皋杂俎》1926 年 3 月 24 日第 7 版。

小说《乐章》（见表 4.4）。能够看出当时编辑部很注重小说的推介，3 部小说《河流的底层》《梅花岭》《乐章》刊载之前都有"小说预告"，且内置作家和插图画家的照片及对应的介绍说明文字。值得一提的是，这 3 部小说在刊载过程配有插图，每期都图文并茂，对读者来说很有吸引力。

表 4.4　秋莹、山丁、小松在《盛京时报》发表小说统计

作者本名	笔名	小说名称	刊载时间	备注
王秋莹	秋莹	《河流的底层》	1941 年 6 月 8 日—8 月 18 日	长篇、有插图（大超绘图）
		《小工车》	1941 年 10 月	短篇小说，也是小说集的名称
		《旧梦》	1942 年 4 月 29 日	未刊载完，报中议 1 期
		《黄昏雨》	1942 年 6 月 10 日	篇幅都很短
	孙育	《夜梦》	1942 年 2 月 25 日	
梁山丁梁梦庚	山丁	《梅花岭》	1941 年 10 月 16 日—10 月 26 日	中篇、有插图（大珂绘图）后录入小说集《乡愁》出版
赵梦原	小松	《乐章》	1941 年 10 月 28 日—11 月 6 日	中篇、有插图（梦幻绘图）后录入小说集《苦瓜集》出版

一　秋莹与其小说

（一）东北现实主义新文学作家——秋莹

秋莹生于 1914 年的辽宁抚顺，也称王秋莹、王之平，其笔名较多，有秋莹、苏克、舒柯、秋萤、林缓、谷实、牛何之、孙育、黄玄、洪荒等。[①] 秋莹的简历比较清晰，1925 年，小学毕业后入抚顺县立初级中学，1926 年转至沈阳育才中学，后又转至同泽中学继续学习。"九·一八"事变后被迫辍学返回家乡抚顺，从此专心投身写作。曾在多家报纸发表作品，1929 年在抚顺的《抚商日报》和沈阳的《新民晚报》发表一些短诗和散文；20 世纪 30 年代，在《满洲报》《泰东日报》等副刊上发表作品《青春拜别》《衣锦还乡》《爱与虚伪》等。此外，1933 年 3 月秋莹发起并组织文艺社团——飘零社，并担任编辑一职。

从 1935 年开始，秋莹立足文坛，发表了大量的文学作品，先后在沈

---

① 高翔：《现代东北的文学世界》，春风文艺出版社 2007 年版，第 180 页。

阳《民声晚报》《盛京时报》、长春《大同报》以及《文选》刊行会等处任编辑或记者。

在《盛京时报》1940年1月1日的《文学周刊》上，秋莹以编辑的身份发表《编前之词》，分析了1939年文艺的低迷状况，指出："去年的文坛，不但没有突起亢进现象，反倒较从前更形岑寂了。固然纸张的缺乏影响了出版的数量，而使一些作者们渐渐失去写作的情绪，同时各杂志为了本身的畅销，迎合读者的趣味，不能刊登纯文艺的作品也是最大的原因。"①

1941年1月，秋莹的小说集《去故集》由长春文丛刊行会以"文艺丛刊第四辑"的名义出版。这部集子收录短篇小说《南风》《春雨》《嫩芽》《暮景》《亚当的故事》《书的故事》《羔羊》和中篇小说《矿坑》。作者在《去故集》的序中阐述了创作这些小说的心境，"低压的空气，时时窒息我呼吸的畅通，周围的荆棘，总有一团氤氲，闷在我乱云似的心头……"②1941年9月，秋莹出版了另一小说集《小工车》，产生一定反响。1944年秋莹主编的《满洲新文学史料》由长春开明书店出版。1945年下半年，秋莹从承德返回沈阳参加中国共产党组织领导的中苏友好协会，任文化部长，兼《文化导报》主编。1946年秋，秋莹到达解放区哈尔滨，在《知识》杂志社工作，后转至吉林毓文中学、吉林日报社、敦化县中学、哈尔滨日报社和松江省政府工薪局等单位。③

秋莹在《三十五年纪念随感》一文中表示他相信历史是前进的，文学并不是渺茫的，并对满洲文学和文学青年寄予了厚望：

> 由本报三十五年纪念，却使我想起三十五年来之满洲文学，有人不赞成时代是前进的，但我们却始终相信历史的轮子是不会倒转。……我们今后的文学究竟应走上哪一条路呢？我觉得只有不断的努力，尽力向新的方向新的题材去追求，未来的远景，是会有着绯色的希望吧。在这里笔者抱着百二十分的热诚，期望着现在一些文学青年们，能团结在一起，共同再拓殖我们的文艺园地，那（哪）怕是

---

① 秋莹：《编前之词》，《盛京时报·文学》1940年1月1日第7版。
② 王秋莹：《去故集·序》，文丛刊行会1942年版，第1页。
③ 高翔：《现代东北的文学世界》，春风文艺出版社2007年版，第185页。

多生一花一草，也是值得乐观的事。①

（二）秋莹的小说

秋莹在《盛京时报》刊载的小说数量不多，但质量较高。《小工车》是秋莹的短篇小说，同时也是短篇小说集的名称。《盛京时报》1941年10月29日第5版的"出版界"栏目刊载了小说集《小工车》的介绍："内计短篇小说八篇，为《离脱》《农家女》《丧逝》《小工车》《血债》《三秋草》《新闻风景》《中间层》，由奉天文选刊行会出版，定价一元四角，国内各大书局均有代售。"②作家吴郎认为这部小说集中最成熟、最有成就的是《小工车》《血债》《三秋草》《离脱》《农家女》，他指出："这五篇差不多完全代表了正在创作途中秋莹的写作性格。这里我并不是说他解释生活是枷锁、毒刑的事实，乃是他所呼唤热情的燃烧，我很同感李乔说的，从技巧上看，《小工车》是谈不出什么精彩的，但我更同感他说的'形体瘦弱而灵魂丰腴'的话……十几年来没有放下笔的秋莹，其跋涉在文艺路子上，有着比这《去故集》还加重的《小工车》也该是作者的喜悦……"③

《小工车》讲述了胆小、忠诚的矿山通勤车售票员冯云祥辛辛苦苦干了13年，生活依旧一贫如洗的悲惨故事，在《我的"小工车"》里，作者表示短篇小说《小工车》的素材源自一位朋友讲述的故事：

> 记得去年的冬天，某一个午夜里，我与一个朋友从一家小屋子里走出来……就在这样的夜街上，这个朋友轻轻的述说出一件故事，这便是我写出《小工车》的动机……④

同样，刊于《盛京时报》1942年4月29日第二版《文学周刊》的《旧梦》，开头以萧瑟的秋风和绵绵的秋雨为小说定下了一个哀伤、凄婉的基调：

---

① 秋莹：《三十五年纪念随感》，《盛京时报》1941年10月17日第10版。
② 《出版界》，《盛京时报》1941年10月29日第5版。
③ 吴郎：《八年度的创作》，《盛京时报·文学》1942年1月8日第3版。
④ 秋莹：《我的"小工车"》，《盛京时报》1941年10月29日第5版。

> 已经是午夜以后了，旅店里的空气，方才还充满一种刺耳的吵杂，现在竟是死一般的岑静了，连隔室那一对男女激荡而琐碎的笑语，也变成了均匀的酣声。朱梓生一个人坐在桌边的一把木椅上，仍旧呆呆地望着淡黄的灯光在出神，秋天的深夜，也许总是这样凄厉而阴森吧，何况这时候窗外正落着绵绵的秋雨，飘着萧瑟的夜风，把这旅店的夜晚，更渲染成浓厚的悲凉……①

《旧梦》描写主人公朱梓生雨夜宿 F 市 29 号房间，茶房告诉他八九年前有一个女戏子自杀在这个房间，增加了主人公的痛楚。当他朦胧中追忆 13 年前的往事时，突然眼前重现凤瑛的身影，他恐怖至极：

> ……突然在黄色的灯光下，朦胧地出现了一个女人娇艳的身影，那白皙的面孔，圆大而灵活的美目，披在后肩的柔长发丝，逗引人们怜爱的笑涡……"凤瑛！"他几乎尖锐的喊出来，但是这娇艳的笑颜突然又变成一副幽怨的哭脸，向他一直走过来。这一次他果然恐怖地尖叫起来，他骇得几乎窒息了呼吸，这不正是凤瑛生前在唱夜戏归来与他谈得伤感时那副悲哀的表情么！②

秋莹的几部小说多是描写主人公的悲惨命运，与当时社会背景息息相关，作者揭露了社会的黑暗。作者自己也时常反思，为什么要描写这样的故事。在《我的"小工车"》这篇文章中，秋莹说出了自己的想法：

> 为什么我要写出这许多阴暗悲惨的故事呢？我不愿把这些作品写出的原因归罪于我的性格，事实很明显，我的写作是多半受着生活执着的力的：虽然我偏爱用我的笔簇描给（绘）这些人与事，但我也像一般人一样，我并不是愿意生活在那黑暗的深渊里，我也愿意追求美丽的生活，企求光明的前途。我不愿生活在黑暗里，做一个性格阴暗的人，但我怎样才能明朗起来？这是一件难解的实事。③

---

① 秋莹：《旧梦》，《盛京时报·文学》1942 年 4 月 29 日第 2 版。
② 秋莹：《旧梦》，《盛京时报·文学》1942 年 4 月 29 日第 2 版。
③ 秋莹：《我的"小工车"》，《盛京时报》1941 年 10 月 29 日第 5 版。

长篇小说《河流的底层》刊于《盛京时报》1941年6月8日—8月18日，横跨《妇女周刊》《儿童周刊》《教育周刊》和头版等版面，共70期，总计8万字（没有达到预告上所说的12万字），每一期都有插图，署名"秋莹著""大超绘"。该小说单行本于1942年9月由大连实业印书馆出版。在小说刊载前两天，即1941年6月6日，《盛京时报》登有"晚刊连载小说预告"，提前推介小说的创作背景。在预告中附有作家秋莹和青年画家吴大超的照片，小说预告包括作者和画家的简要介绍：

> 为满足读者约求、助推文坛振兴，本报以满发刊最久之新闻纸，顺应时需，在去年特增设长篇小说，按日连载，以新文艺为主，启事募集，当将收到稿件慎重审查，取中三篇，且皆文坛新人，立意为资鼓动今者，该三篇小说，已登载完了。乃由本报记者王秋莹君执笔、题名《河流的底层》，由编辑会议通过，于本月八日起，开始刊登。全文长十二万字，笔致畅连，写情写景，皆臻佳妙，并由青年名画家吴大超君插图。按王君，从事文艺甚久，"九·一八"前即执笔写作，当时各报皆有其作品，变后退居乡曲，仍不废写作。《飘零》发刊，君为编辑，直至前岁"文选刊行会"成，编辑责任，由君一人担当。现属本社编辑局，主编"文学"版，著有《满洲文学史》（满国近刊）、《去故集》（文丛刊行会出版）及长短篇小说多篇。君以十数年来，继续文艺工作，始终如一日。插图吴君乃美专卒业，为满洲青年画家之杰出人物，兼通东西各法，造诣皆甚可观，屡应历届国展入选，尤精于漫画，笔力深透入人情中，国内各报各志，皆有作品。①

从小说预告中可以看出，秋莹原名王秋莹，在"九·一八"事变之前开始尝试写作，当过《飘零》杂志编辑。《河流的底层》刊载时，秋莹担任《盛京时报·文学周刊》的主笔。

在"晚刊连载小说预告"中附有"作者自白"：

> 我从前说过，我的作品都是热情的产物，所以对于文艺的创作，

---

① 《盛京时报·晚刊连载小说预告》，《盛京时报》1941年6月6日第1版。

第四章 《盛京时报》主要作家与作品（下）

有过一个时期常想把自己精神武装起来。但近一年来，我的文艺生活完全陷入绝望的痛苦里了，不过我又不能不写，好像鸦片瘾者的违法而不忌除一样。但今后写作的观点，是限于客观的规范而改变了，所以这部小说既不是描写我们时代，也不敢说是刻画人生的真实。只是在感情的灰烬中硬挤出的一点想像。同时我更想能迎合读者心理，但我知道我拙笨的笔致未必能使读者爱读，这不过仅是我的一部试作而已！①

《河流的底层》开篇写景状物，作者首先瞄向舅父家寂静的院子，时间是一个夏日清晨，作者特殊交代了浓云笼罩、有点寒意，为小说定下阴郁的基调：

是一个静谧的夏朝，檐前几只麻雀的琐碎晨歌，唱醒了林梦吉的睡眠。外面的天空，布满了铅灰色的阴云，软软的凉风，夹杂着潮湿的气息，从一叶绿色的铁纱窗中吹进来，使他感到一点晨寒的刺激，因此初醒后的昏沉意识，反倒立刻清醒了。不知是昨夜落过小雨、或者是晨露的浓重，所以光洁的院心敷满一层尘土，整个的院子里还都在睡眠中，连舅父家中必须早起的男女下人，现在也看不见他们的影子……②

在《河流的底层》的结尾，作者展现了舅父家的衰败和变故，与开头描写形成鲜明对比：

第五年的春天，林梦吉怀着满腔的失意与一身的疲倦，跑回别有一年的故乡了。故乡真是变得多了，父母的脸上更露出加倍的苍老，行动也非常迟缓，这熟悉而又陌生的故乡啊，三年的远游，究竟自己在这三年中都怎样的过去了呢？……回来的第三天，他又乘着火车造访到舅父的旧宅（李府），刚一走入舅父的院内，一片冷落的景色像触入他的视野……当问到小香时，才知道自那年匪乱后，她的未婚夫

---

① 《盛京时报·晚刊连载小说预告》，《盛京时报》1941 年 6 月 6 日第 1 版。
② 秋莹：《河流的底层》，《盛京时报》1941 年 6 月 8 日第 4 版。

也死在匪群中，去年舅父死后，解散了仆人，小香父母也开始离了李府，最近，（小香）已经与一个工人结婚，夫妇们的生活还非常圆满，静静的听着表弟的诉说，他感到一切一切都完全幻灭了，什么都完了，往事简直成了烟一般的渺茫了……①

《盛京时报》1942 年 2 月 11 日《文学周刊》刊登了秋莹的《跋〈河流的底层〉》一文，作者首先阐明了创作的动力源泉，试看其中一段话：

似乎有人说过这样的话，"如果没有了爱，便没有创作。"但是我觉得如果除了"爱"以外，憎与恨也未尝不能促起创作的情绪。不过一个人假如被生活压榨得既不能爱也不能憎，在不憎不爱的情形下，那才一定要丧失了创作的能力。②

作者表达了自己的创作观，他认为有爱有恨才有创作。这就为下文的自我反思做了铺垫。

在《跋》里，秋莹写道：

过去的一年内，我虽有了两个创作集的出版，但在我创作的生活上，却几乎等于空白的一年。这原因也许是身心的怠倦，而故意的疏懒，但实际上由于精神的不聋而聋，不哑而哑，同时爱而不能爱，憎又不能憎的情形中，弄得我毫无写作的情绪，却也是最大的原因。不过如果说去年的一年中什么也没有写，这也不确实。这一篇《河流的底层》便是在这样痛苦的心情下挤出来的。③

这里所说的过去的一年是指 1941 年，两个创作集指的是《去故集》和《小工车》。这段话虽有自谦的成分，却也是作者的自我反思，他几次提及，这部作品是"挤出来的"。

秋莹不太满意他的长篇小说，因此在《跋〈河流的底层〉》中屡次提及他尚未写完的长篇小说《关外》，一度处于搁置状态，成了他长篇小

---

① 秋莹：《河流的底层》，《盛京时报》1941 年 8 月 18 日第 1 版。
② 秋莹：《跋〈河流的底层〉》，《盛京时报·文学》1942 年 2 月 11 日第 3 版。
③ 秋莹：《跋〈河流的底层〉》，《盛京时报·文学》1942 年 2 月 11 日第 3 版。

说创作的障碍，也成了他的一块心病：

> 去年可以说是我创作生活最失败的一年，当我的处女小说集出版之后，曾几次勾引起我强烈的创作欲，但又几次烦躁的掷开了笔！同时有不量自己写作的技能，而大胆的尝试着写起了长篇。
>
> 提起来这是去年春初的事，着手写我在《文颖》上预告的长篇《关外》，本来原定是二十万字，可是写到八万字再也写不下去了。这篇东西现在还放在我的书桌抽屉内，每一看到这原稿便会使我脸红起来。①

秋莹指出《河流的底层》是在《关外》"流产"之后，创作信心不足，而《盛京时报》小说征稿又无以为继的情况下，促使他不得不再次尝试创作而产出的作品。然而，完成2万字之后，作者染疾，病后创作思路中断，缺乏创作激情。为了刊载之急需，不得不"勉强硬挤"。下面这两段是介绍《河流的底层》创作过程：

> 《关外》失败之后，曾一度使我打消了写长篇的志愿，可是到五月，正赶上社内的报纸要刊登长篇小说，因临时约请外人执笔不成，不知在怎样一种模糊的心气下，竟又唤回我写作长篇的野心。马虎的答应下来，回到家里以后在一种兴奋的情绪下，很快的时日内，便先完成了两万字交到社方，允许先刊载出来以后可以续写续刊。
>
> 当时自己计算，这两万字足够刊载十天，假如以后每天能写出三四千字一定不会间断的。岂知六月中旬，因为小病请了一周病假。等到上班后虽存稿已快刊完，但病后的疲倦死死的贴在我身上，仍然不想动笔。以后一直到工厂的小孩来追索续稿才使我着起荒（慌）来。病后早失掉了当初的情绪，所以对于故事的进行与结构，都在勉强的情形下硬挤出来，而且只要够一天的刊用我也绝不挺着酸酸的腰肢来低首急书。②

---

① 秋莹：《跋〈河流的底层〉》，《盛京时报·文学》1942年2月11日第3版。
② 秋莹：《跋〈河流的底层〉》，《盛京时报·文学》1942年2月11日第3版。

"挤出来的作品"自然在创作质量上有所局限,字数没有达到预想目的,内容也违背先前的勾勒。作者觉得言不尽意,潦草结局。可以看出,秋莹是一位十分有责任心又敢于面对现实的作家。作者对自己的创作不甚满意,不断自责、反省与剖析:

> 这篇小说的写作动机还是在三年前,但是故事虽有一种模糊的轮廓不过却没有写,这次着手写时,虽然仍题为"河流的底层",可是内容故事已经与当初计划完全不同,在报面的首次介绍中,不但介绍了梗概,并声明是十二万字,结果在上述的困难情形下,我竟欺骗了读者,仅只写到八万多字,又算潦草的完结了全篇。不但与三年前的故事不同,而且与报纸的预告也相违。①

秋莹在《跋》中特意提到小说创作的动机来自李乔,小说能够出版得益于陈因、张立仁的介绍和从中斡旋,同时感谢玲子设计的封面,雅致的图案与美丽的色彩,再度勾引起他的写作心绪。

秋莹不断自责,认为自己失掉了新文艺的本道,走上了低流通俗小说的道路。挖掘根源,是因为自己受当时文艺界的低迷趋势的影响,缺失当年的创作理念。他认为这部长篇小说在创作上是失败的:

> 去年一年来是我写作情绪最不统一的一年,虽然一方面我是执拗得想粘着于新文艺的创作,可是被国内出版界的低调趋势,弄得我也几乎做了文坛上的贰臣。所以我写出来的文章也失掉了当年的理念,甚至很容易便走上低流小说的路上,其实这一本小书正确的说,已经失掉了新文艺的本道了。②

综合《跋〈河流的底层〉》与《河流的底层》小说预告及"作者自白",我们更能清楚地看到作家秋莹创作前后复杂的心路历程。

---

① 秋莹:《跋〈河流的底层〉》,《盛京时报·文学》1942年2月11日第3版。
② 秋莹:《跋〈河流的底层〉》,《盛京时报·文学》1942年2月11日第3版。

二　山丁与其小说

（一）作家山丁

山丁，即梁山丁，原名梁梦庚，辽宁省开原县人，1930 年在《现实月刊》创刊号上发表第一部小说《火光》。1933 年山丁大量发表作品，在文艺界开始成名。1934 年他被白朗邀为《文艺周刊》特约撰稿人。从哈尔滨走上文坛，陆续发表小说《银子的故事》《无从考据的消息》《山沟》。1940 年，他出版了第一部短篇小说集《山风》，共收录 9 部短篇小说，包括《岁暮》《臭雾中》《银子的故事》《山风》《北极圈》《织机》《狭街》《壕》《孪生》。1942 年着手写长篇小说《绿色的谷》。"文丛刊行会"于 1942 年 1 月改组，山丁担任编审干事。① 在长春山丁将第二本短篇小说集《乡愁》的原稿交给张辛实，编入"新现实文艺丛书"正式出版，该小说集共收录 10 部短篇小说，《乡愁》《一天》《熊》《镇集》《城土》《伸到天边去的大地》《猪》《峡谷》《残缺者》《梅花岭》，之后离开东北。② 1945 年秋，山丁重新回到东北，曾任第一任洮安联中的校长，后到《生活报》和东北人民出版社当编辑。山丁对乡土文学情有独钟，他是东北乡土文学的倡导者和实践者。"文丛刊行会"于《盛京时报》1942 年 1 月 10 日 2 版显著位置刊出"本年度文艺单行本出版计划"，其中包括山丁的《如晦集》（3 月出版）。自 1978 年起，山丁开始为沦陷区进步文学正名，编印"东北沦陷区作品选"。1987 年逝世。

（二）山丁的小说《梅花岭》

《梅花岭》是山丁第二部小说集《乡愁》中的一部中篇小说。出版之前，连载于《盛京时报》1941 年 10 月 17—26 日头版显著位置，共 10 期，每期小说都有插图，署名"山丁作，大珂画"。

《梅花岭》讲述西井沿孙家的女儿蓝英的故事。她经姨夫和姨妈的介绍，给松咀镇玉成烧锅的二东家做二房。一天，趁二东家不在家，他的大房打了蓝英，蓝英趁机逃出，后与童年的玩伴大鲁邂逅于二东家的马厩。从此，二人暗中来往，蓝英怀了大鲁的孩子，下面是蓝英与大鲁两人邂逅时的情景：

---

① 《文丛刊行会》，《盛京时报》1942 年 1 月 9 日第 2 版。
② 上官缨：《东北沦陷区文学史话》，长春市政协文史资料委员会 2006 年版，第 9 页。

他大声地叫着,——"你是不是榆树坎的人呀!"

蓝英摇摇头,哨丁沉默下去了,他沉入回忆的海中。他拍着她的肩膀,声音变得很轻,

——"你抬起脸来,让我看一看!"蓝英痛苦的抬起脸,给他看,眼泪挂在眼圈上,

——"你是西井沿孙家的蓝英,是不是!"

——"你呢?"

——"我,我是老陈家的大鲁。"

她怎么敢认他——童年的伴侣呢!他的发黑的身体更黑了,在昏黄的灯光中,映出一种老榆树的颜色,他长得很高,眼圈有着温厚的晕黑,似乎是成夜巡逻赢来的结果。而且,他的嘴,能吞一个馒头的大嘴,已经淡淡地长出胡须来了。①

小说的结尾,展现了二东家与大鲁对立的场景。大鲁已经改变了身份,不是二东家的马夫,而成为矿场上的一名工人,身份的改变增加了大鲁的底气。小说最后一段写道:

二管事的那一对鼠眼睛眨巴着。天很暗是一个阴天,风在啸叫。
——问他,"蓝英和孩子藏在什么地方?"
二东家连睬不睬地望着天,似乎大鲁已经不是他的对手。
——"我现在是矿山的工人,并不是你们的马夫,"大鲁像从前一样嘿嘿地冷笑,又不像从前一样,挺起他底胸脯。
他被带到劳务所去的时候,蓝英和小鲁被玉成烧锅的酒车疯狂的载上梅花岭。
在她面前,躺着一条踏过来的艰苦的崎岖的山路,那么长,那么辽远……
——变了!一切全在变!梅花岭是一条大兽,顽固地执拗地蹲踞在大地上,看不见边,人类的许多梦境,被它撞碎了。②

---

① 山丁:《梅花岭》,《盛京时报》1941 年 10 月 20 日第 1 版。
② 山丁:《梅花岭》,《盛京时报》1941 年 10 月 26 日第 1 版。

三 小松与其小说

（一）作家小松

小松，生于 1913 年，本名赵梦原，为满洲新作家中最积极进取的作家。卒业于奉天文会书院，曾主持过艺文书房的编务工作，历任《满洲报》《大同报》编辑。曾主编《明明月刊》《满洲映画》《麒麟》。1941年任新京艺文书房企划部长，这一年由满洲文艺作家协会推荐，荣获"本报第六回文艺盛京赏"。1945 年之后，担任营口市某印刷厂厂长一职。小松是艺文志派中的多产作家，所著小说有《北归》《无花的蔷薇》《蝙蝠》《蒲公英》《铁槛》。其中《无花的蔷薇》（12 万字）、《北归》（20万字）为长篇小说；中短篇小说则多集结成册，可见于《人和人们》（收录 12 部小说）、《蝙蝠》（收录 9 部小说）、《野葡萄》（收录 3 部中篇小说）、《苦瓜集》（收录 13 部小说）。除了小说之外，小松还写过散文、诗歌，如抒情诗集《木筏》深受英国 19 世纪抒情诗的影响。

（二）小松的中篇小说《乐章》

《乐章》连载于《盛京时报》1941 年 10 月 28 日至 11 月 6 日头版显著位置，署名"小松作，梦幻画"，共 10 期，每期小说有插图。之后《乐章》被录入《苦瓜集》并出版。在《乐章》刊载的前一天，即 1941年 10 月 27 日，在《盛京时报》头版刊有"小说预告"：

> 本报特约连载小说第三篇山丁君所撰之中篇小说《梅花岭》，已刊载竣事。续此篇小说，自明日披露者，为小松君所撰之中篇小说《乐章》。此篇小说描写一音乐教师之艺术观感及其遭遇中之生活情绪，最为深刻。小松君从来文笔细致，此篇尤甚，并请梦幻君为之插图，辉映相得，洵为此栏生色不少也。小松君，本名赵梦原，28 岁，为满洲新作家中最能进取之青年。曾卒业于奉天文会书院，历任满洲报、大同报编辑。于文化倡导，致力殊多，供职杂志界后，更主编明明月刊、满洲映画、麒麟杂志，颇为人所爱读。所著小说有《北归》《无花的蔷薇》《蝙蝠》《蒲公英》《铁槛》诸作。现任新京艺文书房企划部长，本年由满洲文艺作家协会推荐，曾获本报第六回文艺盛京赏。梦幻君，即前为本报连载小说疑迟君小说作画之孟焕君也。梦幻所制插图，平正精巧，有满洲岩田专太郎之目。君于作画，苦心孤

诣，不惮揣摩，诚今日画坛中最堪期待之能手也。①

"小说预告"对作家小松和画家梦幻分别进行介绍。此外，从预告中大体知道《乐章》的内容，是讲述一位名叫贾林的音乐教师的艺术生涯及其遭遇。

小说开头采用倒叙方法，对这个有点苍老的客人产生回忆，从10年后遇见中学音乐教师贾林切入故事：

> 在一个秋雨的夜里，我从车站上回来，便坐在北窗的藤椅中，默想着方才送走的那个客人。
> 因为十年不见，他已变得很苍老了。我在中学读书的时候，他是我们的音乐教师，许多的曲谱，都是他自己创造的一个三十几岁的人，带给我们很多羡慕，大家都期待他将来会成为一个有名的作曲家。
> 这次初看到他熟稔而苍老的面影时，我几乎不相信他就是十年前的贾林。②

在小说结尾描写父子之间因儿子贾焚卖乐谱之事发生争执：

> 贾焚归去不久，一个不幸的消息传来了。陈章在举办家庭音乐会的时候，很希望贾焚来参加，于是派遣了一个仆人，到贾林家去邀请贾焚。可是这封信对贾林的情感，将要激起一些什么呢？她曾这样的想了许久，最后决定把那购买的乐谱，作为一件礼品，使仆人带去。
> 贾林知道了这个消息！知道贾焚是把乐谱卖给了陈章，这件事情几乎使他昏倒。
> 贾林说道这是贾焚故意加给他的一种耻辱，在他们的家庭里，发生了火灾似的纷扰。父亲是很爱他的儿子的，可是为了这件不能忍受的事情，竟发生了斗争。儿子本来是很反对他的父亲，在斗争之后，便走出了这个家庭。③

---

① 《〈乐章〉小说预告》，《盛京时报》1941年10月27日第1版。
② 小松：《乐章》，《盛京时报》1941年10月28日第1版。
③ 小松：《乐章》，《盛京时报》1941年11月6日第1版。

尽管父亲贾林很爱他的儿子贾焚，但他不能忍受儿子卖乐谱的事，甚至发生斗争，最终儿子贾焚离开了家。小说展现了现代家庭父子之间不可调和的矛盾。

第三节 《盛京时报》其他东北作家与插图小说

1940—1942 年的《盛京时报》集中刊载了一批有影响的东北作家与其小说。除了秋莹、山丁和小松的小说之外，比较典型的作家作品还有里雁的《晨》、柯炬的《焰》、克大的《黎明》、疑迟的《酒家与乡愁》、励行建的《年前年后》、灵非的《人生剧场》、任情的《山村》、吴瑛的《僵花》、爵青的《月蚀》、吴郎的《参商的青群》、野鹤的《盲》（见表 4.5）。这些小说都是中篇小说，刊载时每一期都图文并茂，对读者比较有吸引力。每一部小说刊载前有"小说预告"，预告内容具有承上启下的作用，既对已刊小说进行概括、总结和点评，又对即将刊载的小说进行简明扼要地介绍，确保小说刊载故事情节的连续性，可见，"小说预告" 具有广告效用。

表 4.5 《盛京时报》1940—1941 年东北作家及中篇小说刊载统计

作家	配图	小说	刊载时间	备注
里雁	杨柴	《晨》	1940 年 9 月 1 日—12 月 22 日	文艺征文一等当选，中篇小说，有小说预告
柯炬	杨柴	《焰》	1941 年 1 月 9 日—3 月 1 日	文艺征文二等当选，中篇小说
克大	胡雁	《黎明》	1941 年 3 月 14 日—4 月 28 日	文艺征文三等当选，中篇小说
疑迟	孟焕	《酒家与乡愁》	1941 年 9 月 9—25 日	中篇小说，有小说预告
励行建	石无问	《年前年后》	1941 年 9 月 26 日—10 月 12 日	中篇小说，有小说预告
灵非	大超	《人生剧场》	1941 年 11 月 8—27 日	中篇小说，有小说预告
任情	孟焕	《山村》	1941 年 11 月 29 日—12 月 21 日	中篇小说，有小说预告
吴瑛	石无问	《僵花》	1942 年 1 月 25 日—2 月 27 日	中篇小说，有小说预告
爵青	大珂	《月蚀》	1942 年 3 月 1 日—4 月 21 日	中篇小说，有小说预告
吴郎	石无问	《参商的青群》	1942 年 5 月 1 日—6 月 1 日	中篇小说，有小说预告
野鹤	孟焕	《盲》	1942 年 6 月 21 日—7 月 28 日	中篇小说，有小说预告

一　文艺悬赏征文小说:《晨》《焰》《黎明》

1939—1940年东北的文坛颇为寂寥，这种情况与出版界的冷落及报刊定位有关。于是，《盛京时报》文学编辑部设法通过小说征集的直接形式改变这种局面。当然，此次小说征集还不同于20世纪20年代"新年征文小说"那样集中而有规律。此次文艺悬赏征集目的旨在促使冷清的文坛再度掀起文艺热潮。小说征集有《晨》《焰》《黎明》3部，分别获得一、二、三等奖，并连续刊载，3部小说的作者皆为文坛新秀。在小说《晨》披露预告中对这3部征文笼统介绍，但并未透露作者太多的信息。后两部小说并没有小说预告。试看"披露预告"：

> 本报文艺悬赏征文，前经审查结果，关于小说一项，由里雁君以中篇小说《晨》获一等当选。柯炬君以中篇小说《焰》获二等当选。克大君以中篇小说《黎明》获三等当选，并于八月十九日举行当选者赏品授予式等情，均已披露报端。①

从"披露预告"可以看到，经过审查，有3部中篇小说获奖，并于1940年8月19日举行颁奖仪式。

（一）中篇插图小说《晨》

《晨》刊于《盛京时报》1940年9月1日至12月22日，连续在《世界珍闻及其他》《文艺周刊》《妇女周刊》《儿童周刊》等文艺版面刊载，共107期，每期刊载的小说结尾署名"里雁作，杨柴画"。在小说刊载的前一天，即8月31日，在《盛京时报》第3版刊载"征文小说《晨》披露预告"中介绍这篇小说刊载情况：

> 兹定九月一日起，逐日在本报晚刊第四面，先披露里雁君所作《晨》之一篇，并由杨柴君为制插图，以兹点缀。一俟此篇登竣，再续刊柯炬、克大二君作品。又本报所刊之章回小说《洪武剑侠图》因篇幅关系，决于九月一日停刊，即希读者谅之是荷，编辑局启。②

---

① 《征文小说〈晨〉披露预告》，《盛京时报》1940年8月31日第3版。
② 《征文小说〈晨〉披露预告》，《盛京时报》1940年8月31日第3版。

可见，小说《晨》被优先刊载，《洪武剑侠图》因篇幅较长不得不给《晨》腾出版面。

（二）中篇插图小说《焰》

在"一等当选"小说《晨》刊后不到一个月，"二等当选"小说《焰》随即在《盛京时报》刊载，具体刊载时间是1941年1月9日至3月1日，连载于《盛京时报》第4版的《儿童周刊》《教育周刊》，共43期，每期小说结尾署名"柯炬作，杨柴画"。小说图文并茂，具有一定的吸引力。

小说《焰》创作时采用分章形式，在第1章第1期中，作者交代了故事主人公崔杰的心理感受。

试看开头一段：

> 崔杰由公会堂灰白的四阶楼退出来，停在门灯下看了一看腕上的手表，时针正指在十点上，他听着自己的脚步落在石砌路上的音响，起始孤独的走向旅舍去的道，胸里仿佛仍然抑塞着一股闷热和浑浊的气息，于是他迎着清爽的夜风，不禁作了几次深重的呼吸。春天的夜里毕竟短促得使人匆匆的去寻他们的睡眠，都市的灯火虽然才燃亮了不久，街上却意外的静谧……①

小说结尾以"心原上燃烧起来了"照应了小说的标题《焰》，升华了小说的主题：

> 心原上燃烧起来了，也在沉睡中觉醒了的人群的心原上燃烧起来了，这不是被什么一浇就会熄灭的火焰，这是土地上存在着的全生命的燃烧，它永远不会止息的，也不会被消灭的，它爆发，它吁喘，它伸长着蕴有热与力的火焰，辉耀着，焚炙着，由岳河川……②

（三）中篇插图小说《黎明》

在二等当选小说《焰》刊载完不到半个月，三等当选小说《黎明》

---

① 柯炬：《焰》，《盛京时报》1941年1月19日第4版。
② 柯炬：《焰》，《盛京时报》1941年3月1日第4版。

于 3 月 14 日—4 月 28 日在《盛京时报》第四版刊载，与《妇女周刊》在同一版面，开设"文艺征文三等当选披露"专栏，署名"克大作，胡雁画"，共 44 期，每期有插图。

与小说《焰》相同，《黎明》也采用分章叙事的形式。在第 1 章，描述了干沟村人们单调、隔绝、落后的生存状况。

试看小说开头第一段话：

> 夕阳扶着一片柳林，柳林后是干沟村。去向干沟村的路，一条是从城里来的，一条是从河边来的。当这条从城里来的路正晃着一个长的人影时，已是将近黄昏时候了。……如果赵五爷不说些由城里带来的新闻时，人们止（只）① 是知道太阳出时和落时都是红的。白日看来好像一圈白色，夜里狗咬也许跳进了毛贼子，半夜敲锣大概是谁家失了火，姑娘大了赶快打发出门，不但省些消费，而且看得和父母结成仇。②

小说《黎明》在结尾处点出主人公秀姑的惆怅之感，作者用较多笔墨对她进行心理和动作描写，通过景物烘托主人公内心的复杂变化。试看结尾的一段话：

> 有一次干沟村失火的时候，那天边一片血红不是王家汤锅吗？她又想起王财的影子了，可是这渺小的影子，怎的也使秀姑记不起来……风不住吹着窗纸响，她觉得有人推门进来一样，可是没有一个人。月光再淡下去时，大地上已经有一层微弱的光了，可是能看出那村东的一座山，山上的龙王庙，她推开妈妈，她开了板门，她心里推下去干沟村的影子。去向村东的路笼罩一层晨雾，这路还是依然的，经过土岗可以望见江。……当山音把秀姑的回声又传到秀姑的耳朵时——石松青！——石松青！秀姑脑袋里又燃起一双捉蟹的灯火了……③

---

① 此处应该是"只"，原文如此，为保持原貌，未加修改。
② 克大：《黎明》，《盛京时报》1941 年 3 月 14 日第 4 版。
③ 克大：《黎明》，《盛京时报》1941 年 4 月 28 日第 4 版。

二 疑迟和《酒家与乡愁》

（一）作家疑迟

疑迟，1913 年 1 月生，原名刘玉璋，辽宁省铁岭人。东北沦陷时期著名小说家，其"乡土小说"很有名气。童年的疑迟随家搬至哈尔滨，先后在道外粮业工会私立职业学校、东省特别区第三中学、中东铁路车务专科学校读书。毕业后，先后在中东铁路东线的小九站、二层甸子、密峰站当过练习生、扳道员、副站长等。① 在工作之余，阅读中文文艺书刊，并熟练掌握俄语。从 1937 年至 1944 年，疑迟共出版 3 部小说集和 1 部由艺文书房出版的长篇小说《同心结》。3 部小说集分别是《花月集》由月刊满洲社出版，收录 10 部短篇小说；《风雪集》由益智书局出版，收录 11 部短篇小说；《天云集》由艺文书房出版，收录 8 部短篇小说。

《酒家与乡愁》的"小说预告"简要介绍了作家疑迟：

> 疑迟君为现代文艺界知名人士，短篇文字，各书报载取甚多，其单行本有《花月》小说集，以其久居北满，故描写北满社会生活，均情文入微，笔风流畅，君前曾供职交通届，又任国务院统计处官。现任《麒麟》杂志主编。②

1945 年"光复"之后，疑迟暂时放弃了文学创作，以"刘迟"的署名，从事电影的译制工作，基于其熟练的俄语功底，在东北电影制片厂（后改名为长春电影制片厂）翻译苏联、东欧的一些优秀影片。在 20 多年里共翻译 100 多部电影，如《政府委员》《乡村女教师》《列宁在十月》《静静的顿河》等。1990 年，在他 78 岁高龄时又着手创作长篇小说《新民胡同》，该书对长春新民胡同的历史沧桑和人世沉浮进行详细描述，具有很强的艺术表现力。

（二）疑迟的中篇小说《酒家与乡愁》

《酒家与乡愁》刊于《盛京时报》1941 年 9 月 9—25 日头版，同样作为插画小说，刊载时每期小说结尾署名"疑迟作，孟焕画"，共 15 期。

---

① 上官缨：《东北沦陷区文学史话》，长春市政协文史资料委员会 2006 年版，第 16 页。
② 《〈酒家与乡愁〉小说预告》，《盛京时报》1941 年 9 月 8 日第 1 版。

在小说刊载的前一日即9月8日刊登了"明日小说预告披露",对小说刊载的背景、小说作者、插图画家分别进行介绍,而且在预告栏内左上和右下分别登载疑迟与孟焕的照片。试看其中一部分预告内容:

> 本报为顺应新体制下报纸划期跃进,必先于《艺文建设》有所鼓舞,是以对连载小说一项,亟谋整备阵容,并经邀得国内各作家同意,先后为本报执笔撰述有益读者身心小说等情,已志昨报,兹依约定顺序自明日起,逐日披露疑迟君所著中篇小说《酒家与乡愁》,此篇小说由孟焕君为制插图,实有文画相得之美,如一展读,即可知之,无庸多为介绍矣。
>
> 孟焕君为全满之插画能手,国内各刊物绘画,多出其笔下,君奉天人,十年前苦心自学,以天才卓越,造诣独深,故其作品往往凌驾海外归来之辈,现在京中即以书画自给,曾为政府各部院及各杂志作画,可称第一流插图作家。①

能够看出,"文画相得"实为这一时期《盛京时报》小说的一大特征,尤其是强调报社聘请"第一流插画作家"孟焕为小说插图,为《酒家与乡愁》增添不少亮色。

小说《酒家与乡愁》描述张老头给江四爷扛活(打工),负责打理以列喀特地域一个酒馆。在小说刊载的第4期,讲述一个投宿者的一句问询,勾起了张老头埋藏多年的往事。妻子在生产第二个孩子时因中风母子先后病逝,而7岁的大儿子夭折对他更是莫大的打击,生活的悲惨逼迫他背井离乡,辗转流浪,最后落脚在江四爷的酒馆。在酒馆里,他与投宿者有一段对话:

> "日子多没见油水的肚子,冷丁吃些肉怕不行吧!"投宿者还在惦着外屋的肉锅。
>
> "……牛肉不算油腻,挑瘦的吃……"张老头漫不经意地。但一会却又忽然抬头,"兄弟,你是哪的人?到过辽阳街没?"
>
> "辽阳?……没走过,奉天北边、东、西边外,这我全都熟。"

---

① 《〈酒家与乡愁〉小说预告》,《盛京时报》1941年9月8日第1版。

"那你的老家……"

"洮南府，出好山药的地方。"①

透过对话，可以看出，虽然出来20多年，张老头心中一直惦记着他的故乡，那个回忆起来都令其悲伤的故乡。

作者在《酒家与乡愁》结尾回应了主题。人到暮年，乡愁愈发浓郁，尤其是人在他乡，生活单调而又孤寂。结尾写道："两个青年时代的仇人，在迟暮之年偶然遇到一起。一盏孤灯，半杯水酒，默默相对，不知何时是了。"② 试看小说结尾一段描写：

> 但是，人到了垂暮的晚年，怀乡的心思，无由地就会升起。塞外的风景本就单纯，秋天又到得分外地早，深受着这一些凄凉之苦的许玉福，也无怪乎会被折磨成这种样子。对桌坐着张老头，也已有几分醉意，隔着桌子，不时朝这边观望，对于这一别多年恍若隔世的仇敌，究竟是打算怎样安排！③

三　军旅作家与其小说

1941—1942年，《盛京时报》出现了3位军旅作家：励行建、任情、野鹤。三位作家各有一部中篇小说在《盛京时报》上刊载，且刊登之前皆有"小说预告"，刊载过程每一期都图文并茂。

（一）励行建与《年前年后》

关于励行建的身世，材料并不多，1941年9月25日《盛京时报》头版位置刊载其小说《年前年后》的预告，其中对作者有这样的描述：

> 励行建君为今军界中之文笔能手，所写小说极多。富于乡土风味，且以其学生时代，留心教育，及入军界，又时至乡村，故笔锋莫不忠实细致。倘再前进，大可期待其为将来的满洲樱井忠温及火野苇

---

① 疑迟：《酒家与乡愁》，《盛京时报》1941年9月12日第1版。
② 上官缨：《东北沦陷区文学史话》，长春市政协文史资料委员会2006年版，第7页。
③ 疑迟：《酒家与乡愁》，《盛京时报》1941年9月25日第1版。

平也。现供职新京治安部恩赐病院，寓居新京。①

从这段描述可知，励行建是军界乡土小说家，创作的富有乡土风情小说较多。《年前年后》在《盛京时报》发表时励行建寓居长春（新京），并供职于新京治安部恩赐病院。

小说《年前年后》刊于《盛京时报》1941年9月26日至10月12日头版显著位置，共16期，每期都配有插图，署名"励行建作，石无问画"。在小说刊登前一天，即9月25日在《盛京时报》头版位置出现"小说预告"，披露先前刊载过的作者和小说，随后主要介绍将要刊载小说的作者和插图画家。在预告的左上和右下侧分别附有励行建与石无问的照片，十分醒目。

以下为"小说预告"内容：

> 本报为鼓励《艺文建设》，整备新小说连载阵容，各作家为本报执笔撰述等情，谅为读者之所凤悉。兹者，连日披露中之疑迟君所著中篇小说《酒家与乡愁》，今日即已刊竣。继此篇小说明日披露者，为励行建君之中篇小说《年前年后》。并请名画家石无问君为制插图。文画照应、相得益彰，谓皆为艺文届之新精粹，无不可也。
>
> 石无问君为满洲第一流之插画作家。曾于东京美术高级学府深造有年，插画不过其回国后酬应之作耳。彼于精美之插画外，其他洋画无所不能。近年以有文学语学涵养，于艺术表现直追西洋画坛名辈而以体验之心裁。故所作插画另具高级征象，足为新画坛楷模。盖艺文建设之秋，插画亦宜上达，宜远避流俗，君乃有此暂新之作焉。君奉天人曾供职新闻界。②

（二）任情与《山村》

任情，原名赵任情，出身军旅，擅于写作，曾任奉天《晶书报》主编，1941年在民生部任职。《盛京时报》1941年11月28日头版位置刊登《山村》小说预告，对作者任情介绍如下：

---

① 《〈年前年后〉小说预告》，《盛京时报》1941年9月25日第1版。
② 《〈年前年后〉小说预告》，《盛京时报》1941年9月25日第1版。

> 赵君任情，为文笔届中老手，昔年供职军旅时，即以词翰杂著见称，及主持奉天晶书报笔政，小说散文，俱呈精悍，于学艺鼓欢，致力甚大，所写长篇小说不少，最近有《落凤坡》一篇，已出版问世，极受欢迎，余有趣味评论文字，国内各杂志报纸，莫不竞载，赵君现供职民生部内，对文艺倡导颇多协力焉。①

小说《山村》是《盛京时报》特约连载小说的第六部，刊于1941年11月29日至12月21日《盛京时报》头版，共20期，刊载时小说署名"任情作，孟焕画"。小说主要描述农村蒙昧和半开化状态，在预告中简单介绍了小说内容，附带提到该小说的插图画家孟焕另易笔调，与小说内容相得益彰，预告内登载作者任情的照片。

试看"小说预告"的部分内容：

> 任情君此篇小说，以山村学社为中心，描写农村半开化时代之社会组织及其现象，俨然摄影，于乡村教育及国民道德改进上，均暗示其需要情势，实不可多得之作，并请孟焕君为制插图，且图亦另易笔调，故能表里生辉也。②

在小说《山村》开头介绍了万花台国民学舍，原来是一座庙，30年前庙里和尚被驱逐，寺庙变作学堂。但山村的学堂也不景气，眼下秋忙时节，很多学生去农忙了。试看小说开头一段：

> 东厢房三间……于是禅房就一变而为学堂。西厢间，一间是住着看庙的兼校役又兼屯丁的王快嘴，两间就是屯公所。学堂二字的名词早就随着时代的变迁改为国民学堂，学生名簿虽有三十七名之多，然而每天能到舍上课的，至多也不过二十人。若在农忙的时期，有时也许不到十个人，其余大多被家里大人叫回去，帮着到田里工作去了。……连校役王快嘴也被屯长给借去当役工，所以放晚学以后，这院中只扔下舍长兼教师吴春华一个人。③

---

① 《〈山村〉小说预告》，《盛京时报》1941年11月28日第1版。
② 《〈山村〉小说预告》，《盛京时报》1941年11月28日第1版。
③ 任情：《山村》，《盛京时报》1941年11月29日第1版。

(三) 野鹤与《盲》

野鹤，原名徐鹏南，军旅作家出身。《盛京时报》1942年6月20日第二版位置刊载《盲》小说预告，对作者简要介绍：

> 野鹤君本名徐鹏南，为国军中精于文笔之将校，年来写作不乏鼓舞士气之各种文艺，于建军理念、多有发挥、今后若努力精研不难为一满洲国之火野伟平，故文坛于君、殊多期待也。①

中篇小说《盲》刊载于1942年6月21日至7月28日《盛京时报》头版和第四版，共26期，每期有插图，小说署名"野鹤作，孟焕画"。小说刊载前一日有"小说预告"，并在预告内附有作者野鹤的照片。

以下是小说预告部分内容：

> 本报特约连载小说吴郎君所著之《参商的青群》已经刊登完毕，兹于明日继续接载者为野鹤君所撰中篇小说《盲》之一篇，野鹤君文笔流利，所写小说颇为深刻，小篇作品早载本报及其他诸杂志中，极博好评，此篇描写现社会怪态尤为逼真。……
>
> 此次野鹤君小说仍请高君孟焕为制插图。君于插画无所不能，或精或略已有数次揭于报端，人所共见，兹不复为介绍矣。②

在小说结尾，作者赋予了主人公重生的希望，白云飞劝诫小刘重新做人，生活虽然艰难但一定要挣扎着活下去。不要怕陡峭的山岩下不去，"翻过陡峭的山岩就是坦途"无疑具有了双关含义。

试看小说最后一段话：

> "你这家伙也太懦弱，遭这一点打击就要寻死，简直是女人一样啊。在这么大一个世界难道没有你活下去的地方？我们用良心公平的裁判裁判以往，是不是适于这样最残酷的果报？
>
> 这是逼着我们自杀，可是逼着我们更生呢？小刘，俺们以往醉生

---

① 《〈盲〉小说预告》，《盛京时报》1942年6月20日第2版。
② 《〈盲〉小说预告》，《盛京时报》1942年6月20日第2版。

梦死的生活，已竟是国家的罪人了，好在还不是世界的罪人。辽远的未来有我们洗刷罪过的机会。只要有一口气，在我们还要挣扎活下去。你不要怕这峻陡的山岩下不去，我们小心的下呀，下了危岩岂不又是坦途吗！走哇小刘，跟我来，我扶着你。"于是两个青年慢慢扶掖着，下了陡险的山岩。回头望了望古老的雉堞，并着肩大踏步向茫茫的前途走去。

"你想陆秋霞不？"小刘破涕为笑了。

"你舍得了田丽娟吗？"白云飞拍了小刘一巴掌。①

四 灵非与《人生剧场》

（一）作家灵非与插图画家大超

灵非，生卒年限不详，本名姜灵非，毕业于奉天美专，是奉天文化界知名人士。曾在《兴满》《新文化》《淑女之友》等杂志担任主编。1941年担任《新青年》编辑。创作多篇短篇小说，中篇小说《新土地》博得读者好评。

大超，生卒年限不详，本名吴英琦，毕业于奉天美专。奉天画界能手，擅长国画和洋画，学富五车，为《人生剧场》配插图时在若素公司任职。

在《人生剧场》刊载前一日的"小说预告"中对灵非与大超作了一番介绍，并在预告中附有二人的照片：

> 姜君灵非为奉天文笔界健将，美专卒业后即供职于各文化机关，尤于杂志编辑，极有心得。曾任《兴满》《新文化》《淑女之友》诸刊主编，现任新青年杂志编辑。所写小说朴茂平正，中篇小说有《新土地》一篇，尤博好语。此外短篇小说国内各杂志无所不有。《人生剧场》乃其近日精心之作也。
>
> 大超君，本名吴英琦，乃奉天画坛能手。自奉天美专卒业后，即以彩管为各方制画，国画极有造诣，洋画中以插图最为人所欢迎。国内各杂志刊物皆竞以其画为不可或少之点缀。君富春秋，致力阅书，

---

① 野鹤：《盲》，《盛京时报》1942年7月28日第1版。

而作画线条尤形流利,将来发展必无量也,现供职若素公司。①

(二) 小说《人生剧场》

《人生剧场》是《盛京时报》特约连载小说第 4 部,刊于 1941 年 11 月 8—27 日《盛京时报》头版,共 20 期,每期有插图,小说署名"灵非作,大超画"。在小说刊载前一天,有小说预告,概述小说描述对象,"此篇以哈尔滨为背景,描写青年男女爱的起伏变化,极为生动……"② 在小说开头,作者交代了故事发生在 1940 年初秋,奉天某百货大楼的食堂里。

试看小说开头一段描写:

> 一千九百四十年初秋的黄昏,在奉天某大百货店的楼上食堂里,坐着一群花也似的男女们。有的用着冷饮,有的喝着啤酒,他们来此目的无非谈心,所以就没有多少来这里正式吃晚餐的。这时的灯已经着了,从窗口传来九月的凉风,吹得这群人倍增凉意。几个花颜的侍女在他们中间走来走去,他们有的在低低的私语,有的在高声大笑,在这混乱集团一角,靠窗边的一张桌子上,坐着青年姚文和他的未婚妻温女士……③

在《人生剧场》结尾处,主人公温学敏请求姚文的谅解,只有这样,她才会与他第二天一同乘火车回去。身心遭受双重压迫的姚文默默地宽恕了她。而且极具戏剧性的是,在第二天姚文与温学敏坐着火车驶出站台时,姚文发现站台上站着穿着洋装的林芙蓉,一个让姚文纠结的女人。当温女士向外眺望时,已经看不清了。试看结尾这段话:

> 他们跳上火车的时候,车铃响了起来。姚文把身旁的窗子打开向外张望,只见一个淡蓝色洋装女人携着一包礼物从外匆匆跑来。车开驶了。

---

① 《〈人生剧场〉小说预告》,《盛京时报》1941 年 11 月 7 日第 1 版。
② 《〈人生剧场〉小说预告》,《盛京时报》1941 年 11 月 7 日第 1 版。
③ 灵非:《人生剧场》,《盛京时报》1941 年 11 月 8 日第 1 版。

"学敏",他用手遥遥地指着那个洋装女人这样说:"就是她,差一点使我唱一出悲剧的,就是她,她叫林芙蓉。"

到得温女士也沿着他的手向站台上望去时,只见了一点淡蓝的影子,张惶失措的站在那里,也正向这边看望,但是她面部的轮廓却不能看清楚了。①

五 吉林籍夫妇作家与其小说

1942 年 1 月和 5 月《盛京时报》特约连载小说中,分别选刊了吴瑛和吴郎夫妇的小说。二人均为吉林人,是东北沦陷区重要作家。

(一)吴瑛与中篇小说《僵花》

吴瑛,1914 年生,原名吴玉瑛,吉林人,东北著名女小说家。她的短篇小说集《两极》1939 年由益智书店出版,很受读者欢迎。在此之后,发表中篇小说《僵花》《墟园》,短篇小说《坠》《欲》《翠红》《秋天的故事》《六月的蛆》等。吴瑛曾供职于"满洲国通讯社",1942 年任职于"满洲国书会社"。根据记载,吴瑛"文笔泼辣、叙事生动,直陈人间疾苦。东北沦陷后,前往北平,解放后曾在南京建业区文化馆工作,1961 年病逝,终年 47 岁"②。

《盛京时报》1942 年 1 月 24 日头版位置刊载《僵花》小说预告,对小说作者吴瑛和插画作家石无问分别进行介绍:

> 本报特约连载小说已有多篇早经披露,而来因续稿制插图较迟,故少延日期,兹于明日在本报第四面继续披露吴瑛女士所撰中篇小说《僵花》,此篇小说为吴瑛女士铭心之作,经石无问君为制精细插图,文画辉映,读者诸君当必以先睹为快也。吴瑛女士为国内第一流之女作家,本名玉瑛,原籍吉林,建国后即在新京文坛有所活动,当供职满洲国通信社,于妇女文学及智德向上、多所鼓舞,著作中以小说为负盛名,《两极》一书脍炙人口。现供职满洲国书会社,女士作风流畅轻快,描写入微,故为一般青年女性读者所最欢迎。石无问君经历

---

① 灵非:《人生剧场》,《盛京时报》1941 年 11 月 27 日第 1 版。
② 上官缨:《东北沦陷区文学史话》,长春市政协文史资料委员会 2006 年版,第 75 页。

及作画笔锋前于披露小说《年前年后》时已经介绍，兹不多赘。①

中篇小说《僵花》连载于《盛京时报》1942年1月25日至2月27日第二版，共24期，每期配插图，署名"吴瑛作，石无问绘"。小说正式刊载前一日在《盛京时报》头版有"明日小说预告披露"，"僵花"二字为篆字，在小说预告内登有吴瑛女士照片（见图4.1）。

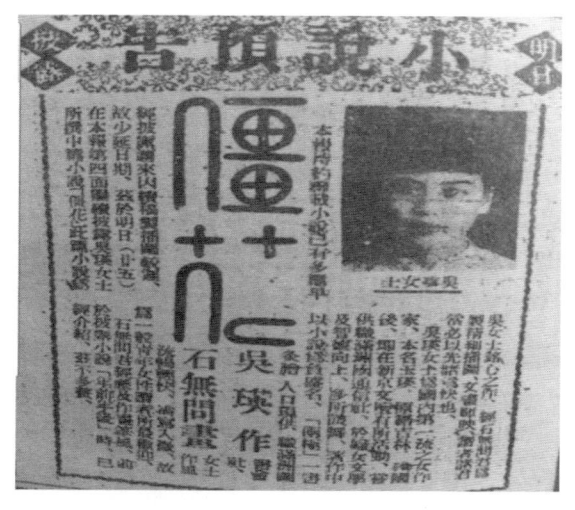

图4.1 小说《僵花》预告，刊于《盛京时报》1942年第2版

《僵花》这篇小说描写一座古老宅院里三个女人的故事。这三个女人是老女人、阿容（老女人的女儿）、珍姨母（阿容父亲的妾）。老女人整天摆弄纸牌阵，珍姨母整天去道德会，而从日本留学归来的阿容与母亲和姨母观念完全不同，她爱慕虚荣，与表哥丁丕欣、陈司长和刘守信这些人经常往来。

试看小说关于阿容的描写：

> 阿容呢！阿容像把一切都冷落了下去，眼中只有陈司长和丁丕欣，还有刘守信。刘守信是不断与自己表示亲近，无论在什么地方，好像总是把注意放在女人身上，虽然刘守信这个男人不常喜欢多说话，不常爱笑，又是陈司长的朋友。最近不知道因为了什么，那个雀

---

① 《〈僵花〉明日小说预告披露》，《盛京时报》1942年1月24日第1版。

斑的女高等官有许多次未和这些人在一起了。阿容想着，也许因为又多了自己，又多了一个比她年青，比她漂亮的女人做陈司长的朋友。这样在陈司长的眼中，也就是在一切男人的眼中，自然是漂亮的女人要受人欢迎的……①

作者通过心理描写把主人公阿容的那种自负、虚荣完全展现出来。阿容凭借自己的外表美丽与其他女人争宠，试图赢得男人欢心。文中写道：

……阿容像才舒展了一下心，把眼睛停在了自己身上一件艳丽的、杏黄的旗袍上，旗袍上面闪着银色宽边的光亮。光亮在阿容的心上炫耀着，使她幸福的幻想起一切。

想着雀斑的女人，连自己的做着女助产士的女同学也淡淡掠过她的思索里，还有许多许多的女人。只有自己是娇贵的，是使人迷醉的。陈司长便是为了自己抛弃了雀斑的女人，丁表哥是第一个追逐自己的男人，这些都整个的夺取了她的心。②

然而，当阿容把一切都交给了陈司长，包括女人最珍贵的东西都给了陈司长后，她忽然发现自己错了。当她得知陈司长的职位被调转，她感到绝望。当她听说陈司长携着雀斑女人一起远走高飞后，一种无可比拟的愤怒刺痛了阿容的心。

在小说结尾处写到阿容病倒了。面对女儿的遭遇，老女人也改变了对珍姨母的态度，满足了珍姨母曾经要立佛堂、设牌位的想法。作者描写细致入微，在结尾处又恢复了老宅本该有的宁静。

试看小说结尾的两段描述：

（老女人轻轻地问）"阿容的热应该退一些了？"

被问的珍姨母去平静着自己的脸面应答着，"退了一些了。"

停了一会儿女人又似叹息的在说，"我倒忘了，上次你要设所佛堂，另外要替死人在客厅里立上一个牌位，我答应你了，一切随着你

---

① 吴瑛：《僵花》，《盛京时报》1942年2月21日第4版。
② 吴瑛：《僵花》，《盛京时报》1942年2月26日第4版。

的意思吧！"

月亮从东边升上来，照着这所古老的住宅，住宅的寂寞显得凄凉。夜风在吹着零乱的草丛，草丛微弱的低垂了头去摇动了一下，地上的影子也和谐的静静的晃荡着。两个女人的脸，从无言里去静穆着。

阿容的微细的呻吟从房中传出了。①

（二）吴郎与《参商的青群》

吴郎，原名季守仁，字静庵，吉林人，东北著名作家。曾任职于"满洲国通信社"，主编《斯民》半月刊，长期主持《新满洲》的编务工作，在原编辑长王光烈离退之后，继任《新满洲》编辑长一职。有大量的文艺评论、诗文和小说问世。作品有诗歌《千里食客》、散文《绿荫随想》、中篇小说《参商的青群》。

在《参商的青群》"明日小说预告披露"栏内右上角位置登出了吴郎的照片，并以文字形式对吴郎进行介绍：

吴郎为国内文坛健将之一，本名季守仁，字静庵，吉林人，与其夫人吴瑛女士所写文艺，世所尽知，勿庸多赘，曾供职于满洲国通信社，主编斯民半月刊，近主新满洲杂志笔政，于我国文化极力鼓舞，一般读者对之实多所期待焉。②

中篇小说《参商的青群》刊于《盛京时报》1942年5月1日至6月1日第二版，共29期，每一期都有插图，署名"吴郎作，石无问绘"。小说刊载前一日，即4月30日，登出"明日小说预告披露"。在预告中除了介绍小说作者之外，还介绍了小说刊登背景、小说内容以及小说插图画家等信息。

小说预告内容如下：

本报特约连载小说《月蚀》一篇，为刘爵青先生最近精心之作，

---

① 吴瑛：《僵花》，《盛京时报》1942年2月27日第4版。
② 《〈参商的青群〉明日小说预告披露》，《盛京时报》1942年4月30日第1版。

惟前此所披露者，乃其全篇三分之二，所余因刘君暂不得暇，故未脱稿，一时中辍，一俟续稿寄到，再予接载。兹先自明日刊登者、为吴郎先生所撰《参商的青群》中篇小说，约五万余字，此篇小说，取材新颖，乃描写两不同民族间之生活，因习惯互异、致发生无限悲喜情绪、作者于此现象，以烘托写笔法，示以解剖与处理而于满洲人文社会前途，不乏创造之莫大希望，斯即其内容之梗概也。石无问先生以插画誉闻国内，此次吴郎所撰小说，即请其执笔，为之绘出声色，因取新写意笔法，尤觉浑然其深远心象，不同凡响也。①

从小说预告中可以看出，这部小说描写中国和日本两个民族之间生活、习惯等差异，借此来烘托日本入侵中国，中国人对日本人的抵制态度。小说在开头描述从奉天开往新京的火车上，一个日本青年感到中国乘客都怪怪地看着他，远拒着他，他一次次被人冷落，浇灭了当初从日本来时的那股热情。

试看小说开头日本青年的感觉：

> 又陆续走进了两个强壮的小伙子，前一个正要在坐在他身旁这个空位上，然而却被后一个用粗壮的语言给破坏了。"他是日本人，我们往前去找座吧！"他（日本青年）听到了这句话立刻觉着好像有一种突来的冷气，不一会便窜进全身，把他由日本内地而到满洲来的那股内在的热力，差不多要消失掉一半。以后摆正他眼前的事情确更是一缕缕令他不解了。他不明白为什么这些人看着有他坐在座位上更很快的躲开了……②

六 爵青与中篇小说《月蚀》

（一）作家爵青

爵青，1917年10月28日生于长春，也叫刘爵青，原名刘佩，笔名可钦、辽丁。先后就读于长春日本公学堂、奉天美术学校、长春交通学校。毕业之后，先后任职于哈尔滨铁路局、佳木斯公署、满日文化协会等

---

① 《〈参商的青群〉明日小说预告披露》，《盛京时报》1942年4月30日第1版。
② 吴郎：《参商的青群》，《盛京时报》1942年5月1日第2版。

地。在"艺文志派"四大主将中爵青的地位仅次于古丁，位居第二位。其小说创作成就很高，冷峻的心理剖析和细微描写赢得当时读者青睐，被誉为近似法国纪德的"鬼才"。1949年后，在吉林大学中文系做资料工作。1962年10月22日病逝于长春，终年45岁，英才早逝，十分可惜。

爵青生命虽短暂，却留下丰硕的文学业绩。1938年，小说集《群像》被"城岛文库"出版。1941年，小说集《欧阳家的人们》收录中、短篇小说9部，被艺文书房出版。1943年，艺文书房出版短篇小说集《归乡》，其中收录短篇小说7部。此外，他还创作中篇小说《青服的民族》、长篇小说《黄金的窄门》等。

在《艺文志》第三辑中有一则关于爵青人生态度、喜恶、生活习性等进行评论：

> 他不反对谁，也瞧不起谁。"生活至上主义"是他的口头禅。书读的很多，文写的很多，口里却不断自称着懒。喜欢英雄，偏爱变态，好喝茶但并不是小松式的喝茶，乃是一大碗一大碗猛喝一个点。酒能喝、话能谈，跟他在一同是不会寂寞的，谈得正经的时候，就大发妙语，转移话题。直译式的文脉，令性急的读者发燥，但是输入这文脉的功劳，却不能不属于他。①

《盛京时报》1942年2月28日在第2版中间的位置刊登《月蚀》的"明日小说预告披露"，在这个预告栏内右上角位置登出爵青的照片。在小说预告中对爵青的文学创作历程简要描述。小说预告内容如下：

> 本报特约连载小说吴瑛女士所撰之《僵花》一篇业已刊登竣事。兹于明日继《僵花》续刊者，为刘君爵青所撰中篇小说《月蚀》，刘君作品历年在艺文志、满洲新闻、新满洲等新闻杂志不断刊载，久在满洲文坛中克享大名，与古丁君堪称一时瑜亮，无须更为延展。本篇小说中以灵妙之笔，传婉曲之情。尤为刘君近年得意杰作。②

---

① 《〈艺文志〉同人群像及像赞》，转引自刘晓丽《异态时空中的精神世界伪满洲国文学研究》，北方文艺出版社2017年版，第193页。

② 《〈月蚀〉"明日小说预告披露"》，《盛京时报》1942年2月28日第2版。

（二）中篇小说《月蚀》

中篇小说《月蚀》刊于《盛京时报》1942年3月1日至4月21日第4版，共8章，35期，每期都有插图，"月蚀"二字采用特殊字体，署名"爵青作，大珂画"（见图4.2），在小说刊载前一日登有小说预告。

图 4.2　爵青小说《月蚀》刊于《盛京时报》1942 年第 4 版

这部小说以第一人称的形式，开篇用约 200 字描述午夜以后三点钟的旅馆、姿势衰退的女戏子、落魄的贵族青年。作者在小说中指出，这样的开头读者一定会猜测作者是在写他的放荡史，实则不然。

试看小说开头的一段描写：

> 二十三岁那年春天的某个早晨，我由奉天城的一家旅馆床上睁开眼睛一望，我的放荡伴侣都不见了。所谓我的放荡伴侣是一个姿势衰退的女戏子和一个落魄的贵族青年。前一天夜里我们怀着疲惫的欢乐由赌场里出来，宿在这家旅馆里，……前一天夜里的赌兴和酒精留给我的疲倦，依然在血液里沉湎着，我呆望着他们去后的两张空床摆正新鲜而醒目的朝阳里。立时便觉到了欢乐过后莫可奈何的空虚，我想，我的放荡的末日到了。①

---

① 爵青：《月蚀》，《盛京时报》1942 年 3 月 1 日第 4 版。

紧接着，作者又在小说中表明，本篇小说不同于插科打诨讲一段朴素的拙笨的写实来博得读者一笑。作者强调他要写的比此种单纯写实要强得多。因此，在小说开头，作者直接强调要写一个真实，但这个真实并非真理更绝非美德。试看作者的阐述：

> 我要写一个真实，但这真实绝非真理，更绝非美德。对一个卫道者来说，或者是个罪恶也未可知。因为我相信，在宇宙间的永远的一切之中，谎言只是美丽的一瞬。真实的罪恶是绝对居于虚伪的真理和美德之上，读者们一定要想，真理和美德也有真伪之别吗？当然这只是我的怀疑和臆测。但是人类若能大胆得以怀疑和臆测来看真理和美德，宇宙和世界也许能变得更有趣一些罢。①

综上所述，本节对《盛京时报》1940—1942年刊载的东北11位作家及对应的11部小说进行梳理。其中前期是3部征文当选的中篇小说，后期所刊载的8部小说都是《盛京时报》特约连载小说，皆为中篇小说。小说刊载过程为了吸引读者，图文并茂，后期的8部小说的作者在东北都较有影响。这些小说在刊载前一日都有"明日小说预告披露"，而且小说预告在介绍小说和作者时都具有承上启下的特点。值得一提的是，后几部小说在小说预告中用一定的篇幅特别介绍作者和插图作者信息。不得不说，这些小说的刊载形式、小说预告方式构成了东北报载小说的一大特色，在东北报纸文学发展史上具有里程碑意义。

---

① 爵青：《月蚀》，《盛京时报》1942年3月1日第4版。

第五章

《盛京时报》外籍作家与作品

域外小说也是《盛京时报》重要的刊载对象。统计来看，《盛京时报》刊行44年的历程共刊载180部域外小说，其中长篇小说25部、中篇小说17部、短篇小说138部。这些域外小说的作者来自多个国家，有俄、英、法、德、日、意、土耳其、印度、美、挪威、匈牙利、爱尔兰、捷克、瑞典、丹麦、波兰16个国家。值得注意的是，这些域外小说的作者中不乏名家，有英国的莎士比亚、高尔斯华绥、欧文、密尔顿、史提尔；法国的雨果、巴尔扎克、大仲马、莫泊桑、左拉、缪塞；美国的威廉福克斯、欧文；俄国的托尔斯泰、契诃夫、屠格涅夫、果戈里、高尔基；日本的芥川龙之介、夏目漱石、菊池宽、谷崎润一郎、德富芦花、国木田独步、志贺直哉等。这些域外名家名作登上《盛京时报》，为东北报纸文学发展注入了养料，使东北翻译文学得到了塑造与锻炼，开阔了东北民众的阅读视野，打开了东北人的域外眼界，东北现代文学有了更为丰富的面貌。

第一节 《盛京时报》日籍作家及其小说

《盛京时报》日籍作家的小说主要集中于1909—1942年。共刊载日籍作家小说42部，其中长篇小说4部，中篇小说4部，短篇小说34部[①]。这些日籍作家主要有德富芦花、德富苏峰、秋山君、谷崎润一郎、小泉八云、菊池宽、志贺直哉、吉田立二郎、国木田独步、加藤武雄、广津和郎、松平洋介、田西尘正、吉屋信子、立野信之、石川啄本、岛崎藤村、

---

① 王秀艳：《〈盛京时报〉小说研究》，博士学位论文，吉林大学，2014年，第129页。

夏目漱石、吉田玄二郎、芥川龙之介、甲田正夫、武田泰淳、德富建次郎、有岛五郎、斋藤少佐、五百木元等。本书限于篇幅只讨论谷崎润一郎、夏目漱石、菊池宽、芥川龙之介、德富芦花、国木田独步、志贺直哉7位作家及其小说。

一　谷崎润一郎及其小说

（一）作家谷崎润一郎

谷崎润一郎，1886年生于东京，卒于1965年，是跨越近现代的小说家，日本唯美派文学大师，奉行"艺术至上主义"。他1908年考入东京帝国大学国史系，在大三时因拖欠学费被迫退学，开始写作生涯。读书期间，受到波德莱尔、爱伦·坡和王尔德的影响，与其友人，剧作家小山内薰、诗人岛崎藤村一同创办了《新思潮》杂志，1910年以具有唯美主义倾向的短篇小说《刺青》（亦有翻译为"文身"）和《麒麟》登上文坛。曾获诺贝尔文学奖提名，受到世界文学界的推崇。《刺青》描写文身师清吉以欣赏被文身者的极度痛苦为乐，这篇小说初步奠定了谷崎唯美主义文学的基调，即崇拜美丽女性、渲染强烈的感官刺激，追求一种虐待狂式的美感心理。

穆儒丐在《春琴抄》"译余赘语"中对谷崎润一郎的身世予以说明：

> 谷崎润一郎氏，以明治十九年七月，生于东京日本桥区，曾入东大文科，未卒业，即退学。与其友人创办文艺杂志，"新思潮"，其处女作刺青一篇，实开日本文坛未有之奇。遂一跃为天才之大作家，氏于文学，别有天地，绝非低俗文艺家所能望其项背。①

谷崎润一郎自称"恶魔主义"秉持者，世人也视其为"恶魔派"代表人物，他的早期作品倾向于颓废和追求刺激，典型作品是《春琴抄》。然而，穆儒丐在《盛京时报》上对"恶魔派"另有解释：

> 谷崎润一郎氏，是世界所公认的恶魔派，也即所谓惟美派。他是上承光华灿烂的明治文坛，而超然特起的一位纯文艺作家。若说他是

---

① 穆儒丐：《春琴抄·译余赘语》，《盛京时报·神皋杂俎》1939年11月23日第4版。

恶魔派，未免小视了他，再说恶魔二字，也不大雅驯，好象（像）他的作品，是怎样吓人。其实不然，谷崎氏所描写的人物，固然全是精神异状者之非常人，但是他所写的人间恶魔和那锯齿獠牙穷凶极恶的一般所想象的恶魔不一样。①

穆儒丐甚至将谷崎润一郎笔下的"恶魔"与蒲松龄《聊斋志异》中的"狐鬼"加以比照，指出二者既有共同之处又各有特色。从侧面赞誉谷崎润一郎的作品具有空前绝后、令人无法企及之优点。试看穆氏之评论：

> 谷崎氏之腕底恶魔，是不离人性，而又至极顽艳的恶魔，和蒲留仙写狐鬼的方法相同。而观察和思想，却又两样。蒲留仙是设法使狐鬼人间化，而谷崎氏是设法使人间恶魔化人化魔化。方法虽同，至于设色描写，那便有难易之分了，此谷崎氏之作品。所以大有空前绝后之概，绝对不许人追随。②

(二)《盛京时报》登载的谷崎润一郎的小说

谷崎润一郎著述丰富，除了1910年初涉文坛时所写的两部小说《刺青》和《麒麟》之外，还有短篇小说《恶魔》(1912)、长篇小说《鬼面》(1916)、短篇小说《小小王国》(1918)、《艺妒》(1924)、长篇小说《痴人说爱》(1925)，以及代表作《春琴抄》(1933)和《细雪》(1948)。其中小说《麒麟》《艺妒》《春琴抄》被穆儒丐翻译并在《盛京时报》发表。

短篇小说《麒麟》是1910年创作的，于1924年被翻译成中文，1924年1月19—30日连续刊载于《盛京时报》"神皋杂俎·小说"栏目内，共9期，署名"谷崎润一郎原作，穆儒丐辰公翻译"，这部小说主要描写春秋时代孔子游说卫灵公遭奚落的故事。译者穆儒丐在后来的《儒丐启事》一文中提及过这部小说，"关于谷崎氏的作品，我最喜欢读，在以前

---

① 穆儒丐：《儒丐启事（二）》，《盛京时报·神皋杂俎》1939年11月10日第4版。
② 穆儒丐：《儒丐启事（二）》，《盛京时报·神皋杂俎》1939年11月10日第4版。

我译过他两篇东西。一为'麒麟'是以论语子见南子一章为本事的……"①

《麒麟》取材于中国古代典籍《史记》和《论语》，写的是孔子游说卫灵公失败而去卫奔曹的故事。孔子在鲁定公十四年56岁之时曾经历过短暂的政治上的辉煌，"由大司寇行摄相事"，好景不长，孔子在鲁国无法推行自己的政治主张，迫使他逃离鲁国而周游列国，他希冀乱世的国君们采纳自己的政见。在卫国，孔子曾一度寄希望于卫灵公。卫灵公似乎表示过对他的儒家的道德和政见有所倾心，但是耽于酒色的卫灵公最终还是倒在了姿色出众的南子夫人一边，对于孔子的说教不予理睬，孔子一行只好悻悻然离卫而去。

下面一段是卫灵公受到孔子教诲后内心美德与美色的颉颃，能看出谷崎对事物的描写中融入细腻的自我感受，构建出一种凌驾于一般想法之上的独特魅力：

> 由此日起，左右灵公之心的，已然不是夫人之言，却是圣人之言了。灵公每日老早的便到朝堂上，向夫子问那为政之道；到了晚上，登临灵台，向孔子学那天文四时之运行；到了夜里，也不去幸临夫人的璇闺。那织锦的梭音，已然停了，却变了六艺之一的射箭声，还有马蹄声，和竽篁声。一日灵公起得很早，独自一个，上了灵台，四下里一望，只见美丽的野山上，小鸟很快活的也鸣起来了。那许多的民家院内，也开了美丽的鲜花，农人稻田里去作工，他们都很赞美国君之德，唱着讴歌，在那里耕种。灵公一见，由眼里不觉得掉下感激的热泪来。"你为什么一个人在此哭呢？"娇音起处，早有一股荡魂夺魄的香气，刺入灵公的鼻官里面。那乃是南子夫人口内所含的鸡舌香，和衣裙上滴洒的西域香料蔷薇香水。②

卫灵公夫人南子岂能任由大权旁落，她要使出浑身解数夺回灵公对她的关注与迷恋。尽管卫灵公从孔子那里学到克服罪恶之道，但却无法抗拒

---

① 穆儒丐：《儒丐启事（一）》，《盛京时报·神皋杂俎》1939年11月9日第4版。
② ［日］谷崎润一郎：《麒麟》，儒辰公译，《盛京时报·神皋杂俎》1924年1月24日第5版。

南子的美貌，形成两股势力的博弈。不仅如此，谷崎润一郎笔下的南子还有一定的手腕，具有"摄魂夺魄"的本领，反衬卫灵公懦弱，无主见，挡不住美色诱惑。试看下面几段对话：

"请你不要用你那不可思议的眼睛瞅我的瞳子，你那纤柔的玉腕，也不要缚我的身体。圣人已然教给战胜罪恶之道，但是还不知道如何防卫美的魔力。"灵公语罢，把夫人的手一推，背过脸去了。"呀！那叫孔丘的男子，什么时候由我手里，把你夺去了，原先我并不爱你，那也不足怪，但是你到了没有不爱我的法子！"

"你绝不是能拂我意的强者。你是可怜的人，世界上可怜的人，还有自己没力量的人那样可怜的么。我立刻便能由孔子掌中把你夺回来，你的口中，虽然说了这亚很好的话，但是你的眼睛，已然很迷惘的向我注视了，你自己不知觉么。我对于所有的男子，皆有夺他们魂魄的法术。便是那所谓孔子的圣人，我也能使他成了我的俘虏。你不信等着看一看。"

夫人语竟，很得意的，微微一笑，举目向公流了一盼，衣裙窸窣的，下了灵台去了。这些日，灵公的心，平静极了。今日不知怎的，两个力量，在心里相对起来了。（1924.1.25，第5版）

"吾未见好德如好色者也。"这是孔子去卫时，最后的言语。这句言语，在那宝贵的《论语》中，载了几千年，一直传到如今。（1924.1.30，第5版）①

孔子发出了"吾未见好德如好色者也"的慨叹流传后世。在小说里，谷崎润一郎把孔子、卫灵公、南子夫人这三者的关系进行了细致入微的刻画，对这段史实重新编写。由于作家的视角和立意的不同，小说反映出的深层含义已不同于中国古代典籍里的内涵，进行了一次"叛逆性的改造"。②

小说《麒麟》刊载后，1924年1月31日《盛京时报》接续刊载谷崎

---

① ［日］谷崎润一郎：《麒麟》，穆儒丐辰公译，《盛京时报·神皋杂俎》1924年1月25—30日第5版。

② 孟庆枢：《回声·镜鉴·对话——中日文化与文学》，福建教育出版社2020年版，第113页。

润一郎的中篇小说《艺妒》，至 4 月 8 日刊毕。共计 7 章 55 期，4.4 万字，署名"谷崎润一郎原作，穆儒丐辰公翻译"。穆儒丐很喜欢读这部小说，他在《儒丐启事》一文中对《艺妒》加以补充说明，指出"二人之艺术家"，又名"金与银"，自己把它改题为"艺妒"，是一篇侦探性质的中篇。①

长篇小说《春琴抄》是 1933 年创作的，6 年后，穆儒丐将其译成中文并于 1939 年 11 月 21 日—1940 年 2 月 1 日在《盛京时报》文艺副刊《神皋杂俎》上连载，共 70 期，署名"谷崎润一郎著，儒丐译"。在小说刊载之前的 11 月 12 日《神皋杂俎》栏目刊有"小说预告"。穆儒丐本来计划在 1933 年翻译这部小说，但是他认为时机尚未成熟，担心译介之后不会使读者关注。这一点，在《儒丐启事》中讲述得很清楚：

> 《春琴抄》是昭和八年出版的，距今六年前，正是满洲建国第二年。在那时我就想把它译出来。不过当时的读书界，恐怕还无力欢迎这样的东西。所以我又踌躇起来。我的写作，以及翻译，向来是顾盼着社会，以能读为前提，不能读的东西，就让是最大名著，也得有待于来日。现在康德六年了，国人对于日文的程度，差不多要普遍了。同时介绍日本文艺的趋势，也逐日发展着。所以翻译《春琴抄》的热心，又自鼓荡起来了。②

在《春琴抄》这部小说的开篇，作者交代了小说主人公"春琴"生卒情况：

> 春琴的真名，原叫鵙屋琴，生于大阪道修町，一个开设生药店的商人家里，殁年是明治十九年十月十四日，坟墓在市内下寺町一个净土宗的某寺内。③

穆儒丐在《春琴抄》第三期"译余赘语"中介绍该小说的特点以及

---

① 穆儒丐：《儒丐启事（一）》，《盛京时报·神皋杂俎》1939 年 11 月 9 日第 4 版。
② 穆儒丐：《儒丐启事（一）》，《盛京时报·神皋杂俎》1939 年 11 月 9 日第 4 版。
③ ［日］谷崎润一郎：《春琴抄》，儒丐译，《盛京时报·神皋杂俎》1939 年 11 月 21 日第 4 版。

译文与原作的统一性，并指出这部小说的开端与小仲马的《茶花女》类似：

> ……本书为纪传体，文极古典，不用对话，为一般易于了解，译为言文一致之时文，且求不失原作精神。本书开端，颇似小仲马之茶花女，然决不相袭，此其所以为大家也。①

谷崎润一郎在《春琴抄》开头部分（《盛京时报》连载第 4 期）指出作者从一本名为《鹎屋春琴传》的小册子中了解"春琴女"这个名字，并对这本小册子的著者、纸张、字号等详细介绍：

> 近日，我买得一本名曰《鹎屋春琴传》的小册子，这就是我知有春琴女的开端。此书用生漉的和纸，以四号活字印刷的，纸数不过三十来枚，书的著作，大约是在春琴三周年忌辰，由其弟子温井检校恳托某人所写的师之行述，因而印刷，以分赠知人的。②

小说《春琴抄》在《盛京时报》连载之前，译者穆儒丐就已在《儒丐启事》中对这部小说的来龙去脉加以说明，并简要介绍故事梗概：

> 《春琴抄》并不是使用时下流行的小说体裁，好像是一篇小传。据著者自己说，是因为买得一本旧书"春琴传"，用为根干遂为《春琴抄》一书。书中人物，极为简单，只有春琴、佐助，男女二主角，女先失明，后来佐助也自盲其目，大致不外一盲恋爱史。而奇情艳迹，写来如画。处处不离人情，而处处又非常情。③

随后，儒丐先生对谷崎润一郎的作文之法大加赞美，同时赞赏作家对该小说的印刷、装帧亲力亲为，极尽优雅：

---

① ［日］谷崎润一郎：《春琴抄·译余赘语》，儒丐译，《盛京时报·神皋杂俎》1939 年 11 月 23 日第 4 版。

② ［日］谷崎润一郎：《春琴抄》，儒丐译，《盛京时报·神皋杂俎》1939 年 11 月 24 日第 4 版。

③ 穆儒丐：《儒丐启事（二）》，《盛京时报·神皋杂俎》1939 年 11 月 10 日第 4 版。

墨守一时俗体，而不知变化者，读谷崎氏书，当知作文之法，无往而不可也。谷崎氏的性格，和低俗的大众文学，格格不相入，不但文章古典优雅，印刷时所用活字，以及装潢，全由自己意匠，绝不苟且。如同平假名，多用古体字，好似十七帖一般，人很难读。《春琴抄》的印刷，就是这样极尽优雅古典之能事的。如今我竟敢翻译这本难读难译的书准知道不能圆满，但是为介绍谷崎氏尽力而为便了。①

二 夏目漱石及其小说

（一）作家夏目漱石

夏目漱石在日本近代文学史上享有很高声誉，被称为"国民大作家"。庆应三年（1867）出生于江户牛迂马场下，是庄园主夏目小兵卫直克的长子，原名金之助。1884 年，18 岁的夏目漱石进入大学预备门预科。1889 年在第一高中结识了正岗子规，立志从事文学，笔名"漱石"。1890 年考入帝国大学文科大学英语专业，1893 年毕业后考入大学院，就任东京高等师范学校教授。1900 年奉命去英国伦敦留学，1903 年回国，任第一高等学校讲师，兼任东京帝国大学英语讲师。1905 年发表《我是猫》，从此名声大振。② 1916 年 12 月 9 日，夏目漱石留下"我不能死"这最后一句话后离开了人间，终年 50 岁。

（二）《盛京时报》登载的夏目漱石的小说

继《我是猫》之后，1906 年发表《哥儿》《旅馆》《二百一十天》；1907 年发表《虞美人草》；1908 年发表《矿工》《梦十夜》和《三四郎》；1909 年发表《其后》；1910 年发表《门》；1912 年发表《走向彼岸》和《行人》（1913 年完成）；1914 年发表《心》；1915 年发表《玻璃窗里》和《路边草》等。

《盛京时报》刊载夏目漱石两部小说，分别是《梦十夜》和《叫天鸟》。《梦十夜》连载于 1939 年 3 月 28—4 月 21 日《神皋杂俎》栏目内，共 27 期，署名"夏目漱石作，奕秋译"。《梦十夜》共包含 10 部短篇小

---

① 穆儒丐：《儒丐启事（二）》，《盛京时报·神皋杂俎》1939 年 11 月 10 日第 4 版。

② ［日］松泽信祐：《日本近代作家介绍》，寒冰译，国际文化出版公司 1985 年版，第 84—86 页。

说，主要记述了 10 个各自独立而又光怪陆离的梦，这些梦境主题不同，从不同角度反映了夏目漱石对爱情、恐惧、童年、艺术、社会等问题的内心体悟和深邃情感。

小说《梦十夜》在第一个梦开头描写一个自称快要死去的女人的样态：

> 我架着胳臂，站在枕边，仰面躺着的女人，用微弱的声音，说这就要死。女人的长发，散在枕上，瓜子脸的滑软的轮廓，藏在长发里面，雪白的脸蛋上，透出温暖匀称的血色。嘴唇不用说是红的，怎的也看不出要死的样子，可是女人却清清楚楚的，用微弱的声音，说这就要死。我也想她真要死了罢，便直盯盯的从上边看着她，问她说："是么，这就要死了么？""自然是死"说着，女人把眼睛睁开了，很长的睫毛，包着湿润的火眼，里面完全是黑色，在那漆黑的眸子里边，很鲜明的浮着自己的像。①

然而，"快要死去的女人"突然向"我"提出了一些看似荒唐的要求，之所以说荒唐，是因为这个要求里面有些根本实现不了：

> 我死了以后，请你用大珍珠贝，掘个坑把我埋上，然后再拿从天上落下来的流星的破片，给我做个墓石。然后请你在坟旁等着我，因为还来和你相会。……请你等我一百年，在我坟旁坐着等我一百年，我一定来和你相会。②

在第五夜，作者又写了一个充满想象的、瑰奇绮丽的梦，梦见身处古代打仗被俘后的所见所闻：

> 做了一个这样的梦。似乎是在很古很古，近于神代（自日本开辟以来至神武天皇叫做神代）的事情。我打仗因为运气不好，打得大败，被人俘虏，带着敌人大将的面前。那时的人，身量都高，并且

---

① ［日］夏目漱石：《梦十夜》，弈秋译，《盛京时报》1939 年 3 月 28 日第 4 版。
② ［日］夏目漱石：《梦十夜》，弈秋译，《盛京时报》1939 年 3 月 28 日第 4 版。

还都长着很长的胡子，系着皮带，上面挂着像棒子似的长剑，弓看着就像用粗藤子作的，也没上漆也没加点琢磨，是非常的朴素。敌人的大将，用右手握住弓的正中，把弓柱（拄）在草上，坐在像个翻过来的酒瓮似的东西上面。看他的脸，在鼻子上边，左右两道浓眉，连在一起，那时当然是没有剃刀的了。①

因为我是俘虏，那么不能坐着，只盘着腿坐在草上，脚上穿着很大的草鞋。那个时代的草鞋，腰儿很高，站起来的时候，只能达到膝盖，草鞋的尖端，留一点草不编就像穗儿似的下垂着，走起来的时候，哗啦哗啦的动着，当作一种装饰。大将藉拢火的光，看着我的脸，问我要死要活，这是当时的习惯，对于俘虏都要这样的问一问，若是回答活就是投降的意思，要说死，就算不屈服。我就回答一个死字，于是大将便把柱（拄）在草上的弓，丢在一旁，伸手就抽腰上像棒子似的剑。正在那时，拢火被风一抬，向旁一靡，我把右手张得像一片枫叶似的，手掌对着大将，举在眼上，这是等一等的手势。大将咔喳的（嚓地）把剑插进鞘里了。

在那时也有恋爱，我说"在死前，要见她一面"，大将说"若是在天亮鸡叫以前，等着你"，在鸡叫前非得把她叫到这来不可，若是鸡叫了，她还不来的话，我和她不能见，就一得被杀了。大将端然的坐着呆看着拢火，我盘着两只大草鞋，在草上等着她，夜渐渐的深了。②

……

可是她还不住踏踹着马腹，马蹄的声音，就像在空中响着一般，如飞似的跑来。她的头发像小旗似的在昏暗中拖着长尾，可是还不能到拢火这地方来。在那时候，在漆黑的道旁，忽然发出喔喔的鸡鸣，她悬起身子，两手紧紧握住缰绳。马的前蹄，突然陷入坚硬的岩石上了，鸡喔喔的又叫了一声，她啊呀一声，把紧扯着的缰绳，立即松开了，马弯下前腿，和骑着的人，一同向前倒了去，岩石的下边就是深渊。蹄印现在仍然存在石上，学鸡叫的是天探女，在这个蹄印，刻在岩石上的期间，天探女是我的敌人。③

---

① ［日］夏目漱石：《梦十夜》，弈秋译，《盛京时报》1939 年 4 月 6 日第 4 版。
② ［日］夏目漱石：《梦十夜》，弈秋译，《盛京时报》1939 年 4 月 7 日第 4 版。
③ ［日］夏目漱石：《梦十夜》，弈秋译，《盛京时报》1939 年 4 月 8 日第 4 版。

小说《梦十夜》在夏目漱石的创作生涯中具有承前启后的作用，是奠基之作。作品有着童话般的色彩与梦幻，带领读者进入散文诗一般的、无意识的、非合理的故事中，作品神秘诡异、想象瑰丽、构思奇妙，让人爱不释手。

三 菊池宽及其小说

（一）作家菊池宽

菊池宽是日本著名的小说家、戏剧家和记者，被称为"大众文学作家"。1888年生于日本香川县，早年毕业于日本京都帝国大学英文科，之后与友人主办第三次、第四次《新思潮》杂志，并成为新思潮主要成员。代表作品有《藤十郎之恋》（1938）、《珍珠夫人》（1920）、《新珠》（1923）、《再和我接个吻》（1925）等。1923年，他成立了"文艺春秋社"，成为日本出版界的翘楚，同时创办《文艺春秋》文学杂志，影响很大。日本文学界1939年设有"菊池宽奖"以培养文学人才。菊池宽病逝于1948年，终年60岁。

（二）《盛京时报》登载的菊池宽的小说

菊池宽共有8部小说在《盛京时报》上发表，分别为《$\sqrt{5}$》《美丽的谜》《诱惑》《花瓶之花》《藤十郎之恋》《败北》《姊》《短剧》（见表5.1）。菊池宽是日籍作家在《盛京时报》发表小说数量最多的一位。

表5.1　《盛京时报》菊池宽小说统计（1931—1942）

小说名称	刊载栏目	译者	刊载时间	期数
《$\sqrt{5}$》	神皋杂俎·小说	吻霞	1931年5月21—22日	2期
《美丽的谜》	神皋杂俎·小说	吻霞	1931年5月26—28日	3期
《诱惑》	另外一页·小说	荫寰	1935年6月23日—7月31日	16期
《花瓶之花》	神皋杂俎	剑虹	1938年9月26—29日	4期
《藤十郎的恋》	神皋杂俎	白文瑞	1938年10月2—14日	11期
《败北》	神皋杂俎	英	1939年3月20日—4月6日	16期
《姊》	神皋杂俎	宜云	1940年6月4—9日	6期
《短剧》	神皋杂俎	五尾	1942年7月13日、16日、18日	3期

《$\sqrt{5}$》于1931年5月21—22日刊载于《盛京时报》"神皋杂俎·小

说"栏目,署名"菊池宽作,吻霞译",共2期。这部小说的标题很特别,它是采用数学开方公式作为小说的标题。

小说开篇介绍主人公"前川后一"的身份以及一封特别的来信引起他的注意:

> 前川后一,在第二学期将终的十二月间的某金曜午后,为了担任讲义而来到法政大学。他每入教授预备室,必检视自用的桌子抽屉,因为在那里有向学校寄来的邮政物收藏着,是日适有二三书信与寄赠杂志在内,检视间,一粉色信封正如杂草中的花一般的映入他的眼睑,马上惹他十二分的注意。诚然,接受这样幽雅而婀娜的东西,在他可称作生平第一次呢。由直感即判明是谁人寄与的了。于是他那久被学说与思索所拘束的胸堂(膛)不禁砰砰憻慄(颤栗)起来。①

当腼腆的前川后一拿起标有$\sqrt{5}$的信封时,更是迷惑不解,他做了一番心理斗争,是立刻打开产生心跳还是不打开来延长这种期待的快感,他犹豫不决。随着小说情节的推进,他解开了$\sqrt{5}$之谜:

> 拿起来一看,封面上写着"法政大学教授预备室分神转交前川后一先生",封面没有署名,只于封口上写着$\sqrt{5}$的字样。$\sqrt{5}$!前川曾不知其蕴何意。由理解中,他想尽力延长此由非内亲异性信件的开视前所生之期待的快感,所以他暂封而不肯开视。

> $\sqrt{5}$!所谓$\sqrt{5}$乃是数学上开方的意思,但是4能开方,而5则不可能,那么这个字是表示此封面是不能开的意思吧?通常女性每惯写一蕾字于信的封口上,现在时髦女性却特用$\sqrt{5}$了,想到此处,前川了悟了自己所不曾知道的新时代女性世界中的奥妙。呵。寿美子所具有强烈的魅力就是新时代女性所具有的魅力哟。前川一边想着而生出异常的感激,一边将那只许自己开视的信终于开视了。②

---

① [日] 菊池宽:《$\sqrt{5}$》,吻霞译,《盛京时报》1931年5月21日第7版。
② [日] 菊池宽:《$\sqrt{5}$》,吻霞译,《盛京时报》1931年5月21日第7版。

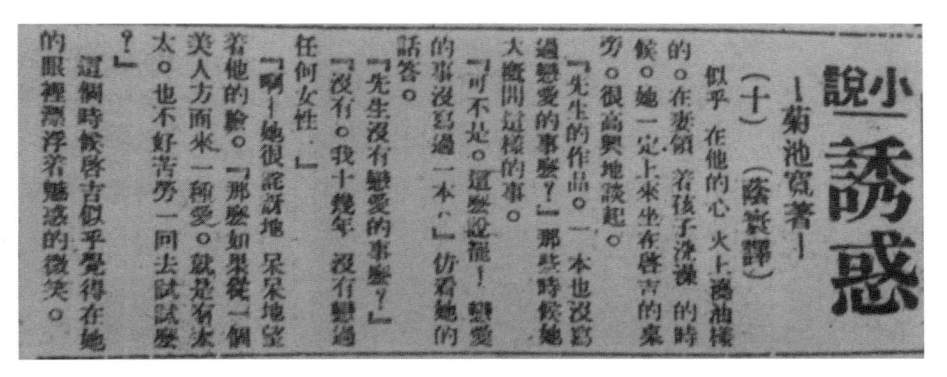

第五章 《盛京时报》外籍作家与作品　　193

图 5.1　菊池宽小说《诱惑》刊于《盛京时报》1935 年

　　小说《诱惑》刊于 1935 年 6 月 23—7 月 31 日《盛京时报》"另一页·小说"栏目，署名"菊池宽著，荫寰译"，共 16 期。文章开篇描写"渴望使女"的需求，作家启吉夫妇，有一个女儿两岁多，启吉不愿照顾孩子，妻子分身乏术，没有使女生活诸多不便。启吉不照看孩子的事，令妻子不满，为这件事，启吉和妻子吵了三天嘴，他登广告，托朋友找使女，可是这也不能马上就找得着。之后有朋友介绍一个小姑娘，启吉觉得小女孩有着做"使女"委实可惜的面庞，但她的到来使启吉和妻子似乎有着被救一样的愉快。尽管说着令对方开心的话，可是这个使女第二天就借故回家了。

　　终于，职业介绍所介绍了一位新使女，慕启吉之名而来的使女，于是"启吉感到一种惊喜，介绍所的人这样说的，因为那个使女知道你的名字，务必求我们用才好呢！就只是给饭吃也可以"①。启吉的内心觉得去见使女"是和由乡间来的羡慕自己的女性读者的会见，有种华丽的情味"②。

　　可是，这个使女仅仅知道启吉的名字就从乡间而来，到了东京，打杂志社电话询问启吉家的住址，这让启吉夫妇很是惊诧。这个叫"岸子"的使女神态大方，不拘谨，坦然说自己做过女工，读现今流行的杂志，谈论作家及他们的生活细节娓娓道来，这一切，让启吉对她产生了好感。

　　妻子天真地让启吉领岸子去剧院看戏，启吉内心萌动，"启吉于妻的无邪的态度，心里不能不受些打击，妻是这样任信自己，自己对另一个女

---

① ［日］菊池宽：《诱惑》，荫寰译，《盛京时报》1935 年 6 月 29 日第 5 版。
② ［日］菊池宽：《诱惑》，荫寰译，《盛京时报》1935 年 6 月 30 日第 5 版。

性，就是稍微动动心，也是很可耻呢！"① 启吉为这个有知识、有谈吐的使女，买了做衣服的绢、睡衣，"妻买一次东西，也一定忘不了给她买些应用的东西"②。

后来，岸子走了，回到了她一再邀请启吉去的赤仓。十月的一天，启吉遇到了法学士的旧友，他告诉启吉"岸子"原名叫"房子"，说他们很要好，说房子是个接待避暑客的高等卖淫者。可是对于启吉来说，"他又想她的'净的记忆'永远无瑕的留在自己的头里"③。作者善于描写人物心理，刻画心理变化，启吉夫妇的焦虑、欣喜、失望、惊异都入木三分，尤其是对启吉的内心变化描写更为细腻生动。

四　芥川龙之介及其小说

（一）作家芥川龙之介

芥川龙之介于明治二十五年（1892）出生于东京市京桥区入船町，本姓新源，后过继给舅父而改姓，幼年在文化氛围浓厚的养父家受到日本和中国古典文学的熏陶。11岁生母去世，1910年，19岁的芥川从东京府立三中毕业，考入一高，中学和高中时期就酷爱读书，成绩优秀，他认为"学校是摆脱贫困的唯一救生圈"。1913年，入东京帝国大学英文专业。又广泛涉猎了西方文学名著，受世纪末文学的影响较深。1914年，与久米正雄、菊池宽等人，第三次创刊《新思潮》杂志并发表习作。1915年在《帝国文学》上发表《罗生门》，揭示了为生存而损人利己是人的一种本能，由此成为夏目漱石的学生。1916年，第四次创刊《新思潮》，撰写《文艺的，过于文艺的》一文，与谷崎润一郎展开小说争论。发表《鼻子》，通过僧人禅智内供的特大型鼻子引起的喜剧性小故事，深刻揭示了自我的脆弱、自尊心的可悲以及人们阴暗的利己主义心理，深受夏目漱石青睐，从此步入文坛。参加了夏目漱石的"星期四聚会"，成为新思潮派的代表作家。1927年，留下《齿轮》《傻子的一生》《西方人》等遗作，在自己的书斋里服毒自杀。他的创作基本都是短篇小说，而且篇篇有新意，对人性的多个方面进行了深刻的剖析。

---

① ［日］菊池宽：《诱惑》，荫寰译，《盛京时报》1935年7月21日第5版。
② ［日］菊池宽：《诱惑》，荫寰译，《盛京时报》1935年7月27日第5版。
③ ［日］菊池宽：《诱惑》，荫寰译，《盛京时报》1935年7月31日第5版。

（二）芥川龙之介的小说

《盛京时报》共刊载芥川龙之介《尼提》和《平车》两部小说。《盛京时报》1931年4月1—2日"神皋杂俎·小说"栏目刊载《尼提》，署名"芥川龙之介作，李自珍译"，共2期。小说结尾有"三一年一月译于东京"的说明。这部小说开篇介绍小说主人公"尼提"，舍卫城的尼提是"除粪人之一"，是舍卫城最贫穷，也是最"心身清净"的人之一。小说详细描写了尼提对沙门的认识：

> 尼提一看这沙门立刻便以为是会着了非常的人。沙门乍一看去却是和普通的人并无差异，但因为认识他那肩间的白毛和青绀色的眼睛却知道一定是住在祇园精舍的释迦如来，不消说是三界六道的教主，十方最胜光明无碍，亿亿众生平等引导的能化。不过这些东西却非尼提所知道的。他只知道就是这舍卫国的波斯匿王也在如来之前臣似的拜着。①

主人公"尼提"感觉自己地位卑微，因此当他背着粪器碰到如来时，几次设法避开如来都未能成功：

> 尼提不厌那粪器的沉重，再一度绕到别的路去。如来现身在他的面前是不可思议的。但或者为了早一刻回到祇园精舍所走着间道也未可知。但这一次在咄嗟之间也没有近接了如来的金身。这是颇为侥幸的。不过尼提在这样想着的时候，又被从对面走来的如来吃了一惊。在第三次尼提所绕的路上，如来悠悠地走着。在第四次尼提所绕的路上，如来狮子王似地走着。在第五次尼提所绕的路上……尼提绕了七次狭窄的路。但七次都遇见了如来的走来。尤其是第七次所绕的已经是没有可以逃避的道路的袋路。……"我是卑贱的东西，到底不能和您的弟子们一块的呢"。"否，否，佛法之不分贵贱，是无异于猛火之烧尽大小好恶的。"②

---

① ［日］芥川龙之介：《尼提》，李自珍译，《盛京时报》1931年4月1日第7版。
② ［日］芥川龙之介：《尼提》，李自珍译，《盛京时报》1931年4月2日第7版。

后来，尼提剃度进入佛门，但他的样态除了落发之外，与除粪的时候也没太大的变化。尼提一心听法，后得正果。

短篇小说《Truch 平车》① 于 1939 年 9 月 5—10 日刊载于《盛京时报·神皋杂俎》，署名"芥川龙之介原作，丝奇译"，共 6 期，原标注有误，将第 6 期误标为 7 期。小说描写一个名叫良平的孩子对运土的平车感觉好奇，并希望自己将来也成为一个运土工。

> 平车上两个土工，装上土之后，佔（站）在后边，平车下山坂因不借用手力，就可依铁轨滑滚下去。飘摇般的颤动车体，招展开了工作服的衣边。婀娜弯曲的细线路良平视着这样的景色，就想过要作土工。想过那不就是同土工坐一回平车呢？平车滚至村外平地。自然而然的就停止在那。②

作为孩子的良平，在帮土工推平车的体验中，感受坐在平车上的快乐和惬意。不知不觉离家越来越远，天色已晚，在潜意识当中良平感觉有些不安：

> 良平瞬间发了呆愣，已经黑了。去年年底和母亲去到过岩村，今日的路程总有那回三四倍长。现在自己就得回去，一刹间明白了，良平几乎要哭，可是哭也无用也无有哭的时间了。很急迫的很不诚心的对土工行了礼沿着路线咯咯的跑去了。③

芥川龙之介的作品，初看似乎平淡无奇，但掩卷之后，却让人回味不已，那一层淡雅之极的美感，萦萦绕绕、挥之不去。《盛京时报》1927 年 5 月 27 日第 3 版刊登了陈因先生的书评文字，对他的创作风格、手法进行了分析，节选原文如下：

> 我在初嗜文学时，耽读着的译本之一，大概还是看到日本文学译本的第一部，距今已经是十多年了。

---

① Truch 疑为 Truck 之误。
② ［日］芥川龙之介：《Truch 平车》，丝奇译，《盛京时报》1939 年 9 月 5 日第 4 版。
③ ［日］芥川龙之介：《Truch 平车》，丝奇译，《盛京时报》1939 年 9 月 10 日第 4 版。

在我从这时的初期，直到现在，永远保持着一种对日本文学的印象便是她的（他的）描写的美的感觉。

不止于芥川先生的作品，国木田独步、石川啄木、夏目漱石、岛崎藤村等，在我初期所读着的东西里，都有着这种一致的印象。

这些个人，在我读着的当时便早已成为日本负有定评的作家。他们的作品，只少可以含着日本某一阶段的社会意识。他们的手法，又都将剪取身边的琐事，无论是一篇短篇，或是几千万字的长篇。我们可以看到了他们作家或者与作家同一流的生活方式，和他作的共同的意识，也就在这里面。感觉一种清淡味来，小巧、轻松、并含着一种浸透人性的爱来。这样的作品，是适宜于欣赏的，所以在我还得算是青年的时候，虽然高燃青年的烈火，我却耽读这样的作品。

芥川先生的文章，收在这个集子里，直到现在重读，仍然感觉着清淡的一致的爱好。

在这里鲁迅先生译的《罗生门》一篇，给与（予）我的印象最深。描写家将避雨的情景，和到楼上发现了老妇的惊疑抢劫拔发老妇衣裳时的心理的过程，却写得很好。这是把一个以"尽忠"为道的家将，写着他燃起了自生之火一篇名作。①

这篇文章旁边配着芥川龙之介的写真像，作者介绍了对日本文学的初印象，以及最具代表性的日籍作家印象，写出了他们的共性，和作者最真切的对芥川作品的阅读与品评，对芥川的特色概括可谓准确。

五　德富芦花及其小说

（一）作家德富芦花

德富芦花，日本近代著名社会派小说家，散文家，日本近代甲级战犯德富苏峰之弟。1868 年生于熊本县，卒于 1927 年，德富芦花的文学作品是明治时代知识分子精神苦痛的缩影。少年的芦花受自由民权运动熏陶，1885 年皈依基督教，1898 年发表小说《不如归》而闻名。1903 年发表长篇小说《黑潮》震动文坛，揭露明治政府的奢侈昏聩和专横暴虐。中日甲午战争爆发后，芦花不赞成苏峰的国家主义思想，反对战争，主张和

---

① 陈因：《芥川龙之介集》，《盛京时报》1941 年 5 月 27 日第 3 版。

平，兄弟间开始出现裂痕，最后分道扬镳。1907年去耶路撒冷朝圣，回国时专程拜见托尔斯泰。归国后在东京郊外实践了晴耕雨读的生活。写下了随笔集《蚯蚓的梦呓》，他的作品以剖析和鞭笞社会的黑暗而在日本近代文学中独树一帜。《盛京时报》登载了德富芦花的《富者与贫民》《五分钟的梦》《断崖》三部小说，还有德富苏峰的《国家与个人》。

（二）德富芦花的小说

《盛京时报》1910年1月1日刊登了德富芦花的小说《富者与贫民》，文白夹杂，记述了在东京日本桥区看到的一个景象，丈夫久出不归，下落不明，而妻子携子负女，流离失所的凄惨状况。

> 不记其为何年也，亦不记其为何日。无前无后，只有这一回事。
> 余经过东京日本桥区，第一国立银行附近处。将过一桥，偶然觑见桥畔公共厕所之旁，有一群人聚闹。
> 一妇人年龄四十五六，观其装束，颇似卑贱出身。蓬头垢面，衣履绽裂。该妇人背负一女孩，约二岁许，手牵男孩约五岁许，俯身伫立。有一岗兵，正向妇人审询何事。不知何故，该妇人潸然堕泪。无奈一手牵在旁之儿；一手护所负之儿。无法拭泪，只得任其沾襟而已。背负之儿，晏然睡熟。所携之儿，睇视其母，似有骇异情状。其余又有约十岁，并约七岁之二小儿，心无所事，正在眺望江景。
> 余心恻然，缓步向前倾耳以听，听岗兵云，其良人出外，日久未知下落，以房钱债积，无可清偿，本日被房东逐出。途穷日暮，身XX（报纸原字不清）其何之。以视天寒翠袖薄，日暮倚修竹者。盖犹有难处焉。
> 余以外尚有二三人在此立听，随即散去。忽有一贵绅，坐最华丽之洋车。当驶过之顷，仅为一瞥见而已。不觉车声辘辘，已驰入银行之门。余是时搜检袖里，竟不名一钱，惟深叹息。须臾转眼，于对岸视，乃第一银行，巍然耸立，俨若城楼，且屋上旗影摩空飘荡，若不知人间有惨绝之境也者，彼处盖藏有千万金矣。然—噫然—。①

德富芦花把目光转向东京的街边一景，处境卑贱、蓬头垢面、衣履绽

---

① ［日］德富芦花：《富者与贫民》，漫录中抄译，《盛京时报》1910年1月1日第3版。

裂、负女牵儿、流落街头的母亲映入眼帘，还有独立桥边、心内恻然、不名一钱、惟余叹息的作者，更有香车华丽、衣履华贵、驰入银行的贵绅。鲜明的对比展现作家内心的清醒与痛苦。作品引人深思，究竟是贵绅，还是巍然耸立，藏有千万金的大厦，是贫妇无所依怙的罪恶根源。

1938年2月28日，《盛京时报》登载了德富芦花的《五分钟的梦》。

> 悲自己不才，羡慕他人之才。厌倦平凡龌龊的生活嫌恶展纸舐笔以无用的著述来养不饱的黑暗腹。某夜灯下，折笔这样的祈祷："我不想活下去，厌倦了平凡，厌倦了求之不得的才。最后，倘若你想使我活下去，请从平凡里把我救出。既使我不安于平凡，为什么使我看见自己的平凡？所以，我不愿活下去。"
>
> 头懊恼的垂下，精神恍惚忽然，光立在我面前，屋内比白昼还要白。
>
> 我颤动着说："谁，您吗？""你底祈求，我听见了。我告诉你，同时，你和我来"光说。
>
> 飘飘忽忽的我们，立在广大的旷野，立在百花的旷野。无花不有，无香不具光取一个比蚂蚁眼睛还小的花问道："你是什么花？"
>
> "苔花"
>
> "你静心听这花的话，说——否因为不是牡丹，就不肯开花？"
>
> "主啊，不，然而我不能是无心的花"，我回答道，"来！"主说。
>
> 飘飘忽忽的我们，立在大森林的树梢，立在有无限鸟群的大森林的树梢。无鸟不有，无音不具。光指一个鸟问道："你叫什么鸟？"
>
> "在鸟中最贱的——雀"。光道："问问它，说否因为不是金鹫就不飞吗？"我答："不，然而我不能是无知的鸟。"①

作者苦恼与烦忧，借助梦境表达自己对平凡龌龊的现实的不满与痛苦的思索，这里面能看到作者希望借助自己皈依的宗教中寻得救赎之法。

> "来！"光引我立在南天之下，仰天张开薄绢似的云蔽着天空。再一吹，云帷霎拉落下。像碎宝珠似的散在无限的宇宙，变成满天皆

---

① ［日］德富芦花：《五分钟的梦》，萧东译，《盛京时报》1938年2月28日第3版。

星。上帝麾其中之一——星有（犹）如萤飞似的入其袂中。

上帝道："这个——说你们栖息的地方，在无极远的人间——问问它，说是否你们的眼睛不像太阳大，就因为远而不发光吗？"

我答："不，我虽然小，可是比你所造的星是要大的。星的命运，我不能满足"

上帝说："来！"

飘飘忽忽的我们，踏虚度空。从天上登天，从天上再登天，登到无边的天上，立在横空的 Time 的桥上。

只见石壁立在无边际的底，达于无边际的顶。墙壁的石头，无色不有，无形不具，像是个别的，又像是唯一的。

我问："主，这是什么墙？"

主答："是我天国的城壁。"遂指一个小石道："X 你力，抽出来那个瞧瞧。""主，呵，不。如果抽出那小的石头，大的城壁，恐怕要崩坏吧？"

"凑近些着看吧！"

我走上前去瞧那小石上面——看哪！在石上镌着我的名字。我心中不禁轰然。主道："你看见了吗？筑我城壁的，都是我的石头没有大小，没有美丑，缺一个都不行的——你满足了吗？"

我悯然落泪了。

"主呵。是的！"①

这部小说亦可以看成一篇散文，之后的确收录到德富芦花的散文集中。我们会发现芦花的关注点从早年的自然界，中年的田园生活，最后转向内心世界，从而加深对自我的认知。其视点的转变，也可以看成一条德富芦花认识自我、解救自我之路。

通过刊载于 1939 年 4 月 13—16 日 "神皋杂俎" 栏目的《断崖》，更能清晰反映出芦花的自省与自救。小说以"断崖"为题，具有相关性，不仅物理层面的、实际意义的断崖，也指人的处境每况愈下。试看小说如下几段：

---

① ［日］德富芦花：《五分钟的梦》，萧东译，《盛京时报》1938 年 3 月 1 日第 4 版。

从某小祠堂通往某渔村间，有一条间道的一处有个断崖，约有三四十间房子宽，路像弦线似的截通在绝壁上，上边是悬崖，下边是大海。行人要一步不注意时，几乎能从数十丈的绝壁倒落在海上，海底下的岩石能碰碎了脑袋。轻一点就被水淹死的妇人教滑摇的海草绊住，手中飘荡于海绵似的，又像冰被麻痹在潭水中似的。人本不知的遂死在外面。

断崖，断崖，人到处像如斯的断崖颇多。①

紧接着，小说对比"我"与"他"曾经的同伴现在的死对头，"他"之成功与"我"之失败形成鲜明对比，犹如板块上升与下降形成的断崖：

伊与我是同乡，同月而生，又同荡过一个秋千，又在同校内求学，而又共同争一少女，起初称为兄弟，不，比兄弟还亲热。

然而何故现在成为了敌对-必死的敌对。"他"是成功，"我"是失败了。(1939年4月13日，第四版)

他踏着平坦的道路升到了如今的地位。伊是富翁了。他父母也很爱惜伊，X是从小学入中学，升入高等学校。升入大学，升入大学院。这样的就成了博士，得着地位，得着官，再有机会时又得了许多财富。往往用钱难买来的名誉也得着了。

"他"是如此的往成功阶段上升。"我"是往失败的阶段下降。凌乱的财产，在有机会时都丧失了。刚才十三岁不久父母就逝世了。自己扶助己身，然而自己还有一片不朽的欲望。努力自谋生活，这样在学校临卒业时，突然患了肺病。有一个慈善的洋人，怜爱我，及至归国。风和日暖空气清新时带我去他的本国。病也渐次的轻了。在我的恩人督促之下整理准备升入大学，突然恩人因为急患死去了。我在异乡他地成了孤零之人。这时身为使佣，得此薄资，休养身体，病患又发作了。而又想起故土，终于归回XX了。既然没有死，也得计谋生活。随从一个洋人当了翻译。来到海水浴场，会着了二十来年没有见过面的"他"。②

---

① [日] 德富芦花：《断崖》，孝武译，《盛京时报》1939年4月13日第4版。
② [日] 德富芦花：《断崖》，孝武译，《盛京时报》1939年4月14日第4版。

"我"的内心掀起了巨大的波澜，在旧友面前显露自己的不堪与寥落，是敏感、自卑、痛苦的"我"所不愿承受的。

"呀"的呼叫声——这声怪叫传入了我耳内时，"他"的身体早已挂在悬崖的一端，身体在空中摇荡。

"你"唯此一秒间，在他的面上现出特别苍白的颜色。在此一时间露出恐怖失望的哀愿（怨）。

唯一秒间，突立于绝壁上。在我的心中，过去与未来，报复之快，同情，种种的感想都一时涌起，互相争夺。

我兀立着低头看他。

"你"他吊着惊哀失色的哀叫，一瞬时，想起方才"呀"的怪叫声。我在绝壁道上，抽吸腹部，把久病的身躯起来力气，把"他"拉上来了。

我累得红头胀脸的。他是很苍白的。一时间后相对立在绝壁上。

……

第二日。我独自立于绝壁道上，上天向着我感谢救人的事件。

断崖千丈，碧潭百尺。

啊！昨天我还不是立在此断崖上吗？如此我的一生能永久的立于断崖上吗？①

人生在某一时刻，我们都处在断崖之境。小说结尾惊险过后，关于断崖的反思代表了作家的自省。

六　国木田独步及其小说

（一）作家国木田独步

国木田独步于 1871 年 7 月 15 日出生在千叶县，幼名龟吉，后改为哲夫。父亲国木田专八是个没落武士，有幸在法院谋上一个下级法官之职，后却被降级、免职，家境中落，母亲当过女佣。在幼年和少年时代，国木田独步随父宦游，历经东京、广岛、岩国、山口等地，其中大部分岁月，是在风光明媚的山口县度过的，独步少年时有远大的志向和抱负，立志将

---

① ［日］德富芦花：《断崖》，孝武译，《盛京时报》1939 年 4 月 16 日第 4 版。

来当名垂千古的伟人,后来打算成为一名小说家,为此映雪苦读。十八岁时,进入东京专门学校(早稻田大学前身)学习英语,曾信奉基督教。作为日本明治社会转型期著名的小说家和诗人,办过英文私塾,因友人推荐做过鹤谷学堂教导主任,后任东京国民新闻社记者,中日甲午战争爆发后,作为随军记者出征,归国后与基督教妇女矫风会干事长佐城丰的女儿信子自由恋爱结婚,一年后婚姻破裂,1906 年创办"独步社",不足一年即破产,1908 年 6 月 23 日因肺结核病去世。独步短暂的一生从事创作活动的岁月不过 10 年,却留下 70 余篇小说和大量的诗歌、评论等,死后被当时的作家们追忆为文豪。他的创作大致可分为前期浪漫主义和后期现实主义两个阶段,他的主要成就是短篇小说。其短篇小说,以反映平民贫困生活的主题,鲜明的艺术特色,而载入日本近代文学史册。

(二) 国木田独步的小说

《盛京时报》共刊载国木田独步 4 部小说,《春之鸟》《少年的悲哀》《波声》《夫妇》,均为短篇小说(见表 5.2)。

表 5.2 《盛京时报》国木田独步小说登载统计

登载栏目	作者、译者	作品名称	刊载时间	期数
神皋杂俎	国木田独步作,粟铁夫译	春之鸟	1931 年 10 月 18—21 日	4 期
神皋杂俎	国木田独步作,粟铁夫译	少年的悲哀	1931 年 10 月 28—30 日	3 期
神皋杂俎	国木田独步作,粟铁夫译	波声	1931 年 11 月 3—5 日	3 期
文艺周刊	国木田独步作,奕秋译	夫妇	1939 年 7 月 8 日—9 月 2 日	9 期

《春之鸟》写了一个名叫"六藏"的智力障碍的小男孩,担任英语与数学教师的"我"同情这个心智不健全的孩子,"即使是个有不足之处的人,只要心灵健全,还有拯救的余地,但白痴连心灵生来就是畸形的,样子当然与众不同。喜、怒、哀、乐,在普通人看来都有点不对劲,反而更悲哀"①。独步很喜爱他,六藏很喜爱鸟,看到鸟儿就手舞足蹈,因为同情怜悯,为他费了几许精神,要教他些智识,可是六藏的纯净的心理依然把所有的鸟儿都当作乌鸦。

---

① [日] 国木田独步:《春之鸟》,粟铁夫译,《盛京时报》1931 年 10 月 19 日第 3 版。

> 提起来六藏的妙癖，他是一个喜爱雀鸟的孩子。只看鸟的飞来，立刻的手舞足踏（蹈）跳了起来，无论看见什么鸟儿，他就当乌鸦，任何吃力的教他鸟名，他却不会记住，就是见了百灵和画眉，也当乌鸦。最可笑的有一天见了白鹭他也当乌鸦。那么"以鹭为鸟"的这句俗谚，只向他的说，也笑对的罢。
>
> 看见了在枝头的鸟叫，他便张开小嘴，呆呆的瞧。等到飞去后直勾勾的望着的样子极尽妙处。也许他感想在空中的鸟，自由的飞翔，确觉着很是奇怪的罢。①

直到有一天，六藏很晚没有回家，"我"和六藏母子寄居的田口舅舅家的仆人提着灯笼在天台石垣下找到了他小小的尸体：

> 六藏啊！你是不是要学鸟般的飞翔，由那石垣跳下去的？你想在空中飞翔，便由天主台的上边跳下去，任你怎样的白痴，也还要学鸟飞？我在他的坟前，像这样的说了，少顷便又想着说说："六藏，你死的好啊，了却是你的幸福……"②

作者熟悉了六藏，他是那样生动而灵巧，他不识数目，但他生命力蓬勃而旺盛，像猿猴一样奔跑在城山和石垣，甚至会唱出温柔的歌声。作品以悲伤而又诗意的笔触写出了对一个弱智小儿的赞美与怀恋。

国木田独步的《少年的悲哀》以山口县柳井周边的水乡为背景，从少年的视角描写了痛苦的别离，充满了诗意与惆怅。小说开篇指出："少年的欢喜是诗，少年的悲哀，也是诗。在自然的心里寓的欢喜可歌，而在自然的心里藏的悲哀也可歌。"③ 作者要把少年的悲哀捋一捋、连一连、说一说。整部作品情景交融，深沉哀婉，惆怅而又诗意。12岁的少年在乡下"既有田产又有山林、家里雇佣的男女婢仆不下七八个人"④，他富裕的叔父家每天与大自然作伴，无忧无虑。一天，叔叔家雇来的"天性刚直的青年"德二郎要偷偷带他去见一位19岁的女孩。

---

① ［日］国木田独步：《春之鸟》，粟铁夫译，《盛京时报》1931年10月20日第7版。
② ［日］国木田独步：《春之鸟》，粟铁夫译，《盛京时报》1931年10月21日第7版。
③ ［日］国木田独步：《少年的悲哀》，粟铁夫译，《盛京时报》1931年10月28日第7版。
④ ［日］国木田独步：《少年的悲哀》，粟铁夫译，《盛京时报》1931年10月28日第7版。

作品对德二郎的描写很传神：

> 他的轮廓很饱满，脸色稍带浅黑，却是一个漂亮的人儿。每一饮酒，便大声的狂歌，就是不饮酒时，他也一边低声的歌着。一边恳勤的工作。精神特别地旺盛，并且时常现出欢天喜地的快乐的样子。论他的心事也很公正无私，所以我的叔父和当村的一般人们都夸奖他。在孤儿群里，是不可多得的。①

原来，德二郎领我去见的这个女孩即将被卖到朝鲜，在走之前，她很想与亲人告别。但她已无双亲，只有一个失散多年的弟弟杳无音信。她在德二郎那见过我的照片，觉得我长得很像她的弟弟，便央求德二郎把我带来与她见面。她独自划船将我带到海上，悲痛难抑，号啕大哭，与"弟弟"告别。其实，她的弟弟算起来今年已有16岁，绝不是眼前的只有十二岁的我。因此，单纯而幸福的我在这一个夜晚体味到了人生的悲哀，而且这种悲哀愈久弥深，终生难忘。

小说的景色描写很是独到，绘制月影、稻田、河口、原野、山谷、树叶等的肃穆与静谧：

> 这个时候，正是夏季的最中。月影鲜明的夜里，我就跟在他的后边，走出田圃，绕过稻田的小径，就到河口的堤下了。这堤却很高的，登在这上，一望无际地野原都可映在眼里。皎洁不杂地月光，笼罩在枯寂地山谷；似烟般的黯霭，布满着旷野；很矮地杨树叶上，凝的露儿，似珠般的光辉；河的下流，紧接着海口，夜汐已澎涨上来，水面已就渐渐地增高。用船板架的小桥，立刻好像看不见也似的。河畔的杨树，一半沈在水里。②

本文的景物描写十分出色，为烘托"悲哀"的主题营造了感人的气氛。夏夜清冷的月光，水稻的芳香，四处弥漫的水汽，濑户内海入海处的桨声灯影都写得栩栩如生。那位脸色苍白、像病人一样的女孩父母双亡，

---

① ［日］国木田独步：《少年的悲哀》，粟铁夫译，《盛京时报》1931年10月28日第7版。
② ［日］国木田独步：《少年的悲哀》，粟铁夫译，《盛京时报》1931年10月28日第7版。

骨肉离散，身不由己的悲惨命运深深打动了少年，也打动了每一个读者的心。①

> 光阴流水般的过去，到了现在十七岁的今日，我还判然地记得那夜里的情景。虽则想要忘掉，但也不会忘掉的，像她那样可怜可悯地面庞，现在还是映在我的眼前。在那夜里，像淡霞般的包在我的心里的一片哀情。与年般的攸长，现下只要想起来那时我的心情，便觉难堪的了不得，感到有些深而且静无可解怀的悲哀。②

作品结尾以少年的自述给读者留下悬念，使人预感到青楼少女的命运在流落到朝鲜之后，一定会更加悲惨。小说在凄楚的气氛中表现了一位被污辱、被损害的下层妇女的悲惨命运，饱含着作者的一腔愤意与深挚的同情。

发表在1931年的《波声》，是独步在《盛京时报》上发表的第三部小说，作品以一个村小教员的视角写了朴素的平民生活。"我"在海滨那里的初级小学校任教员，只不过教七八十个小学生，"我"没有租赁房子，只在学校里宿，孤独而又凄凉，夜里的海涛声惊得"我"难以入眠：

> 我决意要往海滨去瞧一瞧，于是就把脱下来的棉衣，披在睡衣的上边，另外又套一棉袍，手里拿着一根很粗的手杖，就往那里走下去了。冬天的夜里空气清鲜异常，星光特别地晶莹。因着星光的照射，县道的拐弯转角的地方，却也不很黑暗。在边的沙丘，绵延东部。在校舍的丘的断崖，突耸右侧。此间有一大道，跑不了这条道儿，便到海滨。我由空想的海滨，便走到了现实的海滨了。朦胧怪异地幻影，全部消失，森严壮大，而且极凄凉的海滨，现在我的眼前了。北风飕飕地吹来，狂波轰轰地轧响，皎洁地星光，低垂在水天。起初好像把我远远地吸收在那里一样，但是，平心静气地一瞧，觉着渐近，末了到底迫在眼前，把我压倒了。在近傍（旁）的波浪，像由一端崩掉

---

① 刘德润、刘淙淙编著：《日本近现代文学名篇选读》，上海世界图书出版公司2019年版，第54页。

② ［日］国木田独步：《少年的悲哀》，粟铁夫译，《盛京时报》1931年10月30日第7版。

起来，冲破了灰色的淡云，似箭般的快，穿过了石矶。

　　重叠地波澜，屡起屡仆，似这般乱狂的现象，只若一点也没有响声，那更觉着凄惨的了不得。我一边这样地想，一边呆呆地遥望着。刹那之间，就把我在校舍里听着的所有的响声，简直全都忘掉了。站地近傍的石矶上，瞩目远眺，走过有四五丁的远，便看见了从来未曾有看见过的一个怪物。我的周身，立刻地好像浴了冷水一般，战抖起来。瞧了两个东西，似乎比着猴子稍大，随波逐流地腾跃。这时的我，恐飞快地跑回学校，把被蒙在身上缩居一团。因着疲乏之故，所以在不知不觉之间，就走了睡乡去了。①

　　半夜三更，校工清兵卫喊"我"起来去见生命垂危时想见老师的四年级的学生阿繁。我们在阿繁家里见到了留着八字须的青年医师、阿繁的父母，还有个十七八岁的姑娘、十四五岁的男子、年纪约在二十一二岁像着家长似的一个青年男人，他们因着医师推断阿繁病重而聚在一起。安慰好阿繁，回程途中躲开了因丈夫出海淹毙而疯了的女人，明白"我初次到这学校来的那晚上，在海滨看见的那个奇怪的东西，我想一定是这疯女人罢"②。和清兵卫回到学校，难以入睡，喝酒聊天，清兵卫要为"我"做媒，介绍阿繁家里见到的十七八岁的姑娘做"我"的新嫁娘。

　　在1939年《盛京时报》刊登的《夫妇》这篇小说中，能看到独步对自己的婚姻破裂的真实记录。

　　　　我们夫妇从前幻想的生活，不，结婚后四个月里的生活。如果若能继续的话，无论牺牲何物，我决不会惋惜的。可是，不知道理由的不安叫我怎么办呢？我们夫妇间的和平，为什么冰结了呢？不知道原因，也是无法可施啊。是两三天前的事情。我坐在庭中凉亭的长椅上眺望着残在林梢的夕阳。忽然有人在我身旁悄悄的坐下了。回头一看，原来是妻。

　　"看什么呢？"她问。

　　"就闲着坐着呗。"

---

① ［日］国木田独步：《波声》，粟铁夫译，《盛京时报》1931年11月3日第7版。
② ［日］国木田独步：《波声》，粟铁夫译，《盛京时报》1931年11月5日第7版。

"景致还不错哩。"

"啊！景致是不错。那个闪闪发光的是什么？看前边的林子里。"

"是谁家的玻璃窗，在发光呢吧。"

"大概是吧。"

我一默然，妻也默然了。我睐着眼看着前边的树木。妻在呆看着远方的林子。空气澄清着太阳偏到西方。天外远处，低流着白云。①

　　独步在这部小说中更多的是写自己和新婚四月的妻子体验到感伤、苦恼、烦闷和无可奈何的情绪。小说中描述了"我"和信子，互相试探，说不清内心真实感受，但却感觉不安，自由恋爱而致婚姻破裂，没有外力，想面对但却不能也不敢面对现实，总试图逃避的这一种情况，作品客观地叙述了不和谐的婚姻的故事，并没有为其指明方向。

　　独步一生处境贫困、失去恋人、离婚使他精神上备受打击，一度想要自杀。他的社会职业使他广泛地接触下层人民，对黑暗的社会现实体会颇深。他在日记中写道："许多历史都是虚荣的历史，都是空洞的记录。写人类真正的历史，要去问问住在山林海滨的平民。在哲学史、文学史、政权史和文明史之外，加上平民史吧！这样，人类的历史才是完整的。"② 独步的短篇小说浸透着朴素的平民史观，广泛而深入地描写了平民生活。在他笔下，有僻居山林海滨的孤苦无告的船工、校工、弱智小儿，有在城市底层处境艰难的花匠、佣人、娼妓、贫寒的教员。独步的笔触中心始终都是苦难的平民百姓，如弱智学鸟飞而摔落下石垣的六藏，孤苦无告地将被卖走的娼家女，处境贫寒的小学教员等，独步以其特有的艺术敏感从社会的最底层发掘和提炼主题，表现人民悲惨的生活际遇，以及这种际遇给人心灵上所造成的无法治愈的创伤。正如别林斯基所说："一篇引起读者注意的中篇小说，内容越是平淡无奇，就越显出作者才能过人。"③ 国木田独步就是有这样才能的小说家。

---

① ［日］国木田独步：《夫妇》，奕秋译，《盛京时报》1939年7月8日第4版。

② 刘光宇：《论国木田独步的短篇小说》，《日本学刊》1994年第2期。

③ ［俄］别林斯基：《别林斯基选集》（第1卷），满涛译，上海文艺出版社1963年版，第182页。

七　志贺直哉及其小说

（一）作家志贺直哉

志贺直哉，1883 年生于日本宫城县石卷町（现在的石卷市住吉町），卒于 1971 年。年少时接受贵族子弟式教育，父亲直温任职于石卷第一银行支店（分行），祖父直道是福泽谕吉的门生，明治维新后任相马藩权知事、福岛县大参事，旋任旧藩主相马家的家令，倾力开发足尾铜山，以重建相马家的财政。直哉受祖父影响甚大，① 作为日本白桦派著名作家，创作生涯长达 60 年，其作品高度关注社会问题，多描述小人物的生存状态，充满浓郁的人道主义精神。1904 年发表处女作《菜花与少女》，后创办杂志《望野》。1910 年与有岛武郎等创办《白桦》杂志，主张尊重个性、发挥人的意志的作用，提倡人道主义与理想主义的文学，形成"白桦"一派。1912 年发表短篇小说《克罗谛思日记》，为文艺界瞩目。1917 年创作中篇小说《和解》，从此进入创作旺盛期。1921 年开始创作长篇小说《暗夜行路》，志贺直哉被称为日本新现实主义的第一人。他对人性进行深邃的观察，对庸俗与虚伪有惊人的敏感和憎恨，他具有理想主义的热情，是现代日本文学中从自我经验中取材最多的作家，在创作手法上的现实主义精神，对其他作家有深刻的影响。

（二）志贺直哉的小说

志贺直哉青年时代受同窗好友武者小路的推荐涉猎起托尔斯泰的作品，其创作受托氏影响颇深。托尔斯泰的《童年》记述了母亲之死，志贺直哉就创作了《母亲的死和新的母亲》，二者很相似。托氏三岁失恃，写母亲之死多依靠想象完成，而直哉 13 岁时经历了母亲的辞世。这部小说首次刊登在《朱栾》上，当时是 1912 年，直哉只有 29 岁。《盛京时报》1939 年刊载了这部短篇小说。作为日本近代文坛白桦派作家中茂实英声的虓将，志贺直哉的作品充满写实主义的风格。

十三岁的"我"和同学庆祝初小毕业去片濑游泳，接到祖父来信告知母亲生病，"我"挑选好给母亲的礼物回家探望母亲：

母亲从睡衣伸出手来，把我带回的东西，一样一样从桐木盒子拿

---

① ［日］志贺直哉：《暗夜行路》，李永炽译，海南出版社 2017 年版，第 334 页。

出来瞧着。

第二天清早一起床，我立刻就去探视了，母亲莫名其妙地愕看着我的脸说。

"你多咱回来的？"

"不是昨回儿来的吗？您还瞧了我带回的土产了呢！"

虽然这样说，她好像还在思索，所以我就又从父亲的桌上，把那些东西拿下来给她看了。这样母亲还是想不起来。

那时候我还不理会，她的病一天重似一天，脑筋也跟着古怪起来了。不久，为便于冰脑袋，母亲的头发被剪下来了。

病床移到饭厅的邻室了，是不是因为隔壁的大兵太闹这到忘记了。或者那时候，大兵已经不在也说不定。

病已经很沉重以后的事。母亲仰着脖子躺着的时候，祖母叫我把脸伸出去试试。我把我的脸，伸到渺渺茫茫地望着顶棚的母亲的脸上看了，祖母在旁边问道："这是谁知道吗？"母亲把眼光集中到我的脸上，不动睛地看了一会儿。这其（期）间，母亲好像要哭起来了，我的脸也好像要哭起来。于是母亲断断续续地说了："那怕是颜色黑，那怕是鼻子歪，只要结实就得丫。"

接着，根岸家的奶奶——外祖母，学我那样把脸伸出去，自己说："我呢？"试试看了。

母亲又集中眼光看了，但是忽而皱眉说"唉！讨厌讨厌！那么丑的老太婆……"把眼睛闭上了。①

母亲终于没有熬过这一关，从头脑昏沉到意识涣散再到气息微弱，她的病越发沉重了。

病一天比一天沉重了。不断地拿冰冰脑袋和胸口。

病床又移到客厅得邻室。这也不知道是为什么，再过两三天，终于垂危了。

他们谈说着，潮水退时，母亲就死的。一听见这话，我就跑到最初母亲躺着的屋子，一个人躺在那儿哭了。

长班进来安慰了，我问他："潮水几时退起呢？"书生答道："再

---

① ［日］志贺直哉：《母亲的死和新的母亲》，我军译，《盛京时报》1939年1月12—13日第4版。

等一个钟头就退。"

我想了母亲再等一个钟头就死吗?"再等个钟头就死吗?"——那时候我那么想,不知为什么。后来还常常想起这件事。①

日本文学研究学者叶渭渠先生评价日本作家志贺直哉,说其以惊人的艺术才华和高超的写作风格而被誉为"小说之神"。他的作品大部分取材于自身的生活经历,耳闻目睹的事实和个人感受。《母亲的死和新的母亲》就可见其写实主义风格,处于少年时期的孩子失去母亲是人生莫大的悲哀,志贺直哉艺术而又不失真实地写出了自己少年丧母的悲伤与惶惑,记录了丧母之痛,新的母亲到来给孩子带来的不同往日的感受,笔触细腻而又真实感人。中国现代著名作家郁达夫说:"他(志贺直哉)的作品很少,但文字精妙绝伦;在日本文坛上所占的地位,大可以比得中国的鲁迅。"可见其对志贺直哉评价之高。

志贺直哉追随托尔斯泰,其作品在艺术描写上笔力清洁,思想性和艺术性更趋向现实主义,日本"国民大作家"夏目漱石评价志贺直哉,说"他在艺术上是忠实的,他有一种信念,不是有自信的作品就不发表"。著名作家芥川龙之介对志贺直哉的评论,"志贺直哉氏在描写上不依赖空想,是一个现实主义者。他那现实主义式的细腻技巧,丝毫不落后于先人。若论这一点,我不夸张地说,比托尔斯泰还细密"。② 客观地讲,志贺直哉的作品,在艺术描写方面细腻有余、思想不够开阔,又是他和托尔斯泰作品的差异所在。

志贺直哉 1940 年登载在《盛京时报》上的小说《转生》只有 1 期,以丈夫的口吻写了一对夫妇之间的对话,妻子脑袋不机灵,丈夫虽有微词但亦无可奈何,可是雇来的仆人亦有这特点,颇让人无可忍受,丈夫发火,待到心平气和,妻子和他探讨下一世转生做什么,做猪、做狐狸……作品的特点是诙谐幽默,其艺术性不高。

---

① [日]志贺直哉:《母亲的死和新的母亲》,我军译,《盛京时报》1939 年 1 月 13—14 日第 4 版。

② [日]芥川龙之介:《文艺性的,高度文艺性的》,转引自刘利善《日本白桦派与中国作家》,辽宁大学出版社 1995 年版,第 116 页。

第二节 《盛京时报》苏俄作家及作品

《盛京时报》刊载的苏俄作家小说共有 17 部,这些小说的作者大都是享誉世界的大作家,举世闻名的作家有柴霍甫(契诃夫)、郭歌里(果戈里)、托尔斯泰、高尔基、屠格涅夫等,这些作家小说,除了托尔斯泰的《愚者伊晚》发表在 1909 年,其余都是 1930 年及以后登载的。

一 契诃夫及其小说

(一)作家契诃夫

安东·巴甫洛维奇·契诃夫于 1860 年 1 月 29 日出生在塔甘罗格,卒于 1904 年 7 月 15 日,是俄国 19 世纪末期最后一位批判现实主义作家,20 世纪世界现代戏剧的奠基人之一,与法国作家莫泊桑和美国作家欧·亨利并称为"世界三大短篇小说家"。契诃夫父亲开杂货店。为了躲债,全家迁往莫斯科,唯独留下了他。1879 年他进入莫斯科大学医学系,1884 年毕业后在兹威尼哥罗德等地行医,并开始文学创作。1880—1884 年,发表了 300 多篇文章,其中包括《变色龙》《外科手术》等。1890 年 4—12 月,体弱的契诃夫不辞长途跋涉,去沙皇政府安置苦役犯和流刑犯的库页岛游历,对那里的所有居民(将近 10000 个囚徒和移民)逐一进行调查。库页岛之行提高了他的思想觉悟和创作意境,使他创作出表现重大社会课题的作品。他只写中短篇,不写长篇。1890—1900 年,契诃夫曾去米兰、威尼斯、维也纳和巴黎等地疗养和游览。从 1892 年起,他定居在新购置的莫斯科省谢尔普霍夫县的梅里霍沃庄园并转向戏剧创作。他的剧本有《万尼亚舅舅》(1897)、《三姊妹》(1900)、《樱桃园》(1903)等,不重情节,而注重心理刻画,对现代欧洲戏剧有重大影响。1898 年,身患严重肺结核病的契诃夫迁居雅尔塔。1904 年 7 月 2 日契诃夫因肺病恶化而辞世。最终,他的遗体运回莫斯科安葬。

契诃夫的作品抨击了黑暗的沙皇统治、地主的残酷剥削、资本主义造成的灾难,同情劳动者和小人物,谴责庸俗习气和缺乏生机。他从日常生活取材却不失于琐碎,以小见大,只消几个细节便勾画出典型;没有曲折的情节而能扣人心弦;读者从他平静而含蓄的叙述中,能感受到他忧郁而严峻的目光,听到他渴求新生活的心灵的跳动。①

(二) 契诃夫的小说

契诃夫的作品在《盛京时报》上登载了四部,署名柴霍甫。分别是《观剧以后》(1930)、《顽皮的孩子》(1931)、《天才》(1934)、《可爱的人》(1943)。

《顽皮的孩子》翻译于 1931 年 7 月 8 日,发表在《盛京时报》文学副刊《神皋杂俎》栏目里,共 1 期。这部小说后来译成中文名字叫作《坏孩子》,它写了一个叫作普琴的翩翩少年和婀娜少女柔蒂处于热恋中,他们在河岸边柳树丛的世外桃源钓鱼,因为互相亲吻被柔蒂的顽皮弟弟小学生可亚瞧见,这个捣蛋小鬼说要揭发,他们不得不受要挟给可亚礼物直至求婚成功,两个人拧着可亚的耳朵让他求饶的一幕,成为他们恋爱生活最畅快欢乐的一幕场景。

小说开头结尾描写很有特色:

> 一个翩翩的少年普琴,和一个鼻子小而扁平的婀娜淑女柔蒂,一同走下倾斜的河岸,坐在凳子上。这凳子紧临水滨,在绿条沉郁的杨柳丛里——一个世外桃源,坐在这的人,真的便似隔绝了尘寰,只有鱼儿和电光般闪吻着水面的猫爪风作伴。那对青年情侣,手拿着钓竿、鱼笼,几罐蚯蚓和其他需要的什物,一坐下去,他俩便开始垂钓了。
>
> ……
>
> 这样局促的生活,直到八月底普琴向柔蒂求婚那天才止,哈!那是何等样快乐的一天!普琴在柔蒂父母面前求婚而得着两老允认后,便一股气地冲进后院中找可亚去了。在他找着了可亚的时候,他几乎快乐得狂呼起来,扭住他的耳朵,柔蒂,她也正在找可亚,忙跑过来扭住他的另一只耳朵,你总可以知道这时他俩面孔上显露的神情是多么欣悦呀!可亚大声喊痛求饶,"亲爱可敬的好哥哥和姐姐呀,我再也不敢捣蛋了,哦哦!哦哦!饶我吧!"后来,他俩自己陈说在彼此互相恋爱的过程中,从来没有尝到像可亚这顽皮孩子的耳朵给他俩扭

---

① 郑克鲁编选:《外国文学作品选》,复旦大学出版社 2019 年版,第 491 页。

住时候的极度快乐。①

　　这是一篇充满浓郁的生活气息的小说，读罢让人忍俊不禁，充满了温馨与欢乐。作为短篇小说能手，契诃夫善于专注生活的细节，进行挖掘，姐姐的害羞，准姐夫的惶急而又无可奈何的窘态，弟弟的顽皮与机灵，都在短短的文字中得到活化。关于小说景物、心理描写的技巧，契诃夫1886年曾在给哥哥亚·巴·契诃夫写信，强调了小说创作中应该关注到景物描写与心理描写细节的重要意义，并且从这两个方面详细地说明了如何在创作中运用细节的问题。

　　　　……依我看来，自然的描写应当非常简炼，而且带一种偶然的性质。俗套头是这样的"落日沉浸在发黑的海浪里，海面上洋溢着紫红的金光"，等等。"燕子在水面上飞翔，快活的啾啾叫。"这类俗套头应当丢开。描写风景的时候应当抓住琐碎的细节，把它们组织起来，让人看完以后，一闭上眼睛，就可以看见那个画面。比方说，要是你这样写：在磨坊的堤坝上，有一个破瓶子的碎片闪闪发光，像明亮的星星一样，一只狗或一只狼的影子像球似的滚过去等等，那你就写出了月夜。要是你不嫌弃，肯于使用自然现象和人类行动的对比等等，那么景物就会生动的出现了。

　　　　在心理描写方面也要注意细节。求上帝保佑你，千万不要用俗套头。最好还是避免描写人物的精神状态，应当尽力使得人物的精神状态能够从他的行动中看明白。……不必追求人物的众多，重心应当有两个，他和她。……②

　　契诃夫的另一篇作品《天才》很是犀利，描写了艺术家伊格沙维赤不思进取，不切实际地把希望寄托远方，把生活过得颓废而糟糕的景象，充满了讽刺意味。

　　　　艺术家伊格沙维赤，他在一个军官的孀妇家里过度他的暑期

---

① ［俄］柴霍甫：《顽皮的孩子》，章伯彝译，《盛京时报》1931年7月8日第7版。
② ［俄］契诃夫：《契诃夫论文学》，汝龙译，人民文学出版社1958年版，第26—27页。

假日。坐在他的床上，消沉在早晨的抑郁里，户外已竟（经）开始显出秋色了，浓重、大块的云在天空层层的堆积，抖（陡）峭的寒风吹着而树带着悲鸣也都倒向一边了，他看见枯黄的叶子旋转在空中和地上。别了，夏啊！但是这种自然的凄凉景象是美丽的，含有诗意的，当艺术家的眼光瞧到的时候，不过伊格沙维赤是无意鉴赏这种美，他为厌烦缠绕着，他的惟（唯）一安慰便是明天不在那里的思念了，床、椅子、桌子、地板全堆上垫子，有褶绞的被褥和旅行箱，地板没有擦，棉布廉（帘）也从窗户上摘下了，明天他要动身到城里去。①

画家来度暑期假日，眼看夏日已尽，秋色显露，他也即将离开租住的地方，但是面对景色已然失却了赏鉴的心思和眼光，他消沉、抑郁、惆怅、厌烦，无心打理生活，更为糟糕的是他招惹了房东孀妇的女儿却又不想负起责任，他一味地把心思放在远方。

他的头发下垂到肩上，他的胡须是由他的颈、他的鼻孔、他的耳朵长出，他的眼睛是深陷在他浓厚向下的眉毛之下，那都是这么厚，这么集结，如果一个蝇子或甲虫飞落在他的头发里，恐怕在这样乱迷的簇丛中很难找到出路。伊格沙维赤听着克蒂亚说，打着哈欠，他疲倦了。当克蒂亚开始哭了的时候，他郑重的从向下的眉毛望着她，蹙着眉，用低沉的声音说："我不能结婚。""为什么不能呢？""因为是一个画家，而且在事实上任何人只要为艺术而生活的，结婚是谈不到的，一个艺术家必须自由。""伊格沙维赤，可是我该怎么拦住你呢？""我不是说我自己，是说一般的……著名的作家和画家向来是不结婚的。""你，也一定要成为成名的——我很知道，但是请你为我想，我怕我母亲，她是严峻的而且好发脾气，她要是晓得了你不愿意和我结婚，那就不用说什么了……她必开始怨恨我，噢，我是多么可怜——并且你还没有付给房租呢！……""她这可恶的东西！我给。"伊格沙维赤站起来，往复的走着。"我决定出洋去的！"他说。这艺术家告诉她什么也没有比得出洋的事更容易的了。一个人不必作什么只是画一张画卖掉就可以了。"当然！"克蒂亚附和着说，"但是你为

---

① ［俄］柴霍甫：《天才》，余赍译，《盛京时报》1934年1月1日第2版。

什么在这夏季里不画出一张呢？""你以为我在这像牛房子里便能工作么？"这艺术家不高兴的说，"而且我那里找模特儿呢？"楼下有人猛力的关门，克蒂亚时时在盼望她母亲归来，跳起来跑了。这艺术家又剩下自己一个人在屋里，他往复的走着好久，穿行在椅子和各种不整洁的东西堆中，他听到了这孀妇摆弄着陶器音响和大声斥责着每一辆车子向她索要两卢布的车夫，伊格沙维赤悒悒的站在碗橱前面对着盛麦酒的杯皱着眉，注视了很久。①

《天才》这部小说对主角的肖像描写是细节刻画很成功的一个范例，主人公画家伊格沙维赤是一个平凡庸常的小人物，契诃夫对他进行了剪影式的肖像描写，以夸张的笔法写出了颓废、消沉、浑浑噩噩度日，陶醉酒乡的不修边幅的画家形象。但就在这漫不经心、消沉抑郁、颓废不堪的凡人小事上确能强有力地表现人物的性格特征，他在寻找客观条件为自己不做画而开脱，一心成名却不是对艺术的热爱。

当睡前，伊格沙维赤拿着蜡灯到厨房去想找一点水喝。在黑狭的过道中间遇着克蒂亚坐在一个箱子上，两手紧握着膝盖，眼向上看，一种幸福的微笑隐现在她那苍白的渴望的脸上，她的眼在散着亮光。"你呀？你是想什么呢？"伊格沙维赤问她。"我正在想你怎样成名"她半低声地说，"我在想你怎么成一个名人……我听到你的话了……我还要梦想下去……"克蒂亚轻笑欢呼，把她的手谦敬的放在她的爱人的肩上。②

作者以真实而又典型的细节来结束作品，契诃夫曾说过："活的形象创造思想，思想并不创造形象。"③ 小说中颓废的画家被作者以生活细节活化了，生活中有这样的人，他们自诩有才华却任由自己颓废着，他们渴望成功却馁于付出行动，他们有想往却总纠缠于客观条件，画家的形象让人们反思生活。这部作品是契诃夫短篇创作很好的例证，作品不仅细节刻

---

① ［俄］柴霍甫：《天才》，余赘译，《盛京时报》1934年1月1日第2版。
② ［俄］柴霍甫：《天才》，余赘译，《盛京时报》1934年1月1日第2版。
③ 社会科学战线编辑部编：《形象思维问题论丛》，吉林人民出版社1979年版，第108页。

画生动,而且笔力简洁,契诃夫强调"简洁是天才的姊妹"①。小说的结尾是开放性的,没有给读者任何答案,生活本身就有许多无解的问题。

二 屠格涅夫及其小说

(一)作家屠格涅夫

伊凡·谢尔盖耶维奇·屠格涅夫,1818年11月9日生于奥廖尔省,19世纪俄国批判现实主义作家,父亲是退职军官,母亲是地主。屠格涅夫虽出生在一个贵族家庭,但自幼厌恶农奴制度。1833年进入莫斯科大学语文系,翌年转入历史系,1838年在柏林大学攻读哲学和古典文学,1842年在彼得堡大学获得哲学硕士学位,回国后和别林斯基成为至交。从1847年起为《现代人》杂志撰稿,出于自由主义和人道主义的立场反对农奴制。1848年来到巴黎,1852年因触犯当局而被拘留、软禁,在拘留中他写了反农奴制的短篇小说《木木》。19世纪50—70年代是屠格涅夫创作的旺盛时期,他陆续发表了长篇小说:《罗亭》(1856)、《贵族之家》(1859)、《前夜》(1860)、《父与子》(1862)、《烟》(1867)、《处女地》(1877)。从19世纪60年代起侨居欧洲,结交了许多作家、艺术家,如左拉、莫泊桑、都德、龚古尔等。参加了在巴黎举行的"国际文学大会",被选为副主席(主席为维克多·雨果)。屠格涅夫主要作品有长篇小说《罗亭》《贵族之家》《前夜》《父与子》《处女地》,中篇小说《阿霞》《初恋》等。1883年9月3日屠格涅夫病逝于法国巴黎。

《盛京时报》刊载了屠格涅夫的4部短篇小说,分别是《敌人》《施与》《玫瑰》《菜汤》,刊载时间是1931年上半年,小说很短,都只有1期,均不足1000字。

(二)屠格涅夫的小说

屠格涅夫的文学成就很高,诗歌、戏剧、小说均有丰厚著述。其中以小说最为著名,在长、中、短篇中均有卓越的作品。他擅长以描写现实来反映社会的问题和生活的弊端,可以当之无愧地被称为"人民的作家"。

试看他的小说《菜汤》,刊载于《盛京时报》神皋杂俎副刊上,全文300字,写了"村庄中最好的工人"母亲失却了二十岁的独生儿子。前来吊唁的村主,诧异地看到"面孔黑暗而凹入,两眼凸出而成红色"的失

---

① 李保均:《小说写作研究》,湖北人民出版社1984年版,第291页。

独母亲在喝黑色罐子里的菜汤,发出疑问"你怎么能吃得下咽呢?"母亲悲痛而又心碎,知道自己"不能再活了",可是还是按照长久积累下生活节俭的习惯舍不得那菜汤里的盐巴而喝掉它。

一个孀居的农妇,仅有一个好的二十岁的独子在村庄中算是最好的工人,不幸他与世长辞了。村主是个妇人,听到这个农妇的不幸遭遇,在安葬儿子的那天特地去看看她。

她在农妇家里见到她了,农妇立在屋的中间,在桌子的前面,左手无精打采的垂在身旁,右手从容不迫,很有规则的动着。从一双黑罐子里,舀出淡薄的菜汤,一匙一匙的吞下。

农妇的面孔黑暗而凹入,两眼凸出而成红色……但是不关心儿子吗?你怎么能吃得下咽呢?你怎么能喝那个汤啊!"我的瓦西亚死了。"农妇幽静的说,悲痛的泪珠,又流下来她那深凹的脸颊,"当然我是完了!这使我心碎,不能再活了。但是汤还是不可浪费,里面还有盐啊!"村主耸一耸肩头走去,在她看起来,盐不是什么宝贵的东西。①

这是一种冷峻的写法,"但是当人物在真正激发作者想象力的那一个时刻,它就成为一种获得动人效果的绝佳方式"②。底层人们生活的悲惨如果只用词来形容,有许许多多,可是却不能直抵人心,感人肺腑。屠格涅夫的这篇小说读来令人潸然泪下,生活在底层人们的不幸因舍不得丢掉的含盐的菜汤而让人难忘,那心如死灰的幽静,那悲痛的泪珠,让人悲伤不已。而更为可悲的是,同样在村子里境况较好的村主也没办法理解,"在她看来,盐不是什么宝贵的东西"。人们彼此间很难理解对方的苦楚,生活充满了悲苦和隔阂。

屠格涅夫擅长描写社会生活中的真实景象,他的短篇小说《施与》刊登于《盛京时报·神皋杂俎》1931 年 2 月 3 日。

在城市的道边,有一个病弱的老人,沿着宽阔的大道走着。他蹒

---

① [俄] 屠格涅夫:《菜汤》,顾戒希译,《盛京时报》1931 年 4 月 18 日第 7 版。
② [美] 亨利·詹姆斯:《小说的艺术》,崔洁莹译,四川文艺出版社 2021 年版,第 37 页。

跚而行，那衰弱的两腿，行行且止，踯躅不前，很苦痛的而且无力的向前慢慢移动着，似乎那两腿，已不为他所有了，他身上的衣服，褴褛不堪，光着的头下垂在胸际……他是十二分的疲乏了。

他在路边的一块石上坐下，身体向前弯曲，两肘搁在膝上，以手遮面，眼泪由手缝中滴下，洒在干燥的泥土上。

他记得……记得他自己过去是如何的强健而富裕，如何为别人——朋友和敌人——而摧残自己的健康，滥费自己的钱财……可是，现在呢？他自己连块面包都没有，一切的人都舍弃了他。甚至朋友还在仇敌之前……他必定要流落成乞丐吗？在他的心中，深藏着苦闷和羞愧。他的眼泪还是继续的滴着，滴着，洒落在灰色的尘埃之上。忽然他，听见有人叫他的名字，他抬起了疲乏的头，看见一个路人站在他的面前，面部的表情，沉静而庄重，但是并不严厉，两眼虽不炯炯发光，也还清明，容貌很尖锐，并且也很和善。"你将所有的财产都滥费了"，那人用平静的音调说："但是你做了好事，现在后悔吗？"老人叹了一口气，答道："我并不后悔，但是，现在，我要死了！"那位路人继续说："假使从前没有乞丐向你乞讨，那就没有人来证明你的善举，同时你也不能完成你的慈善事业。"老人没有回答，深沉在思索中。

"可怜的人，你现在也不必高傲。"那人又说："你也伸手去乞讨，使得别的善人，得到一个机会，在事业上证明，他们是以慈悲为怀的。"这个老人很惊诧，抬眼看时……那个路人，已经不见了，而且在远远的来了一人，沿着大路走来，老人走向前去迎他，并且伸手乞讨，那人现出粗暴的容貌，掉过头去，什么也没给他。但是在这人去了之后又走过一人，给这个老人一些细微的补施。

老人于是就用讨来的钱，买面包吃，而且他觉得讨来的面包，也很甜蜜，在他的心中，并不感觉羞耻，反而觉得安逸而欢乐。①

生活充满了不确定性，老人疲累地在街上蹒跚而行，生活对于晚年的他逾显残酷，年迈、体弱、穷困、无助。他年轻时浪费了自己的钱财，结交的所谓朋友，先于敌人弃他而去；如今，他该何去何从，老人禁不住泪

---

① ［俄］屠格涅夫：《施与》，顾戒希译，《盛京时报》1931年2月3日第7版。

如雨下，在街头痛哭，羞愧而又苦闷。忽然而至又转眼离开的路人给予老人心灵的慰藉，老人抛下了苦闷、羞愧、尊严……他开始乞讨了，讨来的面包也很甜蜜，生活安逸些，也有了欢乐。作品是一个生活的寻常之景，也是社会生活的一个缩影，世态百相，年轻的豪奢与晚年的拮据，身体的健康与病弱的苦痛，朋友与敌人的舍弃，都凝结在不足 800 字的小说里。

屠格涅夫发表在《盛京时报》的《敌人》与《玫瑰》，具有一定象征色彩：

> 我有一个朋友，他是我的敌人，我们并不是为职业而有敌意也不是为事物，更不是为恋爱。但是，对于任何事件，我俩的观点，永远不会相同。无论在任何时候遇见，我们俩总是不断的讨论。
>
> 对于任何事件，我们总争论，争艺术、宗教、科学、以及人在世界上的生活，和死后的生活，尤其关于人的生时与死后的生活，争得特别厉害。他为人忠实而又热诚，有一天他对我说："你讥笑一切，但是若我死在你之前，我要从另一世界中到你这里来……我倒要看看，那个时候你笑不笑了。"
>
> 的确，他在我之前死了，其实我还年少，但是，时迁境易，不久也就忘了，他的前言和威慑。
>
> 一天，我正睡在床上，反（翻）来覆去我睡不着，实在也不想睡。一室内既不黑暗，又不光明，我凝视灰淡的微光。
>
> 忽然，我似觉得我的敌人立在两窗之间，忧郁的缓缓地点着头。我并不恐惧也不惊诧……仅将身体抬了起来，倚在肘上。我还是专心的凝视着，这个忽然出现的幽灵。
>
> 那个幽灵继续的点着头。最后我说："你究竟是胜利还是后悔呢？这做什么——警告还是戒备呢？你的意思，是使我知道你的错误，还是我们都错呢？你得到一些什么经验？地狱中苦痛？还是天堂中的幸福呢？最少你讲一句话呵！"但是我的敌人，不发一点声音，和以前一样，仅仅忧郁而谦逊的点头。我笑了……他不见了。①

作家不是现实的臣服者，他在反思、自省，即使不能得到现实的幸

---

① ［俄］屠格涅夫：《敌人》，顾戒希译，《盛京时报》1931 年 1 月 31 日第 7 版。

福，他依然要追求彼岸，这部小说将故事性与抒情性有效结合。他还有另一部作品《玫瑰》，也是基于这样设计：

> 她看见了玫瑰，拿在手中，看看被践踏的泥污的花瓣，看看我的面孔。她的两眼，突然停滞不动，包含着盈盈的泪珠闪闪发光。
>
> "你哭什么？"我问"怎么，你看这朵玫瑰，变成什么样子！"那时我以为要说一切深切的评语。
>
> "你的眼泪，可以洗去泥污"我说时带着含有意义的表示。"眼泪不能洗去的，将它们烧掉罢"她回答着，走向壁炉，将玫瑰投入微弱的火焰中。
>
> "火烧较泪洗好的多了"她叫着，她那两眼中，还含满了闪烁的泪珠，勇敢而快的大笑着。
>
> 在我看起来，她自己也在火中了。①

这部作品的抒情性更为浓郁，充分显露了曾为诗人的作家屠格涅夫的小说抒情性的特点，通篇作品宛如一首抒情诗，纯美而又宁静，开篇的景色描写就充满诗意。正如亨利·詹姆斯在《小说的艺术》中对屠格涅夫的评价："他有热情去追求清晰明确，喜欢集中一点来进行人物刻画，喜欢通过举例来表明它的意思。实际上，他常常让我们感到他因为细节本身而热爱细节，就好像一个藏书迷热爱他那些从来不读的书。"②试看下面描写：

> 已是八月的末日……秋天快到了，太阳将落。一阵倾盆的大雨，无雷无电，很快的在我们广场上过去。
>
> 屋前的花园中，充满了斜阳的光热和泛滥的雨水，同时水汽不断的蒸发。她在会客室中，坐在桌旁脑中充满连绵的梦幻，从半开花的户屏里，凝视着花园。③

在作者看来，她的个性和她凝视的花园之间有着紧密的联系，屠格涅

---

① ［俄］屠格涅夫：《玫瑰》，顾戒希译，《盛京时报》1931 年 4 月 2 日第 7 版。
② ［美］亨利·詹姆斯：《小说的艺术》，崔洁莹译，四川文艺出版社 2021 年版，第 34 页。
③ ［俄］屠格涅夫：《玫瑰》，顾戒希译，《盛京时报》1931 年 4 月 2 日第 7 版。

夫的小说中蕴含着抒情而又忧郁的气质。《敌人》中作者没有明言我讥笑什么，为什么讥笑，而我的所谓的"敌人"为何说"我倒要看看你那个时候笑不笑了"。而《玫瑰》中写"我知道那时她心中的感想，我知道在短少的时间而且是悲痛的挣扎以后，她那时已为情感所动，不能自主了"。她为何悲痛？为什么挣扎？又是什么让她隐没入园中直至黑暗降临才回来，作品都没有回答。正如亨利·詹姆斯指出："屠格涅夫身上最高明的是什么——人所共知，是一种精致入微的诗的氛围所产生的效果，借助于这样一个表达感情的手段——不妨说，其中对于人类普遍的危难和需求所发出的共鸣和震颤——他内心的一切都上场了。"①

亨利·詹姆斯曾写过《我们为何偏爱屠格涅夫》一文，其中对屠格涅夫的评价很是中肯："他真的几乎没有不关心的事情。社会的各个阶层、各种类型的性格、贫穷或富裕、各式各样的行为方式都在他笔下出现；他的想象力把所有一切都同样地纳入其中，无论是在城市还是乡村，无论是在富人还是穷人、聪明人还是傻瓜、粗通艺术的人还是农民之间，无论是悲伤还是欢乐、合乎常理的还是奇异古怪的。他能欣赏我们所有的感情，并且对我们灵魂的复杂性抱有深切的同情。"② 屠格涅夫是一个能点燃人们对世界的好奇心的作家，他以自己的一支笔记录了丰富的生活，并对生活无限的多样性做了评判。

三 果戈里及其小说

（一）作家果戈里③

尼古拉-瓦西里耶维奇·果戈里·亚诺夫斯基1809年4月1日出生在索罗庆采镇（今乌克兰波尔塔瓦省密尔格拉德县）的一个地主家庭里。当时的索罗庆采镇被称为小俄罗斯："在这里，人们还信东正教，停留着多神教仪典的残余。一切东西都掩混在一起：既信仰基督，也有表演淫秽场面的古老宗教傀儡戏巡回演出；既恪守斋戒，也有集市上无拘无束的寻

---

① 吴春兰：《欧美古典文学教程新编》，厦门大学出版社2017年版，第334页。
② ［美］亨利·詹姆斯：《小说的艺术》，崔洁莹译，四川文艺出版社2021年版，第38—39页。
③ 《盛京时报》刊载俄国作家果戈里小说《五月夜》《犯人》时，译者将"果戈里"译为"歌郭里"。

欢作乐,有丰美的食物、鲜艳的服装,还有夏日骄阳下令人热血沸腾的场面。"① 这种奇妙的杂糅性,在潜意识中影响了果戈里的一生。这种杂糅性,最早反映在"果戈里"内涵中。"果戈里"一词本是对鸟、公鸭或花花公子的戏称,而"亚诺夫斯基"则带着一种波兰情调,"尼古拉"则与果戈里的父母进行祈祷的狄康卡教堂里陈设的尼古拉圣像有关。果戈里出生之前,他的父母曾经接连失去了两个孩子。后来二人向尼古拉圣像祈祷,终于产下了一个健康的孩子,因此二人格外珍视这个孩子。② 果戈理被公认为俄国19世纪上半叶最优秀的讽刺作家、讽刺文学流派的开拓者、批判现实主义文学的奠基人之一。果戈理的创作以其独特的艺术风格和深刻的思想内涵享誉世界,曾有"俄国文坛盟主"之美誉。

(二) 果戈里的小说

《盛京时报》登载了果戈里两部小说,《五月夜》(1930)和《犯人》(1934),两部小说的作者果戈里当时被译为"歌郭里"。其中《犯人》这个短篇只刊登了两期,未完。在《五月夜》小说正文之前,有翻译者王吉恩所作的"译者识",原文录如下:

> 歌郭里是小俄罗斯生人,天才很大,助加夫斯基、普希金、李门托夫等都很赞美他。他的著作影响当时及后世不小,故批评家说十九世纪末叶为"歌郭里时代",可见他在文坛上所站地位之重要。此篇《五月夜》共分六章,其内容特质可分为:一、描写小俄罗斯的夜景,句句都含着酸辛的眼泪。因当时小俄受波兰之侵略,写此以引起爱国观念;二、描写社会上之虚荣心及无赖行为;三、表现对于弱小之同情及复仇的主张;四、纯正爱情之成功,其文词极雅丽自然,其结构极精密活泼,不过常有小俄习语夹杂其中,译者学浅,恐未尽肖,尚祈阅者原谅。关于一切的忠告与错误的指正,是我十二分欢迎领受的译者识。③

在译者识里,译者王吉恩介绍了歌郭里的出生地小俄罗斯就是当今的

---

① 毛晴:《果戈里小传》,广东旅游出版社1997年版,第1页。
② 车吉心、谭好哲主编:《大家之家·文学卷》,泰山出版社2020年版,第125页。
③ [俄]歌郭里:《五月夜》,王吉恩译,《盛京时报》1930年3月28日第9版。

乌克兰，译者赞誉歌郭里是天才作家，对当时及后世作家影响很大，同为名家的普希金等人对他称誉极高。也介绍了作者所翻译的这部作品的特点、主旨等，一来方便读者了解作品，二来吸引读者阅读。

在《五月夜》的开篇，充分体现了果戈里的对歌声的热爱，果戈里在1833年致马克西莫维奇的信中说："歌声，这是我的快乐，我的生命！我是多么热爱你们！没有歌声，我无法生活。"① 我们看，这部作品，虽有忧伤和辛酸，但也被歌声琴弦贯穿始终。

> 洪亮而悲伤的歌声，从一个小村巷里起来。正是村中少年和少女集会的时候，他们昼间工作，异常勤劳，未免有点疲倦和烦闷些，所以乘着清亮的晚间，来到街上，站成环形，歌唱起来。沉思欲睡的傍晚，笼罩着蓝色的天空，将万物遮盖着不清楚，稍时已竟昏黑了，歌声仍未止息。忽有一兵士。名叫列夫科，他是村长之子，头戴着铁纱帽子，手拿着琵琶，从群众里跑脱出来，一边跳着，一边弹。沿着大街往前走去，走到一个低矮樱木房子的门前。忽地站住，这是谁的房子？这是谁家的门呵？他沉默一会儿，又弹起琴来，还唱着："日兮降兮，夜凄凄，彼美人兮，何不我即！"②

其实，作家对歌声的热爱，早在童年就埋下了种子。果戈里的父母都是戏剧爱好者，他的父亲瓦西里在驿站辞职回乡经营农庄时，因为爱好戏剧自己创作了几部喜剧，还上台参演自己的剧作，母亲也"擅长鲜明地展示那种与众不同的气质和性格"③。这些使小果戈里受到了良好的艺术熏陶，他从小就学会了惟妙惟肖地模仿他人动作的才能，他擅长捕捉他人的性格，抓住人物的两三个特点来塑造人物，这些在他的小说中都有体现。

> 歌毕贴近窗前自语道："不！知道啦，她已睡着了。"遂喊道："噶瑠！噶瑠！（噶娜之小字眼）您是睡啦，是不愿意来呢？您是怕别人看见，或是怕冻呢？此处无人，今晚又暖和，您不要怕呵！但是

---

① 王新颖：《果戈里画传》，华东师范大学出版社2004年版，第5页。
② [俄] 歌郭里：《五月夜》，王吉恩译，《盛京时报》1930年3月28日第9版。
③ 毛晴：《果戈里小传》，广东旅游出版社1997年版，第7页。

如果有人来的时候。我就用我的上衣，遮盖着您。用我的腰带将您缠上，用我的手将您脸遮盖上——谁也看不见您啦。如果您冷的时候，我就紧紧的抱着您，用诚恳的亲吻来暖和您，将我的帽子套在您脚上——你还能冷么？我的亲爱的宝贝！您到看看，我呵！您可以从窗户将手伸出来！……不，您未睡着呢，骄傲的姑娘！他喊的声音很高，终未得到她的回答。他觉得有点卑屈，不禁羞臊起来，遂又喊道："您尽愚弄我呵，再见吧！"说毕转过身来，歪戴着帽子，很骄傲的离开窗户，一边走着一边拨弄着琴弦，此时忽听门闩微动，忽然一声房门洞开。一个姑娘，年约十七，跨出门坎来。一只手仍握着门闩，很羞怯的斜视着，她的眼睛像明星般闪耀着，她的珊瑚项串也灿烂着，她的双颊绯红，显着羞愧的样子，更觉可爱。"你怎么这样不能耐呢忍！"她低声说道："您生气啦么？为什么您选这时候呢？那边一大些人……我害怕！"这个青年放下琵琶，将她抱起，一同坐在门傍（旁）说道："您不要害怕，紧紧靠着我！您知不知道，我要有一点钟看不见您，就愁起来啦！"她用双眼凝视着他插言道："你知道我，想什么呢？我的耳里总像有人说，咱们将来见面不能如此容易。恶徒们破坏咱们，女友们嫉妒咱们，那些青年……我觉着我的母亲，近来待我也很苛。我觉着在旁人之下，能安适得多呢。"①

兵士列科夫勇敢而又机智，为了让自己心爱的姑娘勇于从家里走出来和他会面，他在月夜之时跑到姑娘的窗下弹琴唱歌，诉说衷肠。终于姑娘如他所愿，打开家门来见他。

　　她的脸上显出忧愁的样子，列夫科接着说："在家乡住两个月就苦恼起来！或者是烦恶我吧？"噶娜含笑答道："不是烦恶你，我很爱你，乌眉的兵士呵！我爱你那褐色的眼睛，当你看我的时候，我心里觉着非常的安适，你那黑色短须，以至你在街上行走、唱歌、弹琴……一切我都爱。"他又紧紧搂抱她接着吻喊道："嗷，我的噶娜！"她说道："等一会儿。得啦，列夫科！你对你父亲提过未有？"②

---

① ［俄］歌郭里：《五月夜》，王吉恩译，《盛京时报》1930年3月28日第9版。
② ［俄］歌郭里：《五月夜》，王吉恩译，《盛京时报》1930年3月28日第9版。

后文，村长父亲想要以强权征服姑娘的芳心，最终，机智勇敢的青年列夫科帮助一个女鬼在一堆妖精中找到了曾经伤害她继母的那个妖精，女鬼为了报答他，给了他一纸文书。文书是警察署长给村长的命令，要村长立即促成列夫科和噶娜的婚事。故事情节很简单，但字里行间蕴含着作者对故乡这片土地的深情厚谊。

> 你们知道乌科兰的夜景吗？我想你不知道的。请你看吧，皓月当空，万里无云，满地苍凉，如同白昼一般。清新的空气里，暗香浮动着，幽媚宜人，真是妙丽，森严，神圣的夜呵！树林和水池都很安静地休憩着，银河在天，树影映地，黑而寒的池水与公园深绿的围墙，混为一色，安静美好如处女的树林，很羞怯的伸根于泉水里。当着晚风徐徐过来亲吻的时候，他们时时发出凄凄切切如怨如怒的声音，此时山川如睡，而天空显出奇异，森严的景象。在脑海的深处，奇异幻象相继而来，不知怎样的缤纷陆离，真是妙丽而神圣的夜呵！①

正如别林斯基评论果戈里小说所说的，"这是小俄罗斯的素描，充满着生命和诱惑的素描。大自然所能有的一切美好的东西，平民乡村生活所能有的一切诱人的东西，民族所能有的一切独创的典型的东西，都以虹彩一样的颜色，闪光在果戈里君初期的诗情幻想里面。这是年轻的、新鲜的、芬芳的、豪放的、令人陶醉的诗，像情爱之吻样……"② 在果戈里的小说中，传说、故事、独白、对话、抒情、素描、议论融为一体，使作品别具一格。小说在攻击丑恶的村长嘴脸时，充分显示了作家的幽默讽刺的才能，整部作品充满一种健康的力量，又不乏浪漫，流露出抒情的调子，对哥萨克人生活的描写包含着无限的豪迈和奔放，与小说开篇的基调相吻合，具有强烈的艺术感染力。

《犯人》这部小说是由出生于吉林宁安、掌握六国语言的张露薇先生翻译。张露薇原名张文华，1928年就读于东北大学理工学院，1931年入清华大学中文系，肄业。1932年加入中国左翼作家北方联盟部，后脱离左翼作家联盟并攻击之，遭到鲁迅先生驳斥，1936年任《文学导报》主

---

① ［俄］歌郭里：《五月夜》，王吉恩译，《盛京时报》1930年3月31日第9版。
② ［俄］别林斯基：《论俄国中篇小说和果戈里君的中篇小说》，《别林斯基选集》（第1卷），满涛译，人民文学出版社1958年版，第193页。

编，不久被迫退出。1949年后被关押，刑满释放后在山西工作，后参加《简明不列颠百科全书》的翻译和编辑工作。

这部作品描写了一群以奸淫抢掠为能事的皇家军人像恶鬼似的在一个夜晚占据寺庙底下的一个方形洞穴、关押犯人的故事：

> 本来这个不幸的犯人早就应该摔下马来，不过还有一条很粗的绳子把他拴在马鞍上。假若那月光把他的脸照上一会儿，那一定会照出来从他的双颊一直流下的血滴，可是那月亮却并不能看到他的脸。因为那个脸是关在一个铁网的面具里裹的。有些好奇的人们，很惊异的呆若木鸡似的站着，有时还冒着险走近一点儿。然而，看见了卫队中的一个挥一挥拳头或指挥刀，他们便赶紧往后退，跑回他们那些快跌倒的小房子里去了。把鞑鞍的羊皮更紧紧的包裹在他们自己身上。夜间的冷气袭得他们不住抖颤。①

作品讽刺了当时社会的黑暗与丑陋，一群形若恶鬼，势若狂徒的皇家丘八爷，他们丑恶、残暴而无耻，抓住了一个他们口中所谓的犯人，随意鞭打、凌辱、抢夺寺庙、口出恶言，即使是不问世事的庙中僧人也被他们肆意欺凌，作者以鲜明的对比写出了欺人者手握国家机器，任意妄为地残暴无道与弱小者的无力反抗的悲惨命运。

四 托尔斯泰及其小说

（一）作家托尔斯泰

列夫·托尔斯泰是19世纪俄国的现实主义作家。他出身于贵族家庭，1840年入喀山大学，受到卢梭、孟德斯鸠等启蒙思想家影响。1847年退学回故乡，在自己领地上做改革农奴制的尝试。1851—1855年的军旅生活不仅使他看到上流社会的腐化，而且为以后在其巨著《战争与和平》中能够逼真地描绘战争场面打下基础。退伍后开始文学创作，成名作是自传体小说《童年》《少年》，这些作品反映了他对贵族生活的批判态度，主张"道德自我修养"，擅长心理分析。之后多次到欧洲考察，认为俄国应该在小农基础上建立自己的理想社会，贵族应走向"平民化"，这些思

---

① ［俄］歌郭里：《犯人》，张露薇译，《盛京时报》1934年10月28日第5版。

想鲜明地体现在其中篇小说《哥萨克》中。晚年,他思想发生转变,创作了《忏悔录》和中篇小说《伊凡·伊里奇之死》等多篇小说。托尔斯泰的创作被列宁称为反映俄国革命的一面镜子。①

(二) 托尔斯泰的小说

《盛京时报》上的托氏小说,一部是刊载于1909年的《愚者伊晚》;另一部是刊于1935年的《两个女孩子》。《愚者伊晚》是文言中篇寓言小说,在篇首有翻译者"凡"之序言,介绍了所译文章之作者,阐明其创作目的。

> 《愚者伊晚》系俄国之大文豪杜尔斯土伊伯爵之所作也,伯爵不但为现代世界文坛上之明星,而实亦宗教界古今之伟人,著作颇多行于世者,有训诫时世、倡导人道之比喻小说,此其一篇也,而世上之热衷功名渴仰富贵者读此亦可为一服清凉散矣。惟恨译者文笔凡庸,不能将原书婉转灵美之文字耀然翻腾纸上,幸阅者垂晾焉。②

鲁迅曾说过:"新文学是在外国文学潮流的推动下发生的。"③ 清末民初的东北文坛情形也是如此,从《盛京时报》的文学栏目上就可以看出,这一时期东北大众传播推进了对外来小说的译介与登载,域外小说刊载数量众多。从语体上看,由于当时阅读小说与报纸的多是知识文人,因此很多域外小说都是文言体式,《愚者伊晚》就属于此类小说之代表。

> 昔俄国某乡之某翁素封也,生子三子一女,长子"狮门"以豪壮称,次子"达拉斯"性成贪甚,惟季子"伊晚"愚直无欲,人虽犯,而不知较也。故人皆呼之为"愚者"。女子"马达"亦聋而哑,人无与之议婚者。④

狮门立有军功,封授土地,颇为显赫,又娶贵绅之女为妻,奈何夫妇

---

① 张琦编:《历史文化常识全知道》,江西美术出版社2018年版,第616页。
② [俄] 托尔斯泰:《愚者伊晚》,凡译,《盛京时报》1909年1月29日第7版。
③ 鲁迅:《鲁迅全集》(第8卷),人民文学出版社1981年版,第399页。
④ [俄] 托尔斯泰:《愚者伊晚》,凡译,《盛京时报》1909年1月29日第7版。

二人生活极尽骄奢，挥霍成性，产业殆尽，不能支持，于是想谋求老父亲钜万之财产，想要分得三分之一，父亲虽觉狮门从来于家庭无裨益，未尝经营家业，可是伊晚却同意分大哥家产，就这样，伊晚、马达经营多年的产业被大哥分走三分之一。

  翁之次子达拉斯，闻其兄分产三分之一，其心亦勃然动焉。原来，达拉斯操商业甚勤，积有巨金，已娶巨商女，自立一家于京中，惟其素性贪婪，虽有巨万财产，尚思增益其所不足，仍欲求其父分给家产三分之一。这日，回到家中，见其老父，就议分产之事。其父不允，谓之曰："汝何贪得无厌也！汝本未曾增殖吾产，今又强求分产，看伊晚、马达辛苦多年，经营如此光景，岂能率尔分给于汝哉！"达拉斯遂假装温容，谓其父曰："伊晚素性愚鲁，亦不能娶妻，马达竟无议婚者，纵有巨产何为？所谓持宝空污者也。"（遂傍视伊晚），"汝不谓然乎？奈何。奈何。"言辞颇似真挚，又顾伊晚曰："汝宜将仓内贮粮之一半及白马一匹给我，其他家产，皆吾弟之所有矣。"

  伊晚对于其次兄之要求，一无所拂，并曰："愿从所欲。"言毕，遂莞尔，负农具出门，赴田圃中焉。达拉斯亦遂携带给与之仓谷、白马而去。

  嗣后，伊晚在家执守家业，只余老马一匹，为耕稼资，从事农桑，孝养老父，即若将终身焉。①

  这是一篇寓言小说，自不免有说教之意味。兄弟三人狮门、达拉斯、伊晚，长兄以武力称霸，最终败于印度大军；次兄以财力称雄，最后无可果腹；只有伊晚以双手之勤力，建设引领健康国家，成为众望所归之王。这部小说表达了作者托尔斯泰的朴素的劳动观念，伊晚的爱与善良，勤劳与大度正是托尔斯泰对人生意义的思索，出于天性的自然而然的道德、和平、博爱，在伊晚身上得到了合并，发挥出了极致。

  还有一部小说《两个女孩子》登载于1935年1月22日《盛京时报》的《儿童周刊》，共1期。全文如下：

---

① ［俄］托尔斯泰：《愚者伊晚》，凡译，《盛京时报》1909年1月29日第7版。

是很古的一个复活节，雪橇刚刚地过去。院子里依然有积雪的存在，水是在乡村的大街上的河沟里流着。两个女孩子在不同的房子里出来，相遇在中间的一条胡同里，这儿有一个经过了田圃的污水组成的大池子。两个女孩子一个小的，一个较大的一些，她们都穿着新的外套，较小的一个穿了一件蓝色外套，另一个外套是淡黄色的。她们同样在头上包了一块红布，她们相遇的时候正是从礼拜堂回来。一见面，便互相炫耀自己的修饰好看，然后她们便玩上了，接着就相（想）好奇的冲动，想到了激水的把戏。较小的一个并没有脱去她底鞋，就要往污秽地池子跳，同伴却急忙扯住了她，"不要如此呀，马来夏！你的母亲是要责骂你的，应该把我们鞋和靴子脱了去"。她如此的做了，并且提起了裙子。对面在池子里走着，水浸没了马来夏底踝骨。她说："深吧，爱奎亚，我怕！""来吧"答复是。"不要害怕，不能再深啦。"当她俩走起的时候，爱奎亚说"留神水要溅在我们底身上。马来夏，注意点走！"话刚说完，马来夏底足忽然地落下来把水激到爱奎亚底外套上了。不但是爱奎亚底外套，她底鼻和眼睛也都被污水沾濡了。爱奎亚一看外套上沾上了不少的泥垢。她十分恼怒，她追着马来夏要施以小拳。马来夏也知道自己惹了祸，她跪到了岸上，打算往家里跑。恰在这个时候，爱奎亚的母亲打从这儿经过，看见她的姑娘底裙子泾了，袖头也沾污了。她说："顽皮地孩子，刚才作什么来？""马来夏故意的给我污的。"姑娘的答复。因为这种的关系，爱奎亚的母亲抓住了马来夏在她底脖胫（颈）上捶起来了。马来夏的哭声可以使街巷的每一个人都能听得见，她的母亲出来啦。"为什么你打我的姑娘呢？"她说了，并且对她的邻居又加以些漫骂地语调。为了一点小事互相骂起来，形成了极端的争吵。男子们也出来了，他们聚集在大街上。每一个人口里都嚷着、吵着、呐喊嘈杂的声音，打成了一片。谁也听不出对方的是非来，忽然不知是谁把大家拥了一下。于是岌岌乎，酿成了实行的战门。这个时候，爱奎亚的老祖母走进了人群。她想来排解这一堆纷争"朋友们，这算什么？这么做是对吗？而且今天又是节日，很应该快乐的。为什么这样的愚笨呢？"谁也不肯接受老人家的美爱，并且几乎把她推倒，她已不能设法减消这一次风潮。除非爱奎亚和马来夏自己来解决。就在这些女人相互口角的当儿，爱奎亚擦了擦外套上的泥，跫到污池里去了。她捡起一块石头掘着池边的土，做成一个水沟。池内的水经过这里就可以流入街上，立刻地马来夏也和入一起工作了。她用一块木片帮助她经营这水道。争执的人们正在起始实行攻击的霎那，污水经过了水沟直接淌到了这个地方。刚才爱奎亚老祖母亲来说和合的地方，两位小姑娘合在沟的一边，顺着水流往街心跪。"截住，马来夏！截住。"爱奎亚喊着。马来夏笑的说不出话来了。两个女孩子瞧着那飘浮在流里的木片，显着很高兴地样子，她俩攒进了人堆。老母亲边睬着她俩边向大人们说："你们自己不觉得羞耻吗？你们为了她俩争吵，可是她俩已经完全忘掉了。并且很快乐的游戏开啦，她俩是比你们聪明得多啦。"于是大人们都眼看她俩，脸上布满着惭愧的气色，自己笑话着自己，回到各人的家去了。①

从这一段可以看出，托氏笔下孩子们的内心世界是如此纯净，相亲相爱。虽偶有不快，但那一定是暂时的；而大人们的世界充满了对与错，争执与吵闹，自以为是的聪明和无可救药的执拗。这部作品有无奈和嘲弄，更有温情和友谊，你尽可以选择怎样解决问题，怎样过生活。

托尔斯泰创作历程中从未停止过对悲天悯人情怀的抒写，他一直在用创作探求人类幸福之路。在《我信仰的寄托》中托尔斯泰自述道："我相信我的生命，我的理智，我的光明，只是为烛照人类而秉有的。我相信我对于真理的认识，是用以达到这目标的才能，这才能是一种火，但它只有在燃烧的时候才是火。我相信我的生命的唯一的意义是生活在我内心的光明中，把它在人类面前擎得高高的使他们能够看到。"② 托尔斯泰烛照人类的伟大理想，对底层人民的深切同情，对贫富差距悬殊的社会的悲叹斥责，对人类命运的不断追问，点燃了他的艺术之烛，使之堪比日月光辉，长明于所有对幸福抱有希望的人们心中。③ "'五四'前后翻译的19世纪俄国现实主义小说恰恰射进中国知识分子的心坎，从果戈理、屠格涅夫、托尔斯泰、陀思妥耶夫斯基到契诃夫，其文题关乎哀怜百姓、忧伤天理、抑强扶弱、舍生忘死等，尽皆与中国传统'文以载道'和'忧国忧民'不谋而合。"其次，这些俄国小说适时地为白话文文学发展与小说的功能

---

① ［俄］托尔斯泰：《两个女孩子》，伯涵、枫子合译，《盛京时报》1935年1月2日第5版。
② ［法］罗曼·罗兰：《名人传》，赵向前译，崇文书局2018年版，第353页。
③ 车吉心、谭好哲主编：《大家之家（文学卷）》，泰山出版社2020年版，第201页。

性提供范例，使五四文人先天易于吸收并融入己身创作。①

第三节 《盛京时报》法国作家及作品

一 雨果及其小说

（一）作家雨果

维克多·雨果，1802 年 2 月 26 日生于法国贝桑松，法国 19 世纪前期积极浪漫主义文学的代表作家，人道主义的代表人物，法国文学史上卓越的资产阶级民主作家，被人们称为"法兰西的莎士比亚"。他一生写过多部诗歌、小说、剧本、各种散文和文艺评论及政论文章，在法国及世界有着广泛的影响力。雨果上有兄长二人，13 岁时与两位兄长进入寄读学校就学，兄弟三人均成为学生领袖。雨果才华横溢，年少成名，1817 年雨果年仅 15 岁就有创作获奖；1822 年 20 岁时因诗集获国王年金；1845 年，法王路易·菲利普授予雨果上议院议员职位，自此他专心从政。1848 年法国二月革命爆发，雨果四处奔走宣传革命，为人民贡献良多，赢得新共和政体的尊敬，晋封伯爵，并当选国民代表及国会议员。三年后，拿破仑三世称帝，他对此大加攻击，因此被放逐国外。此后 20 年各处漂泊，完成小说《悲惨世界》，这是他酝酿构思三十余年的旷世巨著。1927—1928 年在《盛京时报》刊登其翻译小说《哀史》，共刊载 332 期。1870 年法国恢复共和政体（法兰西第三共和国），雨果结束流亡生涯，回到法国。1885 年 5 月 22 日，雨果辞世，享年 83 岁，国葬于潘德拉。

雨果的母亲是个天主教徒，在政治上是波旁王朝的拥护者，顽固地反对拿破仑。父亲是拿破仑手下的将军，受益于大革命，对革命充满了感激之情，为表示自己的共和主义信念，自称"无套裤衩布鲁图斯·雨果"。② 少年时代，雨果的保守主义思想对其接受、倡导浪漫主义及尝试创作的过程中起激化作用。幼时受母亲的影响，雨果的思想符合当时欧洲

---

① 陈相因：《不疯魔、不成活："以俄为师"》，王德威、宋明炜主编《五四@100：文化、思想、历史》，上海文艺出版社 2019 年版，第 165 页。

② 朱维之、赵澧：《外国文学史（欧美部分）》，南开大学出版社 1985 年版，第 307 页。

占霸主地位的古典主义的要求；15 岁时撰写《读书乐》，获得法兰西学士院的褒奖；20 岁时写的第一个诗集《歌颂和杂诗》使得国王路易十八赐给他年金。① 此时，雨果的创作充分表现了歌颂封建正统王朝和天主教的思想，而这两方面正是他后来所极力反对的。父母对比鲜明的思想倾向，对雨果一生的文学主张和文学创作有着重要而深远的影响。② 贯穿他一生活动和创作的主导思想是人道主义、反对暴力，以爱制"恶"。

（二）雨果的小说

《盛京时报》上刊登了雨果的三部小说，一部是长篇白话小说《克洛德》，署名"嚣俄原作，儒丐穆辰公译"；一部是长篇社会小说《哀史》，署名"萧俄"，翻译者也是穆儒丐，《哀史》后又译成《悲惨世界》；另一部短篇小说《婢女》，署名"嚣俄"，翻译者是黄昏。《哀史》最初刊载时间为 1927 年 3 月 9 日，后于 1929 年 1 月 25 日—2 月 2 日，刊载了该小说出版发行广告，原文如下。

> 本报儒丐先生著译各种小说，风行海内，有口皆碑，每出一书，争先快观，如《梅兰芳》《北京》等大著，业由本社陆续出版。至于《哀史》一书，为世界著名之大小说，先生久欲译成华语，以公同好，及见林琴南先生译本，节略异常，而且大背原书意旨，益使先生不得不从事改译，去年已连载本报。现由先生重加校正，刊为单本。全书分为廿六回，四百余页，约廿余万言，虽系译述，不啻先生自著。每回以后，加以译余赘语，发挥书中意旨，以及文章撰造之关键，均为学文者所必读，绝非浮泛评语所能同日而语也，现正从事印刷，不日出版，特此先行预告。③

这是《哀史》这部小说要印发单行本的预告，可以看见，穆儒丐先生所翻译的小说很受读者欢迎，所以报社刊行单行本，以供读者阅读之需。

且看章回体社会小说《哀史》开篇，以"哀史布哀音才开卷便见一

---

① 朱维之、赵澧：《外国文学史（欧美部分）》，南开大学出版社 1985 年版，第 307—308 页。

② 朱维之、赵澧：《外国文学史（欧美部分）》，南开大学出版社 1985 年版，第 307—308 页。

③ 《社会小说·哀史出版预告》，《盛京时报》1929 年 1 月 25 日第 7 版。

腔热血，穷人入穷路乍登场已是百炼金刚"为首章题目，写到了故事发生的法国"达因"城。

  话说在法国东南端，曹朋地方，有个小小都会，名叫达因。这个地方，原不是个什么出名的通都大邑，只因一千八百十五年三月一日，法国著名的英雄拿破仑，由页尔巴孤岛，逃归法国，由东南一个海口上陆，一直向巴黎来，行了两日，便到了这名叫达因的小都会，在这里住了一夜，并且在这里印刷檄文。原先拿破仑在页尔巴孤岛囚着，他的忠臣毕德兰将军，几次私归法国，侦查国情，也是在这里为隐寓的。大概自有这个地方以来，当以此事为本地第一特书的大事。此外，尚有一事，亦为多少人所周知的，便是高僧美利尔先生。他在此地管理教会事务，差不多有十余年了，德泽广被，真是一方的福星。这且不表，单说离现在七个月以后，即是年十月初旬，太阳将要落的时候，有一个旅人，他的颜色，被太阳晒的焦黑，戴了一顶破帽子，遮住他的颜面，想是他走了许多路，早已露出疲困样子。他的年龄，虽然不能替他确定，大概已有四十六七岁。他的靴子和衣裤，全是破的，再加以满面风尘，令人看见欲要怜悯，反倒先害起怕来，老远的躲开。他的样子之凶怪，可以想见了。他走的实在乏了，一边擦着汗，一边走进街口，在一个井台上，喝了一气凉水，又行不多远，又遇了一个井台，他又喝了几口水，他究竟由何处来，向那里去，他究竟是作什么的呢。他的来处，大概是南方一个海口，便是七个月以前，拿破仑逃归法国上陆的地方。他现在所欲到的地方，便是这小都市的官衙。他挨着疲劳，已然到了官衙的门前，官吏早已下班散衙了，只有当值的在里面守着，他到了衙门里面，不一会便出来了，现在我们明白他是什么人了。原来他是由旁处牢狱新释放出来的惩役囚犯，因为是刑余之人，他要到别的地方去，必得先到所过衙门报名，并且在黄色的释囚证明单上，求地方官给盖了印，方准行动，不怎的时，依然拿回牢狱收监。在法律上，认作此等人，是危险分子，而且在他的证明单上，明明写着对于此囚，万勿大意"。他这此出狱，一点不得自由，可以想见了。①

---

① ［法］萧俄：《哀史》，儒丐穆辰公译，《盛京时报》1927年3月9日第7版。

小说据此展开一幅底层世界的悲惨画卷：这里有善良诚笃、胸有大爱的冉阿让，美丽单纯、愁苦凄惨的芳汀，狡黠奸诈的德纳第，甘做爪牙、虎视眈眈的沙威，神色凛然的国民公会代表。这些典型形象栩栩如生，活灵活现，在世界小说的人物画廊上闪光耀彩，雨果说自己是通过想象和一束人道主义的"三棱镜"来反映世界的。小说中冉阿让的一生是故事发展的明线。当年的苦役犯获释后更名换姓马德兰，成为海滨蒙特猜市的市长，为了挽救一个素不相识被误认作冉阿让的人，市长先生毅然赶到法庭自首，又变成苦役犯，以后就是在逃的苦役犯到处被追捕。情节紧张，波澜迭起，奠定了小说行云流水般的主旋律。爱是"悲惨世界"的光明之景，黑暗中的善良之光辉照彻黑沉沉的"悲惨世界"。

在第八回"李代桃僵官场如戏，珠沈玉碎末路堪忧"。写马德兰市长出庭为被告辩护，宣布自己才是蒋布善的事实。

此时那傍听席上的众人，于惊愕之余，只见由那特别席上，走出一位白发绅士，身量伟岸，状貌魁梧，俨然具有超人的姿态。正不知他大呼一声"出来作甚"。万目睽睽，已自舍了那个被告，齐把眼光射在他的身上了。市长目下虽然年跻六旬，但是他的头发，尚未全白。那知自昨夜以来，思维了廿四时，把满黑白相间之发，一律变成雪色了。此时马德兰市长，徐步向前，已然降到被告所站的地方，犹之乎猛兽前行，枯草自开，谁也不敢阻拦他，便是那些宪兵，也吓得呆了。此时他立于裁判官和陪审员的前面，与被告和那三个证人，却成了一直线。于是他向那三个证人说："你们还记得蒋布善的相貌么？"。三个人早已没了主张，只顾把头左右乱晃，这不过表示他们实不相认的意思。最可笑那喇叭德，还向市长来个军队式的举手礼，只听那市长又向公座那旁说道："诸位陪审员先生、裁判官阁下，请你们把这被告放了，把我逮捕了吧，你们所欲得的蒋布善，并不是这个被告，我才是真正的蒋布善呢"。他这一行自首，反倒使那法庭全场，立时静肃无哗，不用说人的声音，便是个人的呼吸，也似悄然停止了，那万人的心理，早被市长这样崇高的行为所镇压，真是连大声呼吸都不敢了。此时那裁判长已然转过这口气，他正在郑重其事的在那里判案，忽然由马德兰市长出以搅局行为，论理他必然大怒，或加以叱责。谁知他的脸上并无怒色，却含着一派悲悯之情，他把同席的推事和检查官看了一看，然后用一种柔和的言语，向傍听席上问道："傍德席那边现在有医师么？"。他这意思，分明把马德兰市长认作发了疯狂。因为在他的地位上，除了这样委曲婉转，别无善法来处治（置）这事了。①

这是小说的高潮，马德兰市长直接面对陪审团承认自己就是他们要找的罪犯。在此，美里尔主教对马德兰的影响，正如原文议论中所说的那样，"谁也不能说，那样一颗心灵在他自己心灵前的昭示，那伟大的良心在他的意识上所起的反映，对于他日趋完善的精神毫无影响"②。我们能够看到"感性的雨果也是思辨的雨果，小说家的雨果也诗人的雨果，文学家的雨果也是哲学家的雨果，雨果没有留下系统的哲学著作，但是我们可以把《悲惨世界》当作他的哲学著作来读，雨果的笔是一把划开社会毒瘤和痈疽的锋利的解剖刀，从中我们可以看出来雨果对社会、历史、政治、宗教、法律、道德的评判，对贫困、饥饿、羸弱、犯罪、权力、革命、暴力、正义、灵魂、永恒等人类生存问题的剖析"③。

我们看看在每一大的分章结束之后，都有"译余赘语"，试看第十六回"好青年组织三字党，恶奸徒分隶四国籍"之后的译余赘语。

> 自此回起，已入麦利本传，故于麦利为正叙，于他人则以逆笔递入。文如其峰，谲诡异常，实则此突来之人物，皆前半部之旧人，而读者早已熟知其面目。惟文笔幻绝，故极其新颖，有如新角之登场，无人不欲观其究竟也。
>
> 三字党之青年，后来有一番恶战，此回虽未铺叙其事，须知于无字处，其酝酿进行，无一日或止，故以之为标目。
>
> 一人而分隶四国，则其人之行为不问可知矣，然则其人为谁乎？以读者之智慧，固不必直揭其名，而早已想象得之矣。
>
> 于三字党，于四国籍，皆未铺叙，只寥寥数行而止，此正如高手

---

① [法] 萧俄：《哀史》，儒丐穆辰公译，《盛京时报》1927 年 6 月 9 日第 3 版。
② 孙德仁、赵江平：《复杂混乱　单纯光辉——论〈悲惨世界〉的艺术特色》，《学术交流》1993 年第 4 期。
③ 常霜林：《叙事断裂与叙事干预——重读〈悲惨世界〉》，《河南师范大学学报》2016 年第 3 期。

下棋，分置二子，以后皆有大用也。此书惯用伏笔，亦以其胸有成竹故，否则衔尾直叙，尚成如何文理乎？

白翁黑孃之登场，不必叙其姓名，但写其貌，而读者早已知其为谁矣，而文字之幻，乃令人不可捉摸。此书不以言情写主，而作者固深于言情者也。观其写麦利黑孃之目成。文字既纯洁，性情复直挚，与普通言情小说之污秽满目者，不可同日而语矣。

关于发泄神秘之议论，尤为精到，此为普通言情小说家所不想到者。彼日日散步于公园售媚求侣者，以视此文，真不啻群犬之狂逐矣。

日日欲寻得旷达，而旷达早以与之下邻而居，天地间有此事，而绝无此文，此其所以为妙也。①

这段文字，内容十分丰富，犹如中国古典小说中的插叙，先解释读者阅读之中曾出现过的人物再次登场是何因，评价作者文峰诡谲精到；又解释文中草蛇灰线之伏笔的妙用；最后分析作者文中之议论精妙之处。

最后是小说的结尾。第二十六回"欲祸还福心劳日拙，云开日朗真相大明"。写道曾经的马德兰市长而今的蒋步善在养女夫妇二人怀中去世，结束了他坎坷而又坦荡善良的一生。

此时蒋布善把两手放在他二人的头上，他们一对小夫妇，莫不泪落如雨。蒋布善虽然是临死的人，依然笑容满面。天之光明，已笼住位他的全身，面部尤为辉耀无比，若不是超凡入圣，焉能有这样的现象。于是他的手，扶着二人的头顶，便含笑死去。麦利和蔻赛，只得遵着他的遗言，把蒋布善的遗骸，埋在僻静所在，树立一块石头，以为记认。谁也不知这是蒋布善的坟墓。有一天，不知何人，在那块石头上，用铅笔，写了几句言语。未几，被风雨所剥，也就不易辨认了。那几句言语写的是

"彼长眠矣，彼生于忧患，死于忧患，虽失所爱之人，却无恨于心，坦坦然，日往夜来，不知其极。"②

---

① ［法］萧俄：《哀史》，儒丐穆辰公译，《盛京时报》1927年9月9日第7版。
② ［法］萧俄：《哀史》，儒丐穆辰公译，《盛京时报》1928年2月21日第7版。

创作这部作品的时候萧俄（雨果）已经六十岁了，美里尔主教的所有思考，蒋布善临终前的大喜大悲，让我们更理解了雨果积极浪漫主义文学，正如彼得·沃森对德国浪漫主义起源的总结所说的，浪漫主义人物典型就是"在巨大的困难面前勇敢捍卫自己信仰的殉道者和悲剧式英雄"。

雨果的短篇小说《婢女》描写了一个名叫蔻西的小女孩的悲惨境遇。她衣衫单薄，不得不在圣诞节前夜去为旅店客人到很远的地方打水，遇到了入住旅馆的一位善良的先生，几次伸出援手，帮助女孩在圣诞夜获得了凄惨生活中的唯一温暖，给她买了一个玩具店最精巧的布娃娃。

> 在圣诞节的前一晚，蔻西仍然是坐在靠近窗台的一张桌子底下。她今年快八岁了，可是从她那又黄又瘦的脸上看来，好像是只有六岁的光景。她身上穿着一件破絮，两只脚没有穿袜子，只穿了一双木屐，在那里借着窗里的火光，替她女主人的孩子缝绒袜子。在另一间屋子里，可以听得见她女主人民两个女儿嘻笑的声音。
>
> 在法兰西的，一个村子里，有一个小小的客店。在这圣诞节的前一晚，有几个远方的旅客来投宿，几个人坐在一间很底小的屋子里。这时蔻西很是烦愁的想着"天是黑得像漆似的，屋子里的水罐没有水了水缸也空了，等一刻旅客要用水，还到外边去打水，外边这么黑暗，怎么走啊……"她正这么想着，一个旅客说道"好黑的天呀！"又说"外边这么黑，如果没有灯笼，只好变成一只猫，缘着大街走吧！"。她听到这里，更引起了她的恐慌，身上不由得战栗起来。①

八岁的蔻西在冬天的黑夜里，在离着人家很远的树林深处，拿着很重的水桶踯躅着。可怜的蔻西不敢哭出声，因为她还以为女主人就在她的眼前，大声哭更不得了！好不容易遇到好心先生帮她打水回去后，蔻西弄丢了给女主人买面包的钱，又是好心的先生替她赔了几倍的钱。之后蔻西依着孩子的天性摸了一下女主人女儿的布娃娃，就遭到了严厉的呵斥。

> 那人也没有说什么，开开门走了出去。等一会那人回来了，手拿

---

① ［法］嚣俄：《婢女》，黄昏译，《盛京时报》1932年2月10日第7版。

着那玩具店里最精巧的娃娃，走到蔻西面前，把娃娃给她，说道"这是我送给你的。"蔻西抬起眼皮凝视着那人，好像在黑暗地狱里看见太阳一般她看看那人，又看看那娃娃，却藏在桌子底下不敢要。

"蔻西你为什么不拿？这娃娃是这位先生送给你的"女主人勉强说了一句温的话。

蔻西凝视这娃娃，留着泪的脸上，露着美丽的微笑，这时好像有人在她耳旁说道"小孩子，你是法兰西的皇后了！"

蔻西很胆怯的问女主人"我可以永远得着它吗？"

"那是你的了，这位先生把娃娃送给你了！"女主人说。

"先生，真的吗？实在是真的吗？这娃娃是送给我的吗？"蔻西惊喜的问。

那人非常的感慨，含着泪垂下头去把娃娃放在蔻西手上。

过了一刻，蔻西便抱着这个娃娃说"我给它起个名字叫做'格刹琳！'吧"于是她便抱着"格刹琳"去安睡了。

夜深了，大家都入了梦。那人都往返的踱着好像寻找什么个，最后在楼梯底下，发现那里摆了许多了灰尘的破东西和蜘蛛丝，那里有一个假如能够叫做床的话床上面铺着草做褥子，既没有枕头，又没有被。蔻西就在那里，她却打着呼噜，睡得很舒服，那娃娃在她怀里抱着，蓝色的眼睛在黑暗闪闪的发光。①

雨果在作品中对普通下层人物的关注和同情是他取得世界声誉的旗帜。雨果关注底层人物的命运，在他所建构的复合型美丑对称的文学架构中闪耀着浓郁的传奇色彩和灿烂的理想之光。

无论是被惩戒服苦役的罪犯、孤苦无依的弱女还是流浪街头的青年，都有追求幸福安定生活的权利。《婢女》这部作品描写一位好心的先生给予女孩温暖的一束光，正如作者在《悲惨世界》序言中所说的，只要世界还存在这样的问题，男人因穷困而道德败坏，女人因饥饿而生活堕落，儿童因黑暗而身体羸弱，这些问题还不能全部解决，只要这个世界还存在愚昧和穷困，那么，这一类书籍就不是虚设无用的。

---

① ［法］嚣俄：《婢女》，黄昏译，《盛京时报》1932年2月11日第7版。

二 大仲马及其小说

(一) 作家大仲马

亚历山大·仲马，人称大仲马，出生于 1802 年 7 月 24 日，19 世纪法国浪漫主义作家。在 10 岁以前通读了《鲁滨逊漂流记》《泰雷马克》《给艾米莉的信》。1823 年，出于对戏剧事业的向往，21 岁的大仲马来到巴黎，做文书抄写员，同时动笔撰写剧本《亨利第三及其宫廷》，常常通宵达旦。1824 年 7 月 27 日，与卡特琳娜·拉贝生下一个男孩，儿子起名叫亚历山大（小仲马）。1825 年大仲马参与了以雨果为首的浪漫派行列，1831 年由于激进的共和观点被迫逃出国门。1831 年 5 月 3 日，《安东尼》面世。1832 年 2 月《泰莱萨》问世。回国后，于 1844 年以 17 世纪国王路易十三和路易十四统治时期为背景创作《三个火枪手》，又于 1846 年，发表以 16 世纪宗教战争为背景的《蒙梭罗夫人》。1848—1850 年，发表《布拉热洛纳子爵》。至 1868 年，他经常感到身体不适，两年后的冬天，大仲马卧床不起。1870 年 12 月 5 日晚 10 时，68 岁大仲马在女儿玛丽的怀中去世。大仲马支持共和，反对君主专政。由于他的黑白混血的身份，其一生都受种族主义的困扰。

(二) 大仲马的小说

《盛京时报》上登载了大仲马的两部小说，一部是长篇；另一部是短篇。长篇小说《严窟岛伯爵》，即《基度山伯爵》，儒丐穆辰公译；短篇《魔桥》，由晶若译。大仲马作品充满历史性、传奇性、通俗性，"在文学内质上很接近我国民族文学传统。大仲马与中国颇有缘分，在中国不同的时代都拥有广泛的读者，略有文学修养的中国人都知道他的大名，对他有所了解"①。大仲马在小说传播与普及方面，在世界文学长廊中有突出贡献。中国传统庙堂文学中，小说是不入流的。进入民国时期，小说逐渐走入城市空间，成为市民的"上手之物"。梁启超在《论小说与群治之关系》一文，指出："欲新一国之民，不可不先新一国之小说"②，确立了小说与新民之关系。从新民到市民，反映了文学的读者群的嬗变，"文学逐渐贴近城市生活和市民趣味，世俗的实际取代了某些高雅的趣味。由于文

---

① 曹文刚：《大仲马对中国小说的影响》，《大连海事大学学报》2015 年第 1 期。
② 周洋：《梁启超传》，北京时代华文书局 2016 年版，第 66 页。

学读者结构逐渐由文人走向了成分复杂的市民阶层，文学贴近世俗人情，小说成为沟通精英文化与世俗文化的重要桥梁之一"①。

《严窟岛伯爵》塑造了航海帆船"佛拉苍号"大副"丹悌"因被陷害判刑后，逃出孤岛死牢成功找到宝藏最终得以复仇的故事。

>那只船依然前进，也看不出有什么故障，那三根帆柱，一点毛病没有都挂着满帆，在船前甲板上，除了港师以外，尚有一名青年，约有十九岁左右，正在那里活泼泼的指挥水手作那船上职务，俨然便是一位最有经验而且熟练的船长，绝非寻常之辈。②

丹悌面貌英俊，朴实善良正直、乐于助人、勤劳肯干，具有一个青年船副最美好的品质。

>那青年一见船主，急忙脱帽言道："慕理君，正如你先生所言，我们船中竟自出了不幸的事，我们勇敢的船长骆克尔氏，在海上死去了。"
>慕理说："既这样船中货物恐怕也难保了。"
>丹悌说："这一点请你先生放心，货物并无伤损，但是我们的船长太可怜了。"慕理说："他是怎样死的呢，难道是失足坠海么？"
>丹悌说："不是，因为急性脑膜炎死的。"
>这青年一边这样说着，一边仍在那里指挥水手，如同下帆，投锚等事。莫不号令得法，也因船长既死，这些发号施令的动作，自然是他分内之事了。他虽然这样指挥然，可着依是不忘与船主谈话。因又向慕理说："当我们由伊大利海口出帆的时节，船长与那里港官谈了很长时间的话，我见他的容色已有些悬心，不想在航海中竟得了急性脑膜炎，痛苦了三日三夜，终于与世长辞，我们不得已把他的遗骸，在基戈里岛附近，行了水葬之礼，把他的勋章和佩刀，给他的夫人带回来，船长当初曾与英国苦战多年，颇著勇名，如今竟这样死了，令人可惜之至。"

---

① 曹文刚：《大仲马对中国小说的影响》，《大连海事大学学报》2015年第1期。
② [法]大仲马：《严窟岛伯爵》，儒丐穆辰公译，《盛京时报》1929年8月12日第5版。

慕理氏见说，用一种安慰语调说："丹悌君，人人都有一死，也就是无须替他伤感了。何况老年人若是不死，青年由那里出世呢。"①

可是，这样一个具有天然美质的青年，却被陷害入孤岛死牢，父亲贫病交加，最后饥饿而死，未婚妻嫁给了害己之仇人；若非遇到神甫，假死逃出，绝无生还之理；最后变成伯爵的丹悌大仇得报，和爱他的海蝶携隐而去。

到了次日早晨，这天国却真成了人间世了。睁眼一看，蔚兰依然还在身旁，未曾离去，他固然知道这是很怪的一件事。但是确信非伯爵之力，万不至此，这时他的药力已然散了，一翻身，由床上起来。执了蔚兰的手，双双步于柔软如云的地毯上，且行且语。已出了严窟的洞门，不知不觉的，行至一所较高的丘冈，只见海天一色，旭日东升，风景绝佳，若迎情侣。忽见一名舟子舍舟登岸，跑上山冈，手捧一封书信，呈与大尉道："这是伯爵与你们留下的信。"大尉见说，却不禁吃了一惊。急忙拆开那信，与蔚兰共读道：

大尉蔚兰二君鉴，今遣舟子札可布，奉上一函。二君见信后，即可乘彼所驾之舟，迳至葛洪港，往晤略能步行之诺瓦老人。因此老人，正待主其孙女之婚礼也。凡余在巴黎所置之家宅、别庄，以及严窟岛内所有财宝金钱，举以赠之二君。其值当不下一亿法郎。呜呼大尉，须知一人握有一亿之财产，于此世中，亦可以办得一切高尚之事业矣。二君幸勿余谢，只宜为余祷神，诚以余生四十年。不知何为幸福。今始仰托神体，此不幸之男子，竟能博得海蝶之怜爱，呜呼大尉，呜呼蔚兰，其永享幸福，包违神指，人海茫茫，再图良晤，乐而有待，有待而弃。人生最贵良知，尽于此矣。

他二人把信读完，因问札可布说："伯爵现在那里？"札可布用手遥指海而说："看，那不是伯爵的船么？"今日凌晨，依然偕了海蝶郡主，向东方去了，大尉和蔚兰见说。一齐举首向水天仿佛之际一看。惟有白鸥般一片帆影，再也不能挽回了。

大尉说："我们还能重见伯爵么？"蔚兰道："我们只可依了伯爵

---

① ［法］大仲马：《严窟岛伯爵》，儒丐穆辰公译，《盛京时报》1929年8月12日第5版。

言语。"乐而待之。①

作为通俗历史小说,《严窟岛伯爵》具有传奇的故事性,还有浓厚的扬善惩恶、伸张正义的色彩,因为情节设计卓越,糅合了现实和非现实的奇幻色彩,给读者带来了想象力超越现实的满足感,感受到一种"超人"的力量,小说奇特新颖,引人入胜,让人读之欲罢不能。

短篇小说《魔桥》写聪明的法官如何以智慧诱使魔鬼撒旦为人们在罗斯河上建了一座桥的故事。

> 罗斯河,在碎石峥嵘的山坡下,一个六十尺深的河床里流着,完全隔断了格丽和蔚丽两村人们的往来。公共集款建筑过许多次的桥。可是,从来没有一个十分坚固的,能够经年的抵抗住暴风雨。②

法官正想着利用这里的魔鬼或能给我们建造一座。他这话尚未说完,一个听差报告,撒旦先生来了。

> 听差退出随即引进一个三十五岁左右的男子,德国式的装束,穿着一条红色的长裤,一件黑色的衬衣,敞着胸。由他那袖口可以看见火色的里子,头戴一顶无缘的黑帽子,上插一枝红而长的羽毛。由他那波动显出一种非常超逸的风采。至于他的鞋呢,头是圆的,而且有着像雄鸡爪一样的大蹶爪。似乎预备作刺马距用的。当他喜欢去乘马旅行的时候。③

充满想象力的描述,能看出大仲马的小说充满神奇的想象力和奇幻的色彩。最终,桥建成了,法官也要履行给魔鬼的承诺。要头一个从我建的桥上走过的那个灵魂,法官承诺"可以",法官预备着写,与撒旦立下合同,五分钟后一张羊皮纸的合同,形式很整齐如教区内所常用的,被撒旦和法官以他们自己的名字签订了。魔鬼郑重地收起合同,在夜间就去建筑

---

① [法] 大仲马:《严窟岛伯爵》,儒丐穆辰公译,《盛京时报》1931年7月5日第7版。
② [法] 大仲马:《魔桥》,晶若译,《盛京时报·神皋杂俎》1931年5月9日第7版。
③ [法] 大仲马:《魔桥》,晶若译,《盛京时报·神皋杂俎》1931年5月9日第7版。

了一座能经过五百年那样坚固的桥，而向法官索要许诺的头一个过桥的灵魂。

翌日黎明，桥已筑好了。法官很早的来检查魔鬼是不是履行了他的条约，他看这桥非常的坚固，而且，在对面的那一端，他看见撒旦正在坐在一块界石上，等着他夜间工作的代价。

"你看，我是言而有信的人吧。"撒旦说——"我也是呀"。法官回答。"怎么！"魔鬼吃惊的说，"你要牺牲你自己，救你统治下的一个人吗？"

"不是那样。"法官一面继续说，一面把他捎着的一条口袋，放在了桥之进口处同样解开了它……一支尾巴带火的狗，惊慌的跳出，穿过了桥，吠着从撒旦的脚下跑过去了。

"啊！"法官说，"看呀，你的灵魂跑了，追去吧，先生。"

撒旦怒了，他计划着得一个人的灵魂，可是被强迫着得一个狗的，当时他正在想，为的是复仇，向他的杰作抛上一块和圣母教堂的钟楼一般大的礁石，却看见一个高师南的教士，头顶十字架手持旗幡，来把魔鬼的桥奉献给上帝了。至于法官呢，永没听到他再谈起这位超凡的建筑家。不过，在他第一次掏他的肚兜的时候，却被很猛烈的烧痛了手指。①

大仲马的小说充满浪漫氛围的异国情调，具有强大的吸引力。他自有辨别善恶的标准，通过笔下的人物，快意恩仇而使读者获得心灵的巨大满足。虚构的故事、离奇的情节与神奇的想象令读者倍感新鲜，看惯了"文以载道"的文学作品的中国读者为大仲马的小说而激动不已。首次将大仲马介绍进中国的是《小说林》，作为中国晚清时期有着重大影响的小说杂志，《小说林》给小说做了分类，分为历史、社会、言情、侦探、家庭、爱国小说等，使小说作为一种文体的规定性得到了扩大，通过报纸杂志大力推介，人们已认识到小说比传统诗文更擅长描绘人生和艺术。可以说，《小说林》杂志对中国近现代翻译小说和小说理论产生了很大的影响。

---

① ［法］大仲马：《魔桥》，晶若译，《盛京时报·神皋杂俎》1931年5月9日第7版。

三 左拉及其小说

（一）作家左拉

爱弥尔·左拉（Émile Zola）于 1840 年 4 月 12 日出生于法国巴黎，父亲是移居法国的意大利工程师，母亲是希腊人，七岁时父亲因病亡故，与母亲靠外祖父的接济度日。中学时期展露文学锋芒，开始在报纸及杂志刊登诗歌、小说等作品。1859 年，左拉没有通过中学毕业考试，未取得毕业证书，随后两年处于失业状态，备尝生活之艰辛，为其日后形成批判现实的写作风格奠定了基础。1862 年，左拉进入阿歇特出版社工作，开始正式进入创作状态。1864 年，他的第一部短篇小说集《给妮侬的故事》开始出版发行，但好景不长，次年因其自传体小说《克洛德的忏悔》存在污秽淫乱内容，受到警察调查，后于 1866 年被迫从报社辞职。1877 年，左拉凭借《小酒店》一举成名。左拉用了 26 年的时间，完成了以"卢贡·马卡尔家族史"为主题的长篇系列小说，其中较为知名的有《娜娜》《萌芽》《金钱》等。1902 年 9 月 28 日，左拉因一氧化碳中毒，窒息死亡。左拉遵循自然主义创作理论，主张以科学实验方法从事文学创作，按生物学自然规律描写人，终其一生体察社会，揭露现实，试图找到能让人性趋于完善的方法。

（二）左拉的小说

《盛京时报》刊载左拉两部短篇小说《擦皮鞋的姑娘》和《回忆琐记》。两部小说在正文前面有一个短小的介绍，《擦皮鞋的姑娘》前面的介绍文字如下："这篇《擦皮鞋的姑娘》是发表于《一个死亡的祈祷》那本书里，是左拉最好的短篇小说之一。"[①]

> 她是美丽么？这很难说，她脸被一堆头发盖着了，她一定有一个低的前额，灰色的细长眼睛，她的鼻子无疑的不规则而又奇怪，她的嘴稍大一点，带着两瓣玫瑰色的红唇，其余的怎样呢？你不能分析她的肢体或是决定她面部的轮廓。你一见她就便使你迷醉，好像喝一种浓烈的酒，喝杯就够了似的。你所见到的是一种红焰中的，玫瑰般的微笑中的洁白。并且她的眼睛像在阳光中的银的闪

---

① ［法］左拉：《擦皮鞋的姑娘》，玉心译，《盛京时报》1931 年 4 月 25 日第 7 版。

光，她转动你的头，而你已经被迷惑了而去——研究她的美点。她是中等身材——她动作有一点迟慢，她的手脚像小女孩子的一般，她的全身都表现着怠惰纵欲的情调，她的一双光臂，那样丰满、炫目，挑动人起一种刺感，她是五月黄昏时候的皇后，只有一天生命的爱情的皇后。①

左拉的作品因为充斥着饱含欲望的生理描写而为人诟病。《擦皮鞋的姑娘》写一个曾经以擦皮鞋谋生的穷苦女孩，因年轻貌美而被公爵包养，为寻找劳动的快乐偷偷擦拭公爵皮鞋，破坏了公爵豢养尤物的美感而被厌弃的故事。

> 她是诚恳而快活的人，她是她父亲的女儿，她母亲的真孩子，每天早晨在醒的时候，她就想到她的童年消磨于不洁的楼梯上，在所有住客的旧皮鞋之中，她梦想它们，于是一种如狂的欲望占有她，使她要擦些东西，即使是一双皮鞋也成，她有一种擦东西的热情，就好像别人有一种对花的热情一般。这就是她的秘密，这件事她是引以为耻的，但是在其中她能找到出奇的快乐，所以她虽奢华又长得洁美，而每天早晨起来便走出去用她的白指头去擦鞋底，这擦皮鞋很脏的工作将这位美人的优雅玷污了。
>
> 公爵轻轻地摸着她的肩头，当她惊讶地抬起头来，他从她的手里将他的皮鞋拿去，穿上它们，掷给她五分钱就静静地退出去了。
>
> 自此以后，这位擦皮鞋的姑娘又烦恼又受辱，她写信给公爵，她要求十万佛朗的赔偿，公爵回答她，他想起了欠她些擦皮鞋的钱，一天二十五生丁，结至三个月之末共计二十三个佛朗，所以他叫仆人送给她二十个佛朗了。②

左拉因其作品充满着自然主义描写而被世人诟病。在新文化运动时期有很大一部分人对左拉及自然主义深刻暴露人间的悲哀和丑恶的创作主张持反对态度。他们认为那些阴暗、淫鄙、丑恶的描述会给读者造成负面的

---

① ［法］左拉：《擦皮鞋的姑娘》，玉心译，《盛京时报》1931 年 4 月 25 日第 7 版。
② ［法］左拉：《擦皮鞋的姑娘》，玉心译，《盛京时报》1931 年 4 月 28 日第 7 版。

影响，就此也引发了文艺批评界的多次讨论。五四运动后，引介学习西方理念、文化一度被中国进步知识分子热衷，很多文学家、理论家、革命家在自然主义身上找寻到了一些"赛先生"的影子，接受并阐发自然主义。他们推此及彼，希望文学也从自然性的描写中显出些许科学、真实的特性，以达到挽救文坛颓势，开启民智的目的。事实上，自引介伊始，自然主义就与"写实主义""现实主义"关系暧昧，存在概念交叉、界定模糊的问题。当我们谈论中国现代文学的现实主义传统时往往无法绕开自然主义，对于这个问题的讨论从五四新文学时代延续至今。① 1922年5月10日，《小说月报》第13卷，第5号上"通信"栏目刊登了周赞襄与沈雁冰关于"自然主义"的论战。周赞襄称："现在的青年，谁不有时代的深沉悲哀在心头呢？自然主义的作品深刻地描写了人间的悲哀，来换人间的苦泪，是应当的吗？"沈雁冰则在回信中谈道："（那些丑恶）既存在着，而不肯自己直说，是否等于自欺？"②

这篇《擦皮鞋的姑娘》或可为我们探微东北文学早期自然主义提供一个契机。引介这样一部小说在当时引发的阅读热议给东北报纸阅读接受的相关研究提供有意义的史料依据。在学界，"自然主义及左拉引介"这一研究仍存在较大的可言说空间，亟待给予更多的关注。

《回忆琐记》严格说来是一部散文随笔，刊登在《盛京时报》文艺副刊"神皋杂俎·名著"栏目里，收入短篇纪实类型，开篇介绍性的文字如下：

> 左拉（E. Zola），在一般的认识中，是具严肃地写了罗龚、马加尔二十大卷（其中《酒窟》与《娜娜》已有中译本），《三城故事》与《四福音》等伟著的自然主义大师。然而，他也给我们留下了几册短篇，我们读着他的短篇，显然地有与读他的长篇时不同的感觉，尤其是这篇《回忆琐记》（Sonvenirs），严格地说，这也许只可算做散文随笔之类的小品，我们读了几乎要想，以那样拘谨的态度来写作的左拉，怎么会写出如此轻松隽永的东西来！《回忆琐记》是收容在

---

① 何璐：《被忽视的"左拉"：〈文学勇将阿密昭拉传〉的叙述与意义》，《长沙大学学报》2017年第4期。

② 何璐：《被忽视的"左拉"：〈文学勇将阿密昭拉传〉的叙述与意义》，《长沙大学学报》2017年第4期。

给妮侬的新故事集中,共十四篇,都是两千字左右的短文,这里先试译了两则,如果机会允许的话,我想再选译若干。①

译者"盛"对左拉的主要作品进行了介绍。作者认为以拘谨态度写作的左拉,在这篇作品中却表现出轻松隽永的写作风格。因此,作者极力推介《回忆琐记》这部小说,是左拉的处女作,这部小说收在《给妮侬的故事集》里,写于1864年,都是两千字左右的短篇。

你可记得,妮侬,当梅雨沙沙时节,那春日削肤的北风?我们带着那诗意的春天,心头梦魂萦绕的春天,温暖的季节,花草如茵,令人欲醉的晨曦与黄昏离开了巴黎。

我们到达的时候,天色已晚,天是死的。西方没有一屑屑的红光,像是一个冷冰的幽暗的炉灶,必须跳过小径上的一些积水,树叶上的积雨把雨肩弄得透湿,而当我们一走近那忧伤的,冬会安置了它所有的寒颤的大房间时,我们抖索着,我们关上门窗,一边用葡萄枝升起一盆大火,一边诅咒着太阳的懒惰。

整整一星期那雨把你困牢在屋子里,远处在被水浸泛成了湖的草原中间,老是那同样一条白杨帷幕排在水里,湿淋淋的,瘦纤纤的,在那淹渍着它们水蒸气之中若隐若现。随后,一个灰色的海,一阵流转着的阻塞得分不出天边地际的雨尘,我们呵欠,我们寻着那些冒雨的鸭子,路过乡下人的蓝色的雨伞来消遣。我们呵欠的嘴张得更大了,那些烟突喷着烟,生的柴哭泣着烧不燃,似乎是山洪暴发,雷好像在门口响,雨犹如细沙一样从所有的罅隙里透进来,于是我们失望地又去趁车,我们又回到了巴黎,否认太阳,否认春天。②

左拉的这部作品重视描写大自然投射在人们心中的镜像,这些描写表达了作家置身风景如画的自然中疏放自己灵性的和谐体验,作者借着回忆的色彩性文字来进行写作。

---

① [法] 左拉:《回忆琐记》,盛译,《盛京时报》1936年1月14日第9版。
② [法] 左拉:《回忆琐记》,盛译,《盛京时报》1936年1月14日第9版。

四 莫泊桑及其小说

（一）作家莫泊桑

莫泊桑于1850年出身在法国诺曼底的一个小贵族家庭，1859年随家人前往巴黎，次年又与母亲及兄弟返回诺曼底生活。1863年莫泊桑开始创作他人生中的第一部诗集。1869年取得文学学士学位后，同年又前往巴黎攻读法律专业。1870年参加普法战争，这段经历是他日后写作的重要素材，如1880年出版的短篇小说《羊脂球》，一经出版便轰动文坛，小说深刻反映了在战争期间，资产阶级出卖普通民众的丑恶行为。1884年《项链》等短篇小说相继问世。他的小说多揭露当时法国上层阶级的世风日下，表达对底层劳动人民的赞颂与同情。莫泊桑一生长期经受病痛折磨，生命的后期更是在深夜试图割喉自杀，后被送往医院诊治，1893年病情严重，年仅43岁便与世长辞。莫泊桑一生创作了三百五十九篇中短篇小说，与契诃夫、欧·亨利并称为"世界三大短篇小说巨匠"。

（二）莫泊桑的小说

《盛京时报》登载莫泊桑两部短篇小说《一股节绳》和《修理旧椅子的女人》。其中《一股节绳》这部小说由崔庆桂译，讲述了富农胡基高先生因赶集捡拾了一股节绳而被诬告说捡拾了一个钱包后的命运变化。

> 他愈讲说，愈辩护，人愈不信。许多人背地里说："他那些理由，全是说谎人的话。"他几番努力，已累得力尽声嘶，听说这话，气的直咬指甲。身体亦渐渐觉瘦弱，爱诙谐的人，常常求他演说这股节绳的故事，如求一个曾经战阵的兵士，讲述战场故事一般。他的心神，受种种激刺（刺激），愈见衰弱，在十二日末时，已卧床不起。到一月一日，他便与世长辞了。当临危不省人事之际，他尚声明他的冤屈，并不断的喊："一股节小绳……一股节小绳……在这里呢，看看，市长。"①

在偶然性捡拾与必然性的纠缠中，胡基高先生的命运被"一股节绳"紧紧勒住，直至死去。作品精悍短小，展现了莫泊桑超凡的笔力，逻辑的

---

① ［法］莫泊桑：《一股节绳》，崔庆桂译，《盛京时报》1925年11月2日第3版。

严谨，深刻的幽默与讽刺。莫泊桑小说中的偶然性因素是大量存在的，而且他始终将其与必然性结合在一起。他小说的这一特点生动地体现了林林总总的人类生存本相，有利于拓宽文学反映丰富复杂的历史生活的道路，也有助于人们对历史本相的复杂性、多变性、丰富性的认识。①

《修理旧椅子的女人》这部小说中莫泊桑借退归乡里的老医生之口讽刺了所谓的爱情的虚伪。

>　　老医生对于这男女两方的主张，并无任何意见。随着说："我想侯爵说的是很对，这实在是个人性的问题。但是据我知道的，确有一个人，她的一个热情的恋爱，了整继续五十五年之久而从没有间断一日。一直到她的死期为止。"②
>
>　　……
>
>　　老医生微笑着说："夫人，你说的是很对，被爱的确是男子。他的名字您是知道的，就是本街药房的那位修克先生。并且对方的女子，也恐怕是您熟悉的呢！她就是每年都到您公馆里来修理椅子的那个老太婆。关于他们的事，我可以详细的讲给您听。"
>
>　　这时女人们的满腔兴奋狂热，都立刻消沉下去，而脸上现出了不耐烦的颜色。好像在说："呦！这太不值一讲了！"这好像似表示在说："恋爱这件事只限于能够有这种兴趣的资格的风流高雅而有教养的人士们，才能发生。"③
>
>　　……
>
>　　我以先已经说过，她是在今春死去的，那时她把她那悲哀的身世，完全告诉了我。她求我把她的一生所积蓄的金钱，都送给她牺牲了她的一生去爱恋的爱人修克。她是这样想，她把她奔波几十年，忍饥挨饿所积蓄的金钱，都给了他后，即使在她死后，只要他能有一次来想想她是曾经做过这种可怜的举动，那她也就满足了。
>
>　　……
>
>　　我走进后，他们夫妇让我坐下，拿出了樱桃酒敬我。我接受了，于是我用了很伤感的腔调，开始了我的话。我以为这必定能引出如他

---

① 邓楠：《论莫泊桑短篇小说的哲理意蕴》，《外国文学研究》1998年第4期。
② ［法］莫泊桑：《修理旧椅子的女人》，冷萍译，《盛京时报》1939年11月18日第4版。
③ ［法］莫泊桑：《修理旧椅子的女人》，冷萍译，《盛京时报》1939年11月25日第4版。

们夫妇的因感动而流出的泪，谁知修克听见了他是被一个漂泊流浪的修理旧椅子穷老太婆所爱恋，好像他的从来被人们所景仰的名誉，他的矜持，以及比生命还贵重的他的优雅完全都被她盗去一样。他愤怒得不可遏止，他直躁跳起来多高。

……

"她求我把她所有的遗产，都送给您，一共是二千三百佛朗。但是方才您的态度，是非常的愤慨，一定不肯收，我看最好是把它捐助了贫人吧！您以为怎样？"

……

"我看……我们还是收下好吧！您好容易被托嘱来的，这份钱我们可以把它用在一件好的事业上。"修克说。①

通过描写平凡生活来体现出时代的风貌、社会形势，揭示事物的本质和规律，是莫泊桑短篇小说的基本特点。在创作如何反映生活的问题上，莫泊桑走的是从部分到整体的路子，他声明要"反映微不足道的现实"，这就决定了他的短篇小说在他的创作中占着优势的原因。② 在他创作的二百六十多部短篇小说里，所描写的社会环境和塑造的人物形象，几乎触及社会生活的各个方面，这部小说中的侯爵、猎师、老医生、修克夫妇、修椅子的女人等，就是明证。

五 缪塞及其小说

（一）作家缪塞

阿尔弗雷德·德·缪塞（Alfred de Musset）于 1810 年出身在法国巴黎的贵族世家，从小享有良好的贵族教育，年轻时期曾深受雨果浪漫主义文学的影响。十四岁开始写诗，1829 年出版第一本诗集《西班牙和意大利故事》，这部诗集描写了人的欺骗、欲望、堕落，淋漓尽致地展现了他对古典主义清规戒律的嬉笑怒骂。1833 年，缪塞结识法国女作家乔治·桑，与其相恋，随后遭遇女友的情感背叛。在此之后，他性情发生了巨大的变化，开始对人生抱有一种悲观的态度，这些消极的情绪也渗透其作品

---

① ［法］莫泊桑：《修理旧椅子的女人》，冷萍译，《盛京时报》1939 年 12 月 16 日第 4 版。
② 苏凤杰：《莫泊桑短篇小说的艺术特征阐释》，《语文建设》2014 年第 10 期。

之中。同年,长诗《罗拉》问世,故事主角罗拉悲观厌世,轻蔑一切,诗歌描写了他放荡无节的生活,虽然并不富裕,但仍旧迷恋骄奢淫逸的生活,最后花光父亲留下的钱财后开枪自杀,这是缪塞赋予罗拉人生的"自由"与"解脱"。1835年起,缪塞陆续发表《四夜》组诗,即《五月之夜》《十二月之夜》《八月之夜》《十月之夜》,这组作品诗句流畅,韵律动人,描写了诗人内心最真挚也最复杂的情感,是缪塞诗歌创作顶峰时期的著名诗篇。1836年,代表作自传体长篇小说《一个世纪儿的忏悔》问世,故事女主角皮埃松夫人以乔治·桑为原型,也暗含了作者与乔治·桑的感情纠葛,展现了19世纪30年代法国青年知识分子的思想危机。除诗歌和小说作品以外,缪塞也创作了戏剧作品如《罗伦扎西欧》《反复无常的人》《贝蒂娜》等,这些作品相较于其他诗歌和小说作品而言,知名度较小。1857年缪塞去世,年仅47岁。缪塞一生著作颇丰,最得意之作为诗歌,因其诗歌真情洋溢,充满浪漫情怀,被誉为19世纪法国浪漫主义的四大诗人之一。

(二)缪塞的小说

《盛京时报》登载了缪塞创作、展和翻译的小说《柯华西斯》,该小说写了银匠的儿子柯华西斯的爱情故事,是一部浪漫主义小说。

> 鲁易第十五初登极的那年,一个名唤柯华西斯的少年,本是银匠的儿子,从巴黎回到他的家乡哈佛尔去,他到巴黎来是奉父命来办理一些事务,办得居然很满意,他满心欢喜的,带这好消息回家,走那六十多法里的路分外的起劲,虽然他口袋里还有许多金钱,但是他欢喜步行。他是一个脾气很好的小伙子,也不是没有心计的,但是很性急,又善于变通,所以别人看他简直是个意志薄弱的人。①

开篇是柯华西斯替父亲去巴黎办事,事情办得很妥当,志得意满地返回家乡。他并不知道家乡等着他的是父亲破产、将无处可居的惨况。返乡的路上,柯华西斯兴致勃勃,畅想未来,盘算怎么能追上心中的姑娘。

> 他的都卜莱(古时平民穿的上衣)是扣了钮扣的,他的头发在

---

① [法]缪塞:《柯华西斯》,展和译,《盛京时报》1943年3月24日第3版。

风中乱飘,他的帽子挟在肘子下,他沿着西纳河的岸,一直走去,时时自思自想的快乐着,有时用心构思一支歌。他在黎明时起身,在路旁的小客店里,吃饭而且时常张开嘴笑,看着法国最美丽的一处地方都让自己步行走过了,他一路上摘着××(正文不清)豆的苹果,脑子里昏昏的总在那里找他歌中的韵脚(因为这些笨人有几分喜欢学诗人),他绞尽心血要做一首短歌来谀悦家乡的某某姑娘。这姑娘确是一位地主的女儿,叫做古特小姐,是哈佛尔的明珠,一大笔钱的继承人,而且人品极娴雅。①

一个合股人破产牵倒了父亲,父亲不愿意在此地丢脸,把最后一个苏(法国钱,约合一角)付了债权人,自到美洲去了。这位家里已经破产的小伙子,连老仆人约翰怕他有异样,拼命鼓起他少主人的勇气的时候,那少主人看见了梦寐以求的古特小姐,竟然改变宗旨毫不迟疑离开老约翰的臂膊穿过大街,一直去叩古特先生的家门求婚去了。

他从胸口取出古特小姐的花球来,当他定神嗅那花球的香气的时候,他开始神清气爽的忖量早上那件冒险的故事了。他忖量了一次之后,立刻把实在的情形看得明明白白了,那位姑娘将花球丢在他手里,而且不要再拿回去,是存心要给他一点安慰,否则便是轻侮的意思,但这个猜度一定是不对的。由是,柯华西斯断定古特小姐的心肠要比她父亲的软些,而且他分明记得古特小姐走过那会客室时的,脸色确实异乎寻常的,但是她那时的心情是爱恋呢,还是仅仅同情呢?还是那更不重要的平常的怜悯呢?古特小姐所怕者,是他——他,柯华西斯,——的死呢,还是因为只是怕一个人死,却不问这人是谁?这一球的花,虽然已经枯萎,而且几乎没有一张叶了,仍旧有浓烈的香味和勇敢的式样,柯华西斯嗅着看着,忍不住起了希望。②

缪塞的这部作品中有浓烈的抒情风味,充满着热情奔放、生机勃勃的气息。恋爱中的人会把天边的彩虹看作专门让自己通行的鹊桥。柯华西斯

---

① [法]缪塞:《柯华西斯》,展和译,《盛京时报》1943年3月24日第3版。
② [法]缪塞:《柯华西斯》,展和译,《盛京时报》1943年4月14日第3版。

在古特小姐擦肩而过时传递给他的一朵花球而燃起了希望的火，爱情驱使他卖屋投资航海，不料货船失事，可却成功赢得了古特小姐的爱恋。古特小姐找到了柯华西斯深居简出的老姑母，让她乔装打扮成贵妇人，拿自己母亲留下的嫁妆 50 万佛朗求婚成功，故事由此结尾。小说的情节安排自由，年轻人对爱的渴望，不顾一切地追求和付出，通过爱情体现出主人公柯华西斯的心理状态和道德观念。

六 巴尔扎克及其小说

（一）作家巴尔扎克

巴尔扎克（Honoré. de. Balazc），法国小说家，1799 年出身于法国中部图都尔市的一个中产家庭，经历了四年的寄宿生活后，被家人送到教会学校寄读。1814 年底，因父亲到巴黎任职，他便被送到黎毕德拉寄宿学校。1819 年从法律学校毕业后开始进行文学创作，1820 年完成浪漫主义的五幕诗体悲剧《克伦威尔》，这是巴尔扎克的第一部作品，结果却遭到失败，后改写流行小说。1825 年从事出版行业，后又办过印刷厂和铸字厂等，但均未成功，且负债累累。1829 年，第一部署名巴尔扎克的长篇小说《朱安党人》发表，这是巴尔扎克的第一部现实主义作品，批判了当时欧洲的世风日下。1842 年 4 月，《人间喜剧》第一卷开始出版，展现了资本主义刚开始发展时法国人民的生活状态，深刻批判了资本主义的弊端。1848 年，出版《人间喜剧》第十七卷。1850 年 8 月 18 日，巴尔扎克因劳累过度，带着未完成《人间喜剧》的遗憾与世长辞，《人间喜剧》后被誉为"资本主义社会的百科全书"。巴尔扎克一生作品颇丰，被称为"现代法国小说之父"。

（二）巴尔扎克的小说

《刽子手》是《盛京时报》刊登的仅有的巴尔扎克小说，由仲持翻译。在文章结尾对小说发生的历史背景进行阐释。

> 一种实事，其中描写法军蹂躏西班牙的惨剧。在断片的记述中，反映出人间极端的悲哀，令人感情激动到十分！据西史云，拿破仑于一八〇八年侵入西班牙，命其弟约伦为西班牙王。西班牙人不服，群起革命，拥戴旧王室飞蝶南七世，同时英吉利亦以海军相助，迭次战败法军。其后拿破仑亲率大军进占马托立特（西班牙京城），所过城

邑，望风投降，法军既获胜利，便大施（肆）其苛暴手段，到处焚掠屠戮凄惨，不可言状。这罗（文）所记的大概是那时候的事。①

巴尔扎克是一位故事家，又是一位思想家和哲学家。巴尔扎克强调自己要完成"伟大的人类史，风俗史，事物和生命的历史，心灵和社会利害的历史"②。他更是一位具有执着美学追求和深刻文学见解的作家。在这一部小说中，西班牙贵族来干纳思侯爵一家临难的从容与优雅，抉择的艰难与痛苦被描写出来，巴尔扎克曾如是说"我无意充当批评家"，但他是历史的记录者。

  他悟到了他的兵已经灭亡，英吉利人快要登陆了，他觉得要是活着，是耻辱的了，他觉得自己仿佛带到军事会议之前了，于是他用眼睛测量山谷的深度，正要向下撞去，这瞬间，克拉那的手就将他的手捏住了。"逃呀！"她说"我的哥弟们在后也追来杀你了，在那边岩石脚下，你找得琼尼托的安达卢先哩，去呵！"她推着他去了，年青人在昏迷里，谛视她片时，然而他立刻服从了那连最勇敢的人都不饶恕的自卫的本能，依着所指示的方向撞进公园去，跑过了向来只有山羊踏过的乱石。他听得克拉那叫着她的哥弟们追他，他听得"刺客们"的脚步声，他听得若干放射出来的子弹吹过他的耳朵边，然而他到了山谷找到马骑上了，于是闪电般快的消失了。③

法军军官维克多尔被西班牙贵族少女克拉那所救，这位少女指引着他躲过了她兄弟们的追杀，可最终法国军队包围了村庄，来干纳思侯爵家迎来了全家被砍首之刑。行刑之前，将军竟提出若想留下一个活口，必须由活下来的长子琼尼多给全家行刑。军官维克多尔请求将军，得到许可，可以免除克拉那之死，看似柔弱的女孩却无比刚强，她绝不抛下至亲，独求苟活。

---

  ① ［法］巴尔扎克：《刽子手》，仲持译，《盛京时报》1943年2月3日第3版。
  ② ［法］巴尔扎克：《给韩斯卡夫人的信》，转引自黄晋凯《巴尔扎克与〈人间喜剧〉》，辽宁大学出版社2001年版，第112页。
  ③ ［法］巴尔扎克：《刽子手》，仲持译，《盛京时报》1943年1月20日第3版。

克拉那已经跪下，她的白脖颈迎接着刀子，这军官脸色变得苍白了，然而他还找得力量，奔到她跟前"将军将你的生命赐给你，如果你肯嫁了我"，他细声的对她说。那西班牙人向军官投去轻蔑骄傲的一眼。"干罢，琼尼多！"她用深的高音说，她的头颅滚到维克多尔的脚旁来，干纳侯爵夫人听到这声音，发了一回痉挛的震动，这是她的悲哀唯一的表征。①

　　侯爵一家人都能直面即将到来的杀戮，肆意杀人的法国军士们也看到西班牙人是杀不完的，他们是沮丧的，痛苦的。巴尔扎克在小说中塑造了典型人物的典型性格，美丽、坚强、敢爱敢恨、是非分明的克拉那，内心纠结痛苦的军官维克多尔，沉稳、睿智的侯爵夫妇，都是巴尔扎克不拘一格的艺术表现力的明证。

　　"将军"，一个半醉的军官说，"马强特刚才告诉我，这回行刑的事，我可以发誓你不会命令这……""你们忘掉了，诸君"，O……J……R将军呼叫说，"一月之内，五百个法兰西人的家属都要下泪，而且我们是在西班牙么？你们愿意我们将白骨留在此间么？"这番演说之后，没有一个人，即使是一个副官，还敢喝干他的杯子里的酒。②

　　美国文学评论家亨利·詹姆斯在《巴尔扎克为何值得尊敬》中说，在巴尔扎克的眼中，"他的作品既是人类的戏剧，又反映了形形色色的社会现象，他们是最为全面、最被铭记，且最井井有条的，因此也最易于系统化地观察和描绘"③。法西战争这个历史事件被巴尔扎克以一部悲剧小说集中地反映出来，侵略者的色厉内荏，反抗者的尊严与刚强集于行刑一刻。詹姆斯说巴尔扎克的最大强项在于"他的世界性视野与民族和地方视野相一致"④。

---

①　[法]巴尔扎克：《刽子手》，仲持译，《盛京时报》1943年2月3日第3版。
②　[法]巴尔扎克：《刽子手》，仲持译，《盛京时报》1943年2月3日第3版。
③　[美]亨利·詹姆斯：《小说的艺术》，崔洁莹译，四川文艺出版社2021年版，第79页。
④　[美]亨利·詹姆斯：《小说的艺术》，崔洁莹译，四川文艺出版社2021年版，第79页。

第四节 《盛京时报》英美作家与作品

共有 4 位英美作家出现在《盛京时报》文艺副刊版面，他们是英国小说家约翰·高尔斯华绥、剧作家莎士比亚、诗人约翰·密尔顿和美国小说家华盛顿·欧文。需要说明的是，《盛京时报》选择 4 位英美作家的小说刊载，增加了该报文艺副刊域外小说的丰富性。

一 高尔斯华绥及其小说

（一）作家高尔斯华绥

约翰·高尔斯华绥（John Galsworthy）是英国小说家、剧作家，1932 年诺贝尔文学奖获得者。1867 年诞生于伦敦一个中产阶级家庭，在其父影响下于牛津大学攻读法律专业。1890 年，高尔斯华绥获取律师资格证，但他并未执业，而是去周游世界，并在旅途中结识了亦师亦友的英国作家约瑟夫·康拉德。在康拉德的带领下，高尔斯华绥走上文学创作道路。1897 年，处女作短篇小说集《海角天涯》出版，然而未引起注意。直到长篇小说《岛国的法利赛人》（1904）和第一份剧本《银盒》（1906）发表后，高尔斯华绥才渐渐获得公众关注。《福尔赛世家》三部曲，由《有产业的人》（1906）、《骑虎》（1920）、《出租》（1921）组成，被视为其文学创作的高峰。1933 年，高尔斯华绥逝世，享年 66 岁。高尔斯华绥虽值而立之年才开始文学创作，但其一生创作颇丰，共计 17 部小说、26 部剧本、12 部短篇小说、散文、诗歌和书信集。他的作品注重描写资产阶级的社会与家庭生活，语言辛辣简练，对社会弊病往往一针见血，与威尔斯、贝内特并称为"20 世纪英国现实主义三杰"。《盛京时报》在 1933 年 10 月 25—28 日，分三期刊载了高尔斯华绥的小说《勇气》。

（二）高尔斯华绥的小说

高尔斯华绥的小说《勇气》取材于普通人民，写平民的日常生活，反映了作者坚持现实主义文学来源于生活的创作观，他一直强调先要生活，后要写作。小说的叙述者菲兰德在威斯脱敏斯特公寓里遇到瘦小的法国人，他脸发黄而且长，三十岁左右，是一个理发匠，生活艰苦，给公寓里的人刮脸，一便士要刮三个人的脸，为了早日赚钱回到法国成家。理发匠的助手裴刚害急病死去，剩下太太和七个嗷嗷待哺的孩子，即使如此，还被地方官催债。没有办法，这个身体并不强壮的法国人决定扛起这个家，勇敢地向裴刚太太求婚了。

> 我们多数收人忘了付他钱。所以合起来他刮三个脸才挣一便士，他就到别的公寓去。他就由这个得薪水。他又在隔壁开了一所小铺。但是他永远没卖出去什么东西去，看他工作多勤苦。他还到一个公共会社里去。这里没有别处有利钱，因为这里一便士刮十个脸。他常常和我说，说时抽动着他那疲惫疲倦的枯枝似的手指，"咳，我刮脸！挣一个便士，朋友，我损失四个便士呢，有什么法子呢？一个人必须营养得自己有力量来刮十个脸挣一便士。"①

小说重视结构情节和性格塑造，主人公在窟窿似的公寓与"公共会社里"像蚂蚱一样转弯地跑，即使是生活勤苦，希望渺茫，却依然坚持着。在这样的生之艰难中，自己的助手突然患疾病而殁，孀妻弱子无人照料悲惨至极时，他要以一己之力承担起破败八口之家。小人物在艰难中互相救助的精神多么珍贵。"他对他们的生活有比较深刻的了解，而且又能以同情的态度进行细致的观察，因此往往能抓住这些平凡的人身上的不平凡的品质。"② 正如高尔斯华绥自己所说："一个小说家应该通过性格的塑造而对人类道德伦理的有机发展做出有益的贡献。"③

二 莎士比亚及其戏剧改编的小说

（一）作家莎士比亚

威廉·莎士比亚（william shakespeare），1564 年 4 月 23 日出身于英国中部斯特拉特福一个富裕的市民家庭。7 岁时进入斯特拉福文法学校读书，后因父亲破产肄业。从学校回来后，做过肉店学徒、乡村教书匠等工作。1586—1587 年在戏剧流行的伦敦，先后在剧院当马夫、杂役、演员、

---

① [英]高尔斯华绥：《勇气》，丁金相译，《盛京时报》1933 年 10 月 25 日第 6 版。
② 陈焘宇：《论高尔斯华绥的中短篇小说》，《南京师大学报》（社会科学版）1993 年第 4 期。
③ 侯维瑞：《现代英国小说史》，上海外语教育出版社 1985 年版，第 85 页。

导演、编剧等。1590年底，成为伦敦顶级剧团"内务大臣供奉剧团"的演员和剧作家，后成为该剧团股东。同年，《亨利六世上篇》《泰特斯·安德洛尼克斯》首演。1591年，创作的戏剧《亨利六世中篇》《亨利六世下篇》首演，在整个剧本中，亨利六世被描写成了一位昏庸君王。1592年，创作的戏剧《理查三世》首演。1594年，参加"政务大臣"剧团，开始在女王御前表演；创作的戏剧《罗密欧与朱丽叶》首演。该剧讲述了相爱的两位有情人因两家世仇爱情受阻引发的爱情悲剧。1595年，戏剧《罗密欧与朱丽叶》复演，《仲夏夜之梦》首演。1596年，戏剧《约翰王》《威尼斯商人》首演。其中，《威尼斯商人》讲述主人公安东尼奥与夏洛克的故事，塑造了夏洛克这一经典吝啬鬼形象。1599年，《尤里乌斯·恺撒》首演。1600年，《第十二夜》首演。1601年，《哈姆雷特》首演，引起文坛关注。1603年，《奥赛罗》首演。1604年，剧本《哈姆雷特》出版。1605年，创作的戏剧《李尔王》《麦克白》首演。1616年4月23日，莎士比亚在故乡去世，终年52岁。为纪念他，1995年11月，联合国教科文组织宣布每年的4月23日为世界图书和版权日。威廉·莎士比亚善于通过展现性格各异的人物形象，揭示人性中善与恶的矛盾冲突和诞生于其间的人性的闪光点。

（二）莎士比亚戏剧改编的小说

《盛京时报》登载了莎士比亚著名戏剧《仲夏夜之梦》改编的小说《夏夜梦》，"鹃图"翻译。讲述了一个"有情人终成眷属"的爱情故事。故事发生在古希腊的雅典，年轻的贺米亚与黎逊德相爱，可是贺米娅的父亲却希望她嫁给玳米屈黎何士，为此贺米亚与黎逊德想逃到城外姑妈家，约定在一片森林里相会。贺米亚的好友海伦娜爱着玳米屈黎何士，所以她把消息透露给了玳米屈黎何士，于是她们两个人也先后来到森林里。森林里妖王奥勃阑和妖后梯塔纳正在闹别扭。

  且说这个森林，非同小可，是此处居民所最喜常到的地方，又因为常有妖怪在这宴乐，所以这个森林就名闻全国啦。这最常来的妖怪，是一个妖王。名字叫做奥勃阑，文武大臣，部下俱全，妖兵妖将，不计其数，甚是威风。每天夜晚时候，他时常同他的后梯塔纳，带领着随入侍女，到在这座森林里头，饮酒行乐。这一日，妖王合（和）妖后，偶然心意不合，彼此相忌，誓言永不同游，但是他们常常争吵，一吵起来，就将他那些小妖，吓的无处可藏，全爬进橡宝蒂中，以躲避这个惊慌。①

为了捉弄妖后，妖王命令一个叫伯克的淘气大臣去采一种花汁，拿来滴在妖后的眼睛里，那么她醒来就会狂热地爱上第一眼看到的人或动物。正巧妖王还无意中得知海伦娜爱着玳米屈黎何士，所以他让伯克将一些花汁滴在他的眼里，可是伯克把黎逊德误认为玳米屈黎何士。

> 伯克用瓶装着花汁进来。妖王道："伯克，你把那花汁装点，到森林里去，自然看见一个美丽的雅典女子。她的爱人，就是一个轻蔑的少年。若是你看那少年，距离这女子不远，在那睡觉，你就注些花汁在他的眼睛里，等他醒了，他头一回看见的人，必定就是这轻侮的女子，但是你不要看错了人，那个少年穿的衣服，是雅典的装扮，你须记准。"伯克答道："为臣记下了，一定给大王办的妥当，不能稍有舛错，为臣就此前去。"妖王吩咐已毕，遂往妖后梯塔纳的寝室里。②

结果，黎逊德醒来看到的是海伦娜，于是不停地向她表达爱恋，而把贺米亚忘掉了。妖王发现后，急忙把花汁滴入正在熟睡的玳米屈黎何士的眼中。玳米屈黎何士醒来，看到正被黎逊德追赶的海伦娜，于是两人争先恐后地向海伦娜求爱。看到这样的情景，海伦娜和贺米亚都很生气。与此同时，妖后也中了计，爱上了一个排戏的演员。最后，妖王为除了玳米屈黎何士外的其他人解除了魔法，大家如愿以偿都得到了属于自己的一份爱情。

作为戏剧创作者的莎士比亚同样令人敬佩，他将作品推向前台，将自己隐藏在幕后，这是莎士比亚创作的高人之处。正是因为如此，莎士比亚在世界文坛上位居重要的地位："他像上帝一样创造了一个美好的世界，却把自己完全隐藏了起来，从不让自己的身影在作品中随意显现；他知道，在文本领域内制造对作者的个人崇拜，不仅是美学意义上的犯罪，而

---

① ［英］莎士比亚：《夏夜梦》，鹃图译，《盛京时报》1919 年 11 月 6 日第 5 版。
② ［英］莎士比亚：《夏夜梦》，鹃图译，《盛京时报》1919 年 11 月 8 日第 5 版。.

且是人格上极大的卑贱和智力上严重的愚蠢。在看戏和读剧本的过程中，我们压根意识不到作者的存在；直到一切都结束了，幕布拉上了，书页合上了，我们才意识到，这部戏剧是那个叫莎士比亚的人写出来的，而且，不是按照随意的想象或自我表现的需要写出来的，而是照着人物和生活本来的样子，按照人类普遍与永恒的样子，写下来的。"①

三　密尔顿及其戏剧改编的小说

（一）作家密尔顿

约翰·密尔顿（John Milton）是英国诗人、资产阶级政论家和革命家。1608年出生于一个殷实的清教徒家庭，父亲为法律工作者。父亲注重培养密尔顿的音乐修养与阅读习惯，在他小时候就聘请私人教师。1620年，密尔顿在圣保罗男子学校读书。1623年，年仅15岁的密尔顿进入剑桥大学深造。大学毕业后又攻读了文学6年。此后在他父亲的别墅闭门读书，并写出诗剧《科玛斯》（1634）和短诗《利西达斯》（1637）等。1638年，开启他的法国、瑞士、意大利的旅行之路。1640年英国资产阶级革命爆发，密尔顿毅然投身于革命运动之中，担任克伦威尔政府的拉丁文秘书，其间撰写5本有关宗教自由的小册子。1644年发表小册子《论出版自由》，是世界上第一个提倡言论出版自由、反对封建出版检查制度的著作，被西方奉为资产阶级新闻自由理论的基石。繁重的工作令密尔顿积劳成疾，视力逐渐下降，至1654年，密尔顿已经全盲，但他仍笔耕不辍，在1658—1664年，以本人口述、他人笔录的方式，完成了他的传世史诗《失乐园》。完成这篇大作之后，他又于1671年写下了长诗《复乐园》和《力士参孙》。1674年11月8日，密尔顿与世长辞，享年66岁。他的诗作致力于展现人的奋争和救赎，折射出对人类不幸根源的探究和人如何才能得到救赎等问题的思考。《盛京时报》上曾刊登其撰写的剧本《迷林》。

（二）密尔顿剧作改编的小说

《迷林》是密尔顿的剧作，被译改小说，刊登在《盛京时报》1925年5月4日第三版上，在文章开篇有译者金亦棠的介绍性文字。

---

① 李建军：《莎士比亚将给小说家的一堂戏剧课》，《小说评论》2016年第6期。

迷林是从扣母斯剧本取来的，著者名为约翰·密尔顿，密氏从大学毕业，居在豪顿城时著的，剑桥伯爵擢升威尔士总督，携他眷属占居美丽底（的）乐勒城，该城居民于一六二四年秋季，举行欢迎大会，表示欢迎底（的）诚心。在欢迎会里便由伯爵三位公子扮演戏剧。密氏才节著此书。①

开篇文字介绍了密尔顿写作的背景和缘由，是为庆祝总督任职的欢迎会而著的。密氏此时大学毕业，刚满20岁，诗人气息浓郁的密氏，在创作中充满了诗性的表达。

扣母斯专司快乐之妖魔，在乐勒城旁底（的）深林里，建造它美丽而雄壮底（的）深营，它可以任意变换各种形状，能使男人或女人变成各种凶恶的野兽。旅人经过它地深林，若觉得饥渴，它便邀到宫里，用水晶巨觥盛了许多希（稀）奇的美酒，供献旅人。但旅人饮了酒，立刻解脱人底（的）形态，变成野兽，不过旅人仍不自知他们变成兽形，仅仅忘掉自己家乡和朋友，还情愿和扣母斯同食同饮，并且承认扣母斯是自己的主人。上帝遣下安琪儿名为随行仙者，指导旅人的厄运，和解脱他的灾难，脱下天服，摄成凡人状态，但安琪儿并不惊扰他赐惠底旅人。②

《迷林》是一部洋溢着热情歌颂精神，充满了浪漫主义气息的著作，当贞静而秀丽的爱理斯小姐和她两位勇敢而刚毅的弟弟在旅行中进入荫翳深远、乱藤遍地、荆棘塞途的迷林时，弟弟们离开姐姐，走入荫翳深处的树林里，踱过丛生灌木，去采那麻果和波罗蜜，以解决他们的饥渴。扣母斯听到姐姐为化解烦闷焦躁的小曲，化作牧者走到爱理斯小姐的近旁，指引她出林的途径，请她到学宫里饮迷人的芳酒。

扣母斯在深林中底（的）宫殿里，它宫里发出悠然悦耳的细乐，桌面上满布着异样的美味，和奇美的珍馐。爱小姐坐在妖人的妖椅

---

① ［英］密尔顿：《迷林》，金亦棠译，《盛京时报》1925年5月4日第3版。
② ［英］密尔顿：《迷林》，金亦棠译，《盛京时报》1925年5月4日第3版。

上，扣母斯和它党羽团团围着伊！扣母斯替伊满斟一杯迷人酒，但，伊不曾沾唇，且立其身来。

扣母斯道："小姐！不可！姑且请坐！不是我来相救，你的神经，自然锁起，还变了偶像哩！"

"不要尽自矜夸！"爱小姐这样底（的）回答："你虽然将我身体迷住，可是，我精神的自由，仍是不能给你销魂手段所监禁的，还是你迷人术所不敢侵犯的呢！"①

最后，随行仙者以自己的歌声请来了水中仙女莎布林纳，她住在塞汶河的缓流处，可以消去妖术，仙女莎布林纳发出威权的仙掌，解救了纯洁刚强的爱理斯。

这位纯洁底（的）小姐，请向这里看来，我向你坦白光明底（的）胸膛洒些，甘泉里摄来的甘露，我已遣了灵魂之护衡，屡次洒向你织织的指端，和红宝玉般的唇际。现在这恶魔底（的）束缚，已经脱去效力，漂泊无定的小花，你认准了你的运命，向你自然的母亲的怀里求安慰，莎布林纳才歌毕，便率着众水仙起驾回宫。那末，爱小姐立刻从妖人底椅上立起身来！随着随行仙者领着弟弟慢慢的歌着走着。

乐勒城居民开了欢迎大会——为剑桥伯爵和他眷属而开欢迎大会！
一双俊美童子和两个秀丽女孩在剑桥伯爵面前，奏起和谐悦耳底（的）歌调，作起自然神秘的跳舞！作了欢迎的工具和追忆的纪念。

随行仙者领爱理斯小姐和伊弟弟踱到伊们父母面前，陈述伊尝过的辛酸、经过的困苦，和解脱妖人的妖术，得奏今日底凯旋！②

密尔顿是17世纪当之无愧的诗歌桂冠的佩戴者。密尔顿的助手英国著名玄学派诗人安德鲁·马维尔把密尔顿的诗歌比作天堂鸟；英国诗人、剧作家、文学评论家德莱顿说密氏可与荷马和但丁媲美。关于密尔顿诗歌的评论与赞美之作汗牛充栋，而密尔顿的剧作评价不多见，但就《盛京

---

① ［英］密尔顿：《迷林》，金亦棠译，《盛京时报》1925年5月5日第7版。
② ［英］密尔顿：《迷林》，金亦棠译，《盛京时报》1925年5月7日第7版。

时报》所刊登的一部，我们可以得见其想象力的丰盈和诗性语言的优美。

四　欧文及其小说

（一）作家欧文

华盛顿·欧文（Washington Irving）是美国著名作家，开创了美国短篇小说的传统，被誉为"美国文学之父"。1783 年，欧文出身于纽约的一个富商家庭，自幼体弱多病，16 岁选择辍学，在家人规划下先后于几个律所学习，然而，因不顺从内心喜好，最终未果，开始从事喜爱的文学创作。1802 年，欧文在《早晨纪事报》投稿发表书信散文。1804 年因病赴欧调养，并在途中创作大量旅行笔记，成为后续创作的灵感来源。1807 年，他和哥哥威廉等人共同创办一种不定期刊物《杂拌》，显露出他的幽默、风趣和含蓄的讽刺才能。1820 年，在英、法、德、西等国度过 17 年后，出版文集《见闻札记》，其中收录《睡谷的传说》和《瑞普·凡·温克尔》等悬疑小说，引起欧洲和美国文学界的重视，被誉为美国富有想象力的第一部真正杰作。之后，又相继发表了《布雷斯布里奇田庄》《旅人述异》《哥伦布的生平和航行》等作品。1859 年，欧文与世长辞，享年 76 岁。欧文的作品大部分以英国为背景，乐于关注奇闻逸事和小地方的风俗习惯。文笔优美，语言生动，趣味盎然，反映了美国文学从 18 世纪理性主义到 19 世纪浪漫主义的转变。《盛京时报》曾刊登其小说《妻》《鬼新郎》《航海记》。

（二）欧文的小说

欧文的短篇小说《妻》，刊载在《盛京时报》的"神皋杂俎·小说"栏目，1922 年 4 月 11—18 日，共计 7 期，附有"新民士忱译"。文章开始时有译者志，介绍小说内容及译者"只求辞达"的谦虚：

> 是篇为十八世纪末叶，美国文豪欧文氏所著，欧氏政治家而兼文学家者也，著作甚多，窃以此篇内容，与"女性"、"家庭"、"结婚"、"恋爱"等重要问题，关系颇切，爱于植树节假日译出，惟原文出自大家手笔，译者仓卒出之，难免见笑方家。然为促进新文化观念计，只求辞达，遑论文艺，倘习英文者，一览此篇，当亦不无小

补也。①

以下一段旗帜鲜明地表明，为了促进新文化，改变人们的观念而进行的讨论，既矫正男权主义至上的观念，也为广大女子正名：

> 我常论到女子们的毅力，于人生最不幸的境遇中，比男子还要胜一筹。男子遭了不幸的打击，就要低头丧志，好像一败涂地，再也不能收拾的样子，可是这种境遇，偏能唤起女流的志气来。她们那种坚忍不拔、百折不挠的志气，有时竟能达到最高点，没有一分事，要比女子的坚忍性更能感动人的了。因为他们本来是身心羸弱、倚仗男子护卫的，若在快活的生活中，他就不能忍受像"秋毫之末"那么小的难处，等到人生的逆境猝然临头，他（她）便成了一位女英雄，竭力安慰他（她）的丈夫。在这风吼浪涌的生活中，他（她）偏露出那副安然泰然，的状态来。如同葡萄树的蔓子缠绕枝叶丰盛的大橡树一样。他（她）藉橡树攀援极高，分布全体在美丽的日光中，倘若这颗乔木被电殛劈，那可爱的葡萄卷覆，仍然紧紧捆着那难受的枝子，一直等到那枝子复了原，依然附丽在主干上。
>
> 天意真奥妙得很，女子也是男子的葡萄树，她丈夫愉快的日子，他（她）便倚赖男人，设有意外变故，他（她）还能极力的安慰，扶住他的良人，一意慰藉他（她）的丈夫，以博他的欢心，将他那不能抬的头，好意扶起来，死灰似的心亲热的拾起来。②

小说开篇这一段议论写出女子在婚姻中的良好作用，是和顺安然生活中的调剂，也是黑暗触礁中和男子共担风雨的良伴和抚慰者。作为第一个被欧洲接受的美国作家，欧文的创作素材大多来源于他的旅行见闻。

《妻》这一部作品，写出了女性在妻子这一角色上的既可浪漫又可朴实的精神和大无畏气概。以作者朋友利司里由富有到贫穷，妻子马利不离不弃，家庭生活和乐且湛为证：

---

① [美] 欧文：《妻》，新民士忱译，《盛京时报》1922年4月11日第5版。
② [美] 欧文：《妻》，新民士忱译，《盛京时报》1922年4月11日第5版。

> 我们刚到前门，就听见一阵袅袅的歌声，从屋里出来，利司里握住我的胳膊，我们遂即站立在那里，呆呆的听，这就是马利的歌声，最能感人的歌声，是她丈夫特别爱听的调头，我觉得利司里的腕子，在我肘上直颤，他还要往前仔细听一听，不幸迈步惊动了路上的石子，一位青年美丽面色精神的脸儿，往窗外一望，就不见了，听见小蛮靴的声音了，马利出来迎迓我们来了，像是很忙的很乐的样子，她穿着村人通常穿的白衣，美丽的发上，带着几朵野花儿，她见我们那一笑，像要开的蔷薇似的，我总不信，他（她）早先有这么可爱的模样儿。①

在故事的结尾，有编者穆儒丐按，原文如下：

> 美国没有什么出色的文学家，除了大腹贾，要找一个文学家与欧洲文学家抗衡的，实在少极了，可是华盛顿·欧文，真是美国文学史上不朽的人物，他的著作以"司开赤·布克"最为脍炙人口，士忱君所译的这篇《妻》就是"司开赤布克"里面的一篇，译笔很忠实的能够把著者意思委曲传出来，便如读原文一样，真是不可多得的译笔。
>
> 原稿是用新式标点的，可惜此类标点，我们此刻尚未齐全，只可改用旧圈点，还望士忱先生原谅，你的佳作，我们没有可以酬谢的，只送你一分义务报看，想已收到了，以后还求你"不吝珠玉"，是我们所盼的。（儒乞谨志）②

民国时期的报纸文学栏目刊登翻译小说尤其是著名作家作品，常有的现象是配有翻译者的说明性文字，暨译者志，表达的文意大致有三层：一是作者介绍；二是翻译文章的目的；三是自谦，表达自己下笔仓促，恐有疏漏，请读者见谅之意。但是，像本文这样编者在后面附志的情形不多见。

欧文的短篇小说《鬼新郎》，刊载于《盛京时报》的"神皋杂俎·小

---

① ［美］欧文：《妻》，新民士忱译，《盛京时报》1922年4月18日第5版。
② ［美］欧文：《妻》，新民士忱译，《盛京时报》1922年4月18日第5版。

说"栏目，1924年10月4—14日，共计10期。译者署名为"平"。讲述了新郎康特曼奥滕波从军中回家完婚，途中遇到勇武军士斯桃肯方斯特，两人一路相伴却在山林中遇贼，准新郎康特重伤不治而亡，朋友斯桃肯方斯特化身鬼新郎和小姐完婚的故事。

  巴伦是在悲愁之城了！一个可爱的父和开真那利波家的老少的心怀是如何烦难！他的独一的女儿或是被鬼带去，或者他有鬼女婿，那么他一定有一些鬼外孙了。他非常忧愁，阖家都纷乱起来，巴伦使许多人骑着马分途搜寻，巴伦自己也穿上马靴，带上腰刀，骑上骏马忧愁的出了门，当他出门，他忽然因为新现象立刻停止了。一位骑小马的女子随着一个骑马的武士向着家奔来，停马在门前，跳下马来，俯在巴伦的足下，抱着他的双腿，这就是已经丢去的女儿和他的伴侣——鬼新郎！巴伦是非常惊讶的，他看一看他的女儿，看一看鬼，他几乎疑他的精神恍惚了。这鬼的外面已经改换，他的衣服是美丽的，具有勇武高贵的神气，有少年丰美的面色，他的眼睛很喜欢的转动。

  这种神秘即时就明白了，这位武士（实在不是鬼这是你们知道的）声明他是荷曼斯桃肯方斯特，他述说和康特的冒险，他说他如何急速来送一个不顺的消息。但是因为巴伦的畅谈，致不能申说那消息，如何女子的娇柔使他迷惑，和她亲近许久，他默默的装了下去。如何踌躇着寻个适宜的退避，一直到巴伦鬼事的讲说，才引起他不经的计策。因为怕两家的公仇所以他如何偷偷的屡次来往——找着花园里女士的窗户——求爱——求婚——得胜潜走——现在已同佳人结婚。①

  欧文刊登在《盛京时报》的最后一部小说《航海记》准确来说是一篇游记散文，写自己要去欧洲观光，初步计划取道长途航海。作者登上航船，那分隔两半球的一片渺渺的浩水，就像是生存史上的一页白纸，不像在欧洲似的。有的是那种逐潮的变化，使一国中混杂得几乎分不开来。从你一看不见你所离去的陆地的片刻间起，一切都是空虚了。

---

① ［美］欧文：《鬼新郎》，平译，《盛京时报》1924年10月14日第8版。

我用一种宁静与恐惧相混合的快感，站在那巍峨的高处，看着哪些深渊中的怪物在波浪笑谑——一群群的鲸鱼，翻跃在那船身的左右，还有那大鲸鱼，缓缓的从海面上泳出那个大身躯来，还有那最贪婪的鲨鱼，在那青波里像鬼也似的穿来穿去，我的想象会唤出我所闻所读的在那下面泽国中的事物，那在不可测的海底中漫游的鱼族，那在这地球的根基中，埋伏着巨大绝伦的怪物，和那激荡着一切渔人水手故事的荒诞的幻影。①

欧文的作品充满着精神世界的自由，这是浪漫主义的源泉，而浪漫主义又是文学艺术和文化生活的重要组成部分。欧文的《航海记》以简省的笔墨勾勒出一幅大海变化的图景，作家的笔充满丰富的想象力，描绘出汹涌的海面海波追逐、咆哮的场景。大海拥有让人无法拒绝清明天气和清风的快感；船上的帆篷，高高地扬起，把风吃得满满的；大海是何等伟大，何等的气概，是如何声威赫赫。作品结尾，欧文表达自己要谢谢航海给予的幻想，因为在大海中航行给予作家欧文以生的力量和美感，整部作品洋溢着如海般澎湃的激情。

---

① ［美］欧文：《航海记》，笑生译，《盛京时报》1935年8月4日第9版。

第六章

《盛京时报》现代小说的地位、价值与影响

现代小说，尤其是报载现代小说的地位、价值和影响是由多种因素决定的。除了小说构思、题材、内容、情节等创作层面的原因之外，小说形成的社会背景、时代变迁与政治环境也至关重要。除了上述因素，审视和考察现代小说，还必须关注它的传播条件，尤其是以何种方式、借助何种介质来传播。自 1919 年五四运动后，大量的中外现代小说依次登上《盛京时报》这个历史跨度长、社会影响广的大众传播平台，加速和延展现代小说的东北传播。现代小说搭乘这份影响力卓著的东北报纸，随其出刊发行，启蒙、教育东北大众，渐次影响东北社会。因此，该报载小说的历史地位、史料价值及对东北文学的影响不容忽视。

第一节　引领与创新：《盛京时报》现代小说的历史地位

小说登上报纸则意味文学大众化时代的到来。从历史来看，伴随着人类社会向前发展，媒介技术推动传播形态的改变。文学的形态从最初"歌谣""说唱文学"到后来固定在一些介质上的文学样态，展现了人类前行道路上文学传播的印记。印刷技术改变文学传播样态，但书籍还是无法与报纸比拟。20 世纪 20 年代，日、俄在中国东北创办的报纸数量增加，据统计，1905—1914 年，俄国人在哈尔滨总共创办了 20 种日报。[①] 日俄战争后，日本人在东北办的报纸数量也与日俱增，这些报纸奠定近代东北"时报"的新格局，形成现代东北"时报文学"的风貌。抛

---

① Великая маньчжурская империя：к десятилетнему юбилею. Харбин, 1942. C. 346.

开"时报"政治、经济不论，审视早期东北"时报"的文学发展，从最初的旧体诗、杂录、丛录到文言小说、笔记、短篇小说，再到五四运动之后文学副刊上多种文学栏目的创设，可以看到这一时期新诗、白话小说、翻译小说的刊载构成"井喷"之势，展现东北近代文学乃至现代文学的繁荣场景。《盛京时报》《泰东日报》日发行量均超过10万份，"时报"对文学传播，其辐射面是当时书籍及其他介质无法企及的。可以看出，小说这一文学样式登上报纸这个平台，改变了传统文学的承载方式，无远弗届，进而移风易俗，报纸文学传播构成了特殊样式的时报文学，为东北文学的繁荣与传播奠定了坚实的基础。

从历史来看，无论是从小说来源，还是从小说的传播介质来看，《盛京时报》现代小说都居于不可替代的位置。小说步入大众传播的序列必将扩大其影响力。而这一地位的确立不仅源于类别多样、题材丰富、数量颇多的小说，还取决于其载体《盛京时报》位列东北发行量之首，以及该报给予小说传播立体交错的栏目，还包括该报积极培养小说创作新生力量。因此，《盛京时报》现代小说在东北报载小说史、东北文学史以及中国报载小说史的书写中都占有一席之位。

一 "东北第一报"载小说：历久、广传、远播

《盛京时报》从1906年10月18日（清光绪三十二年阴历九月一日）在沈阳大西门外创办，至1944年9月14日终刊，历时38年，最高日发行量达18万份。它是日本在中国创办的存续时间最长的一份报纸，也是日本在我国东北最大的报纸，被戈公振先生称为"东三省日人报纸之领袖"[①]。从《盛京时报》所处的历史来看，该报在同期东北的报纸中持续时间最久，发行量最大，辐射面广，影响力大，可以被称作"东北第一报"。《盛京时报》发轫之初，创刊词中严明办刊宗旨："如今日救时匡世之途，虽不外乎自强，而自强之策必先整顿内治，整顿内治必先振兴教育，盖以人材匮乏、民智闭塞，将何以兴议会。而赞襄国猷故识时学者以国民教育程度为国家富强之标准，识务本之论也。然国民教育分为二端：一学堂；一报章是也……"[②] 强调了报纸承担着国民教育的急先锋的

[①] 戈公振：《中国报学史》，上海古籍出版社2014年版，第62页。

[②] 《社说·发行之辞》，《盛京时报》1906年10月18日第2版。

职责，"惟报界仍在幼稚时代，夫以三省之大竟无一完全报章，致令民气凋敝，至于今日此真可为长叹息矣，吾侪不揣谫陋，所以发行盛京时报者即此故也"①。办报方公开声称要以《盛京时报》作为"启迪民智、开通风气"的利器，寄予深切期望，我们知道，办报宗旨只是日人怀揣政治目的的对外宣传而已，但是《盛京时报》之所以能够成为"东三省报纸之领袖"，除了日方的宣传策略及报纸内容质量高外，也离不开报纸在东三省的广泛传播以及东三省读者群体的读报热潮。

《盛京时报》的实力非常雄厚，中岛真雄还借其力量先后出版过两份"姊妹报"，分别是《蒙文报》与《大北新报》，它们与《盛京时报》这份大报关系密切。中岛真雄在创办《盛京时报》时，由于得到了日本驻奉天总领事荻原守一、奉天将军赵尔巽、东三省交涉使陶大均的大力支持与认同，所以报纸问世不久便在奉天站稳了脚跟，以至于后来能很快地扩大发行、扩充版面。从1906年到1944年，《盛京时报》三代社长均为日本人，第一代社长中岛真雄时期，《盛京时报》的版面由"中国局势""中外要电""东三省新闻""神皋杂俎""民国要文"和两版左右的广告版构成。1926年5月，第二代社长佐原笃介接手《盛京时报》时，实际日销售量不过1万出头，和其他中文报纸相比并无多大优势。佐原笃介从1928年开始仿照西式报刊调整内容，大大增加了报纸广告刊载量，通过广告量的收入力挺了《盛京时报》的财政。第三代社长染谷保藏，主要负责报社的运营，他使《盛京时报》成为伪满时期中文第一大报。

关于《盛京时报》的发行及数量，海内外资料各有记录，1941年《盛京时报》在"本报之沿革"一文中的描述较为确实："本报在发行之初，销售仅一两千份，除本社直接送寄外，外埠之分馆及带派处仅二三十处，由于逐年增加销数，分馆带派处亦次第增设，至宣统二年奉天省城报纸、遂统归震泰报馆分送，外城各地方支社分馆带派处，仍由该社直接邮寄。因本社无暇兼顾分送事宜，康德二年二月，在大西门设本报直卖所，将震泰分送报纸事宜收归直卖所经营。而各省及国外之分馆带派处，至是遂增加至三百处之多，今占全满报纸之第一发行额。"② 这说明《盛京时报》贩卖的方式分为直接售卖和由各省分馆及带派处分别代销两种方式。

---

① 《社说·发行之辞》，《盛京时报》1906年10月18日第2版。
② 《本报之沿革》，《盛京时报》1941年10月17日第2版。

在伪满时期各省及国外各分馆代销处就达到 300 处，因而发行量是"全满报纸之第一发行额"①，的确称得上是当时东北三省中文报纸发行数量最多的报纸之一。据表 6.1 统计可知，辽宁省地方志记载旧中国辽宁部分报纸发行情况数据显示，该报日发行量最高达 18 万份，宁树藩的《中国地区比较新闻史》中也提到这一点，"1906 年在日本外务省的赞助下，由南满铁路株式会社出资，以'联络中日邦交，开通民智'为借口，在沈阳创办了中文《盛京时报》。该报仰仗帝国主义的特权，不受中国政府和军阀势力的干涉，对中国时政高谈阔论肆意臧否。中国的老百姓也很想了解揭露出来的官场黑幕，听听对仗势欺人的官僚们的批评和指责，因此该报的销路很好。《盛京时报》连续出版 38 年，最高时日销 18 万份"②。报载小说的历史地位不仅由这些小说本身来决定，还受承载小说的报纸的传播力影响。《盛京时报》在东北现代传播史的地位一定程度上决定该报现代小说的历史地位。

表 6.1　　　　　　　旧中国辽宁部分报纸发行情况③

报纸名称	日发行份数	报社社址
《远东报》	1000	旅顺
《盛京时报》	180000	奉天（沈阳）
《泰东日报》	30000—120000	大连
《东三省日报》	3000	奉天（沈阳）
《安东新报》	2750	安东（丹东）
《醒时报》	7000	奉天（沈阳）
《大中公报》	4000	奉天（沈阳）

关于《盛京时报》的阅读，在《漂泊生涯：马加回忆录》《孟宪彝日记》《入蒙与旅欧》《民初纪元：亲历者口述实录》中可以找到马加、孟宪彝、翁之意、董文琦阅读该报的例证。东北籍流亡作家端木蕻良的《科尔沁旗草原》有描写普通民众阅读《盛京时报》的片段：

---

① 《本报之沿革》，《盛京时报》1941 年 10 月 17 日第 2 版。
② 宁树藩主编：《中国地区比较新闻史（上）》，复旦大学出版社 2018 年版，第 259 页。
③ 辽宁省地方志编纂委员会办公室主编：《辽宁省志·报业志》，辽宁人民出版社 2005 年版，第 242 页。

> 近十几天，大家又都凑了一点钱，每天必定得买一份《盛京时报》来看。不但看而且还得念，不但念，而且还得高声念。
>
> 念完了，大家就都背一通，互相大笑一阵。心中有点儿恐惧，也有无限的高兴与刺激，又加三杯酒落肚，心中有了底了，脸儿一红，说话就都不免有几分放肆。唯其是放肆，所以大家笑的机会也就特别多。唯其是笑得多，所以大家也就满足了，觉得不平凡的日子就在跟前儿了，于是自然而然地就喝个烂醉。①

古榆城里的闲散百姓阅读《盛京时报》打发时光的场景。兵荒马乱的岁月，人们跑匪患、怕鬼子，内心的不安和惶惑，在念报纸这样的寻常光景中也一一展现。

> 传说纷纭，莫衷一是。可是日子长了一点，大家反而淡了。再有谁传出什么消息，大家也都先怀着几分的不信任。
>
> 忽然，今天，当日的《盛京时报》也不来了，四外消息都断了，人们都在窃窃地猜疑，远远地，隐隐听见有炮轰声，其实声音是极其微小的，与其说是听得见，不如说是想象得出。有的人说是攻城声，有的人说是要攻城，城早炸了。大家上房顶去看，也看不出要领。有的人说是日本人打秋操，又不知该谁家的高粱遭难了，本来今年年成就不好。到商务会去打听也都没有什么可靠的消息。问年老的人，便说这是远处地震，地下的鲇鱼狗子五百年一翻身翻的，不要大惊小怪。大家等到天黑了，也都没有什么消息，也就安心了。②

围着《盛京时报》的来与不来，代表着时局的平安与紧张。《盛京时报》是传递信息的重要媒介，从该报的阅读情况能看出当时人们对时局的关注：报纸不来，猜疑加剧，有人说是攻城，有人说是日本人抢掠庄稼，有的人说是地震。近代历史学家吕思勉引用《盛京时报》新闻为文章佐证也构成时人阅读该报的例证："先生有札记一段，记是年十月八日读《盛京时报》所载事，后编入读史札记《长狄考》中。"③ 在抚顺地方

---

① 端木蕻良：《科尔沁旗草原》，春风文艺出版社 2019 年版，第 345 页。
② 端木蕻良：《科尔沁旗草原》，春风文艺出版社 2019 年版，第 346 页。
③ 吕思勉：《吕思勉全集》，上海古籍出版社 2016 年版，第 201 页。

志中也有记载,五四运动以后,马列主义开始在抚顺传播,经常能听到有人为工人读《盛京时报》和来自北京、上海的传单。当时,抚顺煤矿南大井工人,人称"大工匠"的张凤岐,就常给工人读《盛京时报》上有关工人罢工、矿井事故和工人苦难生活等内容。①

《盛京时报》在当时发行方式共有七种,分别是官署派销、自办发行、代理发行、街头零售、包销、邮发一体、免费赠阅。在《东三省民报》中多次能看到当时的宸泰报局、三合报局的广告:"代售《盛京时报》及各省报张,送报迅速、绝无误期"。

根据表6.1的统计数据,比较东三省几份报纸,可以看出当时《盛京时报》发行量之大、辐射面之广,阅读量之巨。报纸的广泛销售使得民众阅读之风兴起,民众逐渐开始关注时事,各地阅报所也在兴起,客观上促进了民智的启蒙与开发。《盛京时报》除了刊印肆意言说中国内政的新闻外,还大量刊载以小说、诗歌为主的文学作品,兼有笔记、别录、谈丛、戏评等,既是研究东北地区近现代报刊发展的重要史料,也是研究东北近现代文学发展的富矿。

从另一侧面来看,报纸的广泛销售说明大众传播的渗透性不断增强,市民的阅读需求日益增大。而《盛京时报》文艺副刊的开辟一定程度上满足了社会民众的文学审美需求,这一点从文艺副刊的递增和小说栏目的丰富可窥一斑。

二 小说"量大类多"居东三省之首

与同期东北其他报载小说相比,《盛京时报》小说数量最大,类别多样,不乏经典力作。1919—1944年,《盛京时报》刊载的各类小说多达2801部,相比同期的几份报纸,遥遥领先。《远东报》尽管在文艺版有小说刊载,但数量远不及《盛京时报》,且发行量也不大;《满洲日日新闻》和《辽东新报》小说刊载十分有限;只有《泰东日报》小说刊载比较可观,但仅限于1938年扩版之后,增设了文艺版。可见横向比较东北同期几份报纸,《盛京时报》现代小说刊载总量是其他几份同期报纸所没有的。1919年五四运动到1931年"九·一八"事变期间,共刊载小说1947部;1931—1944年报纸停刊,共刊载小说854篇。五四运动之后至"九

---

① 抚顺市档案局编:《辉煌八十年》,抚顺市社会科学院2001年版,第5页。

一八"事变之前是东北报纸快速发展时期,受五四新文化运动的影响,也应报纸广大读者的需求,《盛京时报》小说数量空前高涨,这一时期小说刊载数量是 1906 年创刊伊始到五四运动前 13 年间的三倍还多,又是 1931 年"七七事变"东北沦陷到 1944 年报纸停刊这 13 年间小说刊载数量的二倍还多。不仅仅是数量上,在小说创作的质量与水准上,这一时期小说创作也是可圈可点的。从 1919 年白话体短篇小说出现在报纸副刊小说栏目至 1921 年,东北短篇小说创作在数量、内容、形式、质量上都引人注目。

关于《盛京时报》现代小说,准确讲要从五四运动算起,但文学的发展并非如历史一样以某一事件或某一年份划分阶段,它不是决然的、割裂的,它是整体的、连续的,所以本文关于《盛京时报》现代文学的起点,可以从 1918 年报纸创设文学副刊《神皋杂俎》算起。仅小说栏目一项,在长篇、中篇、短篇上又进行了类型上的细分,长篇小说有长篇社会小说、长篇白话小说、白话长篇章回传记小说、长篇文言掺杂白话战争小说、长篇白话世情小说、域外长篇历史小说、域外长篇白话侦探小说、白话长篇爱情小说、白话长篇悲情小说、白话长篇谴责小说、长篇白话纪事小说、长篇白话侠义小说、长篇文言纪实小说等;中篇小说有白话中篇讽刺小说、白话中篇世情小说、白话中篇游记体小说、白话中篇翻译小说。短篇有文言笔记小说、文言现实小说、域外白话志怪小说、白话纪实小说、白话滑稽小说、文言侦探小说、文言传记小说、域外文言小说、文言世情小说、文言悲情小说、文言哀情小说、文言侠情小说、文言公案小说、文言历史小说、文言侠义小说、白话爱情小说、白话寓言短篇、文白夹杂笔记小说、爱情短篇、白话短篇等。

这些小说品类繁多,质量上虽有参差,亦不乏佳作。曾连续在《盛京时报》担任文艺副刊主笔的穆儒丐在各类文体的创造上均有不俗之表现。首先,他立下了"中国新文学史上第一部长篇小说"① 开创之功。1919 年 11 月 18 日至 1920 年 4 月 21 日,《盛京时报》发表了穆儒丐的白话长篇小说《香粉夜叉》,"它比《冲积期化石》和《一叶》的出版时间,提早了大约两年。从这个单纯的意义上讲,东北现代长篇小说的的确

---

① 王金城:《〈冲积期化石〉并非新文学史上第一部长篇小说》,《沈阳师范大学学报》(社会科学版) 2010 年第 4 期。

确实实在在地应列居于新文学史的显赫位置。我们由此可以推断出一个新的文学史结论:《香粉夜叉》乃是中国现代文学史上第一部长篇说"①。不仅如此,作为东北现代文学的开拓者,穆儒丐以自己的勤奋之笔,在域外作品的翻译与推介上立下了汗马功劳。穆儒丐在《盛京时报》翻译的小说以长篇为主,主要有《情魔地狱》,1919 年 4 月 8 日至 8 月 30 日,共 125 期;译自波兰作家显克微支的《鹿西亚郡主传》,1921 年 3 月 1 日至 12 月 29 日,共 338 期;日本作家谷崎润一郎的《艺妒》,1924 年 1 月 31 日至 4 月 8 日,共 55 期;法国作家雨果的《克洛得》,1925 年 11 月 19 日至 12 月 15 日,共 22 期;《哀史》,1927 年 3 月 9 日至 1928 年 2 月 21 日,共 322 期;法国作家大仲马的《严窟岛伯爵》,1929 年 8 月 12 日至 1931 年 7 月 5 日,共 612 期。还有一部短篇是日本作家谷崎润一郎的《麒麟》,1924 年 1 月 19 日至 1 月 30 日,共 9 期。穆儒丐的翻译尽管在文字、风格、方法和技巧上并不算成熟,但彼时东北现代文学正处于发生期,他的翻译创作对东北文学乃至中国现代文学都具有重要的开拓意义:"穆儒丐的翻译小说使东北文学与世界文学有了近距离的接触,为东北作家乃至中国现代作家理解和借鉴西方文学创作提供了第一手资料。对西方作家的认识了解使东北作家开始有意识地模仿和学习西方文学的创作模式、写作手法,直接促进了东北现代文学的现代化进程,从这个意义上说,穆儒丐对东北现代文学的贡献也是不应该被忽视的。"② 除了穆儒丐,《盛京时报》为东北培养了一批报纸作家和作者,他们很多作品也都可圈可点,如专栏作家王冷佛,他的小说《珍珠楼》1922 年和 1924 年连续两次刊登在《盛京时报》上,历史小说《续水浒传》和问题小说《恶社会》,在当时的沈阳报纸读者群中都有较大影响。

三 文学栏目丰盈凸显小说分量

特色鲜明的文学副刊,且存续时间最长。陈平原指出:"晚清的各类报纸以及政治、教育、经济、农业等专门刊物,也都刊载一点小说以招徕读者;但真正影响小说发展的是报纸文艺副刊与专门文学杂志的出现。"

---

① 王金城:《〈冲积期化石〉并非新文学史上第一部长篇小说》,《沈阳师范大学学报》(社会科学版) 2010 年第 4 期。

② 王晓恒:《东北现代文坛的翻译之花——论穆儒丐〈盛京时报〉的文学译介》,《时代文学》2014 年第 12 期。

《盛京时报·神皋杂俎》副刊创立于 1918 年 1 月 15 日，由于《盛京时报》1918 年 1—3 月、7—12 月报纸散佚，国内搜寻不见，日本的东京都立图书馆和国会图书馆之东京总馆、关西馆查阅亦均无原版，所以《神皋杂俎》设立之日报纸原文散佚，现 1918 年影印版存仅有 4—6 月的资料。《神皋杂俎》副刊共存续 27 年。《神皋杂俎》初设立，"小说"栏目居于副刊之首，余下依次为笔记、谐文、品花、笑林、别录等。小说栏目每一期刊载小说多为两篇，多者一期 3 篇，而其他栏目的文章仅一篇，这种布局体现报纸文学副刊对小说的倚重。若小说栏目每期刊登两篇，则多数情况是一部为长篇连载小说，另一部为短篇小说；若刊登三部小说，则一部为长篇连载小说，另两部为短篇小说。当然，这些小说的刊载使报纸的读者日众，小说在东北时报文学中的地位日隆。《神皋杂俎》文艺副刊的创立与牢固发展，使得"时报小说"确立了固有的传播平台，而且，在这个平台上长篇小说跃居首要地位，从此，长篇白话小说在"时报文学"上有了自身的栖息之所。值得一提的是，当白话小说登上《神皋杂俎》平台的同时，文言短篇小说依然占据《盛京时报》头版重要位置，形成"时报小说"在《盛京时报》上占据两块阵地，其一为"文艺副刊"；其二为头版。"时报小说"在《盛京时报》两个平台上同时刊载延续至 1924 年 2 月，之后文言小说从头版位置撤出，但两年之后，又有文艺副刊《紫陌》诞生。1921 年 12 月 3 日在《盛京时报》第四版首推"新年号"小说征文广告，第一次小说征文的题目为"马弁"和"宜春里"。自 1921 年至 1930 年，该报每年推出 2 个征文题目，1922—1930 年给出题目分别为"民选省长"与"雪""结婚"与"净街""恐怖"与"和平之神""烦闷"与"光明""共产党"与"希望""骷髅"与"废墟""战场遗迹"与"春之爱""跳舞场"与"科学家""微笑"与"奋斗"。小说征文广告多刊登于《盛京时报》的第 4 版，个别出现在第 5 版和第 7 版，皆为短篇小说，规定不能超过 3 千字。从上述征文题目来看，当时征文的题目最大特点就是关注现实社会，具有时代性，展现社会问题，而且两题间具有一定的关联性或对比性，留给作者足够的想象和发挥的空间。①《神皋杂俎》创立之后，《盛京时报》又相继诞生了《紫陌》

---

① 王秀艳：《〈盛京时报〉"新年号"小说征文考略》，《长春教育学院学报》2017 年第 11 期。

和《另外一页》两个周刊；而源于《神皋杂俎》内的"妇女""儿童""教育"栏目通过扩版和增容后依次产生了《妇女周刊》《儿童周刊》《教育周刊》3个极富个性化的周刊；之后，又相继产生了难分伯仲的《文艺周刊》与《文学周刊》。《紫陌》创立于1926年4月5日，至1929年6月10日第143号结束，为横版。它是《盛京时报》第一个设立的周刊。《紫陌》刊头之下附有"每星期一出刊一张，欢迎投稿"一行文字，明确了刊载周期。在《紫陌》创刊的前一周，即1926年3月30日《盛京时报》第四版刊载"周刊预告"："本报应时势之要求，为学术之研讨于一星期另出《紫陌》周刊一张，随报赠阅不取分文，文字则新旧兼收，体裁则务期优美，一切公开不偏不当，惟同仁等学识有限，尚希海内学者不吝珠玉，时赐佳篇，是所至盼，自下星期一日出版（四月五日）谨此布闻。"①

《盛京时报》之周刊演变及文学传播为研究伪满时期东北文学留下了丰富的史料。从《紫陌》到《另外一页》，从《文艺周刊》到《文学周刊》的演变，体现了《盛京时报》周刊交替出现的特征；而从《妇女周刊》《儿童周刊》到《教育周刊》的出现，又反映了周刊间交叉重叠的特点。周刊的更迭展现了《盛京时报》文学信息的细分和精准传播，满足了读者的信息期待。以小说为例，大量的短篇小说按照类别被置于各周刊，而中长篇小说出于故事情节连续性的考虑，其跨周刊登载现象比较普遍，如长篇小说《八伦缘》（梅庭氏编辑、儒丐校阅），共59期，连续在《另外一页》和《儿童周刊》上登载；而长篇历史小说《洪武剑侠图》（署名"张青上"），共515期，连载于《另外一页》《教育周刊》《妇女周刊》等。值得一提的是，至1941年，跨周刊连载的长篇小说在版面布局上又有创新，每期小说文本内嵌入一张素描图，如长篇小说《晨》（里雁作、杨柴画），《河流的底层》（秋莹著、大超绘）皆连载于《妇女周刊》《儿童周刊》《教育周刊》等。画家介入小说成为《盛京时报》周刊后期文学传播的一大亮色，对于读者来说有助于接受和理解，对于传播者而言，当报馆增加、文艺副刊增设、文字传播甚众之时，图文并茂能够引起注意，易于传播。在单纯文字信息传播环境下，小说图文传播不失为一

---

① 王秀艳、周大勇：《〈盛京时报〉周刊之文学传播考略》，《图书馆学研究》2017年第18期。

种创举，无疑产生更佳的传播效果。20 世纪 20—40 年代，《盛京时报》文艺副刊和 7 种周刊登载各类小说，是研究东北地区特殊社会背景下报纸文学传播非常有价值的史料。①

值得一提的是，进入 20 世纪三四十年代，东北报纸文艺发展进入一个新的发展阶段。文艺专刊、专版、专页、专栏纷纷设立，反映了这一时期东北文艺发展的基本状况。其中最主要的特征是文艺阵地的涌现与文艺作者的集中，展现东北文学生态的基本面貌：

> 随着报纸的进展，文艺作者的产量膨胀与倾向的集中，在报纸上发现了专页和周刊，这都是由文艺集团所产生的作品，虽然呈现了一度泛滥，但是满洲文艺仍然未曾脱离报纸的暖翼，寄生的文艺周刊与专页，奉天有过冷雾、梦丝，大连发刊过响涛、开拓、青年文艺，奉天又响应了平凡、大地。各种文艺集团的努力，所发表的专刊，最显著的功效便是促进了报纸文艺版新设和固有文艺版质的进步以及量的增加。譬如当时大同报的前哨、满洲新文艺、民生晚报的友学七日刊、泰东日报的文学周刊、满洲报的北风、晓潮、北国文艺、文艺专刊，便是代表着那个时代的刊物。②

四　创作新生力量巩固报载小说的东北地位

报纸文艺副刊为了保障报载小说刊期要求，需要稳定的小说来源。除了译介国外作家作品、转登其他报纸的作品等途径之外，培育报纸固定的作家则不失为一种更为直接而有效的办法。《盛京时报》文学副刊重视培育、选拔报载文学创作的新生力量，以弥补连续刊载之需。值得注意的是，这些新生力量大都是东北地区青年才俊，他们创作了反映东北地域风情、文化生态、生活境况的小说，在东北文学史上贡献了珍贵的史料。正是注重培养固定的创作团队，有效保证了《盛京时报》小说的刊载，奠定了该报小说在东北报载文学的历史地位。

《盛京时报》"小说"栏目内有许多现代作家，如署名"踞石""怜

---

① 王秀艳、周大勇：《〈盛京时报〉周刊之文学传播考略》，《图书馆学研究》2017 年第 18 期。

② 孟原：《满洲文艺的轮廓》，《盛京时报·新声》1940 年 1 月 1 日第 14 版。

影"等作家创作的短篇小说于1918年前后出现"小说"栏目当中。后来,"小说"栏目又出现署名谢淑瑞、竹侬、侠等一些其他作者的小说。在穆儒丐担纲《盛京时报》文艺副刊主笔工作时,培养了许多编辑、记者、作家,他们成为当时东北报界和文学界的新星和宠儿。除了几乎与穆儒丐齐名的担任专栏主笔的王冷佛外,这一时期还有许多年轻的文学周刊的主编和作家,如《紫陌》周刊主编金小天、创设《家庭周刊》《妇女周刊》《儿童周刊》的芙蓉、任《盛京时报》编辑次长的李雅森、创办文学副刊《文学》的王秋莹、擅长书画精通戏剧的文学编辑莲客等。《盛京时报》还通过这些文学副刊阵地培养了一大批文学创作者,在芙蓉主持《妇女周刊》期间,周刊上发表的很多文章都有固定的撰写人,如当时文坛上比较活跃的箌啸、曼秋、苏菲等。箌啸《妇女周刊》上发表和翻译的作品有100多篇,涉及小说、诗歌、评论、翻译作品等不同体裁;还有一部分人和芙蓉同是奉天女青年会的成员,如奉天基督女青年会干事张美立、张座铭、张维祺等。因与主编芙蓉熟识,又与其谋求妇女独立解放思想主张相一致,所以在此期间发表了很多表达妇女解放,追求思想独立的文章。

　　《盛京时报》的编辑们不仅培养创作者,他们自身也活跃于当时的文坛,积极创作,如李雅森1938年进入《盛京时报》工作,以笔名李乔发表小说《五个夜》、剧本《生命线》等文艺作品。曾与孟素、黄曼秋、陈因等人组织飘零社的王秋莹,1939年来到《盛京时报》从事编辑工作,1940年12月17日于《盛京时报》创办文学副刊《文学》,使得《盛京时报》由原来的"旧文艺"作品向"新文艺作品"转向,给《盛京时报》乃至整个东北文坛带了多样的色彩和全新的活力,并带动年轻作家吴瑛、佟子松、李乔等创作新作品出现在《盛京时报》上。此外,《盛京时报》还培养了许多核心作者,如创刊之初的主笔之一徐镜心,作为同盟会成员之一,他借助《盛京时报》开展革命抱负、利用报纸做舆论宣传,他撰写了时评、诗文近百篇,使清政府大为恼火,国民党元老丁惟汾曾说:"徐镜心更创《盛京时报》于奉天,辽、吉、黑三省豪杰,闻革命之说而奋起者,《盛京时报》尝有先驱之力。"① 还有敝帚千金、梦石瘦

---

① 山东省政协文史资料委员会编:《山东文史资料选辑》,山东人民出版社1991年版,第374页。

人、朱逭、陶大均、赵增龄、李冈如，以及化名为伊公、凡、民、心籁、榆等人。他们发表在《盛京时报》上的作品虽然受到报社主编限制，读来有隔靴搔痒之感，但有些文章观点鲜明，也颇具启迪性与震慑力。

1921年6月22日，《盛京时报》第7版"创作"栏目里，刊登了朱灵修的小说《娘啊——错疼了我了》，作者以犀利的笔触，写了有志气的女孩曼娜作为新时代的青年，努力要反抗封建包办婚姻，因为她知道身体是属于自己的，应该为自己做主。可惜最终曼娜被身体虚弱的母亲逼着最终失去了自由，嫁给了门第显赫的孙家。

> 规矩大得了不得，单是天天六七个姨太太面前请请早安和晚安，也够受用了。伊的丈夫是极忙的，成天在外边碰和吃花酒，夜间不到二点钟是不回家的。但是大人家的规矩，丈夫没有回家，妻子是不能先睡的。六七个姨太太要埋怨伊，不会媚伊的丈夫，使伊丈夫不牢屋里。伊的罪正是不小啊！曼娜也很要减轻伊的罪，便时时劝丈夫不要出去胡闹。但是伊丈夫的报酬不是辱骂，便是毒打。满月了，归宁了。伊娘看见伊女儿身上穿的戴的衣服手饰，好不炫耀。后边使女跟了一大批，乐得甚么似的。忙把女儿搂在怀里，捏着伊的纤手，抚着伊的玉腕，肝儿肉儿的叫个不住。正想和女儿说几句体己儿话，"啊呀！不好了！曼娜！我心疼的孩儿！你臂上的伤痕是哪里来的啊？"曼娜这时低着头，哪里说得出半句话儿。末了，只是哽咽着道："娘啊！你错疼了我了！"①

曼娜反抗虽未成功，但是通过曼娜的心声，作品敏锐地反映了青年婚姻自由、个性解放等尖锐的现实问题，在当时产生了一定的社会影响。

报载小说要满足报纸副刊连续刊载需要，才能保障小说的连贯性和整体性。因此，固定的创作力量显得十分重要。自五四运动以降，《盛京时报》文学副刊在小说刊载过程中，以小说征文、编创结合等方式培养大批创作新生力量。而正是这支创作团体使该报小说具有浓厚的地域特征，因为他们来自东北、本乡本土，深刻感悟到当时东北社会环境和人民的处境。因此，出自这些地域作家的小说也就自然反映东北社会状况，而这在

---

① 朱灵修：《娘啊——错疼了我了》，《盛京时报》1921年6月22日第7版。

同类东北报纸小说中与之不可比的,从这个意义来看,东北创作团体确立并巩固了《盛京时报》现代小说的历史地位。

第二节 发掘与重识:《盛京时报》现代小说的史料价值

《盛京时报》现代小说刊载跨越从 1919—1944 年,历经 26 年之久。从五四运动算起,《盛京时报》现代小说存在的历史至今已逾百年,倘若从 1944 年计算也超过 78 年。与《盛京时报》这份报纸共存着大量的现代小说,这些小说连同《盛京时报》构成一部反映东北地域特征的报载小说史。追溯这些连续刊载小说的时代性和地域性,我们认为,《盛京时报》现代小说一定程度上展示了 20 世纪 20—40 年代东北的文学生态,对于今人重识这一时期东北小说发展历史以及构建一部完整的东北现代文学史都具有丰富的史料价值。

一 形成东北新文学的丰富史料

东北新文学肇始于"五四"新文化运动。发起于北京的"五四"新文化运动同样在东北得到积极呼应。"五四"新文化运动深刻影响东北新文学运动,"为东北新文学的孕育、成长创造了良好的条件。新文化、新文学运动在当时的奉天(沈阳)、吉林、哈尔滨等地蓬勃发展"[1]。五四运动前夕,沈阳大批学生与各界人士的爱国热情十分高涨,谴责北洋军阀的卖国行为,与国内外沈阳同乡、同学保持频繁沟通、一致响应、积极行动,"由京、沪各校,及旅京的沈阳同学,通过书信邮寄传单,加以鼓动,再由于留日的学生返家乡与各学校互相联络"[2],并很快在沈阳成立学生联合会,高举反帝、反封建大旗。在全国性的五四运动浪潮的席卷下,沈阳文学艺术界吸纳新思想、新观念,科学与民主呼声高涨,一些文学刊物纷纷刊载关内作家新文学作品,传播关内新思想、新文学。1920 年 12 月,《盛京时报》转载了《呐喊》(鲁迅)、《女神》(郭沫若)、《红

---

[1] 东北现代文学史编写组:《东北现代文学史》,沈阳出版社 1989 年版,第 21 页。
[2] 廖雪华:《"五四"新文化运动的沈阳文态》,《沈阳文学艺术资料》1986 年第 2 期。

烛》(闻一多)、《恐怕的夜》(胡也频)等作品。此外,这一时期《盛京时报》还刊载了"冰心的散文,以及王统照、俞平伯、郑奇、胡适、周作人、成仿吾、方志敏、瞿秋白、沈丛文等等著名一流作家的作品"①,关内著名作家的文学作品犹如一盏盏指路明灯,通过报纸传播点亮东北文学旷野,打开了东北地域作家新的视野,为东北文学发展注入了新生活力。

《盛京时报》横跨近、现代报刊发行历史,五四启蒙运动同样对该报的文学创作产生深刻影响。五四运动宣告新民主主义革命的开始。这场声势浩大的运动也引发了文学界革命,反对旧文学,倡导新文学,因此,同时开启了中国新文学的历史。《盛京时报》"五四"新文化运动的新文学启蒙同样引发《盛京时报》小说的现代转型。《盛京时报》刊载了"五四"新文学作品,1921年1月1日,《盛京时报》发表了反映新文化运动的文章,如《对于新文化运动之希望》(周守一)。此外,还刊载短篇命题征文小说,如《赈灾委员》(梦公)、《救世主——陈老爷》(王郁宣)、《哀鸿影》(碧春卢主)等,"都在文学形式上,思想内容上突出了反帝、反封建、反军阀的主题。……受'五四'新文学运动洗礼的文学青年,大都挥笔创作。征文数量达数千件以上"②。可见,五四运动对东北文学发展具有涤荡作用,20世纪20年代新文学登上《盛京时报》就是明证。

经过五四运动先进思想的涤荡,东北报载小说进入一个新的历史阶段。20世纪20年代是东北小说完成从新旧过渡到彻底转变的华丽转身的一个重要时期,"20世纪20年代初期,小说创作基本处于文白形式夹杂、新旧思想交互的过渡阶段,而到了20年代中后期,小说的创作基本已没有半文半白的语言运用了,创作风格朴实自然,主题也更加开阔、深刻,创作者更加关注现实,描写民生疾苦、揭露社会黑暗、描写社会不公的现实主义创作渐多"③。这种转变也集中体现在《盛京时报》刊载的小说,尤其是中长篇小说主要集中于该报几位重量级编辑兼作家,如穆儒丐、王冷佛、金小天等。1919—1931年,除了一些大部头的翻译小说之外,《盛京时报》刊载了穆儒丐创作的中、长篇小说有《梅兰芳》《情魔地狱》《香粉夜叉》《海外掘金记》《笑里啼痕录》《同命鸳鸯》《徐生自传》

---

① 廖雪华:《"五四"新文化运动的沈阳文态》,《沈阳文学艺术资料》1986年第2期。
② 廖雪华:《"五四"新文化运动的沈阳文态》,《沈阳文学艺术资料》1986年第2期。
③ 何青志:《东北文学通史》,中华书局2018年版,第794页。

《北京》共8部。1922—1928年《盛京时报》刊载王冷佛《珍珠楼》《续水浒传》《桃花煞》《恶社会》共4部长篇小说。1923—1930年《盛京时报》刊载金小天《鸾凤离魂录》《柳枝》《春之微笑》《灵华的傲放》共4部长篇小说。穆儒丐、王冷佛、金小天是《盛京时报》文学副刊的编辑，也是有相当分量的小说家，他们的中、长篇小说为东北新文学发展奠定了坚实的基础。

五四运动之后，短篇小说在《盛京时报》上表现更为充分和自由。在创作上更活跃、积极，小说内容多反映现实生活，更具有鲜明的时代性和东北地域特点，且小说数量激增，题材丰富、形式多样、灵活自如。五四思想启蒙，报载短篇小说创作旺盛，形成东北新文学的丰富史料。从创作主体来看，这些短篇小说作者来自三个层面。

其一，来自《盛京时报》中长篇重量级作家、重要的编辑，如穆儒丐、王冷佛、金小天等。穆儒丐自1920—1926年以"儒丐"或"丐"的署名刊出《五色旗下的死人》《道路与人心》《宜春里》《猪八戒上任》《他是个文学家》《遗嘱》《四皓》《一个绅士》《财政次长的兄弟》等白话短篇小说15篇。王冷佛自1924—1930年以"冷佛"的署名刊载《病人遗嘱》《心腹之谈》《结算年账》《恶侦探》《甲乙问答》《浪漫的生活》《击匪》《一封书》等白话短篇小说11篇。金小天1921—1930年《怨杀》《误会死的一个学生》《灵魂底美感》《冰生君传》《播种子者》《曼陀罗花》《送子赴江》等36篇反映现实生活的白话短篇小说。《盛京时报》三位扛鼎作家的短篇小说创作不仅确立了报载小说的范例，也在当时引领了短篇小说的快速生长。

其二，源自《盛京时报》短篇小说创作新秀、固定投稿作家等，他们发表相当数量的短篇小说，如赵鲜文、匡汝非、惜梦等。从1924年至1929年《盛京时报》刊载赵鲜文的《两垄白菜》《金钱世界》《家庭惨》《他为什么躲避》《幸而是梦》《回家之后》《守财奴》《昭陵原上》《灵魂的苦闷》等33篇颇具现实色彩的短篇小说。1924—1931年匡汝非发表在《盛京时报》的短篇小说有《他的一生》《河沿的哀声》《叹……》《一阵哭声》《苦笑》《候车室的晚上》《新人的生活》等34篇。赵惜梦（惜梦）从1923年至1926年在《盛京时报》刊载《香帕泪》《痛心》《香塚》《旅馆的一夜》《安慰》《梦中呓语》《隐痛》等15篇，这些大都是反映苦难生活的现实题材小说。不得不承认，这些短篇小说作者都是率先获得五四新思想洗礼的文学青年,但在小说创作手法还带有一定稚嫩。

其三,来源于其他一些文学社团作家、文学青年、社会各界文学爱好者等。他们不定期向《盛京时报》投稿,如 1923 年王连友的短篇小说《穷人的回忆》《乞丐的小孩》《痴人》3 篇;1922—1923 年周东郊的《茗侬》《白舟之厄》《秋镫夜读》《伯壎救友记》《可怜的小英雄》5 篇;1921—1924 年游龙馆主(金游龙)的《我之梦》《老妪》《我对不起你》《现代的两种家庭》《你怨谁》《山中旧感》《一个女子的自述》《祖父》8 篇;1922—1923 年,署名"辽西少年"的《梅师爷》《作小说的梦》《战后之觉悟》3 篇;1925—1927 年,《商工日报》副刊主编李笛晨的《反乡》《烦闷》《图书馆之一日》《七月七》《快乐的情爱》《无题》《四月三十日晚》《红泪》8 篇;1928 年北国社的林霁融在《盛京时报》刊载《凄然》《微笑》《招魂》《别幕》《孤鸿》《碧云》《姜迷的衰草》7 篇短篇小说;1929—1930 年,东北大学署名"吻霞"的《决堤的流水》《微微的一笑》《妻情子趣》《矛盾》《颤栗》《三更》《人头》《在施疗室》《恐怖》《她来了》《三日记》《清明》《马二的厄运》13 篇短篇小说,每篇小说结尾标明"写于东大""东大政一""于东大""东大文学院"等创作地点。这部分投稿青年的小说是《盛京时报》文艺副刊的必要补充,尽管很零散,文学性和艺术性不强,但从不同侧面反映当时东北现实社会生活,具有一定的史料价值。

此外,五四运动至"九·一八"事变,《盛京时报》短篇小说的来源不止上述作家和文学青年,还有很大一批社会不定期的投稿者。尽管单个作者小说数量少,但作者群体量大,因此,整体社会投稿的短篇小说数量巨大,这类短篇小说构成了《盛京时报》现代小说的长尾,是东北新文学史料的重要组成部分。

二 积累东北文学史的史料

20 世纪 20 年代前的东北是较为闭塞的地域,"各种运动和潮流的介入和浸染都较关内迟滞"①,"五四"新文化运动虽然对东北也产生了很大影响,但这种大的影响相对于东北长久以来的闭塞而言,较之关内几个大城市要微弱得多。毋庸置疑,充斥当时东北文坛的基本上还是文言文,

---

① 何青志编:《东北文学通史(下)》,中华书局 2018 年版,第 777 页。

内容上也多是传统文学式的奇谈轶闻，以及送往迎来的离愁别绪，等等。但是文学革命之风既然已经吹进，就必将给关东边塞带来新的文学空气，在五四运动的激荡之下，东北新文学"有了进一步的成长，而片段地表现出来"①。东北报业在这一时期得到了进一步发展，体现在《盛京时报》的文学文体上，就能看到代表新式文学的白话小说渐次登场和旧式文学的逐渐衰退。

《盛京时报》现代小说数量庞大、题材鲜活、类别多样，是东北小说语料库的重要构成部分。根据统计，从1919年"五四"新文化运动至1944年《盛京时报》停刊，该报共刊载小说2798部，其中长篇小说41部，中篇小说76部，短篇小说2681部，这些小说构成东北文学，尤其是东北报纸文学的原生态，是东北文学史的重要史料渊源。当然，由于这份报由日本出资经营，受日本对华政策的影响很大，尤其是日本发动侵略中国的战争影响很大。比较来看，各历史阶段小说刊载数量分布差异很大，以"九·一八"事变为分界线，1919年5月4日至1931年9月17日《盛京时报》刊载小说共1957部，1931—1944年《盛京时报》停刊，共刊载小说841部。从两个阶段比较来看，《盛京时报》现代小说的刊载数量在"九·一八"事变前后变化较大，后期较前期少。"九·一八"事变后，东北进入日本军事侵略、政治统治、文化钳制的沦陷时期，改变东北现代文学正常的发展轨迹。日本侵略者构筑文化堡垒，进行思想钳制，"随着日伪文化监管的逐步紧缩，作家创作的空间逐渐狭小，文学作品多采用象征、隐喻等隐晦的表达方式，描写民众的生活，表达作家内心的感受"②。可见，进入沦陷时期，日本对东北文化统治破坏了东北文化生态，阻碍了东北现代文学的发展。

伪满洲国建立后，《盛京时报》"更是倚仗日本帝国主义的势力成为东北地区首屈一指的大报"③。日本帝国主义对东北文学艺术实行专制统治，控制东北地区的报刊，形成"大报兼并小报"。整个东北报业紧缩，小说刊载空间变小，小说在夹缝中生存，其内容偏重于苦难、困顿、抗争等。1937年，日本侵略中国全面战争爆发后，日本对华战事增加，战事报道增多，再加上后期版面收缩，小说刊载数量受到很大影响。至20世

---

① 张毓茂编：《东北现代文学大系·资料索引卷通史》，沈阳出版社1996年版，第3页。
② 何青志编：《东北文学通史（下）》，中华书局2018年版，第856页。
③ 梁利人编：《沈阳新闻史纲》，沈阳出版社2014年版，第9页。

纪 40 年代，小说刊载数量明显不足，自 1940 年至 1944 年，小说刊载数量分别为 51 部、35 部、32 部、23 部、1 部，呈递减趋势。

从五四运动以来算起，《盛京时报》小说总量颇丰。《盛京时报》现代小说在东北现代小说史，特别是现在报载小说史中占有一席之地，是研究东北小说史不能绕开的部分，其史料价值不容忽视。

今天来看，作为纸质媒介的报纸，留存和储藏决定其所承载的小说之存在。每一份增设文学副刊的报纸，其发行历程一定意义上决定其所承载小说的历史。历史上报载小说以承载其报纸的样态保存于图书馆、文献馆、档案馆等场所，供给今天的研究者翻阅、参考，从这个层面来看，20 世纪上半叶《盛京时报》小说的文献价值不菲。20 世纪 80 年代，《盛京时报》被缩印或制成胶片，以此种形式保存在东北三省一些高校图书馆或东三省省属图书馆，供研究者使用，尽管个别年份缺失，但从整体来看，较完整地保存了小说史料。毋庸置疑，《盛京时报》现代小说是以报纸文献的形式留存于世，且这些报载现代小说来源多维，有出自国外作家的翻译小说，有来自我国关外作家的小说，还有东北地区作家、文学青年撰写的小说。正是基于此，《盛京时报》现代小说的史料价值不是单一的，它保存了 20 世纪上半叶数量可观的翻译小说，保存了早期的翻译版本，让今人见证了当时的翻译水平，更为弥足珍贵。尤其是这些译介小说借助大众传播媒介进入东北地域，客观上在东北地区形成中西文化的碰撞、融合。《盛京时报》承载着大量的关外作家小说，客观上推动中国南北文化的融通。值得一提的是，无论是国外小说还是关外小说，其中不乏名家之作，有些小说后来根本就没有出版单行本，也就是说，这些小说仅存于报纸副刊当中，从这个意义来看，《盛京时报》现代小说的文献价值不容忽视。

第三节 拓荒与深耕：报载小说开垦东北新文学沃土

近、现代过渡时期，正是报刊开始介入文学传播（或者说文学搭乘报纸传播）的时期。客观而论，与关内地区相比，东北地处偏远，经济落后，文化荒芜，但是报业发展一定程度上改变了东北文学的荒芜与封闭状态。大众传播构建并记录社会发展，从近代社会向现代社会转型的过程中，报纸发挥着重要推动作用，陈平原指出："大众传媒在建构国民意识制造'时尚'与'潮流'的同时,也在创造'现代文学'。"① 20世纪初至"五四"前东北文化荒芜之态明显。东北报业发展较晚,开东北近现代报纸先河的是俄国1899年8月在东北旅顺创办的俄文报纸《新边疆报》,比中国近代报纸上海《申报》整整晚了27年,后者由英国商人安纳斯脱·美查于1872年4月创办。从政治来看,它们都是西方殖民主义侵略中国的工具;从文化来说,它们从客观上促进了文化的传播和交流。问题的关键是,报纸的巨大撬动力,"当时中国的想象就是靠这些人在报章杂志中营造出来的,其中又产生了中国传统小说中最为重要的东西——文体,每种文体都有自己的模式"②。东北社会报业起步虽晚但进展迅速,1899年起,仅十年间就出现了《东三省公报》《醒时白话报》《大中公报》《远东报》《泰东日报》等东北影响较大的报纸,这些报纸与东北发行量最大的报纸《盛京时报》一起构成了东北近现代报业史的全貌,鲜活地再现了东北地区的现代转型的文化生态。

一 "五四"前东北报载小说的开辟

报纸对繁荣文学发展、推动地域传播具有重要作用。20世纪初,正值晚清时期,俄国人、日本人和中国人纷纷在东北创办多家报纸。从语言上来看,有俄文、日文、中文、英文四种类型报纸,"1904年俄国人分别在旅顺、沈阳创办了《关东报》和《盛京报》,成为东北最早的近代中文报纸"③。日本人先后在沈阳、大连创办《盛京时报》(1906)、《泰东日报》(1908),是东北地区对小说发展影响巨大的两份报纸。这一时期,集中在沈阳(奉天)、吉林和哈尔滨三个城市的报纸累计近60种,其中不乏俄国和日本作为侵略中国东北的舆论宣传工具。无可否认,"五四"前东北报业发展客观上活化了东北地域内的信息交流,不仅如此,明清小说连载于东北报纸,开启了东北报载小说的历史,还疏通了小说等文学艺术形式从域外到东北、从关内到关外的传播通道。正如梁启超在1901年发表在《清议报》第100册的名言说:"自报章兴,吾国之文体,为之一变,汪洋恣肆,畅所欲言,所谓宗派家法,无复问者。"④ 换言之,东北

---

① 陈平原:《文学如何教育:人文视野下的文学教育》,东方出版社2021年版,第204页。
② 李欧梵:《现代性的想象》,浙江大学出版社2019年版,第12页。
③ 何青志:《东北文学通史》,中华书局2018年版,第755页。
④ 张静庐辑注:《中国出版史料补编》,中华书局1957年版,第75页。

报业发展不仅加速了东北三省的新闻传播,还推动东北文学的地域传播,实现了从"窄播"向"大众传播"转化。

五四运动前《盛京时报》在沈阳已经发行了 13 年,这期间可以看出小说在该报刊载从少至多,从弱至强的逐步成熟过程,彼时报纸是东北社会的新兴媒体。1906 年在《盛京时报》"白话"栏目刊载第一篇具有侠义色彩的小说《靴子李》,可见,最初小说在该报刊载时并没有专门的栏目。值得一提的是,《盛京时报》创刊当年在"白话"栏目刊载了域外政史小说《英法条约与坤角》(12 期)、爱情小说《郎得》(2 期),打开了东北读者的眼界,尤其是小说《郎得》描写纽约宜人的环境,戏园中咖啡、饼干等时尚元素冲击着旧中国东北市民的心灵,外来文化作为一种新鲜事物开启了荒凉幽闭的东北。自 1907 年开始,除了"白话""文苑""演说"这些栏目之外,《盛京时报》开始出现"小说""杂录""杂报"等栏目,但"小说"栏目并不耀眼,实际上,1906—1910 年《盛京时报》小说刊载时断时续,且小说经常没有署名,表明这一时期小说在该报还没有确立应有的地位。1912 年结束帝制,《盛京时报》在"小说"栏目的基础上又增加了"短篇小说"栏目,说明报载小说正在走向成熟,小说刊载数量也飙升,1913 年该报共刊载 23 部小说,一些小说有插图,多为白话小说,题材广泛,涉及公案、世情、爱情、复仇、悬疑、侦探、侠义等,多为明清小说的改编而成。1915—1918 年,《盛京时报》小说刊载呈密集分布状态,"踞石"和"怜影"是这一时期最为活跃的作者。需要说明的是,1918 年 1 月《盛京时报》最重要的文艺副刊《神皋杂俎》诞生,伴随该报一直到停刊。《神皋杂俎》是该报小说的最重要平台,且小说位于最显赫位置。"五四"前《神皋杂俎》的创立,奠定了小说在《盛京时报》的历史地位,开辟了东北报载小说的新篇章。

二 "五四"启蒙与《盛京时报》小说的新变

"五四"新文化运动更在于其启蒙价值,通过新知识、新思想改变落后状态。按照《现代汉语词典》的解释,启蒙是"普及新知识,使摆脱愚昧和迷信"[①]。从哲学角度来看,启蒙是改变或终结一种蒙昧状态,是

---

① 中国社会科学院语言研究所词典编辑室:《现代汉语词典》,商务印书馆 2012 年版,第 1022 页。

"人之超脱于他自己招致的未成年状态",而"未成年状态"则是"无法使用知性(verstand)的那种无能"①,从这个意义来看,启蒙是鼓起勇气呈现自己的知性,"从而最终摆脱蒙昧而进入光明状态之中"②。五四运动宣告中国社会从近代到现代的转向,"五四"不仅反封建,也包括反帝的任务,因为"封建主义文化和帝国主义文化结成了生死同盟,使得东北新文化在成长发展的进程中,必须冲破它们新设置的重重障碍"③,走向新文化、新文学的发展道路。

"五四"反对旧思想、旧道德,提倡新思想、新道德,这种思想集中体现 1921 年 1 月 1 日《盛京时报》刊载的《对于新文化运动之希望》新年征文。评选结果分别是一等当选作者:周守一;二等当选作者:辰鸿、俪影;三等当选作者:道盛三、敬赵甫、无竞。其中一等当选征文对新文化运动的阐释是,"不满意旧思想、旧道德、旧制度、旧生活的人,企图把旧的打破,创造新的来替代"④,破旧迎新,一种改革者的气势;二等当选征文,"新文化运动者,觉悟旧文化之不适应现代潮流,故努力于新的科学、宗教、道德、文学、美术、之音乐等运动也"⑤,强调众多学科都要以新的面貌展现。另一个二等当选征文强调,"批评旧文化的劣点,整理旧文化的优点,引起人人的自觉,共同求解决方法"⑥。此外,三等当选者道盛三、敬赵甫、无竞,他们也通过征文为新文化呐喊、为新文学正名(见表 6.2)。

表 6.2　《盛京时报》1921 年 1 月 1 日 "对于新文化运动之希望" 征文当选统计

等次	姓名	核心主张	版面	酬金数
一等	周守一	参考西方新文化,发挥本国旧文化,以科学的方法会通之,养成专门的人才,从事于针对社会情形的新思想、新道德、新制度、新生活等之创造,除以笔墨宣传外,并为实际的运动,以期其普及与实行。	10 版	小洋二十元

---

① [德] 康德:《康德历史哲学论文集》,李明辉译注,广西师范大学出版社 2020 年版,第 23 页。
② 吴先伍:《反思现代性》,生活·读书·新知三联书店 2019 年版,第 107 页。
③ 东北现代文学史编写组:《东北现代文学史》,沈阳出版社 1989 年版,第 21 页。
④ 周守一:《对于新文化运动之希望》,《盛京时报》1921 年 1 月 1 日第 10 版。
⑤ 辰鸿:《对于新文化运动之希望》,《盛京时报》1921 年 1 月 1 日第 7 版。
⑥ 俪影:《对于新文化运动之希望》,《盛京时报》1921 年 1 月 1 日第 10 版。

续表

等次	姓名	核心主张	版面	酬金数
二等	辰鸿	第一，新文化运动者，世界的文化求进步之一种征象也；第二，新文化运动者，觉悟旧文化之不适应于现代潮流，故努力于新的科学、宗教、道德、文学、美术、音乐等运动也；第三，新文化运动者，具有在横的方面扩大文化之领域，在纵的方面提高文化程度的两种任务。	7版	小洋十五元
二等	俪影	吾对于新文化运动的希望，就是本着吾人的热与爱，用哲学的思想和科学的方法，研究批评旧文化的劣点，整理旧文化的优点，引起人人的自觉，共同求解决方法。取西洋文化做参考，以至发挥其本人创造，适应自我的新文化运动，再以积极的态度牺牲一切、摒弃一切，互助奋斗实验去，以改造社会人生的幸福。	10版	小洋十五元
三等	道盛三	新文化运动应提高文化程度、扩大文化领域，破除学术专制，使多数民众感受新科学、新艺术的熏陶，完成平民政治思想及社会共同经济之生活；必须全国绅商学报各界，凡有新文化知识，牺牲其金钱、精神，贡献社会及学校方可能达其美满的地步。	7版	小洋十元
三等	敬赵甫	使文化有裨于人生，普及大众，补偏救弊，吸收旧文化，使新旧融汇，稳固根基，增强实力，扬长去短，循序渐进。	7版	小洋十元
三等	无竞	遏止所有不公允、不道义之事项，解放身心；大力发扬卫生、交通、教育、慈善等公众事业，建设新局面；力避侵略主义，确保真正和平。	11版	小洋十元

从五四新文化运动的旗手行动来看，表现不同、认知深浅不一，但目的一致，"我们试看五四时代的精神，像陈独秀对于传统的文化开火，像胡适主张要问一个'为什么'的新生活，像顾颉刚对于古典的怀疑，像鲁迅在经书中所看到的吃人礼教，这都是启蒙的色彩"[①]。"五四"启蒙延展到文学层面，反对旧文学，提倡新文学，"中国启蒙时代的文化因子渗透进五四启蒙主义文学思潮中，使之呈现出全新的文化征候"[②]。

五四运动的浪潮涌向东北，"使东北地区有了新文化、新文学的萌芽"[③]。在"五四"启蒙运动的感召下，东北地区"一些进步作家注重社会现实和人生世界，以现实主义的严峻笔法，在比较广阔的生活画面中展现了社会的各个角落，描写挣扎在社会底层的'小人物——工人、农民、

---

① 李长之：《迎中国的文艺复兴》，商务印书馆1946年版，第16页。
② 林朝霞：《现代性与中国启蒙主义文学思潮》，厦门大学出版社2015年版，第227页。
③ 卞和之：《一篇奇异的文字——兼及山川草草其他几篇文艺评论》，《东北现代文学史料》1982年第5辑。

小职员、人力车夫以及乞丐、娼妓、伤兵'等,反映他们的不幸与痛苦"①,这一点在《盛京时报》上体现得较为显著。

20世纪20年代初,《盛京时报》刊载的短篇小说多受新文化运动的启蒙。"'五四'运动激起了一种关心国事、关心'新思潮'的风气,造成了一种阅读革命。书报阅读者激增,能读新书新报即代表一种新的意向,而且也深刻地影响着青年的生命及行为的模式,人们常常从新文学中引出新的人生态度及行为的方式。"②反映现实社会问题的短篇小说《义草的童子》③,通过母子对话的形式反映穷人的孩子上不起学的悲哀,其中的社会问题与鲁迅《狂人日记》"救救孩子"相呼应。1921年8月13—15日《道路与人心》④反映人力车夫的悲惨命运,老弱人力车夫与青壮人力车夫对修路问题持不同的态度,老弱者主张修路为了省力,青壮者反对修路,道路泥泞可以多收几毛钱。对于同样道路的不同态度折射出由于生计和生活影响下的不同人心。1922年,《盛京时报》刊载的如描写妓女悲惨生活的《宜春里》⑤,以及描写警察与军队士兵矛盾冲突,警察失去往日飞扬跋扈的《马弁》⑥都是揭露当时社会生活的黑暗,反对旧文化、旧道德的一种体现。综上,"五四"启蒙推动《盛京时报》小说刊载逐步突破了域外小说、古典小说的固有模式,开始出现反映现实生活,关注普通人的生活与悲惨命运的小说,推动《盛京时报》小说向新生活、新文化、新文学转向。

三 文学社团对东北新文学的推进

文学社团的不断涌现是东北新文学走向正规、走向成熟、走向繁荣的标志。《盛京时报》一些青年投稿作家,于20世纪二三十年代组建文学社团、创建刊物,以其为阵地发表文学作品,并相互交流和促进,对东北新文学发展做出贡献。20世纪20年代,沈阳第一师范的周东郊与李笛晨

---

① 东北现代文学史编写组:《东北现代文学史》,沈阳出版社1989年版,第16页。
② 王汎森:《两个"五四"及其影响》,《五四@100:文化、思想、历史》,王德威、宋明炜主编,上海文艺出版社2019年版,第12页。
③ 仇天:《义草的童子》,《盛京时报·创作》1921年6月5日第7版。
④ 儒丐:《道路与人心》,《盛京时报·神皋杂俎》1921年8月13日第5版。
⑤ 儒丐:《宜春里》,《盛京时报·神皋杂俎》1922年1月1日第7版。
⑥ 袁鸣岐:《马弁》,《盛京时报·神皋杂俎》1922年1月1日第22版。

都在《盛京时报》发表小说，1922—1923 年《盛京时报》刊载周东郊的《茗侬》①《白舟之厄》②《秋镫夜谈》③《伯壎救友记》《可怜的小英雄》共 5 篇短篇小说。李笛晨 1926—1927 年在《盛京时报》发表 5 篇短篇小说。周东郊、李笛晨等发起组建了新潮社。

东北大学的林霁融、马加、张露薇等组建了北国社，创办《北国》杂志。响应"革命文学"的主张，"曾先后发表了《文学与时代》《文学与阶级》等较有影响的文章，主张文学应该反映时代，应该有阶级性。革命的文学应该为革命的阶级服务，以推动时代的前进"④。《北国》杂志的这种思想在当时具有一定的进步意义。值得一提的是，林霁融、马加、张露薇三人的名称都曾出现在《盛京时报》上，其中林霁融于 1928 年在该报发表 7 篇短篇小说，1930 年和 1934 年张露薇的二等当选小说《跳舞场》⑤ 和翻译小说《犯人》⑥ 分别刊于该报，1930 年马加的短篇小说《女人》（3 期）⑦ 在该报刊载。20 世纪 20 年代中后期，青年文学社团与文学期刊在沈阳、长春、哈尔滨等城市陆续产生，"启蒙文学开始了自觉的运动，作者开始具备自觉的文学意识，并开始孕育自己的作家。尤其是 1928 年以后，在沈阳出现了以东北大学师生为主力创办的《冰花》《关外》《北国》《怒潮》《东北大学周刊》，并以这些刊物为阵地形成文学团体和青年作者群：马加、罗慕华、李英时、叶幼泉、申昌言、赵鲜文，林霁融、张露薇。"⑧ 其中，马加、赵鲜文、林霁融和张露薇都在《盛京时报》发表多篇短篇小说，又参加文学社团，进行广泛的交流和互动。此外，20 世纪 20 年代，还有"启明学社""白杨社""关外社""灿星社""冰花社"等文学社团（见表 6.3）在东北各地相继确立，"各种文艺社团和文学期刊的长期活动和宣传，已经为日后东北现代文学的深入发展作了艺术创作、思想建设和作家队伍建设上的准备，也为东北三十年代现代

---

① 周东郊：《茗侬》，《神皋杂俎》1922 年 5 月 17 日第 5 版。
② 周东郊：《白舟之厄》，《神皋杂俎》1923 年 6 月 5 日第 5 版。
③ 周东郊：《秋镫夜谈》，《神皋杂俎》1923 年 6 月 6—7 日第 5 版。
④ 东北现代文学史编写组：《东北现代文学史》，沈阳出版社 1989 年版，第 29 页。
⑤ 张露薇：《跳舞场》，《盛京时报·神皋杂俎·小说征文》，1930 年 1 月 8 日第 9 版。
⑥ ［俄］郭歌里：《犯人》，张露薇译，《盛京时报·神皋杂俎》1934 年 10 月 28 日、31 日第 7 版。
⑦ 马加：《女人》，《盛京时报》1936 年 11 月 16 日、18 日第 5 版。
⑧ 沈卫威：《东北流亡文学史论》，河南人民出版社 1992 年版，第 186 页。

文学的历史奠定了一个良好的开端"①。

表 6.3　　　　　　20 世纪 20 年代东北主要文学社团

社团名称	时间	地点	发起人	文学刊物	备注
启明学社	1923 年 1 月	奉天	高崇民、赵锄非、苏子元、梅佛光、吴竹邺	《启明旬刊》	像启明星一样冲破黑暗，走向黎明
白杨社	1923 年 9 月	吉林	穆木天、郭桐轩、何霭仁	《白杨文坛》《新文化》后改名《青年翼》	《新文化》于大连创办
关外社	1928 年	沈阳	何松亭、宋小波、李郁阶、朱焕阶	《关外》	
灿星社	1928 年	哈尔滨	高鸣千、张俊峰、张德济、杨定一、楚国南	《灿星》	
冰花社	1929 年	沈阳	郭维城、李正文	《冰花》	东北大学附中创办

　　20 世纪 30 年代是东北文学社团发展的另一个重要阶段。沈阳作为东北政治、文化中心，受"五四"启蒙影响最大的城市，也是东北新文学运动开展得最为轰轰烈烈的城市。"九·一八"事变之后，东北陷落，沈阳报业发展被钳制，多数报纸被停办或兼并，只有日人经营的《盛京时报》能够正常出版，但版面压缩，在这种情况下，新文学发展受到极大限制。1933 年，沈阳文艺界着手创办文学社团，在日本统治的夹缝中创作文学发展的新空间，先后组建了"冷雾社""飘零社""新社""白光社"，是"东北沦陷后较早成立的文艺社团"②，被称为"四大社"，对沦陷期东北文学发展具有积极推动作用。"冷雾社"利用沈阳《民报》创刊《冷雾》周刊，该社成员，除了成雪竹、马骧弟、姜灵非之外，还有刘佩（爵青），后者曾于 1942 年在《盛京时报》发表中篇小说《月蚀》，并配有插图。"飘零社"由佟子松（陈因）和秋莹发起，创建于抚顺，"利用《抚顺民报》创办《飘零》周刊"③，没有多久就停刊了。秋莹（王秋莹）除了作为《飘零》的编辑之外，后来还担任《盛京时报》的《文学周刊》编辑，并于 1941 年在《盛京时报》发表揭露现实的短篇小说《小

---

① 东北现代文学史编写组：《东北现代文学史》，沈阳出版社 1989 年版，第 32 页。
② 黄玄：《东北沦陷期沈阳文学志略》，《沈阳文学艺术资料》1986 年第 1 期。
③ 黄玄：《东北沦陷期沈阳文学志略》，《沈阳文学艺术资料》1986 年第 1 期。

工车》和长篇小说《河流的底层》，影响较大。

综合上述分析，20世纪20年代中后期东北文学社团蓬勃发展，文学青年以文学期刊为阵地，探索东北新文学发展，为沦陷时期东北文学发展积累了丰富的经验。进入20世纪30年代，由于日本侵略东北，推行文化殖民、控制东北报业，破坏了东北新文学发展。然而，这一时期东北文学社团的创建正是回应文学界缝隙生存的尴尬处境。因此，东北文学社团"四大社"创建和发展实属不易，对推动沦陷时期东北文学发展做出应有的贡献。

第四节 汇聚与融合：报载小说终结——东北文学"幽闭"之态

东北地处关外，所处的空间位置比较特殊，历史原因和地理环境决定了报载小说对东北现代文学发展的重要性。报业发展结束了原来东北文学相对封闭的生产和传播方式。陈平原将现代人的生活、情感、思维、表达等与大众传媒进行关联，指出："'现代文学'之不同于'古典文学'，除了众所周知的思想意识、审美趣味、语言工具等，还与其生产过程以及发表形式密切相关。"① 由于大众媒介的介入，改变了文学的生产方式和传播形式，也促使文学跨地域传播成为可能，正是基于此，报载小说传播打破了地理空间的限制，国内小说、国外小说都可以借助报纸输入东北地区，结束了东北文学闭塞发展的状态。

一 关内小说的融入：启迪东北文学

《盛京时报》作为东北三省发行的报纸，其小说带有明显的地域特色。小说投稿量最多来自辽宁，吉林次之，再次是黑龙江，个别来自内蒙古通辽。除此之外，还有大量来自域外和关内作家的小说。自1919年5月至1937年9月，《盛京时报》刊载关内小说总计不少于20部，其中一些小说出自老舍、鲁迅、巴金、丁玲等名家之手，通过报纸这个平台向东北地区输入关内优秀的小说，不仅为东北文学爱好者提供了优秀的文学作

---

① 陈平原：《假如没有文学史》，生活·读书·新知三联书店2011年版，第262页。

品，也给东北文学界提供了写作范式，为东北小说创作送上一股清流。

五四运动之后，新文化、新文学浪潮席卷中国大地，关内名家如鲁迅、老舍、巴金、丁玲等小说相继登上《盛京时报》。其中刊载老舍的小说有2部，前后刊载跨度较长，一篇是文言短篇小说《王老虎》，刊于《盛京时报》1919年5月9—15日头版"技击短篇"，署名"舍予"；另一部是白话短篇小说《操场后头见》，刊于1934年2月13—17日《儿童周刊》，署名"老舍"。鲁迅有两部小说登上《盛京时报》，一部是他翻译的小说《时光老人》，署名"爱罗先珂"，另一部是他创作的小说《不周山》，两部小说同期刊载，皆刊于1923年1月1日，分别出现在第9版和第10版位置。巴金的两部小说《病》（共5期）和《野》（共5期）刊于《盛京时报》同一年但不同副刊之上，分别为《神皋杂俎》（1936年1月10—14日）和《另外一页》（1936年3月15—25日），这两部小说皆创于上海。丁玲的小说《松子》自1936年4月25日至5月27日发表于《盛京时报》"另外一页·小说"栏目，共14期。这些出自名家的小说篇幅不长，但作品艺术性较强，对东北作家具有启迪作用，对东北读者具有启蒙和教育作用。

"汉纳·阿伦特强调叙述——说故事——是构成社会群体意义的根本动力。她更认为革命的精神无他，就是激发出前所未有的新奇力量（pathos of novelty）。冯梦龙《古今小说》序曾有言'史统散而小说兴'。断章取义，我要说，相对于大言夸夸的大说，是小说承载了生命的众生喧哗。"①

上述出自名家之手小说，通过《盛京时报》在东北传播，不仅对专栏作家具有启迪意义，也启发经常为报纸投稿的作者。专栏作家以名家之作为参照，可以进一步提升创作水平，普通作者向报纸投稿赢得创作自信，并通过报纸提供的优秀作品获取创作灵感。从另一方面来看，东北地域小说也通过这些作家为关内文学界所关注，为其提供了具有地域文化特色的文学作品，这些作品对他们的文学创作也是一种借鉴和参照。

---

① 王德威：《没有"五四"，何来晚清?》，《五四@100：文化、思想、历史》，王德威、宋明炜主编，上海文艺出版社2019年版，第24页。

统计发现，关内小说在《盛京时报》上刊载的总体数量并不多，这些小说来自北京、天津、保定、青岛、上海、南京、重庆、西安、苏州等12个城市，辐射面比较广，在地缘上具有一定的代表性（见表6.4）。从统计看出，关外小说在《盛京时报》的刊载始于五四运动之后，直至1937年全面抗战爆发，时间跨度很长，虽然刊载密度不大，但足以形成国内、关外文学的跨地域传播交流。从文学创作的角度来看，"五四"新文化运动的浪潮构成"南风北进"趋势，对关外文学产生一定影响。

表 6.4 　　　　　《盛京时报》关内作家小说刊载情况统计

小说名称	作者	小说创作地点	发表日期	发表栏目
《王老虎》	舍予	北京	1919年5月9—15日	头版·技击短篇
《不周山》	鲁迅	北京	1919年1月1日	十版
《失足》	许英	江苏武进	1924年1月6—9日	头版·寓言短篇
《弄得一张纸》	笑尘	安徽琅琊	1924年1月8—10日	神皋杂俎·小说
《砰》	剑冰	西安	1929年7月18—19日	神皋杂俎·小说
《一个春天的早晨》	简庵吴伯泉	天津法商学院	1929年7月22—24日	神皋杂俎·小说
《晨》	澎岛	保定	1930年12月16—19日	神皋杂俎·小说
《六爹》	毓芳	天津	1930年12月22—23日	神皋杂俎·小说
《梦》	颜毓芳	天津	1931年3月15日	神皋杂俎·小说
《恨》	李泽田	北平	1931年8月20—21日	神皋杂俎·短篇小说
《清乡》	闲情	天津	1931年10月20—22日	神皋杂俎
《西征记》	青萍	榆林	1932年9月23—24日	神皋杂俎
《畏妻记》	梁庸	青岛	1932年12月22—23日	神皋杂俎·小说
《操场后头见》	老舍	北平	1934年2月13—17日	儿童周刊
《病》	巴金	上海	1936年1月10—14日	神皋杂俎
《别》	巴金	上海	1936年3月15—25日	另外一页
《松子》	丁玲	南京	1936年4月25日—5月27日	另外一页·小说
《邓尉探梅》	任远	苏州	1937年3月3日	神皋杂俎
《往事》	君波	重庆	1937年3月28—31日	神皋杂俎
《女孩子》	萧克俊	西安	1937年9月27日	神皋杂俎

根据统计，不难看出关内小说通过大众传播输入东北的数量不多，篇幅也很短，在《盛京时报》所刊小说中占有很小的比重。究其原因，不外有二：其一，作为地域报纸，《盛京时报》只在东三省刊发，其影响面

还不能波及关内其他省份；其二，作为日本当局管控的报纸，它对关内作家文学作品并不过多选用，对中国"五四"新文化运动及其影响下的中国文化和文学多少有些抵触，尤其是"九·一八"事变后，日本钳制东北文学艺术交流，阻碍关内进步文学涌入。

基于上述原因，导致《盛京时报》每年只有两三部关内短篇小说被选载。到了 1937 年，抗日战争全面爆发之后，在《盛京时报》上几乎看不到关内作家的作品。显然，一方面是该报版面紧缩，文化管控更严，另一方面关内作家不会也不愿意将小说投向侵略者所创办的报纸之上。

二　国外小说的引入：开化东北文学

《盛京时报》引入大量国外小说，丰富了报刊的文学版图，开阔东北作家、文学青年的创作视野，为广大受众打开了新视野，介入一个新的文学空间，也为东北文学发展注入了一股清泉。域外小说的引入，拓展开放办报的理念，其积极作用显著，"有利于我国文学的现代性进程。但从另一个角度看，大量域外的作家作品介绍，能够对受众产生一种多元思想融合的场域，不再固守传统的文化思想"①。《盛京时报》国外小说的刊载一直伴随其发行史而延续，统计发现，从 1906 年创刊之初到 1943 年 6 月，共刊载域外小说 152 部，其中长篇小说 22 部，中篇小说 19 部，短篇小说 111 部（见表 6.5 和表 6.6 所示）。值得一提的是，《盛京时报》创刊的头两个月就刊载了 2 部外国小说，分别为《演说俄国扼制之结果并历史》和《英法条约与坤角》，都是短篇小说，前者刊于 1906 年阴历九月十七、二十日，共 2 期，无署名，是一篇描述沙俄政史的白话小说；后者刊于 1906 年阴历十月十三日至十月初七日，共 12 期，无署名，是讲述英法外交史话的政治小说。《盛京时报》最初尚无专门的小说栏目，两篇外国小说皆置于"白话"栏目内。自此之后，《盛京时报》经常刊载一些国外翻译小说，直至 1943 年 6 月 19—22 日《神皋杂俎》刊登最后一篇翻译小说《汪主席遭难记》（五百木元作，陆合译）。

《盛京时报》刊载的域外小说涉及的国家比较多，有俄、英、法、德、日、意、印度、美、挪威、匈牙利、爱尔兰、捷克、瑞典、丹麦、波兰 15 个国家。各个阶段国外小说刊载情况并不均衡，五四运动至"九·

---

① 冯静：《〈盛京时报〉文艺副刊的域外文学传播与译介》，《东方教育》2018 年第 17 期。

一八"事变之间所刊载的小说居多,达 67 部。英国小说分布均衡,在各个时期都有刊载,而日本小说在总量上占有绝对优势,而且中后期密集。总体来说,前期多为俄、英、法、意等国作家的小说,中后期日本作家的小说逐渐增多,与其军事入侵、文化殖民同步(见表 6.6)。

表 6.5　　　　　　《盛京时报》域外小说刊载统计

刊载时间段	篇数	小说作者所属国家	长篇	中篇	短篇
1906—1912	20	俄、英、法、德、日、意	11	3	6
1913—1919.4	8	英	3	2	3
1919.5—1931.9	67	英、印、美、法、日、俄、挪威	6	4	57
1931.10—1937.7	36	日、匈牙利、英、俄、法、美	2	2	32
1937.8—1943.6	48	爱尔兰、日、法、捷克、瑞典、英、丹麦、波兰	3	4	41
总计	179	15 个	25	15	139

表 6.6　　　　　　《盛京时报》部分外国作家、作品统计

国家	作者	作品
俄苏	柴霍普（契诃夫）	《观剧以后》（1930）、《顽皮的孩子》（1931）、《天才》（1934）、《可爱的人》（1943）
	托尔斯泰	《愚者伊晚》（1909）、《两个女孩子》（1935）
	郭歌里（果戈里）	《五月夜》（1930）、《犯人》（1934）
	高尔基	《歌与射击》（1936）
	屠格涅夫	《敌人》（1931）、《施与》（1931）、玫瑰（1931）、《菜汤》（1931）
日本	德富芦花	《富者与贫民》（1909）、《五分钟的梦》（1938）、《断崖》（1939）
	谷崎润一郎	《麒麟》（1924）、《艺妒》（1924）、《春琴抄》（1939—1940）
	芥川龙之介	《尼提》（1931）、平车（1939）
	菊池宽	《$\sqrt{5}$》（1931）、《美丽的谜》（1931）、诱惑（1935）、《花瓶之花》（1938）、《藤十郎的恋》（1938）、《败北》（1939）、《姊》（1941）、《短剧》（1942）
	吉田玄二郎	《大卫王与诸子》（1931）、《静日夜》（1939）、《生命的微光》（1941）
	国木田独步	《春之鸟》（1931）、《少年的悲哀》（1931）、《波声》（1931）、《夫妇》（1939）
	广津和郎	《少年的梦》（1932）
	吉屋信子	《地角》（1933）
	石川啄本	《祖父》（1934）、祖父（1939）

续表

国家	作者	作品
日本	岛崎藤村	《母亲》（1938）
	夏目漱石	《梦十夜》（1939）
	立野信之	《黄土地带》（1939）
	藤森成吉	《叫天鸟》（1939）
	志贺直哉	《母亲的死和新的母亲》（1939）、《转生》（1940）
英国	莎士比亚	《夏夜梦》（1919）
	John Ruskin	《金河王》（1927）
	高尔斯华绥	《勇气》（1933）
	史提尔	《幸福婚姻》（1932）
爱尔兰	Flaheity	《母亲》（1938）
美国	欧文	《妻》（1922）、《鬼新郎》（1924）、《航海记》（1935）
	弥尔顿	《迷林》（1925）
	史图顿	《神鹰与小牧师》（1925）
	霍爽	《伊桑勃兰》（1925）
挪威	勃尔生	《父亲》（1925）
法国	嚣俄、萧俄（雨果）	《克洛得》（1925）、《哀史》（1927—1928）、《婢女》（1932）
	大仲马	《严窟岛伯爵》（1929—1931）、《魔桥》（1931）
	左拉	《擦皮鞋的姑娘》（1931）、《回忆琐记》（1936）
	莫泊桑	《一股节绳》（1925）、《修理旧椅子的女人》（1939）
	缪塞	《柯华西斯》（1943）
	巴尔扎克	《刽子手》（1943）
捷克	查赫	《出了诗集的人》（1939）
瑞典	史得林堡	《人生》（1939）
丹麦	安徒生	《相爱的一对》（1940）

  域外小说的引入，直接影响《盛京时报》的翻译者兼作家，使其不仅埋头能写作亦能开眼看世界，对其小说写作具有重要的启迪。域外作家作品成为五四作家的范本，"五四作家之所以能够打开一个新天地，其中一个重要原因是，他们根据自己的审美理想，选择了另外一批更契合他们文学趣味的外国作家作品作为模仿和借鉴的对象"①。《盛京时报》所刊外

---

① 陈平原：《中国现代小说的起点》，北京大学出版社2005年版，第25页。

国小说, 在1919年之前没有注明小说作者和译者; 1919年之后, 外国小说的译者和原作者在报刊上陆续出现。根据统计, 1919—1931年,《盛京时报》出现的域外小说译者多达36位。这些译者有《盛京时报》的编辑, 如穆儒丐, 他是多部长篇域外小说的译者; 有《盛京时报》的投稿者, 如"吻霞", 在翻译域外小说之前就在《盛京时报》刊载《决堤的流水》《妻情子趣》《矛盾》等多篇小说; 还有一些作者是多篇域外小说的翻译者, 如任正笏、崔庆桂等 (见表6.7)。东北作家翻译域外小说的过程, 既包括对原小说的解读, 同时也是再创作的过程, 更是一种学习、赏析、借鉴的过程。在解读和翻译的过程中, 域外小说的题材选择、创作思路、创作方法等开阔了东北作家的创作视野, 进而拓宽了他们后来的创作思路。因此, 从翻译者的角度来看,《盛京时报》域外小说一定程度上推动了东北报载小说的发展。

鲁迅在论述中国现代小说产生原因时, 曾归结为两点: "一方面是由于社会的要求的, 另一方面则是受了西洋文学的影响。"① 根据这一判断, 域外小说拓展了东北读者的阅读空间, 满足了东北读者的阅读期待, 更为重要的是, 激发东北作家再创作的欲望。值得一提的是, 几乎《盛京时报》发行的整个历程都有外国小说刊载, 域外小说的引介, 客观上向东北传播了西方文化生活, 使东北民众较早地接触域外文学, 接受外国文化的熏陶。来自世界各国的经典小说通过《盛京时报》向东北地域密集传播, 向尘封已久的东北传递了西方文明, 从这个角度来看, 域外小说的东北传播具有积极意义。从文学接受主体来看,《盛京时报》发行于东三省, 发行量从几万份到十几万份不等。可见, 有相当数量东北市民能够接触外来文学、文化。尤其是五四运动之后,《盛京时报》所刊域外小说的数量不断增加, 这种趋势为东北大地传递了异域的风情, 冲破了东北小说发展的空间限制。正如王瑶先生所言: "从一般的普遍的意义上说, 一个民族的文学要发展, 总是需要与其他民族开展文化的交流; 在发展民族风格的同时, 也要学习别人的艺术经验, 以开扩眼界, 取人之长, 补己之短。"② 域外小说题材广泛, 从政史到侦探, 再到言情, 与东北报纸小说传统题材相呼应, 使东北读者有机会接触外国文学, 了解异域文化, 催生

---

① 鲁迅:《朝花夕拾》, 中国言实出版社2016年版, 第96页。

② 王瑶:《中国文学: 古代与现代》, 北京大学出版社2008年版, 第88页。

了东北新文学的繁荣和发展。

总之,《盛京时报》作为小说发布平台和读者阅读中心,在东北地区形成了较为稳定的作家群和受众群体,营造了较为成熟的地域文化氛围。实际上,这也是当时的东北民众追求现代化的思想情绪在文学上的客观反映。《盛京时报》所刊外国小说,为研究东北报载文学提供了大量翔实的资料,是推动东北近现代文学不断走向成熟的最有力见证。

表 6.7 《盛京时报》域外小说译者与对应作家作品统计（1919—1931）

译者	原作者	小说名称	译者	原作者	小说名称
鹃图	莎士比亚	《夏夜梦》	陈灯谟	无	《一个不中用的人》
凤生	无	《马喜》（印度）	王恩泽	查劳夫	《哈滨的苦人》
蒋梦芸	（美）威廉福克斯	《谁之过?》	史光汉	法朗士	《马底阿夫人》
潘得霖	（法）查尔斯曼赛	《抵得两半君的表》	顾戒希	屠格涅夫	《敌人》《施与》《玫瑰》《菜汤》
穆儒丐	无	《鹿西亚郡主传》	肇颖	（法）梅利梅译	《攻城记》
	谷崎润一郎	《麒麟》《艺妒（炉）》	李自珍	芥川龙之介	《尼提》
	（法）萧俄、嚣俄	《哀史》《克洛得》	包乾元	巴比塞	《初恋》
	大仲马原著	《严窟岛伯爵》	飞絮	Pant Margnerito	《离别》
			玉心	左拉	《擦皮鞋的姑娘》
士忱	（美）欧文	《妻》《没在这里》《奇遇》	晶若	大仲马	《魔桥》
任正笏	无	《你的母》《战士一封信》《再会吧!母国》	隐	小泉八云	《藤尼生》
金亦棠	克赖门	《路克利霞》	吻霞	菊池宽	《美丽的谜》
冷月	择中	《断头人语》		紫霍甫	《坏小子观剧以后》
金亦棠	弥尔顿	《迷林》	漱尘	无	《悲壮的甘地》
崔芳秋	（美）史图顿	《神鹰与小牧师》	章伯彝	柴霍甫	《顽皮的孩子》
崔庆桂	莫泊桑	《一股节绳》	金中孚	吉田立二郎	《大卫王与诸子》
	挪威勃尔生	《父亲》	粟铁夫	国木田独步	《春之鸟》《少年的悲哀》《波声》
	霍爽	《伊桑勃兰》	韦业芜	（英）史提尔	《幸福婚姻》
	史蒂芬孙	《马雷鲁公的门》	黄昏	嚣俄	《婢女》
李树青	（英）John Ruskin	《金河王》	张惜君	（俄）A. Chelow	《药师之妻》
王吉恩	（俄）聂米劳维赤	《真英雄》	西茵	加藤武雄	《离别》
紫珊	伊尔文	《妻》	王吉恩	（俄）聂克拉少夫著/歌郭里	《赤鼻霜》《五月夜》

三 报载小说促进东北文学传播

20世纪初年至上半叶，是革命与文学相伴发展的时期。这一时期东北小说创作，特别是从文言文到白话文的转变，反映了东北小说向现代转型过程中的语言形式变化。东北地区人民在荒凉、迁徙、原始、蒙昧的苦寒环境中产生的粗犷性格与乐观精神，与殖民统治痛苦隐忍悲惨的生活命运接续交织。将这种境况投射到文化、文学上则是现代作家的历史使命，他们在书写中将这种现实境况通过文学作品反映出来。可以说，东北现代报载小说是地域的，也是民族的，更是世界的。报载小说推动东北文学向现代性迈进的路上走在了前列，促进了东北文学与关内文学的交融，也推动世界文学与东北文学的碰撞，正是大众传播将国外小说、关内小说与东北小说汇聚在一起，改变东北文学偏居一隅、封闭僵化的演化格局。东北小说登上大众传播媒介，不仅加速其现代转型进程，也因多方汇聚和交流而提升了小说的品质，其中一些小说能够成为东北现代小说的典范，值得被铭记和珍视。

五四以来的东北报载文学成为东北现代文学的主要组成部分，以《盛京时报》为首的东北现代时报刊载了大量文学作品，文学创作的体裁也呈现出多元化的特色。大体而言，主要有新诗、白话小说、笔记散文、杂文等几大类。可以说，穆儒丐、王冷佛、金小天、王秋萤等作家主导报纸文学副刊、栏目，撰写大量小说引领东北报载文学不断向前发展。正是东北报业蓬勃发展促使这些活跃在东北报坛的作家们和报纸文学投稿者对现代东北的思考和书写一直没有停止。伴随着他们的是文化反思和创作实践，从文学纵向发展来看，东北现代报载文学呈现出丰富多彩的样貌，其中包括不同作家的地域书写特征和文学书写风格。东北现代报载小说历经五四运动、"九·一八"事变、抗日战争全面爆发等阶段。连贯来看，这一时期是东北小说从传统向现代，从旧文学向新文学的转型，倘若从小说的传播对象的阈限来看，东北小说也历经从"小众"传播、"分众"传播向大众传播转型，这也是当时东北社会的政治、经济、文化、技术发展等诸多因素影响决定的。

思想家梁启超提出"诗界革命""文界革命""小说界革命"[①] 等振

[①] 陈平原：《中国现代小说的起点》，北京大学出版社2005年版，第3页。

聋发聩的口号，基于当时中国社会必须变革的现实需要和对小说社会功用的认识，梁启超大力提倡"译印政治小说"，曾撰文强调西哲之言"小说为国民之魂"①。五四运动之后的东北作家群，亦逐渐认识到小说具有可通于俗之能、可改良群治之功、可唤醒国民之魂的神奇伟力。于是，由自发的创作浇心中之块垒转而开始自觉的创作新民的历程。这一时期的报纸文学创作，由传统的有益于世道人心，转而迈向有益于社会进步，小说题材也从传统的搜奇猎异、才子佳人，转向对人性和人生的思考与反映，各种题材的小说充分发展。尤其是大众传播加速东北小说发展，报载小说阅读者日众，传播范围日广，创作群体日益壮大，小说这一曾在中国文化传统中长久处于边缘地位的文体声望日隆，由偏居一隅进入大众视野，并逐步繁荣。

五四运动前后东北报业分属于日本和东北军阀，日本侵占东北的野心更早是通过办报的方式体现的。在"九·一八"之前已有包括《盛京时报》《泰东日报》等多家日人创办的报纸在东北发行，这种情况使东北报业生态更具复杂性。东北报业发展使东北小说登上大众传播平台成为可能。五四运动之后，东北报载小说伴随着"新思想""新文化""新文学"的呼声向现代化转型。可见，新文化的浪潮通过大众传播很快席卷东北，结束了东北"关外"从地域封闭到人们思想守旧的现状。进入现代社会，尽管东北报业的特殊发展背景，文化钳制，小说刊载受限，但在客观上，终结了东北小说地域的、封闭的、保守的生产方式。大众传播加速域外小说向东北流转，拓宽东北作家的小说创作思路，打开东北作家的创作视野。同样是大众传播，将小说送入东北千家万户，使文学生产与文学接受形成有效对接，活跃了东北文学。

---

① 陈平原：《中国现代小说的起点》，北京大学出版社2005年版，第4页。

结 论

《盛京时报》是由日本人出资在我国东北创办的一份报纸，1906年10月18日创刊，1944年9月4日终刊，历时38年，在东三省影响巨大，最高发行量达到18万份。戈公振在《中国报学史》中评价其为"东三省日人报纸之领袖"。《盛京时报》的创办时间长，又正值我国历史动荡变革时期，作为一份现代的报纸，它保留了许多文史资料，对当时我国内政、外交、军事、文化、教育、社会风情等均有报道，是研究近现代国际关系史、东北历史、东北文学史极为珍贵的资料。

《盛京时报》的现代小说，是东北时报文学现代发展的缩影，具体而微。本研究全面整理钩沉《盛京时报》所载2801部现代小说，以五四运动、东北殖民语境为背景，从小说载体、文本、刊载特点和理论批评等多重视角，对《盛京时报》现代小说分析追索，以期全面呈现《盛京时报》现代小说的真实情况，认识《盛京时报》现代小说之于东北现代文学史研究的意义，明确其承载东北现代文学研究的文化使命，突破传统的"二元对立"研究方法和封闭格局，使东北现代文学史的研究日渐深入而不断丰富。

本书以《盛京时报》1919年五四运动至1944年报纸停刊的小说作品为对象，对《盛京时报》现代小说史料做基础性的文献研究。主要包括以下几方面：研究《盛京时报》与东北报纸文学的关联，通过梳理东北主要"时报"展现彼时东北报载文学的发展状况；列举《盛京时报》的文学阵地，多样化小说栏目，探讨其与现代小说的繁荣之关系；考察《盛京时报》现代小说主要作家群落，通过对中、日、苏、法、英、美等国家代表性作家与作品梳理，钩沉小说的创作走向；总结《盛京时报》现代小说的地位、价值与影响，《盛京时报》小说反映东北时报文学的原生态风貌，对东北文学有巨大的影响，其中一些文学作品在东北文学史乃至中国文学史上都堪称优秀之作。《盛京时报》现代小说是研究东北地域文学、殖民文学、时报文学不可绕过的地带，《盛京时报》现代小说作为时报小说，富含最为深广，它是编纂东北文学史、梳理东北地方史、研究东北沦陷文学史最为丰富的文学史料，是我们了解近现代东北历史、东北文化史、东北文学史不可多得的富矿。

《盛京时报》的现代小说，种类繁多，有侠义、侦探、言情、狭邪、谴责、政治、历史、神怪、探险、技击、童话等，文字总量达到一千多万，目前学界缺少对这一报载文学史料的整体关注。研究这份翔实的资料有利于加深对从五四以降至民族解放这一段东北文学活动的理解、认识、判断，进而对那一时期东北文学现象、文学活动和文学成就进行更为准确的面目、位置和价值的判断。《盛京时报》现代小说是东北文学由近代向新文学转变的真实记录，极具研究的可行性和价值性。

本研究主要借助于吉林大学图书馆藏影印版《盛京时报》（1985），分年分册共计 141 本，其中第 39、40、41、45、46、47、87 本散佚，缺失部分在吉林省图书馆、中国国家图书馆以及日本国立国会图书馆关西馆也未查到，很有可能是这些部分的《盛京时报》原版早已散失。所以，在小说搜集上只能依据现有的 134 本馆藏资料进行梳理，期待能补全。文中作品早期少有署名，而后来署名者多用笔名，笔名较为驳杂，有时一个作家用不同笔名发表作品，文中尽其所能一一考证，但仍不免有挂一漏万之虑，所以只能据实辑录。另外，由于报纸影印字迹缩小，有些地方破损或印刷油墨粘连，有些字迹模糊不清，辑录时均以□代替，特此说明。

参考文献

一 中文著作

白长青：《东北流亡文学史料与研究丛书·东北流亡文学总论》，春风文艺出版社 2019 年版。

车吉心、谭好哲主编：《大家之家（文学卷）》，泰山出版社 2020 年版。

陈平原：《中国现代小说的起点》，北京大学出版社 2005 年版。

陈平原：《假如没有文学史》，生活·读书·新知三联书店 2011 年版。

陈平原：《"新文化"的崛起与流播》，北京大学出版社 2015 年版。

陈平原：《中国小说小史》，北京大学出版社 2019 年版。

陈平原：《文学如何教育：人文视野下的文学教育》，东方出版社 2021 年版。

陈平原、夏晓虹编：《二十世纪中国小说理论资料·第一卷（1897—1916）》，北京大学出版社 1989 年版。

陈实：《东北沦陷区童话研究》，北方文艺出版社 2019 年版。

东北现代文学史编写组：《东北现代文学史》，沈阳出版社 1989 年版。

端木蕻良：《科尔沁旗草原》，春风文艺出版社 2019 年版。

方汉奇：《中国新闻事业通史》（第一卷），中国人民大学出版社 1997 年版。

冯并：《中国文艺副刊史》，华文出版社 2001 年版。

抚顺市档案局编：《辉煌八十年》，抚顺市社会科学院 2001 年版。

高翔：《现代东北的文学世界》，春风文艺出版社 2007 年版。

戈公振：《中国报学史》，上海古籍出版社 2014 年版。

何青志主编：《东北文学通史》（上下册），中华书局 2018 年版。
侯维瑞：《现代英国小说史》，上海外语教育出版社 1985 年版。
黄晋凯：《巴尔扎克与〈人间喜剧〉》，辽宁大学出版社 2001 年版。
黄天鹏：《新闻文学概论》，上海大光书局 1930 年版。
冷佛：《春阿氏（马序）》，吉林文史出版社 1987 年版。
李保均：《小说写作研究》，湖北人民出版社 1984 年版。
李春燕：《东北文学史论》，吉林文史出版社 1998 年版。
李欧梵：《现代性的想象》，浙江大学出版社 2019 年版。
李长之：《迎中国的文艺复兴》，商务印书馆 1946 年版。
梁利人主编：《沈阳新闻史纲》，沈阳出版社 2014 年版。
梁启超：《自由书》，吉林出版集团有限责任公司 2012 年版。
辽宁省地方志编纂委员会办公室主编：《辽宁省志·报业志》，辽宁人民出版社 2005 年版。
林朝霞：《现代性与中国启蒙主义文学思潮》，厦门大学出版社 2015 年版。
刘德润、刘淙淙编著：《日本近现代文学名篇选读》，上海世界图书出版公司 2019 年版。
刘利善：《日本白桦派与中国作家》，辽宁大学出版社 1995 年版。
刘晓丽：《异态时空中的精神世界——伪满洲国文学研究》，北方文艺出版社 2017 年版。
鲁迅：《鲁迅全集》（第八卷），人民文学出版社 1981 年版。
鲁迅：《朝花夕拾》，中国言实出版社 2016 年版。
吕思勉：《吕思勉全集》，上海古籍出版社 2016 年版。
马清福：《东北文学史》，春风文艺出版社 1992 年版。
毛睛：《果戈里小传》，广东旅游出版社 1997 年版。
梅庆吉：《水浒系列小说集成·续水浒传·出版说明（冷佛）》，黑龙江人民出版社 1997 年版。
宁树藩主编：《中国地区比较新闻史》（上），复旦大学出版社 2018 年版。
彭放编：《黑龙江文学通史》（第 2 卷），北方文艺出版社 2002 年版。
秋萤编：《满洲新文学史料》，开明图书公司 1994 年版。
荣可民：《营州旅馆题辞》，吉林人民出版社 2004 年版。

参考文献

儒丐：《福昭创业记（上）·前言》，吉林文史出版社 1986 年版。

山东省政协文史资料委员会编：《山东文史资料选辑》，山东人民出版社 1991 年版。

上官缨：《东北沦陷区文学史话》，长春市政协文史资料委员会 2006 年版。

社会科学战线编辑部编：《形象思维问题论丛》，吉林人民出版社 1979 年版。

沈卫威：《东北流亡文学史论》，河南人民出版社 1992 年版。

宋小濂：《哀哉行》，吉林人民出版社 2004 年版。

孙邦主编：《伪满文化》，吉林人民出版社 1993 年版。

王秋莹：《去故集·序》，长春文丛刊行会 1941 年版。

王新颖：《果戈里画传》，华东师范大学出版社 2004 年版。

王瑶：《中国文学：古代与现代》，北京大学出版社 2008 年版。

吴春兰：《欧美古典文学教程新编》，厦门大学出版社 2017 年版。

吴先伍：《反思现代性》，生活·读书·新知三联书店 2019 年版。

徐载平、徐瑞芳：《清末四十年申报史料》，新华出版社 1988 年版。

许觉民、甘粹：《中国长篇小说辞典》，敦煌文艺出版社 1991 年版。

薛虹、李澍田：《中国东北通史》，吉林文史出版社 1991 年版。

杨乃乔主编，孟庆枢著：《回声·镜鉴·对话——中日文化与文学》，福建教育出版社 2020 年版。

余秋雨：《中国文脉》，长江文艺出版社 2012 年版。

余树森：《现代散文序跋选》，百花文艺出版社 1983 年版。

余树森编：《现代散文序跋选》，百花文艺出版社 1983 年版。

张静庐辑注：《中国出版史料补编》，中华书局 1957 年版。

张琦编：《历史文化常识全知道》，江西美术出版社 2018 年版。

张毓茂：《东北现代文学史论》，沈阳出版社 1996 年版。

张毓茂主编：《东北现代文学大系·资料索引卷通史》，沈阳出版社 1996 年版。

赵孟原：《艺文志》，艺文书房出版，满洲书籍公司发行 1943 年版。

郑克鲁编选：《外国文学作品选》，复旦大学出版社 2019 年版。

周佳荣：《近代日人在华报业活动》，岳麓书社 2012 年版。

周洋：《梁启超传》，北京时代华文书局 2016 年版。

朱维之、赵澧：《外国文学史（欧美部分）》，南开大学出版社 1985 年版。

二 中文期刊

卞和之：《一篇奇异的文字——兼及山川草木其他几篇文艺评论》，《东北现代文学史料》1982 年第 5 辑。

曹文刚：《大仲马对中国小说的影响》，《大连海事大学学报》2015 年第 1 期。

［日］长井裕子：《满族作家穆儒丐的文学生涯》，沙日娜译，《民族文学研究》2006 年第 2 期。

常霜林：《叙事断裂与叙事干预——重读〈悲惨世界〉》，《河南师范大学学报》2016 年第 3 期。

陈焘宇：《论高尔斯华绥的中短篇小说》，《南京师大学报》（社会科学版）1993 年第 4 期。

程丽红、叶彤：《日本侵华事业的先锋分子——〈盛京时报〉主笔菊池贞二初探》，《东北史地》2011 年第 3 期。

翠羽（于莲客）：《穆儒丐先生》，《艺文志》1943 年第 6 期。

［日］大内隆雄：《东北文学二十年·第十八章》，王文石译，《东北现代文学史料》1980 年第 1 辑。

邓楠：《论莫泊桑短篇小说的哲理意蕴》，《外国文学研究》1998 年第 4 期。

杜家和：《黑龙江地域文学的现代性诉求》，《哈尔滨学院学报》2006 年第 3 期。

冯静：《〈盛京时报〉文艺副刊的域外文学传播与译介》，《东方教育》2018 年第 17 期。

郭辉：《转载与抄袭：〈远东报〉小说再评价（1910—1921）》，《文学与文化》2018 年第 4 期。

何璐：《被忽视的"左拉"：〈文学勇将阿密昭拉传〉的叙述与意义》，《长沙大学学报》2017 年第 4 期。

何爽：《抗战时期东北报载戏剧生存样态研究——基于〈盛京时报〉与〈大同报〉的对比考察》，《戏剧文学》2020 年第 4 期。

黄玄：《东北沦陷期沈阳文学志略》，《沈阳文学艺术资料》1986 年第 1 期。

李建军：《莎士比亚讲给小说家的一堂戏剧课》，《小说评论》2016 年第 6 期。

梁启超：《论小说与群治之关系》，《新小说》（第一卷）1902 年第 1 期。

廖雪华：《"五四"新文化运动的沈阳文态》，《沈阳文学艺术资料》1986 年第 2 期。

刘光宇：《论国木田独步的短篇小说》，《日本学刊》1994 年第 2 期。

刘瑞弘、冯静：《传统格律诗在东北现代文学发生期的嬗变——以〈盛京时报〉为中心》2011 年第 6 期。

孟兆臣：《小说与方言——白话小说研究领域的一个重要命题》，《社会科学战线》2004 年第 4 期。

孙德仁、赵江平：《复杂混乱　单纯光辉——论〈悲惨世界〉的艺术特色》，《学术交流》1993 年第 4 期。

苏凤杰：《莫泊桑短篇小说的艺术特征阐释》，《语文建设》2014 年第 10 期。

唐海宏：《满族作家冷佛生平及文学创作简论》，《成都大学学报》（社会科学版）2015 年第 2 期。

铁峰、郑丽秋：《东北现代文学的开拓者与建设者——满族作家儒丐》，《学习与探索》1993 年第 4 期。

王金城：《〈冲积期化石〉并非新文学史上第一部长篇小说》，《沈阳师范大学学报》（社会科学版）2010 年第 4 期。

王晓恒：《东北现代文坛的翻译之花——论穆儒丐〈盛京时报〉的文学译介》，《时代文学》2014 年第 12 期。

王秀艳：《〈盛京时报〉"新年号"小说征文考略》，《长春教育学院学报》2017 年第 11 期。

王秀艳：《〈盛京时报〉域外小说传播略论》，《白城师范学院学报》2017 年第 11 期。

王秀艳：《〈盛京时报〉小说研究》，博士学位论文，吉林大学，2014 年。

王秀艳、周大勇：《〈盛京时报〉周刊之文学传播考略》《图书馆学研究》2017 年第 18 期。

薛勤：《1910年代东北的文学生态——以〈盛京时报〉报载文学为中心》，《社会科学战线》2012年第6期。

薛勤：《20世纪初东北叙事文学话语的现代形态和意义》，《求是学刊》2015年第1期。

叶彤、王凯山：《近代东北地区俄日中文报业活动述评》，《新闻界》2013年第13期。

张文华：《九·一八前后的奉天文艺》，《东北现代文学史料》1980年第1辑。

张毓茂：《东北现代文学史论》，《社会科学辑刊》1994年第2期。

张毓茂、阎志宏：《东北现代文学史论》，《社会科学辑刊》1994年第2期。

三 中文报刊

《发行之辞》，《盛京时报》1906年10月18日第2版。

《本报征文广告》，《盛京时报》1914年11月29日第7版。

《新小说预告》，《盛京时报》1919年11月16日第5版。

《梅兰芳要来了》，《盛京时报》1921年3月17日第5版。

《小说出版预告》，《盛京时报·神皋杂俎》1923年11月8日第5版。

《〈续水浒传〉小说预告》，《盛京时报·神皋杂俎》1924年11月8日第7版。

《社会小说·哀史出版预告》，《盛京时报·神皋杂俎》1929年1月25日第7版。

《再告哀史出版期》，《盛京时报·神皋杂俎》1929年2月18日第3版。

《小说出版公告》，《盛京时报》1929年2月20日第2版。

《预告哀史出版日期》，《盛京时报·神皋杂俎》1929年2月9日第7版。

《小说销售广告》，《盛京时报》1929年4月5日第7版。

《编者的话》，《盛京时报·妇女周刊》1933年3月24日第5版。

《小说预告·栗子》，《盛京时报·神皋杂俎》1936年10月7日第9版。

《小说预告》，《盛京时报》1937年7月21日第4版。

《小说预告》,《盛京时报》1939 年 11 月 12 日第 4 版。

《新小说预告》,《盛京时报·神皋杂俎》1939 年 7 月 14 日第 9 版。

《孩子与珍宝》,阿芸译,《盛京时报·儿童周刊》1940 年 1 月 16 日第 5 版。

《征文小说〈晨〉披露预告》,《盛京时报》1940 年 8 月 31 日第 3 版。

《本报之沿革》,《盛京时报》1941 年 10 月 17 日第 2 版。

《〈乐章〉小说预告》,《盛京时报》1941 年 10 月 27 日第 1 版。

《出版界》《盛京时报》1941 年 10 月 29 日第 5 版。

《〈山村〉小说预告》,《盛京时报》1941 年 11 月 28 日第 1 版。

《〈人生剧场〉小说预告》,《盛京时报》1941 年 11 月 7 日第 1 版。

《〈僵花〉明日小说预告披露》,《盛京时报》1941 年 1 月 24 日第 1 版。

《出版界》,《盛京时报·文学》1941 年 3 月 11 日第 4 版。

《盛京时报·晚刊连载小说预告》,《盛京时报》1941 年 6 月 6 日第 1 版。

《〈年前年后〉小说预告》,《盛京时报》1941 年 9 月 25 日第 1 版。

《〈酒家与乡愁〉小说预告》,《盛京时报》1941 年 9 月 8 日第 1 版。

《文丛刊行会》,《盛京时报》1942 年 1 月 9 日第 2 版。

《〈月蚀〉"明日小说预告披露"》,《盛京时报》1942 年 2 月 28 日第 2 版。

《〈参商的青群〉明日小说预告披露》,《盛京时报》1942 年 4 月 30 日第 1 版。

《〈盲〉小说预告》,《盛京时报》1942 年 6 月 20 日第 2 版。

《出版介绍》,《盛京时报·文学》1943 年 4 月 28 日第 3 版。

[俄] 柴霍甫:《顽皮的孩子》,章伯彝译,《盛京时报》1931 年 7 月 8 日第 7 版。

[俄] 柴霍甫:《天才》,余贲译,《盛京时报》1934 年 1 月 1 日第 2 版。

[法] 巴尔扎克:《刽子手》,仲持译,《盛京时报》1943 年 1 月 20 日第 3 版。

[法] 巴尔扎克:《刽子手》,仲持译,《盛京时报》1943 年 2 月 3 日

第 3 版。

编辑部：《新小说预告》，《盛京时报》1920 年 7 月 10 日第 5 版。

辰鸿：《对于新文化运动之希望》，《盛京时报》1921 年 1 月 1 日第 7 版。

陈因：《芥川龙之介集》，《盛京时报》1941 年 5 月 27 日第 3 版。

［法］大仲马：《严窟岛伯爵》，儒丐穆辰公译，《盛京时报》1929 年 8 月 12 日第 5 版。

［法］大仲马：《魔桥》，晶若译，《盛京时报·神皋杂俎·小说》1931 年 5 月 9 日第 7 版。

［法］大仲马：《严窟岛伯爵》，儒丐穆辰公译，《盛京时报》1931 年 7 月 5 日第 7 版。

［日］德富芦花：《富者与贫民》，漫录中抄译，《盛京时报》1910 年 1 月 1 日第 3 版。

［日］德富芦花：《五分钟的梦》，萧东译，《盛京时报》1938 年 2 月 28 日第 3 版。

［日］德富芦花：《五分钟的梦》，萧东译，《盛京时报》1938 年 3 月 1 日第 4 版。

［日］德富芦花：《断崖》，孝武译，《盛京时报》1939 年 4 月 13—16 日第 4 版。

帝子：《英子姑娘》，《盛京时报·妇女周刊》1940 年 1 月 12 日第 5 版。

菲女：《村堡的女人》，《盛京时报·妇女周刊》1936 年 5 月 15 日第 5 版。

菲女：《诗人和姑娘》，《盛京时报·妇女周刊》1936 年 5 月 22 日第 5 版。

丐：《书评·谨告辰生先生》，《盛京时报·神皋杂俎》1922 年 7 月 16 日第 5 版。

丐：《艺妒译言》，《盛京时报·神皋杂俎》1924 年 4 月 8 日第 5 版。

丐：《艺妒译言》，《盛京时报·神皋杂俎》1924 年 4 月 9 日第 5 版。

［英］高尔斯华绥：《勇气》，丁金相译，《盛京时报》1933 年 10 月 25 日第 6 版。

［俄］歌郭里：《五月夜》，王吉恩译，《盛京时报》1930 年 3 月

28 日第 9 版。

［俄］歌郭里：《五月夜》，王吉恩译《盛京时报》1930 年 3 月 31 日第 9 版。

［俄］歌郭里：《五月夜》，王吉恩译，《盛京时报》1930 年 3 月 28 日第 9 版。

［俄］歌郭里：《犯人》，张露薇译，《盛京时报》1934 年 10 月 28 日第 5 版。

宫希元：《黄土地带》，《盛京时报·文艺》1941 年 8 月 26 日第 4 版。

［日］谷崎润一郎：《麒麟》，穆儒丐辰公译，《盛京时报·神皋杂俎·小说》1924 年 1 月 19—30 日第 5 版。

［日］谷崎润一郎：《春琴抄》，儒丐译，《盛京时报·神皋杂俎》1939 年 11 月 21 日第 4 版。

［日］谷崎润一郎：《春琴抄·译余赘语》，儒丐译，《盛京时报·神皋杂俎》1939 年 11 月 23 日第 4 版。

［日］谷崎润一郎：《春琴抄》，儒丐译，《盛京时报·神皋杂俎》1939 年 11 月 24 日第 4 版。

［日］国木田独步：《春之鸟》，粟铁夫译，《盛京时报》1931 年 10 月 19 日第 3 版。

［日］国木田独步：《春之鸟》，粟铁夫译，《盛京时报》1931 年 10 月 20 日第 7 版。

［日］国木田独步：《春之鸟》，粟铁夫译，《盛京时报》1931 年 10 月 21 日第 7 版。

［日］国木田独步：《少年的悲哀》，粟铁夫译，《盛京时报》1931 年 10 月 28 日第 7 版。

［日］国木田独步：《少年的悲哀》，粟铁夫译，《盛京时报》1931 年 10 月 30 日第 7 版。

［日］国木田独步：《波声》，粟铁夫译，《盛京时报》1931 年 11 月 3 日第 7 版。

［日］国木田独步：《波声》，粟铁夫译，《盛京时报》1931 年 11 月 5 日第 7 版。

［日］国木田独步：《夫妇》，奕秋译，《盛京时报》1939 年 7 月 8 日第 4 版。

会友：《妙妙》，《盛京时报·儿童》1940年1月20日第7版。

［日］芥川龙之介：《尼提》，李自珍译，《盛京时报》1931年4月1日第7版。

［日］芥川龙之介：《尼提》，李自珍译，《盛京时报》1931年4月2日第7版。

［日］芥川龙之介：《Truch 平车》，丝奇译，《盛京时报》1939年9月5日第4版。

［日］芥川龙之介：《Truch 平车》，丝奇译，《盛京时报》1939年9月10日第4版。

金小天：《小天附志》，《盛京时报·紫陌》1927年9月26日第7版。

金小天：《吾之生涯（一）》，《盛京时报·神皋杂俎》1933年10月27日第11版。

金小天：《吾之生涯（二）》，《盛京时报·神皋杂俎》1933年10月28日第11版。

金小天：《吾之生涯（四）》，《盛京时报·神皋杂俎》1933年10月30日第3版。

金小天：《鸾凤离魂录》，《盛京时报·神皋杂俎》1923年11月8日第5版。

金小天：《春之微笑》，《盛京时报·神皋杂俎》1929年1月25日第7版。

金小天：《灵华的傲放》，《盛京时报·神皋杂俎》1930年5月24日第9版。

金小天：《灵华的傲放》，《盛京时报·神皋杂俎》1930年5月25日第9版。

金小天：《灵华的傲放》，《盛京时报·神皋杂俎》1930年5月27—28日第9版。

金小天：《灵华的傲放》，《盛京时报·神皋杂俎》1930年6月25日第9版。

金小天：《灵华的傲放》，《盛京时报·神皋杂俎》1930年7月18日第9版。

金小天：《灵华的傲放》，《盛京时报·神皋杂俎》1930年7月19日第9版。

金小天：《播种子者》，《盛京时报·诗的小说》1924年2月21日第5版。

金小天：《画家》，《盛京时报·诗的小说》1924年2月22日第5版。

[日]菊池宽：《$\sqrt{5}$》，吻霞译，《盛京时报》1931年5月21日第7版。

[日]菊池宽：《诱惑》，荫寰译，《盛京时报》1935年6月29日第5版。

[日]菊池宽：《诱惑》，荫寰译，《盛京时报》1935年7月16日第5版。

爵青：《月蚀》，《盛京时报》1942年3月1日第4版。

柯炬：《焰》，《盛京时报》1941年1月19日第4版。

柯炬：《焰》，《盛京时报》1941年3月1日第4版。

克大：《黎明》，《盛京时报》1941年3月14日第4版。

克大：《黎明》，《盛京时报》1941年4月28日第4版。

匡汝非：《他的一生》，《盛京时报·神皋杂俎》1925年8月8日第7版。

匡汝非：《叹……》，《盛京时报·神皋杂俎》1925年12月27日第7版。

匡汝非：《命该如此》，《盛京时报·神皋杂俎》1926年1月23日第7版。

匡汝非：《船上》，《盛京时报·神皋杂俎》1926年2月11日第7版。

匡汝非：《船上》，《盛京时报·神皋杂俎》1926年2月12日第7版。

匡汝非：《打牌回来》，《盛京时报·神皋杂俎》1926年2月20日第7版。

匡汝非：《友人的诗》，《盛京时报·神皋杂俎》1926年3月24日第7版。

匡汝非：《晨雨》，《盛京时报·神皋杂俎》1929年8月11日第9版。

冷佛：《珍珠楼》，《盛京时报·神皋杂俎》1922年9月1日第5版。

冷佛：《珍珠楼》，《盛京时报·神皋杂俎》1924年3月28日第5版。

冷佛：《桃花煞》，《盛京时报·神皋杂俎》1926年7月19日第7版。

冷佛：《桃花煞》，《盛京时报·神皋杂俎》1926年7月20日第7版。

冷佛：《桃花煞》，《盛京时报·神皋杂俎》1926年12月16日第

7版。

李可诗：《报纸应否有"品花"的栏子》，《盛京时报·神皋杂俎》1923年5月1日第5版。

[日]立野信之作：《黄土地带》，宫希元译，《盛京时报·文艺》1941年8月26日第4版。

俪影：《对于新文化运动之希望》，《盛京时报》1921年1月1日第10版。

莲厂：《读香粉夜叉率成七绝二首》，《盛京时报·神皋杂俎》1929年4月9日第5版。

梁启超：《〈时报〉发刊词》，《时报》1904年6月12日。

灵非：《人生剧场》，《盛京时报》1941年11月8日第1版。

灵非：《人生剧场》，《盛京时报》1941年11月27日第1版。

孟原：《满洲文艺的轮廓》，《盛京时报·新声》1940年1月1日第14版。

[英]密尔顿：《迷林》，金亦棠译，《盛京时报》1925年5月4日第3版。

[英]密尔顿：《迷林》，金亦棠译，《盛京时报》1925年5月5日第7版。

[英]密尔顿：《迷林》，金亦棠译，《盛京时报》1925年5月7日第7版。

[法]莫泊桑：《一股节绳》，崔庆桂译，《盛京时报》1925年11月2日第3版。

[法]莫泊桑：《修理旧椅子的女人》，冷萍译，《盛京时报》1939年12月16日第4版。

[法]缪塞：《柯华西斯》，展和译，《盛京时报》1943年3月24日第3版。

[法]缪塞：《柯华西斯》，展和译，《盛京时报》1943年4月14日第3版。

穆儒丐：《和辰生说话》，《盛京时报·神皋杂俎》1922年7月20日第5版。

穆儒丐：《发刊词》，《盛京时报·紫陌》1926年4月5日第7版。

穆儒丐：《儒丐启事（一）》，《盛京时报·神皋杂俎》1939年11月9日第4版。

穆儒丐：《儒丐启事（二）》，《盛京时报·神皋杂俎》1939 年 11 月 10 日第 4 版。

穆儒丐：《春琴抄·译余赘语》，《盛京时报·神皋杂俎》1939 年 11 月 23 日第 4 版。

［美］欧文：《妻》，新民士忱译，《盛京时报》1922 年 4 月 11 日第 5 版。

［美］欧文：《妻》，新民士忱译，《盛京时报》1922 年 4 月 18 日第 5 版。

［美］欧文：《鬼新郎》，平译，《盛京时报》1924 年 10 月 14 日第 8 版。

［美］欧文：《航海记》，笑生译，《盛京时报》1935 年 8 月 4 日第 9 版。

秋苍：《初夏》，《盛京时报·儿童》1940 年 8 月 27 日第 4 版。

秋莹：《编前之词》，《盛京时报·文学》1940 年 1 月 1 日第 7 版。

秋莹：《旧梦》，《盛京时报·文学》1942 年 4 月 29 日第 2 版。

秋莹：《我的"小工车"》，《盛京时报》1941 年 10 月 29 日第 5 版。

秋莹：《河流的底层》，《盛京时报》1941 年 6 月 8 日第 4 版。

秋莹：《河流的底层》，《盛京时报》1941 年 8 月 18 日第 1 版。

秋莹：《三十五年纪念随感》，《盛京时报》1941 年 10 月 17 日第 10 版。

秋莹：《我的"小工车"》，《盛京时报》1941 年 10 月 29 日第 5 版。

秋莹：《跋〈河流的底层〉》，《盛京时报·文学》1942 年 2 月 11 日第 3 版。

任情：《山村》，《盛京时报》1941 年 11 月 29 日第 1 版。

儒丐：《香粉夜叉或问（一）》，《盛京时报·神皋杂俎》1920 年 4 月 22 日第 5 版。

儒丐：《香粉夜叉或问（二）》，《盛京时报·神皋杂俎》1920 年 4 月 23 日第 5 版。

儒丐：《香粉夜叉或问（三）》，《盛京时报·神皋杂俎》1920 年 4 月 24 日第 5 版。

儒丐：《落溷记（第 1 期）》，《盛京时报·神皋杂俎》1920 年 7 月 15 日第 5 版。

儒丐：《落溷记（第 3 期）》，《盛京时报·神皋杂俎》1920 年 7 月 17 日第 5 版。

儒丐：《落溷记（第 71 期）》，《盛京时报·神皋杂俎》1920 年 10 月 5 日第 5 版。

儒丐：《宜春里》，《盛京时报·神皋杂俎》1922 年 1 月 1 日第 7 版。

儒丐：《徐生自传（第五章第 25 期）》，《盛京时报·神皋杂俎》1922 年 7 月 25 日第 5 版。

儒丐：《徐生自传（第二章第 7 期）》，《盛京时报·神皋杂俎》1922 年 7 月 4 日第 5 版。

儒丐：《徐生自传（第二章第 9 期）》，《盛京时报·神皋杂俎》1922 年 7 月 6 日第 5 版。

儒丐：《徐生自传（第九章第 58 期）》，《盛京时报·神皋杂俎》1922 年 9 月 1 日第 5 版。

儒丐：《徐生自传（第十章第 69 期）》，《盛京时报·神皋杂俎》1922 年 9 月 14 日第 5 版。

儒丐：《徐生自传（第十四章第 92 期）》，《盛京时报·神皋杂俎》1922 年 10 月 14 日第 5 版。

儒丐：《徐生自传（第十八章第 120 期）》，《盛京时报·神皋杂俎》1922 年 11 月 17 日第 5 版。

儒丐：《徐生自传（第十九章第 129 期）》，《盛京时报·神皋杂俎》1922 年 11 月 28 日第 5 版。

儒丐：《徐生自传（第十九章 133 期）》，《盛京时报·神皋杂俎》1922 年 12 月 2 日第 5 版。

儒丐：《北京（第一章第 1—2 期）》，《盛京时报·神皋杂俎》1923 年 2 月 28 日—3 月 1 日第 5 版。

儒丐：《北京（第十三章第 146 期）》，《盛京时报·神皋杂俎》1923 年 8 月 24 日第 5 版。

儒丐：《北京（第十二章第 128 期）》，《盛京时报·神皋杂俎》1923 年 8 月 3 日第 5 版。

儒丐：《北京（第十二章第 130 期）》，《盛京时报·神皋杂俎》1923 年 8 月 5 日第 5 版。

儒丐：《北京（第十五章第 167 期）》，《盛京时报·神皋杂俎》1923

年9月18日第5版。

儒丐：《北京（第十五章第168期）》，《盛京时报·神皋杂俎》1923年9月19日第5版。

儒丐：《财色婚姻》，《盛京时报·神皋杂俎》1934年8月3日第7版。

［英］莎士比亚：《夏夜梦》，鹃图译，《盛京时报》1919年11月6日第5版。

［英］莎士比亚：《夏夜梦》，鹃图译，《盛京时报》1919年11月8日第5版。

山丁：《梅花岭》，《盛京时报》1941年10月20日第1版。

山丁：《梅花岭》，《盛京时报》1941年10月26日第1版。

盛京时报社：《周刊预告》，《盛京时报》1926年3月30日第4版。

盛京时报文艺部：《扩充文艺版预告》，《盛京时报》1929年3月16日第7版。

［俄］屠格涅夫：《施与》，顾戒希译，《盛京时报》1931年2月3日第7版。

［俄］屠格涅夫：《敌人》，顾戒希译，《盛京时报》1931年1月31日第7版。

［俄］屠格涅夫：《玫瑰》，顾戒希译，《盛京时报》1931年4月2日第7版。

［俄］屠格涅夫：《菜汤》，顾戒希译，《盛京时报》1931年4月18日第7版。

［俄］托尔斯泰：《愚者伊晚》，凡译，《盛京时报》1909年1月29日第7版。

［俄］托尔斯泰：《两个女孩子》，伯涵、枫子合译，《盛京时报》1935年1月2日第5版。

王冷佛：《续水浒传》，《盛京时报·神皋杂俎》1924年11月12日第7版。

王冷佛：《续水浒传》，《盛京时报·神皋杂俎》1926年4月30日第7版。

王冷佛：《复刘锡圭先生》，《盛京时报》1927年10月10日第3版。

王冷佛：《恶社会》，《盛京时报·神皋杂俎》1928年4月12日第

7版。

王冷佛：《恶社会》，《盛京时报·神皋杂俎》1928年7月30日第3版。

王益知：《宜春里》，《盛京时报·神皋杂俎》1922年1月7日第5版。

文艺编辑部：《本报新年号征文题目》，《盛京时报》1921年12月3日第4版。

文艺编辑部：《新年征文当选披露》，《盛京时报》1922年1月1日第3版。

文艺编辑部：《新年征文当选披露》，《盛京时报》1923年1月1日第3版。

吴郎：《八年度的创作》，《盛京时报·文学》1942年1月8日第3版。

吴郎：《参商的青群》，《盛京时报》1942年5月1日第2版。

吴瑛：《僵花》，《盛京时报》1942年2月21日第4版。

吴瑛：《僵花》，《盛京时报》1942年2月26日第4版。

吴瑛：《僵花》，《盛京时报》1942年2月27日第4版。

惜梦：《香帕泪》，《盛京时报·神皋杂俎》1923年4月22日第5版。

惜梦：《香帕泪》，《盛京时报·神皋杂俎》1923年5月5日第5版。

惜梦：《安慰?》，《盛京时报》1924年3月16日第5版。

惜梦：《七夕》，《盛京时报·神皋杂俎》1924年8月21日第7版。

惜梦：《七夕》，《盛京时报·神皋杂俎》1924年8月22日第7版。

[日] 夏目漱石：《梦十夜》，弈秋译，《盛京时报》1939年3月28日第4版。

[日] 夏目漱石：《梦十夜》，弈秋译，《盛京时报》1939年4月6日第4版。

[日] 夏目漱石：《梦十夜》，弈秋译，《盛京时报》1939年4月7日第4版。

[日] 夏目漱石：《梦十夜》，弈秋译，《盛京时报》1939年4月8日第4版。

[法] 萧俄：《哀史》，儒丐穆辰公译，《盛京时报》1927年3月9日第7版。

[法]萧俄：《哀史》，儒丐穆辰公译，《盛京时报》1927年6月9日第3版。

[法]萧俄：《哀史》，儒丐穆辰公译，《盛京时报》1927年9月9日第7版。

[法]萧俄：《哀史》，儒丐穆辰公译，《盛京时报》1928年2月21日第7版。

[法]嚣俄：《婢女》，黄昏译，《盛京时报》1932年2月10日第7版。

[法]嚣俄：《婢女》，黄昏译，《盛京时报》1932年2月11日第7版。

小松：《乐章》，《盛京时报》1941年10月28日第1版。

小松：《乐章》，《盛京时报》1941年11月6日第1版。

小天：《书信》，《盛京时报·神皋杂俎》1924年3月10日第3版。

小天：《喜鹊的礼物》，《盛京时报·神皋杂俎》1924年3月14日第5版。

小天：《紫岚》，《盛京时报·神皋杂俎》1924年3月15日第5版。

小天：《春晨》，《盛京时报·神皋杂俎》1924年3月25日第5版。

杨季康：《收脚印》，《盛京时报》，1934年1月9日第11版。

野鹤：《盲》，《盛京时报》1942年7月28日第1版。

疑迟：《酒家与乡愁》，《盛京时报》1941年9月12日第1版。

疑迟：《酒家与乡愁》，《盛京时报》1941年9月25日第1版。

游龙馆主：《雪》，《盛京时报》1923年1月1日第25版。

袁鸣岐：《马弁》，《盛京时报·神皋杂俎》1922年1月1日第22版。

袁世安：《一封可感谢的来信》，《盛京时报·神皋杂俎》1922年3月31日第5版。

赵鲜文：《二垄白菜》，《盛京时报》1924年11月8日第7版。

赵鲜文：《昨夜的梦》，《盛京时报》1924年11月10日第3版。

赵鲜文：《泪痕》，《盛京时报》1927年11月30日第7版。

[日]志贺直哉：《母亲的死和新的母亲》，我军译，《盛京时报》1939年1月12—13日第4版。

[日]志贺直哉：《母亲的死和新的母亲》，我军译，《盛京时报》1939年1月13—14日，第4版。

周守一：《对于新文化运动之希望》，《盛京时报》1921年1月1日第10版。

［法］左拉：《擦皮鞋的姑娘》，玉心译，《盛京时报》1931年4月28日第7版。

［法］左拉：《回忆琐记》，盛译，《盛京时报》1936年1月14日第9版。

四　译著文献

［俄］安东·巴甫洛维奇·契诃夫：《契诃夫论文学》，汝龙译，人民文学出版社1958年版。

［美］亨利·詹姆斯：《小说的艺术》，崔洁莹译，四川文艺出版社2021年版。

［美］罗伯特·戴尔·帕克：《文学诠释方法论》，刘金波等译，武汉大学出版社2018年版。

［法］罗曼·罗兰：《名人传》，赵向前译，崇文书局2018年版。

［加］马歇尔·麦克卢汉：《理解媒介：论人的延伸》，何道宽译，商务印书馆2000年版。

［法］米歇尔·福柯：《福柯读本》，汪民安译，北京大学出版社2010年版。

［苏联］契诃夫：《契诃夫论文学》，汝龙译，人民文学出版社1958年版。

［德］松泽信祐：《日本近代作家介绍》，寒冰译，国际文化出版公司1985年版。

［德］瓦尔特·本雅明：《发达资本主义时代德抒情诗人》，张旭东、魏文生译，生活·读书·新知三联书店1989年版。

［法］维克多·雨果：《悲惨世界》（第1卷），李丹、方于译，人民文学出版社1992年版。

［苏联］维萨里昂·格里戈里耶维奇·别林斯基：《别林斯基选集》（第1卷），满涛译，上海文艺出版社1963年版。

［德］伊曼努尔·康德：《康德历史哲学论文集》，李明辉译注，广西师范大学出版社2020年版。

［日］志贺直哉：《暗夜行路》，李永炽译，海南出版社2017年版。

五　外文著作

Великая маньчжурская империя к десятилетнему юбилею, Харбин, 1942.

中下正治，新聞にみる日中関係史，研文出版，1996.

后　记

自读硕士至今，涉足东北文学研究已有十九载。这十九年跨越了"而立"与"不惑"两个重要人生阶段，而今到了"知天命"这一时段，我所从事的东北文学研究，也慢慢变成了我学术人生的主要志业。今成此一册书稿，感慨丛生……

这本书是国家社科基金项目"《盛京时报》现代小说研究"的最终成果。书稿乃在博士学位论文和国家社科基金项目的基础上完成，十六年前的春夏之交，我在吉林大学图书馆一楼过刊室查阅资料，由《东北文学研究史料》而注意到《盛京时报》，于是，对这个几乎被世人遗忘的旧报纸有了追根究底的念头。后选择攻读博士，那落满灰尘的134本影印版报纸令我牵挂不已，于是从2010年起，我开始与之结缘，博士学位论文的题目是"《盛京时报》小说研究"。2016年6月获批国家社科基金项目"《盛京时报》现代小说研究"，继续进行这份报纸的小说研究，原始资料的缺失曾让我困扰，却不曾让我止步，数次增删，几易书稿，而今正值病痛加身，深觉心有余力不足，然亦不忍废止，乃修订付梓。

想起读书时子夜时分收到博士导师孟兆臣老师的邮件，忠告我努力撰文亦要保重身体时热泪横流的感佩与激动；想起无数个夜晚挑灯从九点至十二点的录入写作；想起和同窗好友相聚畅谈的欢欣恣意。

感恩父母把读书的种子播撒在我心田，父母的爱和善良，我会传递下去。

感谢我的大学导师康学伟先生。恩师为我撰写前言，多激多褒，内心感佩，无以言表。感谢恩师指引我走上了求学之路，给我以精神的滋养；感谢恩师善颂善祷，一路帮扶；感谢恩师的指导和肯定。恩师高山仰止，景行行止！

此书稿得爱人周大勇先生诸多助力，我们在大学相识、相恋，至今已二十六载，送走芳华，迎来天命，二十六年来我们携手工作，并肩科研，赡养父母、抚育孩子，相爱愈久，相知益深，感恩这份相遇与爱恋。书稿的撰写爱人付出良多，从资料搜集到框架修改，从录入引文到校阅审定，正值患病治疗，爱人既要照拂我，又要帮助审阅，从比肩而战到一力承担，深情挚意，无以为报，感谢爱人帮我走出人生的泥淖，让我能全力以赴，祈愿深爱让生活变得越来越好。

感谢师姐孙艳红给予我的无私帮助，若没有师姐的鼎力相助，此书不会这么顺利出版，若没有师姐的指点，书稿的撰写不会这么通畅。

感谢我的好友赵玉敏、刘彦平、李晓妮等，感谢她们一直以来的支持与劝慰，让我坚定信念；感谢她们对我的包容与理解，让我感受到生活与治学的美好。

感谢我的硕士研究生王安紫钰、刘沫含、齐莹等协助校对部分引文和查询部分注释。

此书的出版仰赖中国社会科学出版社郭晓鸿主任、责任编辑慈明亮老师的支持与帮助，慈老师不辞辛苦，细致耐心和我往来邮件，商定书稿，才让此书顺利出版。

最后，还要特别感谢吉林师范大学为本书提供的出版资助。

书不尽意，纸短情长，窗外春色正好，就用这本书留住这充满感恩的春天……